Amrûn
PHANTASTIK

D1665092

Annika Dick

Codename Nike

Band 1

© 2017 Amrûn Verlag
Jürgen Eglseer, Traunstein

Umschlaggestaltung: Christian Günther

ISBN – 978-3-95869-572-6

Besuchen Sie unsere Webseite:
amrun-verlag.de

Bibliografische Information der Deutschen Nationalbibliothek:
Die Deutsche Nationalbibliothek verzeichnet diese Publikation in
der Deutschen Nationalbibliografie; detaillierte bibliografische Daten
sind im Internet unter http://dnb.d-nb.de abrufbar.

Prolog
Vor 19 Jahren

Die alten Dielen knarrten unter den schwarzen Stiefeln. Als sie sich in ihrem Versteck zusammenkauerte, hörte sie, wie laut ihr Herz schlug. Die Stimme ihrer Mama drang durch die Schranktür an ihr Ohr. So sicher und stark, dass ihr das leichte Zittern beinahe entging.

»Was du vorhast, ist Wahnsinn.«

Ein Lachen. Nicht die Stimme ihrer Mutter. Die Stimme eines Mannes. Sie kannte ihn nicht.

»Nein, es ist genial!«, widersprach der Fremde.

Sie zog die Schultern ein und schlang die kleinen Arme noch fester um ihre Beine. Durch den Spalt der offenen Schranktür konnte sie nicht viel erkennen. Nur diese schwarzen Stiefel. Sie sah, dass sie sich ihrer Mama näherten, die am anderen Ende des Zimmers stand. Weit weg von ihr. Sie presste die Lippen fest aufeinander, um nicht zu wimmern. Sie hatte ihrer Mutter versprechen müssen, ganz leise zu sein. Der böse Mann sollte sie nicht finden.

»Wir können das Ganze noch friedlich beenden«, meinte die fremde Stimme.

»Ich werde nicht danebenstehen und zulassen, dass du ihr so etwas antust.« Ihre Mutter sprach noch immer mit starker Stimme, doch ein Schluchzen konnte sie nicht mehr unterdrücken.

»Dann soll es so sein.«

Sie hörte, wie ihre Mutter nach Luft schnappte, erwartete, dass sie schreien würde, weinen, toben, so, wie sie selbst es gerade tun wollte. Doch nichts dergleichen geschah. Stattdessen drangen merkwürdige Laute an ihr Ohr, die sie nicht zuordnen konnte. Angestrengt richtete sie ihre Augen auf den Spalt zwischen den Schranktüren und hielt den Atem an. Ihre Mutter hatte ihr gesagt, es würde alles gut werden. Sie hielt sich an dem Gedanken fest, umklammerte ihn und versicherte sich selber, dass ihre Mama sie nie anlügen würde.

Ein dumpfer Schlag ertönte, als etwas zu Boden fiel. Sie sah es durch den Spalt aus ihrem Versteck heraus, doch sie konnte es nicht begreifen. Da lag ihre Mutter mit weit aufgerissenen Augen auf dem Boden und starrte zu ihr herüber. Wieso sagte sie nichts? Wieso kam sie nicht zu ihr und nahm sie in den Arm, sagte ihr, dass alles gut wäre?

Sie hielt es nicht mehr aus. Sie wusste, dass sie es versprochen hatte, doch in diesem Moment konnte sie sich nicht länger zurückhalten. Sie stieß die Schranktür auf und stürzte auf ihre Mutter zu.

»Mama, steh auf«, bettelte sie und rüttelte an ihrer Schulter. »Bitte, bitte steh auf, sag etwas.«

Ihre Mutter rührte sich noch immer nicht. An ihrem Hals hatte sie eine Wunde. Ein wenig Blut war daran zu erkennen. Als sie in ihre Augen blickte, war darin keine Regung zu sehen. Das Strahlen, das Leuchten, das sie immer in ihnen gesehen hatte, war weg.

»Mama?«

Die Augen ihrer Mutter waren leer. So entsetzlich kalt und leer.

Sie fröstelte. Eine große Hand legte sich schwer auf ihre Schulter. Sie drehte sich um und sah die schwarzen Stiefel neben sich stehen. Langsam hob sie den Blick, um den Mann anzusehen. Er war groß, viel größer als die anderen Männer im Dorf und seine Haut war blasser, genau wie sein Haar. Seine Augen waren leer. Genauso leer und kalt wie die ihrer Mama.

Nein, dachte sie, nicht genauso, sie waren sogar noch kälter und leerer.

Dieser Mann hatte ihrer Mama wehgetan, hatte sie so kalt und leer gemacht.

»Du hast sie totgemacht«, flüsterte sie und sah den Mann mit angstgeweiteten Augen an.

Als sich seine Hand um ihre Schulter schloss, schrie sie, so laut sie konnte. Es war ihr egal, dass ihre Mutter ihr gesagt hatte, sie solle leise sein. Das zählte jetzt bestimmt nicht mehr. Ihre Mutter war tot und der böse Mann war noch da. Sie schrie und schrie, bis alles um sie herum schwarz wurde.

»Hast du Angst?« Die Krankenschwester strich ihr über das dunkle Haar und lächelte sie fürsorglich an. So hatte ihre Mutter sie immer angesehen, wenn sie Fieber hatte.

Sie schüttelte den Kopf. »Nein.« Sie konnte keine Angst haben. Iosif hatte versprochen, sie ganz stark zu machen. So stark, dass ihr niemals jemand wehtun könnte. Und so stark, dass sie das Monster, das ihre Mutter getötet hatte, besiegen konnte. Denn das war er gewesen, der Mann mit den toten Augen. Ein Monster. Iosif hatte es ihr erklärt. Iosif, der sie vor dem Monster gerettet und hierher gebracht hatte. Er hatte gesagt, sie könne bei ihm bleiben, er würde auf sie aufpassen, bis sie auf sich selbst aufpassen konnte. Und dann hatte er ihr von den Monstern erzählt. Sie sahen aus wie Menschen, aber sie waren schlimmer als die Ungeheuer, die in den Schatten neben dem Fenster oder unter dem Bett auf einen warteten.

Vrykólakas, so nannte Iosif diese richtigen Monster. Man erkenne sie nicht sofort, aber wenn sie einem zu nahe kamen, packten sie ihn und bissen ihn tot. Sie tränken Blut, hatte Iosif ihr erzählt und sie hatte sich vor Ekel geschüttelt. Es gäbe viele von ihnen und niemanden, der gegen sie vorginge. Niemanden außer Iosif und seinen Freunden. OLYMPUS nannten sie sich, so wie der Berg, auf dem früher die Götter gewohnt hatten. Sie hatte aufmerksam zugehört, als er ihr das erklärte. Und als er ihr sagte, dass es eine Möglichkeit gäbe, dass sie selbst nie zu einem Opfer dieser Monster werden würde, wollte sie mehr wissen. Er hatte es ihr genau beschrieben, aber da waren so viele fremde Wörter bei gewesen, dass sie sie nicht verstand. Dann hatte ihm Maria geholfen. Maria, die eine Ärztin bei OLYMPUS war. Sie hatte gesagt, dass sie sie operieren müssten. Dabei würde sie schlafen. Und wenn sie aufwachte, würde sie stark sein. Stärker als jeder andere bei OLYMPUS, selbst stärker als Iosif oder die Männer am Tor mit ihren Gewehren. Sie würde sie dann alle beschützen können. Sie hatte gezögert, aber nur kurz. Maria hatte ihr versprochen, dass es nicht schlimm sein würde. Also hatte sie ja gesagt.

»Du bist ein tapferes kleines Mädchen.« Die Krankenschwester strich ihr noch einmal über das Haar, bevor sie ihr eine durchsichtige

Maske über den Mund hielt. »Wir haben ja über die Narkose gesprochen, erinnerst du dich? Du zählst jetzt bis zehn und dabei schläfst du ein.«

Und wenn ich wach werde, bin ich stark. Ganz stark, so wie die alten Götter auf dem Berg es waren. Dann kann ich die Monster besiegen.

Kapitel 1
Heute

»… erneut eine junge Frau tot aufgefunden. Wie in den vorherigen Mordfällen war die Leiche auch dieses Mal blutleer.«

Lena schaltete den Fernseher ab.

»Siehst du, deswegen muss ich auf die Jagd«, sagte Nike ruhig, als wäre es das Selbstverständlichste auf der Welt. »Du weißt genauso gut wie ich, dass es nur eine Erklärung für diese Morde gibt. Je schneller ich mich um den Vrykólakas kümmere, der hier in der Gegend ist, desto schneller können die Menschen wieder beruhigt schlafen.« Nike hob die Kaffeetasse an ihre Lippen und blies auf das dampfende Getränk, während sie auf einen weiteren Widerspruch ihrer Mitbewohnerin wartete.

»Du bist krank, lass eine von den anderen gehen. Artemis und Eos sind beide momentan hier, sie könnten die Mission übernehmen.«

»Auf keinen Fall.«

Nike bemühte sich, ruhig zu bleiben. Sie wusste, worum es ihrer Freundin ging, doch sie war kein kleines Kind, das bemuttert werden musste. Seit Jahren machte sie Jagd auf die Monster, die ihr die Mutter genommen hatten. Ihre Kindheit lag lange zurück. Sie würde sich jetzt nicht von Lena dorthin zurückzwingen lassen.

»Du bist noch nicht wieder fit«, versuchte Lena es noch einmal und strich sich eine blonde Strähne aus der Stirn.

Um ihr das Gegenteil zu beweisen, trank Nike einen großen Schluck Kaffee und unterdrückte dabei den aufkeimenden Würgereiz. Ihr Magen dankte ihr diese Aktion überhaupt nicht und sie konnte froh sein, wenn sie sich in den nächsten Minuten nicht übergeben musste.

»Es ist nur eine Erkältung, nichts Ernstes.« Sie legte besonders viel Überzeugung in diese Worte. Nicht nur Lena sollte sie glauben, sondern auch sie selbst. Sie hatte seit Wochen kaum etwas Essbares bei sich behalten können, von den Kopfschmerzen und der Lichtempfindlichkeit einmal abgesehen. Doch es würde vorbei gehen. »Nichts, was mich davon abhält, Jagd auf diese Monster zu machen. Ich bin *Nike*, schon vergessen? Die Unbesiegbare. Ich hab den Namen nicht umsonst.«

»Du hast dir den Namen selbst gegeben.« Es war eine alte Diskussion zwischen den beiden. Seit sie vor fünf Jahren zusammen in eine Wohnung gezogen waren, führten sie sie bei jedem einzelnen Auftrag, den Nike übernehmen wollte.

»Das ändert nichts daran, dass er zutrifft.« Nike grinste siegessicher und vergewisserte sich, dass sie ihre VR49 sicher im Holster verstaut und griffbereit hatte. Die Waffe war eine Spezialanfertigung, die von OLYMPUS in Auftrag gegeben worden war. Die Kugeln waren mit Schrot gefüllt, was den Heilungsprozess der Vrykólakas behindern und es leichter für die Theés machen sollte, sie zu töten.

Lena sah sie mit einem Blick an, der ihr verriet, wie viel – oder wenig – sie von diesem Argument hielt. Schließlich schüttelte sie den Kopf und gab auf. »Ich kann dich ohnehin nicht umstimmen, oder?«

»Genauso wenig wie sonst«, bestätigte Nike grinsend. »Du brauchst dir keine Sorgen um mich zu machen. Ich geh nur kurz da rein, bringe den Vrykólakas zur Strecke und im Nu bin ich wieder da. Und morgen früh kannst du mich mit Nadeln foltern, mir Blut abnehmen und dich vergewissern, dass ich nur eine besonders hartnäckige Erkältung habe und mir nichts Ernstes fehlt.« Nike versicherte sich noch einmal, dass das Messer an der Innenseite ihres linken Stiefels befestigt war und griff nach ihrer Jacke. Sie zog sie zur Hälfte zu, auch wenn das griechische Klima im Frühjahr dies nicht unbedingt nötig machte. Es war besser, die Leute glaubten, sie fror, als dass sie ihre Waffe entdeckten.

Lena sah sie mit zusammengepressten Lippen an. Nike konnte sich kaum an ihre Mutter erinnern, aber sie konnte sich gut vorstellen, dass diese sie in einem solchen Moment genauso angesehen hätte, wenn sie noch leben würde. Lena war immer besorgt um sie, wenn sie sich auf die Jagd nach Vrykólakas machte. Die Sorgen, die sie sich täglich um ihre siebzehnjährige Schwester Maya machte, schienen ihr noch nicht auszureichen. Sie hatte ihre Eltern vor einigen Jahren bei einem Autounfall verloren. Nike wusste, dass es ihr schwer zu schaffen machte, dass ihre letzte Unterhaltung in einem Streit geendet hatte. Die Angst, erneut einen Menschen zu verlieren, der ihr nahestand, hatte sie fest im Griff. Nike wusste auch das und sie glaubte sogar, Lenas Beweggründe zu verstehen, aber das bedeutete nicht, dass Nike ihr Leben wegen der Sorgen ihrer besten Freundin ändern würde. Und Lena musste das wissen. Immerhin hatte sie selbst diesen Weg ebenfalls beschreiten wollen. Die junge Schwedin hatte mit ihrer jüngeren Schwester ihre Heimat verlassen, um eine Theá zu werden. Ein Motorradunfall hatte jedoch Verletzungen hinterlassen, die sie für die weiteren Operationen ungeeignet machten. Es kam Nike manchmal so vor, als habe Lena seit dem Augenblick, in dem sie erfahren hatte, dass sie selbst nie eine der Theés werden konnte, größere Angst um diejenigen, die die letzten Schritte zu diesem Leben hatten gehen können. Als sie Lena jetzt ansah und die Angst in den Augen ihrer Freundin erkannte, konnte sie auch nicht einfach gehen.

Nike hielt inne und rollte mit den Augen. »Na los, mach schon, damit ich wegkomme.«

Lena umarmte sie und drückte sie fest an sich. »Du weißt, dass du wie eine Schwester für mich bist und Maya sieht das genauso. Ich will, dass du heil und gesund wieder nach Hause kommst, hörst du? Ich hab dich lieb.«

Nike erwiderte die Umarmung kurz, ehe sie sich zurückzog und nach der Türklinke griff. Zu viel Gefühlsduselei bekam ihr nicht. »Du kennst mich, mir passiert nichts«, sagte sie leichthin, ehe sie zur Tür hinaus in die Nacht verschwand.

In Gedanken ging sie die Route durch, die sie geplant hatte. Von der Siedlung, die OLYMPUS für seine Mitarbeiter in der Nähe der Küstenstadt Lavrio erbaut hatte, bis zum Dorf Aóra. Der Ort war so klein, dass ihn ihr Navigationssystem gar nicht aufführte. Sie hatte auf Afidnes ausweichen müssen, um zumindest eine Strecke angezeigt zu bekommen, die sie in die Nähe des Ortes brachte. Der Fußweg war zu weit, selbst für sie, um nicht erschöpft anzukommen. Sie stieg in ihren Mustang Boss 302 und startete ihn. Etwas über eine Stunde Fahrt, hatte das Navigationssystem berechnet. Nike grinste. Sie war sich sicher, es schneller schaffen zu können. Sobald die letzten Häuser der Stadt hinter ihr lagen, trat sie das Gaspedal durch.

***

»Bei euch gibt es ein Problem«, begrüßte Jérôme seinen alten Kameraden über den Monitor. In all den Jahrzehnten, die sie sich nun kannten, hatte Thanos gelernt, dass Jérôme niemals eine Frage stellte. Für ihn existierten nur Tatsachen und Fakten.

»Ja, die Polizei hat heute Morgen das fünfte Opfer einer Mordserie gefunden. Ausnahmslos junge Frauen. Ausnahmslos blutleer und die einzigen Verletzungen sind nicht näher benannte Wunden am Hals.«

Über die Videokonferenzverbindung sah Jérôme ihn einen Moment lang schweigend an.

»Außer dir, Ilias und Richard sollte keiner von uns in Griechenland sein.« Jérôme wandte den Blick von der Kamera ab und tippte wild auf seiner Tastatur herum.

Hinter ihm sah Thanos zwei weitere Bildschirme, konnte jedoch nicht erkennen, was darauf zu sehen war.

»Es gibt einige, von denen ich in letzter Zeit nichts gehört habe. Vielleicht ist es auch einer derjenigen, von denen wir dachten, dass OLYMPUS sie getötet hat, als ihnen klar wurde, dass ihr Projekt gescheitert ist und wir uns entgegen der erwünschten Weise entwickelt haben. Vielleicht hat es doch jemand geschafft. Vielleicht ist jemand damals entkommen und weiß nur nicht, wie er uns kontaktieren kann.« Jérômes Stimme wurde beim letzten Satz leiser, der winzige Funken Hoffnung war auch nach all den Jahren noch nicht gänzlich erloschen.

Thanos strich sich mit der Hand übers Gesicht. Hoffnung war etwas Gefährliches. Sie konnte einen Mann zu unüberlegten Handlungen treiben, die ihn in den sicheren Tod führten. Falsche Hoffnungen waren noch heimtückischer. Sie konnten einen Mann schon vernichten, indem sie sich einfach nicht bewahrheiteten.

»Wer es auch ist, ich muss ihn aufhalten. Einer von uns wurde offensichtlich doch noch zu einem der Monster, zu denen OLYMPUS uns machen will. Die Genugtuung gönne ich ihnen nicht.«

»Sei vorsichtig, es könnte genauso gut eine Falle sein«, warnte Jérôme und wandte sich wieder Thanos zu.

»Nein«, entgegnete dieser und schüttelte den Kopf. »Es wäre zu viel Aufwand. Sie schicken einfach ihre kleinen Jägerinnen, wenn sie uns ausschalten wollen. Sie locken uns nicht hervor. Sie haben alle Zeit der Welt, um auf uns zu warten.«

»Die Katze kann ihre Strategie jederzeit ändern, wenn sich die Maus in ihrem Loch verschanzt«, gab Jérôme zu bedenken.

Thanos musste ihm recht geben, doch es wollte nicht in das Bild passen, das er von OLYMPUS hatte. Die Morde erzeugten Aufmerksamkeit und Schlagzeilen. Negative Aufmerksamkeit und Schlagzeilen. Das war nichts, was OLYMPUS wollte. Es passte nicht zum Bild der wohlwollenden Forschungseinrichtung, welches sie nach außen präsentierten.

Wurden sie nicht deswegen gejagt? Weil sie selbst auch negative Aufmerksamkeit auf OLYMPUS gerichtet hatten?

Als hätten sie eine Wahl gehabt, als hätten sie es selbst so gewollt. Thanos spürte die altbekannte Wut in sich aufsteigen, wenn er daran dachte. Er konnte sich noch sehr gut daran erinnern, wie schnell OLYMPUS sie hatte fallen lassen, als aus dem vielversprechenden Projekt, an dem sie teilgenommen hatten, ein Fiasko zu werden drohte. Eine neue Generation von Elitesoldaten hatten sie sein sollen. Dazu auserkoren, eine Katastrophe wie den Zweiten Weltkrieg nie wieder geschehen zu lassen. Stärker, schneller, besser als jeder andere Soldat, das sollten sie sein. Unbesiegbar. Das waren sie gewesen - bis die Nebenwirkungen eingesetzt hatten. Niemand der hochbezahlten Wissenschaftler des Projektes hatte sie vor den Risiken gewarnt.

Es hatte langsam angefangen. Wie eine Schlange, die im hohen Gras auf ihre Opfer wartet. Eine schleichende Krankheit, so war es ihm vorgekommen. Die Sonne hatte ihm in den Augen gebrannt, seine Haut war empfindlicher geworden. Bald danach hatte ihm das Essen Probleme bereitet. Als OLYMPUS selbst davon erfuhr, ernährte sich Thanos bereits ausschließlich von Steaks – englisch. In den Augen derjenigen, die sie dazu gemacht hatten, waren sie nun selbst zur Gefahr für die Menschheit geworden. Bevor man sie hatte töten können, waren die meisten von ihnen geflohen.

Seine Hand ballte sich zur Faust, als er an die folgenden Monate und Jahre, dachte, in denen sie wie streunende Hunde unter Brücken gehaust hatten. Stets auf der Flucht vor ihren *Herren,* die sie wie eine Horde Straßenköter totschlagen würden, wenn sie sie in ihre Gewalt brachten. Sie hatten sich von Ratten und Schlangen ernährt, nie gewagt, Menschen zu nahe zu kommen. Sie hatten Dörfer und Städte gemieden. Selbst ihre Familien, sofern sie noch eine hatten. Die Zeit im Widerstand während des zweiten Weltkrieges war in ihnen wieder hochgekommen. Das, was sie hätten verhindern sollen, widerfuhr ihnen nun am eigenen Leib.

Thanos zwang sich, seine düsteren Erinnerungen beiseite zu schieben und merkte, dass Jérôme ihn abwartend ansah. Er wagte nicht zu fragen, wie lange er seinen Gedanken nachgehangen hatte.

»Du kennst meine Meinung«, sagte Jérôme ruhig, doch Thanos winkte ab.

Ja, er kannte die Meinung seines Freundes: Sie sollten gegen OLYMPUS vorgehen. Angreifen, statt sich zu verstecken. Sich zu einer Einheit zusammenraffen und das tun, wozu sie sich nach Kriegsende bereit erklärt hatten: gegen neue Diktatoren kämpfen, die eine Gefahr für die Menschen und den Frieden darstellten. Sicher, OLYMPUS passte in dieses Bild, doch für Thanos kam diese Idee, gegen sie vorzugehen, einem Selbstmordkommando gleich. Wenn er einmal seines Lebens müde sein würde, würde er sich einfach bei Tagesanbruch aus dem Haus wagen und darauf warten, dass die Sonne ihn tötete. Diese Genugtuung würde er nicht OLYMPUS überlassen.

»Thanos?« Adam meldete sich über das Intercom des Hauses bei ihm und Thanos schaltete den Arzt in die Unterhaltung mit Jérôme hinzu.

»Es gibt wohl eine neue Leiche«, sagte Adam, nachdem er Jérôme gegrüßt hatte.

»Das macht dann sechs«, murmelte Thanos und schloss für einen Moment die Augen. Manchmal fühlte er sich entsetzlich alt. Trotzdem konnte er die Sache nicht einfach auf sich beruhen lassen. Zu wissen, dass keine Polizei der Welt es mit einem von ihnen aufnehmen konnte, brachte ihn dazu, selbst handeln zu wollen. Selbst handeln zu müssen.

»Du bist davon überzeugt, dass Richard als Täter nicht infrage kommt.«

Thanos bestätigte dies und Adam fügte an Jérôme gewandt hinzu: »Er war bei den Morden jedes Mal hier, es bestand für ihn keine Möglichkeit, ungesehen aus dem Haus zu kommen.«

Jérôme seufzte. »Schade. Er war die offensichtliche Antwort.«

Doch sie alle hatten gelernt, dass offensichtlich nicht immer richtig war.

»Ich möchte momentan nicht mit euch tauschen. Mit dir am allerwenigsten, Thanos. Meldet euch, wenn es Neuigkeiten gibt oder ihr Hilfe braucht. Thanos, Doc.« Er nickte den beiden Männern zu und schaltete die Kamera ab.

»Thanos?«

»Ich bin gleich da. Einen Moment, ich muss noch etwas nachsehen.« Thanos wusste nicht, ob Adam ihn bereits gut genug kannte, um seine Lügen zu durchschauen. Wenn dem so war, ließ sich der Arzt nichts anmerken. Thanos schaltete das Intercom ab und ließ sich auf den Drehstuhl fallen, der in dem kleinen Raum stand und außer dem Computer und dem Schreibtisch das einzige Möbelstück darstellte. Es waren Momente wie dieser, in denen er verstand, wieso einige seiner alten Kameraden ihres Lebens so überdrüssig waren. Er schloss die Augen. Nur für ein paar Minuten wollte er Ruhe haben, ehe er sich der Welt und den Problemen, die sie mit sich brachte, wieder stellen musste.

***

Nike ließ den Mustang Boss 302 auf dem Parkplatz eines Hotels stehen, auf dem er nicht sofort auffallen würde, und warf einen Blick auf ihre Uhr. Kurz nach elf. Wenn alles nach Plan verlief, bekäme sie in dieser Nacht sogar noch ein paar Stunden Schlaf. Sie ging auf die Straße und blickte sich um. Das Haus, in dem der Vrykólakas sich laut ihren eigenen Nachforschungen versteckte, war auf dem Berg über der kleinen Stadt gelegen. Eine geschickte Position, man hatte eine gute Aussicht über die umliegende Gegend und sah sofort, wenn sich jemand näherte. Das hieß, wenn jemand wirklich zur Vordertür hereinspazierte. Doch genau das hatte Nike nicht vor. Sie bog von der Hauptstraße ab und lief durch eine kleine Nebenstraße, die sie aus der Stadt und in Richtung des Berges führte. Heute Nacht war Klettern angesagt.

Kapitel 2

»Sie sind sehr spät für einen Krankenbesuch.« Die Krankenschwester musterte Daniel vom Scheitel bis zur Sohle. Er richtete seine Krawatte und bot ihr sein charmantestes Lächeln. Alte Besen wie diese Frau waren leicht um den Finger zu wickeln.

»Ich bin leider den ganzen Tag über sehr beschäftigt, möchte es mir aber auf gar keinen Fall entgehen lassen, Iosif zu besuchen. Er war mein Mentor, müssen Sie wissen. Er ist ... wie ein Vater für mich.«

Daniel beobachtete, wie sich ein kleines Lächeln auf dem Gesicht der Krankenschwester ausbreitete, bevor sie nachgab. Es war wirklich zu einfach. Sie winkte ihn hinter sich her und Daniel folgte ihr durch den Flur der Privatklinik. Hierher hatte sich Iosif vor einem halben Jahr begeben, als seine Organe begannen, ihm ihren Dienst zu versagen. Daniel kannte die Diagnose und wusste, wie viel Zeit die Ärzte seinem Vorgänger bei OLYMPUS noch gaben. Ein weiteres Jahr, plus, minus ein paar Monate, nicht mehr. Wie tief die Mächtigen doch fallen konnten.

Iosif öffnete die Augen, als Daniel sein Krankenzimmer betrat.

»Was tust du hier?«, fragte ihn der alte Mann überrascht und auch misstrauisch.

»Ich wollte sehen, wie es dir geht, darf ich das nicht?«

Iosif sah ihn noch immer zweifelnd an. So viel Misstrauen in diesen alten Augen. Nun, der Mann war nicht durch Naivität so weit gekommen. Zu dumm nur, dass sein Misstrauen ihn nicht retten würde, dachte Daniel.

»Was sagen die Ärzte?«

»Du weißt, was sie sagen«, konterte Iosif, offensichtlich nicht an Small Talk interessiert.

»Mhm. Vielleicht sollte ich einige von OLYMPUS' schlauen Köpfen damit beauftragen, eine Lösung zu finden?«

»Danke, nicht nötig.«

»Iosif, bitte, wieso denn so feindselig, ich tu dir doch nichts.«

Iosif lachte humorlos und musste gleich darauf husten. Die Maschine an seinem Bett, die durch mehrere Schläuche mit seinem Körper verbunden war, piepste, beruhigte sich aber wieder, als Iosifs Husten nachließ.

»Du würdest mich lieber heute als morgen im Grab sehen«, warf er Daniel vor.

Dieser machte sich nicht die Mühe, es abzustreiten. Er setzte sich auf die Kante des Krankenbettes und sah Iosif lange an. Als er vor beinahe zehn Jahren bei OLYMPUS angefangen hatte, war Iosif das sprichwörtlich blühende Leben gewesen. Keine graue Strähne hatte sich durch sein dunkles Haar gezogen, keine Falte hatte seine braunen Augen umrahmt. Im letzten Jahr jedoch war er zu einer Karikatur seines alten Selbst geworden. Eingefallene Wangen, dunkle Ringe unter den Augen, das Haar schütter, die Stimme brüchig. Ganz offensichtlich ein Mann, der dem Tode geweiht war. Und sie beide wussten es.

»Und dennoch, warum sollte ich das Ganze beschleunigen? Die Natur nimmt ihren Lauf, du kannst nichts mehr daran ändern. Dein Körper zerfällt. Nun, ich denke, vielleicht könnte man dich noch retten, wenn wir bei dir die gleichen Anwendungen wie bei deinen Göttinnen vornehmen würden. Wie wäre es? Du wärst stärker als alle anderen, schneller, könntest besser sehen, hören, riechen. Niemand könnte dir etwas tun. Das heißt, solange niemand mit Silberkugeln auf dich schießt natürlich. Oh, das habe ich vergessen, diese Kleinigkeit sagst du ihnen ja nicht.«

Iosif ballte die Hand zur Faust und die Maschine piepste erneut. »Was willst du?« presste er zwischen seinen Zähnen hervor.

»Ich wollte mich lediglich verabschieden. Deine Zeit bei OLYMPUS ist offenbar zu Ende. Der Vorstand hat dies nun auch eingesehen. In einem Monat werde ich offiziell deinen Posten übernehmen und OLYMPUS hat einen neuen Chef. Ich hatte gehofft, du würdest mir gratulieren?«

»Fahr zur Hölle, du Hurensohn!« Iosif hustete erneut und versuchte, sich aufzurichten.

Daniel stand lachend auf und trat einen Schritt vom Bett zurück.

»Ich habe dich alles gelehrt, was ich weiß, habe dich selbst ausgebildet, dich anderen vorgezogen, dich wie meinen Sohn behandelt, und so dankst du es mir?«

Daniel schnalzte mit der Zunge. »Nun, alter Mann, wir beide wissen, wie wenig dir an deinem eigenen Fleisch und Blut liegt. Ich wage es gar nicht, mir auszumalen, wie du einmal mit mir verfahren würdest.« Daniel drehte sich um und ging zur Tür. Als er die Hand nach der Klinke ausstreckte, hielt er noch einmal inne.

»Ach ja, wo wir gerade von deinem Fleisch und Blut reden, Nike ist gerade dabei, einen gefährlichen Auftrag auszuführen. Wir wollen doch hoffen, dass sie heil und gesund wiederkommt. Man weiß ja nie, was den jungen Frauen da draußen passieren könnte. Denk nur an diese schrecklichen Morde in letzter Zeit. Ich würde meines Lebens nicht mehr froh, wenn ihr etwas zustoßen würde. Ein Unfall oder ... wenn sie einem Vrykólakas zum Opfer fallen würde. Es wäre schrecklich, nicht wahr? Aber dürftest du überhaupt trauern? Immerhin weiß sie noch nicht einmal, wer du wirklich bist.« Ihm fiel auf, wie Iosif blasser wurde. »Auf der anderen Seite, vielleicht wäre ein Unfall sogar ein gnädiger Tod. Ich habe von schrecklicheren Dingen gehört, die eine Theá befallen können. Horrorgeschichten von verrückten Medizinern und Wissenschaftlern, die das Leben alter Menschen durch die Spenden junger, gesunder Körper künstlich verlängern wollen. Aber das sind sicherlich nur Gerüchte. Gute Nacht, Iosif.«

Er hörte den alten Mann fluchen, als er aus dem Krankenzimmer ging und geradewegs in Richtung Ausgang marschierte. Iosif hatte wirklich geglaubt, ihn reinlegen zu können. Was für ein Narr.

Am Ausgang blieb Daniel bei einem der Wachmänner stehen und überreichte ihm einen Umschlag. »Gute Arbeit. Für den unwahrscheinlichen Fall, dass es weitere Neuigkeiten geben sollte ...«

»Melde ich mich sofort bei Ihnen, Mr. Johnson.«

Daniel lächelte großzügig. »Sehr gut.«

Auf dem Weg über den kleinen Parkplatz holte er sein Handy aus der Tasche und drückte die Kurzwahl 1.

»Ja«, meldete sich eine launische Stimme am anderen Ende.

»Du kennst deinen Auftrag. Sobald der Mustang sich der Einrichtung nähert, hat das Auto einen Unfall.«

»Verstanden.«

Daniel legte auf und stieg in seinen BMW. Als er den Rückspiegel richtete, wie er es jedes Mal vor Fahrbeginn tat, fuhr er sich mit der Hand durchs dunkle Haar und warf seinem Spiegelbild ein triumphierendes Lächeln zu. Alles verlief nach Plan.

***

Nike zog sich nicht gleich auf die Anhöhe, auf der das Haus stand. Sie wartete einen Moment, sah sich die Fassade genau an, suchte sie nach Kameras ab. Als sie sie entdeckt hatte, versuchte sie abzuschätzen, an welcher Stelle sie ungesehen auf die Anhöhe klettern und in welchem Winkel sie sich dem Haus nähern konnte. Sie hangelte sich noch einige Meter am Abhang nach rechts, ehe sie es wagte und sich mit dem rechten Bein zuerst hochschwang. In geduckter Haltung näherte sie sich der Hauswand und bewegte sich an dieser entlang. Satellitenbildern sei Dank kannte sie die ungefähren Positionen von Fenstern und Türen. Am sichersten erschien es ihr, über die Terrasse auf der Rückseite einzudringen. Also machte sie sich auf den Weg dorthin.

Nike zögerte kurz, als sie die Balkontür unverschlossen vorfand. War der Vrykólakas ein Idiot oder war sie in eine Falle gelaufen? Egal, es gab für sie keinen Weg zurück. Wenn es keine Falle war, würde der Vrykólakas bemerken, dass sie hier gewesen war und vor einem erneuten Angriff gewarnt sein. Wenn er doch versuchte, ihr hiermit eine Falle zu stellen, würde er bald lernen, dass sie auf solche Situationen vorbereitet war. Stimmen drangen an ihr Ohr, doch sie erkannte schnell, dass es sich dabei um den Fernseher handelte. Nike ging in die Knie, um ihr Messer in die linke Hand zu nehmen und öffnete die Jacke, um ihre VR49 herauszuholen. Mit der Waffe in der rechten Hand stieß sie die Balkontür ein wenig weiter auf und trat in das Haus.

Sie fand sich in der Küche wieder. Groß, am Tag sicherlich lichtdurchflutet, jetzt nur vom Halbmond beschienen – und leer. Die Geräusche des Fernsehers kamen aus einem anderen Zimmer. Nike konnte die Stimmen noch nicht wirklich zuordnen, es klang aber nach einer Nachrichtensendung. Wer hätte das gedacht? Ein Monster, das sich über die Geschehnisse in der Welt informierte. Sie unterdrückte ein Schnauben und schlich durch die Küche. Das Licht des Fernsehers fiel in den Flur, das Wohnzimmer, so stellte sie fest, hatte nur einen offenen Durchbruch und keine verschließbare Tür vorzuweisen. Als sie in diesem Durchbruch ankam, blickte sie direkt auf den Flachbildschirm an der gegenüberliegenden Wand. Mit dem Rücken zu ihr, auf der Couch, saß das Biest. Seelenruhig saß es da und ließ sich vom Fernsehprogramm berieseln. Nike wurde beinahe schlecht bei der Vorstellung, dass dieses Ungeheuer sich an den Bildern seiner Opfer ergötzen könnte, die die Nachrichten zeigten.

Sie war darauf vorbereitet, dass es sie hören würde, sich zu ihr umdrehen und sie angreifen würde, sobald sie den Raum betrat, doch es reagierte gar nicht auf ihre Anwesenheit. War der Anblick der Leichen so erregend, dass es alles um sich herum vergessen konnte? Sie verdiente einen Orden dafür, dass sie es aus dem Weg schaffte.

Sie betrachtete das Wenige, was sie vom Vrykólakas sehen konnte, als sie mit gezückter VR49 auf ihn zuging. Dunkelblondes Haar fiel ihm in den Nacken – den sehr schmalen Nacken. Auch seine Schultern waren ausgesprochen schmal. Einen solch mickrigen Vrykólakas hatte sie noch nie gesehen. Sie zögerte einen Moment und nun bemerkte er sie doch. Erschrocken fuhr er zu ihr herum.

Nike sah ihn verwirrt an, bemerkte die angstgeweiteten blauen Augen hinter den Brillengläsern. Sie senkte die VR49 leicht und sein Erschrecken spiegelte sich in ihrem eigenen Gesicht wider. Der schmale, für einen Kämpfer viel zu schwache Körper, das viel zu laut schlagende Herz, die beschleunigte Atmung. Vor ihr stand ein verängstigtes Tier, kein kaltblütiges Ungeheuer.

»Du bist ein Mensch«, stellte sie verblüfft fest.

Wie konnte das sein? Sie hatte den Auftrag bekommen, einen Vrykólakas in diesem Haus zu töten. Sie hatte sich wie immer die nötigen

Pläne besorgt, um auf das Anwesen vorzudringen, hatte alles richtig gemacht. Wieso war hier dann ein Mensch?

»Sie haben dich geschickt, um mich zu töten, nicht wahr?« Seine Stimme klang schrill und Nike vermutete, dass es die Angst war, die ihn höher sprechen ließ.

Nike hielt inne. Nicht ihn. Sie tötete keine Menschen. Sie war kein Monster – sie jagte und tötete welche.

»Nein«, versicherte sie ihm und ließ ihre Waffe sinken. »Das hier ist ein Fehler.«

»Wie recht du hast.«

Als sie die Stimme hinter sich hörte, schalt sie sich eine elende Närrin, doch ehe sie reagieren konnte, lag ihre VR49 auf dem Boden, ihr Messer folgte sofort und sie fand sich in der eisernen Umklammerung eines Vrykólakas wieder.

Angst ergriff von ihr Besitz, als sie ihren ganz persönlichen Albtraum durchlebte. Sie hätte wissen müssen, dass sie sich nicht geirrt hatte. Nun war es zu spät, etwas zu bereuen. Das Monster hatte den linken Arm um ihre Mitte geschlungen, hielt ihre Arme gefangen, als wäre sie nur eine Puppe. Seine rechte Hand griff nach ihrem Kinn. Er würde sie töten. Ihr das Genick brechen. Oder noch schlimmer: seine Zähne in ihren Hals schlagen und von ihrem Blut trinken, bis der letzte Funken Leben aus ihr gewichen war. Sie würde das nächste Opfer des Serienmörders werden.

»Warte.« Der Mensch war von der Couch aufgesprungen und streckte beide Arme beschwichtigend in die Höhe.

Glaubte er etwa, das Monster beruhigen zu können? Was für ein Idiot. Beinahe ein so großer Narr wie sie selbst.

»Lauf«, flüsterte sie ihm zu, doch er schüttelte den Kopf. Um Himmels willen, war er so lebensmüde?

»Wir können mit ihr reden.«

Mit *ihr*?

Das Monster hinter ihr lachte auf, sein Griff um ihr Kinn wurde fester. »Reden? Sie war dabei, dich zu töten.«

»Nein, war sie nicht.«

»Doc …«

Der Mensch schüttelte erneut den Kopf und schob seine Brille auf der Nase zurecht. »Tu ihr nichts.« Er wandte sich an Nike und versuchte, sie anzulächeln. »Wie heißt du?«

Der Mann war wirklich von Sinnen.

»Er hat dich was gefragt«, knurrte das Monster hinter ihr und Nike versuchte, die aufsteigende Panik zu unterdrücken. Vrykólakas waren wie Tiere, sie konnten Angst riechen, weideten sich daran, während sie ihrem Opfer das Leben nahmen.

»Fahr zur Hölle!«, zischte sie ihn an.

Das Knurren wurde lauter und der Griff um ihr Kinn noch fester.

Nike hörte, wie ihr Kieferknochen ausgerenkt wurde und sich im gleichen Moment mit einem weiteren Knacken selbst richtete. Nur wenn er ihr das Genick brach, wäre sie nicht in der Lage, sich selbst zu heilen.

»Du weißt nicht, wer sie ist?«, wollte der Vrykólakas von dem Menschen wissen.

»Ich hatte nie mit ihnen direkt zu tun. Und es ist ja nicht so, als gäbe es nur eine Handvoll von ihnen. Es gibt einen Weg, ihre Identität herauszufinden, aber ich würde es bevorzugen, wenn sie uns ihren Namen sagen würde.«

Nike sah den Mann eindringlich an. Er wusste, was sie war? Und er glaubte, sie identifizieren zu können?

Wusste er tatsächlich von ihrer Tätowierung? Das bedeutete, er musste von OLYMPUS sein, aber was tat er dann hier? Wieso sollte jemand, der wusste, was für Gräueltaten diese Monster begingen, sich zu ihnen gesellen?

»Sprichst du jetzt?«

Sie schaffte es, ihr Kinn ein wenig aus seiner Umklammerung zu lösen und ihre Zähne in die Hand des Vrykólakas zu graben. Sie spürte sein Blut auf ihren Lippen, als er aufschrie und sie von sich stieß. Nike sah die Wand auf sich zukommen und versuchte noch, den Aufprall abzufangen, doch der Vrykólakas hatte sie mit aller Gewalt von sich gestoßen.

Ihr Kopf prallte fest gegen die Mauer. Sie taumelte, versuchte, sich zu fangen, wegzulaufen.

Der Vrykólakas fluchte, schüttelte seine blutige Hand und griff erneut nach ihr. Nike schmeckte sein Blut auf ihrer Zunge und ihr Magen knurrte.

Toll, dachte sie, vielleicht kotze ich ihn wenigstens noch voll, bevor ich sterbe.

Sie zog ihren Ärmel aus der Jacke, die er festhielt, machte einen weiteren taumelnden Schritt von ihm weg und hob die Fäuste. Sie würde nicht kampflos untergehen.

Der Vrykólakas griff erneut nach ihr, packte sie an ihren Haaren und zog sie zurück. Nike verlor das Gleichgewicht und stürzte gegen ihn, ehe sie zu Boden fiel. Ihr wurde schwarz vor Augen. Gut, wenigstens verlor sie das Bewusstsein, bevor er sie austrinken würde.

»Meintest du das?« Die Stimme des Vrykólakas drang gedämpft zu ihr durch. Sie hörte eine Bewegung, jemand kniete neben ihr, eine warme Hand, eine menschliche Hand, strich das Haar von ihrem Rücken, legte die Tätowierung unterhalb ihres Nackens frei.

»Weißt du, wer sie ist?« Wieder dieses Knurren.

»Sie ist die Erste. Der Prototyp der Theés. Iosifs Tochter. *Die Unbesiegbare*. Nike.« Es war das Letzte, was sie hörte, ehe die Dunkelheit sie umfing.

Kapitel 3

»Sieh mich nicht so an, ich hab sie am Leben gelassen, oder nicht?«

Auf Thanos' Worte hin senkte Adam den Blick, doch der stumme Vorwurf lag noch immer in der Luft.

»Sie lebt«, beharrte Thanos. »Was mehr ist, als sie für mich getan hätte.«

»Sie weiß es nicht besser«, meinte Adam leise und hob ihre Jacke vom Boden, um sie über die Rückenlehne der Couch zu legen.

»Wo hast du sie hingebracht?«

»Ich habe sie in den leeren Abstellraum neben der Küche gesperrt. Die Tür wird sie nicht aufbekommen.« Und Fenster gab es keine, aber das musste er nicht extra erwähnen.

Thanos ließ sich auf einen Sessel fallen und beobachtete Adam dabei, wie er die Spuren des kurzen Kampfes beseitigte. Als Adam seinen Blick auf sich bemerkte, sah er ihn fragend an.

»Wieso hast du so viel Mitleid mit ihr? Sie ist der Feind. Sie wurde geschickt, um dich zu töten, oder uns alle.«

Adam zuckte leicht mit den Schultern. »Sie ist – auch wenn du es nicht gerne hörst – wie ihr. Sie wurde mit Lügen gefüttert und in eine Welt geschickt, in der sie glaubt, Gut und Böse einfach trennen zu können. Eigentlich geht es ihr sogar noch schlechter als euch. Sie kennt nichts anderes. Sie war noch keine fünf Jahre alt, als sie zu einer Theá gemacht wurde. Iosif hat ihr von jeher seine Version der Dinge eingebläut. Wie soll ein Kind erkennen, dass es von dem Mann belogen wird, den es als seinen Lebensretter ansieht.?«

»Ein Grund mehr, sie zu töten. Sie wird nicht mit sich reden lassen. Wenn sie wirklich so sehr von OLYMPUS beeinflusst wurde,

wird sie niemals glauben, dass sie irgendetwas anderes als gut sind.«
Der Gedanke gefiel Thanos nicht, aber er hatte in seinem Leben
gelernt, dass man viele Dinge tun musste, die einem nicht gefielen.
Mehr als einmal hatte er vor der Wahl gestanden, zu überleben oder
zu sterben und er hatte sich immer für das Leben entschieden. Meistens ging mit dieser Entscheidung der Tod eines anderen einher.

»Das weißt du nicht«, beharrte Adam und ging zurück zur
Couch. »Und wenn wir sie überzeugen, werden die anderen Theés
ihr folgen. OLYMPUS wird alleine dastehen, ohne jemanden, der
sie beschützt, der euch jagt.«

Thanos sah den Arzt mit gerunzelter Stirn an. »Du glaubst wirklich, sie hat einen so starken Einfluss auf die anderen?«

Adam klappte seinen Laptop auf, der auf dem Tisch vor ihm
stand. Er öffnete einen Ordner, klickte sich durch einige Dateien,
drehte den Computer schließlich zu Thanos.

»Was ist das?«, fragte dieser und starrte auf die Zeichnungen auf
dem Monitor.

»Tätowierungen. Die Tätowierungen aller bisher erschaffenen
Theés.«

»Was hat das mit …«

»Nike hat sich ihre Tätowierung nach ihrem ersten Auftrag ste-
chen lassen. Damals hat sie sich auch ihren Namen gegeben. Eine
Krankenschwester hat mir mal erzählt, dass sie bis dahin auf keinen
Namen reagierte, den man ihr geben wollte. Selbst ihren richtigen
Namen schien sie vergessen zu haben. Der Schock, den sie erlitten
hat, als sie ihre Mutter sterben sah, soll daran schuld gewesen sein.
Dann erhielt sie ihren ersten Auftrag, führte ihn erfolgreich aus und
kehrte zurück. Sie betrat Iosifs Büro und sagte ihm, ihr Name sei
Nike, sie sei wie die Siegesgöttin und nichts und niemand könne sie
bezwingen.«

Thanos betrachtete die Zeichnung ihrer Tätowierung, die er auch
zwischen ihren Schulterblättern gesehen hatte. Inmitten eines Flügel
paares stand dort das griechische Wort für Sieg *Níκα*. Er erkannte, dass die übrigen Tätowierungen ähnlich aufgebaut waren.

»Alle, die nach ihr kamen, haben es ihr gleichgetan. Nach ihrem ersten Auftrag legten sie ihren Namen ab, nahmen den einer griechischen Gottheit an und ließen sich tätowieren.«

»Deswegen werden sie Theés genannt? Ich dachte immer, es sei eine besonders dämliche Idee von Iosif gewesen.«

Adam lachte leise. »Nein, es war tatsächlich wegen dieses Rituals, das Nike begonnen hat. Sie selbst nennen sich Göttinnen, also hat OLYMPUS sie auch so genannt. Aber siehst du jetzt ein«, begann Adam und blickte Thanos flehend an, »weshalb wir mit ihr reden müssen? Wir müssen sie überzeugen, dass wir die Wahrheit sagen. Sie kann die anderen Theés dazu bringen, sich uns anzuschließen und wir könnten ...« Thanos' Blick ließ ihn innehalten, bevor er *sie bekämpfen* aussprechen konnte.

Vor beinahe zwei Monaten war er bei Thanos untergekommen und er hatte seine Lektion gelernt: Thanos wollte kein Wort davon hören, dass sie OLYMPUS bekämpfen sollten. Er hielt es für ein Himmelfahrtskommando und wollte nichts damit zu tun haben.

»Wir werden aber mit ihr reden?«, hakte Adam nach und Thanos nickte schließlich. Wenn er sie nicht töten musste, weil sie die Wahrheit einsah, sollte es ihm nur recht sein. Zur Sicherheit würde er eine Waffe griffbereit haben. Die Pistole, die OLYMPUS offensichtlich als Spezialanfertigung für seine Göttinnen hergestellt hatte, steckte in seinem Gürtel am Rücken. Er würde nur eine Sekunde brauchen, um sie zu ziehen, falls seine bloße Kraft nicht schon ausreichen würde. Eine Schusswunde würde sie zwar nicht töten, doch er glaubte, die Verzögerung gebrauchen zu können, wenn es auf einen Kampf hinauslief.

***

Nike erwachte mit dröhnenden Kopfschmerzen. Im ersten Moment verfluchte sie sie, im zweiten hielt sie inne. Kopfschmerzen bedeuteten, dass sie noch am Leben war. Aber wieso? Sie blieb einen Moment lang still liegen und lauschte, doch sie war allein. Langsam richtete sie sich auf und versuchte, sich zu orientieren. Sie streckte den rechten Arm aus und ihre Hand berührte eine Wand. Kein Licht drang in den

Raum, vollkommene Dunkelheit umgab sie. Selbst ihre Augen, die, einer Katze ähnlich bei Nacht noch die winzigsten Lichtquellen nutzen konnten, waren hier unbrauchbar. Sie lauschte einen Moment, doch von draußen drang kein Geräusch zu ihr. Was für ein Raum mochte das sein? Sie hatte keine Blaupausen von dem Haus gehabt und wünschte sich, es wäre anders gewesen. Die rechte Hand an der Wand und die linke vor sich ausgestreckt ging sie den Raum ab. Mit jedem Schritt ging ihr Atem schneller. Mit weniger als zehn Schritten hatte sie den Raum abgemessen. Er war höchstens zwei Meter mal zwei Meter groß. Winzig. Unglaublich eng. Nike spürte die bekannte Angst in sich aufsteigen. Ihr Herz schlug noch schneller, als es das ohnehin schon tat und sie begann zu schwitzen. An einer Wand hatte sie etwas gefühlt, das die Tür sein musste. Sie ging darauf zu und trat dagegen, doch sie rührte sich nicht. Warum zum Teufel konnte sie die Tür nicht eintreten? Sie versuchte es noch einmal, doch wieder ohne Erfolg. Panik machte sich in ihr breit. In blinder Verzweiflung trat und schlug sie gegen die Tür. Irgendwann musste sie doch nachgeben!

***

Richard rieb sich mit dem Handtuch über das Gesicht, als er die Küche betrat und zielsicher auf den Kühlschrank zuging. Blut, er brauchte jetzt frisches Blut. Er holte einen der Beutel aus dem Kühlschrank und stellte ihn in die Mikrowelle. Eine halbe Minute sollte reichen, um das Blut auf die perfekte Menschentemperatur aufzuwärmen.

Während die Mikrowelle brummte, drang noch ein anderes Geräusch an sein Ohr. Er drehte sich um und bemerkte, wie sich die Tür zum leeren Abstellraum leicht bewegte. Neugierig trat er einen Schritt näher.

Verzweiflung. Er konnte sie regelrecht riechen. Verzweiflung und noch etwas, das er nicht benennen konnte, von dem er aber wusste, dass er es haben wollte. Er konnte auch ihren Herzschlag hören. Schnell, verdammt schnell. Viel zu schnell für einen normalen Menschen. Plötzlich hörte die Tür auf, sich zu bewegen.

Die Mikrowelle piepste. Richard ging rückwärts auf sie zu und behielt den Abstellraum im Auge, während er das Blut aus der Mikrowelle nahm und den Beutel aufriss. Die Augen noch immer auf den Abstellraum gerichtet, ging er zum Wohnzimmer, wo er Thanos und den Doc gehört hatte.

»Hast du einen tollwütigen Hund oder etwas in der Art in der Abstellkammer eingesperrt?«, fragte er Thanos und setzte den Blutbeutel wieder an die Lippen. Das Blut schmeckte fad. Der Geruch, der aus der Abstellkammer gekommen war, versprach ein deutlich genussvolleres Mahl.

»Sie ist wach«, meinte Adam und klang deutlich nervös.

»Sie?«, fragte Richard mit steigendem Interesse. »Eine Freundin?« Er ignorierte den Blick, den Thanos ihm zuwarf. Er hatte jahrzehntelang Zeit gehabt, um die Reaktion der anderen Vrykólakas auf ihn zu ignorieren. Er war ein Meister darin geworden. »Ah, verstehe, Ärger im Paradies. Wo ist das Problem? Will sie Kinder und du nicht? Will sie, dass du dir einen anständigen Job suchst? Oh, warte, ich weiß es, sie findet es ekelhaft, dass du Blut trinkst.« Richard grinste breit, als Thanos ihn zur Seite schob und an ihm vorbei in die Küche ging.

Adam folgte ihm, wie ein Welpe seinem Herrchen nachlaufen würde. Richard zuckte mit den Schultern und schloss sich ihnen an. Es war ja nicht so, als gäbe es hier besonders viel zu tun, und vielleicht bekam er nun nach seiner Trainingsrunde noch etwas Unterhaltung geboten.

Kapitel 4

Sie hatte Geräusche gehört, ein Brummen, Schritte, ein Piepsen. Nike war still geworden, hatte gewartet, doch nichts geschah. Noch immer stand sie still und starr da.

Da. Schritte. Mehrere Personen, die sich näherten. Stimmen, sehr gedämpft. Sie konnte sie hören, aber keine Worte ausmachen. Sie mussten flüstern oder der Raum, in dem sie sich befand, war isoliert. Nike konnte es nicht ausschließen. Die Schritte kamen näher und sie machte sich bereit. Eine Chance. Wenn die Tür aufging, hatte sie nur eine Chance. Sie musste sie nutzen. Leben und Tod hingen davon ab. Sie würde *nicht* durch einen Vrykólakas sterben.

Die Tür öffnete sich, Licht strömte in den kleinen Raum, blendete sie, doch Nike brauchte ihre Augen nicht. Sie schloss sie, um das Brennen zu unterdrücken, während sie mit einem Satz nach vorn sprang. Sie schrie, als sie auf den Vrykólakas prallte, und grub ihre Nägel in seinen Schultern. Eine der ersten Lektionen, die sie gelernt hatte: Wenn man kein Messer mehr hatte, waren lange Fingernägel die nächsteffektive Waffe. Immerhin konnte sie einem Vrykólakas damit noch die Augen auskratzen, wenn sie sein Gesicht erreichte. Genau das hatte sie jetzt vor, doch ihr Angriff wurde abgefangen, als sei sie nicht mehr als ein kleines Kind. Es schien ihn überhaupt keine Kraft zu kosten, ihre Handgelenke zu packen und sie einmal um die eigene Achse zu drehen. Ihre Arme waren über vor ihrer Brust gekreuzt, ihr Rücken an seine Brust gepresst. Sie versuchte, ihn zu treten, doch er wich ihrem Stiefel gekonnt aus.

»Wenn du damit aufhörst, können wir reden«, knurrte er in ihr Ohr.

Nike öffnete vorsichtig die Augen und versuchte, ein Blinzeln zu unterdrücken. Es war so schrecklich hell. Ihre Augen hätten sich längst wieder an das Licht gewöhnen sollen. Verdammt, diese Erkältung ging ihr auf die Nerven. Seit Wochen brannten ihre Augen bei direktem Lichteinfall.

»Ich rede nicht mit Abschaum«, zischte sie und versuchte erneut, sich zu befreien. Sein Griff wurde nur fester, erbarmungsloser. Nun blinzelte sie doch, versuchte, ihre Umgebung sehen zu können. Was für ein Licht hatte der Vrykólakas nur in seinem Haus installiert? Ein Klick und es wurde stockfinster.

Nikes Kopf fuhr in die Richtung herum, aus der das Geräusch des Lichtschalters gekommen war. Der Mensch stand da und sah sie aufmerksam an.

»Bitte, lass uns reden«, sagte er ruhig.

Nike verstand noch immer nicht, was er hier tat. Das alles war doch Wahnsinn. Vielleicht hatte sie Fieber und träumte?

»Worüber reden?«, fragte sie ihn und versuchte noch einmal, den Vrykólakas, der sie festhielt, gegen das Schienbein zu treten. Sie traf, aber er ließ sie nicht los. Stattdessen drückte er sie fester an sich und knurrte erneut neben ihrem Ohr.

»Süß«, lachte jemand hinter dem Menschen.

Nike wurde schlecht. Noch ein Vrykólakas. War das hier ein Nest? Die Panik, von der sie glaubte, sie habe sie in dem kleinen, engen Raum zurückgelassen, überkam sie mit erneuter Wucht.

»Beruhig dich endlich«, knurrte der Vrykólakas hinter ihr.

Beruhigen? Das Monster musste den Verstand verloren haben. Sie war in der Schlangengrube gelandet und sollte sich beruhigen? Sie wartete nur darauf, seine Zähne in ihrem Hals zu fühlen und zu sterben.

»Vielleicht tut sie das, wenn du sie loslässt?« Der Mensch zuckte mit den Schultern und Nike konnte sich den Blick, den der Vrykólakas ihm zuwarf, deutlich vorstellen. Sie selbst sah ihn fassungslos an. Er glaubte wirklich, der Kerl würde sie einfach so loslassen?

Mit einem Seufzen tat er allerdings genau das, nun, zumindest lockerte er seinen Griff ein wenig.

»Du kannst nirgendwo hin. Wenn du versuchst zu fliehen, kommst du sofort wieder in den Abstellraum, verstanden?« Damit ließ er sie tatsächlich los.

Nike stolperte einige Schritte von ihm weg, brachte den Küchentisch zwischen sie beide und blickte sich um.

»Du wirst hier keine Waffen finden, die du benutzen kannst«, erklärte der Vrykólakas beinahe ruhig. Er lehnte sich mit der Hüfte gegen eine Küchenzeile und verschränkte die Arme vor der Brust. »Du wolltest mit ihr reden. Bitte, rede«, sagte er an den Menschen gewandt.

Jetzt, Mensch neben Vrykólakas, waren die Unterschiede zwischen ihnen so klar zu erkennen, wie sie es für Nike noch nie zuvor gewesen waren – und wie sie es für keinen gewöhnlichen Menschen je sein würden. Alles, was ein Mensch erkannt hätte, wäre ein muskulöser, wütender Mann gewesen. Doch Nike sah mehr. Sie roch und hörte mehr. Seine Pupillen reagierten nicht menschlich auf das Licht, sie glichen denen einer Katze. Sein Puls ging langsam und zeugte von seinem unmenschlichen Wesen. Wie ein quälend ruhiger Rhythmus drang sein Herzschlag an ihr Ohr, bis das Rauschen ihres eigenen Blutes ihn verdrängte. Seine Haut war entsetzlich kalt. Nicht auf eine Art, als könne er sich wieder aufwärmen, sondern auf endgültige Weise.

Nike ließ den Vrykólakas nicht aus den Augen. Sie wollte gewappnet sein, wenn er sie angriff. Der Mensch kam in ihr Sichtfeld. Nike warf ihm nur einen kurzen Blick zu. Er war die kleinste Bedrohung hier. Er war nur wenig größer als sie, schlank und leicht auszumanövrieren, wenn es drauf ankam.

»Mein Name ist Adam Miller«, stellte er sich vor. »Bis vor zwei Monaten habe ich selbst bei OLYMPUS gearbeitet. Als Arzt. Ich weiß über beide Projekte Bescheid und ich kann dir alle Fragen beantworten, die du hast.«

Nike schnaubte und sah ihn ungläubig an. »Meine einzige Frage ist, weshalb sich ein Mensch bei diesen Bestien aufhält.«

Adam zögerte und überlegte sich seine Antwort offenbar genau. »Weil ich die Wahrheit über beide Projekte kenne. Ich weiß, was damals wirklich geschehen ist.«

»Die Soldaten haben den Verstand verloren und sind zu Monstern geworden, jeder weiß das«, konterte Nike.

»Sie sind keine Monster. Sie sind genau wie du, sie …«

»Ich. Bin. Nicht. Wie. Sie.«

Adam trat einen Schritt zurück, als habe Nikes Wut ihn getroffen. Er hob abwehrend die Hände. »Sie sind Menschen, sie haben ihren Verstand behalten, sie sind keine Tiere, nicht so, wie OLYMPUS es uns gerne glauben machen würde. Du jagst Menschen, weil OLYMPUS die Fehler vertuschen will, die sie bei ihren Experimenten begangen haben. Weil sie nicht wollen, dass herauskommt, was sie ihren eigenen Leuten angetan haben.«

Nike schüttelte nur den Kopf.

Adam atmete tief durch und sah hilfesuchend zu dem Vrykólakas. Dieser rollte mit den Augen, ließ sich dann aber doch dazu herab, Nike anzusprechen.

»Du weißt, weswegen wir erschaffen wurden?«

Sie nickte knapp. OLYMPUS war ein Projekt der Alliierten gewesen, mit dem sie nach dem Zweiten Weltkrieg hatten verhindern wollen, dass etwas Ähnliches je wieder geschehen konnte. Elitesoldaten hatten mögliche Tyrannen und Diktatoren ausschalten sollen, bevor sie zu mächtig werden konnten. Aber es war gewaltig schief gegangen.

»Und du weißt, dass wir anfingen, nicht wie gewünscht auf die Behandlungen zu reagieren? Dass wir allergisch gegen Sonnenlicht wurden, keine Lebensmittel mehr vertrugen und schließlich nur noch Blut trinken konnten?«

»Das ihr Monster wurdet? Ja, das weiß ich.«

Er ignorierte sie und fuhr fort. Er erzählte ihr, wie es gewesen war, als die Nebenwirkungen bei ihnen eingesetzt hatten, wie die ersten von ihnen noch bei OLYMPUS Hilfe gesucht hatten, nur um nie wieder zu ihren Kameraden zurückzukehren und wie sie schließlich von dem Befehl erfuhren, dass sie alle getötet werden sollten. Während er sprach, stellten sich Nikes Nackenhaare auf. Der zweite Vrykólakas näherte sich ihr kontinuierlich, schlich hinter ihr herum wie eine Katze, die einer Maus vor ihrem Loch auflauerte.

»Wir sind geflohen und haben uns versteckt. Wir lebten jahrelang wie Hunde. Wir haben als Obdachlose unter Brücken gelebt, in Abrisshäusern, überall da, wo wir uns für einen Tag vor OLYMPUS sicher fühlten.« Verachtung und Wut schwangen in der Stimme des größeren Vrykólakas mit.

Noch immer schlich der zweite Vrykólakas um ihren Rücken herum. Nikes Nacken spannte sich an. »Wenn du versuchst, mich nervös zu machen, muss ich dich enttäuschen, es wird nicht funktionieren«, fauchte sie ihn über ihre Schulter an. »Das Ganze ist zwar eine nette Geschichte«, sagte sie dann zu dem ersten Vrykólakas, »aber nichts was ich nicht schon gehört hätte. Es ändert nichts daran, was ihr seid, was ihr tut. Blut trinken. Menschen töten. ... Ich habe gesagt, du sollst das lassen!« Sie wirbelte herum, um sich dem zweiten Vrykólakas zu stellen.

»Nicht nervös?« Er stand direkt vor ihr und grinste sie mit spitzen Zähnen an.

Nikes Herz setzte einen Moment aus, nur um gleich darauf schneller als zuvor zu schlagen. Sie machte einen Schritt rückwärts und prallte an die Brust des anderen Vrykólakas. Sein Knurren vibrierte durch ihren Rücken. Panik ließ sie erstarren. Eine kalte Hand schloss sich um ihren bloßen Arm und schob sie aus dem Weg.

»Geh.«

Sie blinzelte. Einmal, zweimal. Ein breiter Rücken versperrte ihr den Blick auf den Vrykólakas, der ihr eben noch seine Zähne gezeigt hatte.

»Ach komm schon, willst du ganz allein mit ihr spielen? Das ist nicht fair.«

»Ich sagte, du sollst gehen.«

Nike war wie erstarrt. Sie erwartete fast, die beiden würden aufeinander losgehen und sich gegenseitig zerfleischen. Stattdessen schnaubte der Kleinere von ihnen und ging tatsächlich. Als sich der Vrykólakas zu ihr umdrehte, reckte Nike das Kinn.

»Ich habe keine Angst.«

Er lachte leise und beugte sich näher zu ihr. »Das ist ein großer Fehler, kleine *Göttin*.«

Sie kämpfte gegen den Drang an, vor ihm zurückzuweichen. Um dennoch das Gefühl zu haben, etwas Abstand zwischen sich und ihn zu bringen, verschränkte sie die Arme vor der Brust.

»Nichts, von dem, was ihr mir erzählt habt, ändert irgendetwas. War es das also? Kann ich jetzt gehen?«

Er lachte humorlos und schüttelte den Kopf, ehe er ein paar Schritte nach hinten trat und Adam ansah. »Ich sagte doch, es hat keinen Sinn. Sie lebt in ihrer eigenen Welt, glaubt die Lügen, die OLYMPUS ihr auftischt mehr als bereitwillig.« Er wandte sich wieder an Nike und jeglicher Humor wich aus seinem Gesicht. »Sie benutzen euch, genauso wie sie damals uns benutzt haben. Früher oder später seid ihr nicht mehr von Interesse für sie und was glaubst du, wird dann aus euch?«

Sie reckte das Kinn ein Stück weiter, schwieg jedoch. Seine Lügen würden nicht zu ihr durchdringen.

Der Vrykólakas seufzte theatralisch und packte sie erneut, warf sie sich über die Schulter, als wäre sie ein Sack Kartoffeln. Nike schrie ihn an und schlug auf ihn ein, aber er reagierte nicht.

»Was hast du mit ihr vor?«

»Sie wieder einsperren. Ich gebe dir drei Tage, um sie zu überzeugen. Halt sie dabei aber von mir fern. Ihr Geruch macht mich verrückt.« Er warf sie in die Abstellkammer und verschloss die Tür, ehe sie sich aufrappeln konnte. Aus Wut trat Nike noch einmal fest gegen das Holz, auch wenn sie wusste, dass es keinen Sinn hatte. Sie musste einen Weg hier heraus finden.

Sie saß eine gefühlte Ewigkeit an der Tür und schlug mit dem Hinterkopf dagegen, als ihr endlich die rettende Idee kam. Um sich nicht zu verraten, fuhr sie damit fort, gegen das Holz zu schlagen. Langsam breitete sich ein kleines Grinsen auf ihren Lippen aus.

Ja, das konnte tatsächlich funktionieren. Sie musste nur noch etwas warten und versuchen, in der Zwischenzeit nicht ihrer Platzangst zu erliegen. Mit geschlossenen Augen stellte sie sich vor, auf einem offenen Platz zu sein und wartete auf den Sonnenaufgang.

Ihr Körper spürte, als es soweit war. Sie hatte es immer gespürt, seit sie ein kleines Kind gewesen war. Nike wusste nicht, weshalb sie es konnte, aber auch die anderen Theés wussten genau, wann die Sonne aufging. Als es soweit war, wartete Nike noch eine Weile, ehe sie so laut sie konnte nach Adam rief. Sie hörte Schritte vor der Tür und wandte sich zur Seite, in der Hoffnung, dass er sie wenigstens verstehen konnte, wenn auch nicht sehr laut.

»Ich muss auf die Toilette. Dringend. Und ich will mir wirklich nicht in die Hose machen.«

Einen Moment lang herrschte Schweigen.

Bitte, bitte glaub mir und lass es funktionieren, betete sie im Stillen.

Als die Tür geöffnet wurde, seufzte sie erleichtert. Adam lächelte sie zaghaft an, offenbar deutete er ihr Seufzen falsch und glaubte, sie sei erleichtert darüber, das Badezimmer benutzen zu können. Sie trat langsam aus der Kammer, um ihn nicht zu alarmieren, überwältigte ihn dann aber umso schneller und drehte ihm den rechten Arm auf den Rücken, bis er sich nicht mehr bewegen konnte.

»Tut mir wirklich leid, aber diese Bestien holen dich ja in ein paar Stunden wieder raus.« Sie stieß ihn in die Kammer und schloss die Tür.

Es war keine Zeit zu verlieren. Es tat ihr mehr als leid um ihre Waffen und die Jacke, die sie zurücklassen musste, doch jede Minute, die sie länger hier war, stieg die Gefahr, nicht zu entkommen. Nun, da sie sich nicht mehr darum kümmern musste, ungesehen zu bleiben, nahm sie die Eingangstür und rannte die Straße den Berg hinunter zur Stadt. Es war höchste Zeit, nach Hause zu kommen. Als erstes würde sie ein heißes Bad nehmen und dann sofort ein ernstes Wörtchen mit demjenigen sprechen, der ihr diesen Auftrag beschert hatte. Die Rede war von einem Vrykólakas gewesen. Nicht von zwei dieser Monster und einem merkwürdigen Menschen. Jemand hatte ihr einiges zu erklären.

Kapitel 5

»Au, passen Sie doch auf!«

»Entschuldigung Mr Johnson. Lena, kannst du mir helfen?«

Daniel rollte mit den Augen, als die Krankenschwester, die ihm für den ärztlichen Routinecheck Blut abnehmen wollte, daran kläglich scheiterte. Er hoffte, dass die Blondine, die ihr zu Hilfe kam, darin besser war.

Sein Handy klingelte und er holte es mit der freien Hand aus seiner Hemdstasche. »Ja?« Er runzelte die Stirn, als er hörte, was Jean zu sagen hatte.

»Was soll das heißen, noch nicht da? Sie hätte vor Stunden zurückkommen sollen. Hinfahren, den Kerl umlegen, zurückfahren, wo ist das Problem?« Er beobachtete, wie die blonde Krankenschwester geübt die Blutabnahme durchführte, und wandte sich wieder seinem Telefonat zu. »Dann orte ihren verfluchten Mustang. Du kennst deinen Auftrag. Vor dem Mittagessen will ich das Problem erledigt wissen. Das kann doch wohl nicht so schwer sein. Muss ich denn alles allein … Au! Sind denn heute alle verrückt geworden?«

»Entschuldigung.« Die Blondine sah ihn mit großen Augen an und beeilte sich, fertig zu werden. Eilig suchte sie die Proben zusammen und brachte sie aus dem Untersuchungszimmer.

»Wie gesagt, kümmere dich um das Problem.« Daniel beendete das Gespräch und wartete auf den Arzt, der den Rest des Gesundheitschecks durchführen würde.

***

»Mist, verfluchter!« Sie hatte zu lange gebraucht. Ihr Wagen, der in der Nacht sicher niemandem aufgefallen war, stand nicht mehr auf dem Parkplatz des Hotels. Sie hatte nicht annähernd genug Geld bei sich, um ihn bei der Polizei abzuholen. Ihr Handy war in ihrer Jackentasche – im Haus des Vrykólakas. Sie war gestrandet. Natürlich konnte sie nach Hause laufen. Aber sie konnte darauf verzichten, wenn es nicht sein musste. Sie war erschöpft, und wenn sie erschöpft war, wurde sie quengelig. Keine guten Voraussetzungen, um einen stundenlangen Marsch hinter sich zu bringen. Sie ging die Hauptstraße entlang und sah sich um. Zumindest dieses Mal schien sie Glück zu haben. Direkt vor einem Periptero fand sie eine Telefonzelle. Sie kratzte die Münzen aus ihrer Jeanstasche zusammen und konnte sich noch eine 5-€-Karte leisten. Das sollte reichen, um jemanden von OLYMPUS zu rufen, der sie abholen kam. Sie wählte die Nummer der Zentrale und wartete.

***

Daniel war mitten in der Untersuchung, als sein Handy erneut klingelte. Da er sein Hemd hatte ausziehen müssen, hatte er das Telefon auf eine Ablagefläche des Zimmers gelegt.

»Wer ist es?«, fragte er die blonde Krankenschwester, die dem Arzt zur Hand ging.

»Die Zentrale«, sagte sie nach einem Blick auf das Display.

Daniel schloss für einen Moment die Augen. Konnte er nicht einmal eine halbe Stunde seine Ruhe haben? Wenigstens, um diesen Check hinter sich zu bringen?

»Gehen Sie dran und fragen Sie, was er will, ja?« Er bemühte sich, nicht allzu ruppig zu sein. Er hatte den Ruf eines charmanten, weltgewandten Mannes zu verteidigen. Nur weil seine Angestellten Idioten waren, durfte er diesen Ruf nicht verlieren. Nike war noch immer nicht aufgetaucht und das gefiel ihm nicht. Die Frau hatte Vrykólakas getötet und scheiterte nun an einem Menschen? Da stimmte etwas nicht. Der Gedanke, dass Miller ihr etwas gesagt haben könnte, das sie nicht wissen sollte, behagte Daniel ganz und gar nicht. Er wusste selbst nicht genau, wie viel der junge Arzt wusste, aber jede winzige Kleinigkeit davon war zuviel.

»Es ist Jean für Sie.«

Daniel winkte die Krankenschwester herbei, damit sie ihm das Telefon ans Ohr halten konnte. Jean hatte Nikes Auto gefunden, auf einem Abschleppplatz. Von ihr selbst fehlte jede Spur.

Daniel fluchte. »Such sie, sie kann nicht weit sein.« Er bedeutete der Krankenschwester, sie solle auflegen, als direkt danach das Telefon erneut klingelte.

»Wieder die Zentrale.«

»Sagen Sie Jean, er kenne seinen Auftrag und das sei alles, was ich ihm zu sagen habe.«

Die Blondine ging ans Handy und wartete darauf, von der Mitarbeiterin der Zentrale mit dem Anrufer verbunden zu werden.

»Nike!« Als die Blondine den Namen ins Telefon sprach, fuhr Daniel zu ihr herum.

»Warte, warte, ich verstehe kaum etwas ...«

»Fragen Sie sie, wo sie ist.«

Die Krankenschwester sah ihn einen Moment lang an, ehe sie seiner Order nachkam. Wunderbar, eine Klischee-Blondine.

Als sie Nikes Nachricht wiedergab, lächelte Daniel zum ersten Mal an diesem Tag aufrichtig.

»Sie soll bleiben, wo sie ist, Jean wird sie gleich abholen.«

Wie ein Roboter gab die Krankenschwester die Nachricht weiter.

»Ich hab dich lieb«, sagte sie noch, ehe sie das Telefonat beendete und das Handy zur Seite legte, weil der Arzt ihre Hilfe bei der Untersuchung brauchte.

Daniel entspannte sich. Wenn das Telefon das nächste Mal klingelte, wusste er, welche Nachricht man ihm überbringen würde. Er konnte sie kaum erwarten.

***

Nike sah den Telefonhörer in ihrer Hand kopfschüttelnd an. *Ich hab dich lieb.* Das sagte Lena Maya jeden Morgen, wenn sie zur Schule am anderen Ende der Stadt ging. Sie sagte es Nike jedes Mal, bevor diese sich zu einem Auftrag aufmachte. Aber sie sagte es ihr nie, wenn sie von einem solchen zurückkam.

»Als wäre ich jetzt noch in Gefahr ...« Schlagartig ließ Nike den Telefonhörer fallen und rannte los. Sie war schnell, aber nicht schnell genug. Trotzdem verdankte sie Lenas Warnung ihr Leben. Ein brennender Schmerz breitete sich plötzlich in ihrer Seite aus. Obwohl sie wusste, was sie erwarten würde, griff sie sich mit der rechten Hand an die Stelle, an der die Kugel in ihren Körper gedrungen war Blut bedeckte ihre Hand, als sie sie zitternd zurückzog. Sie rannte weiter. Durfte nicht stehen bleiben. Es war nicht der erste Schuss, da war sie sich sicher. Wäre sie stehen geblieben, hätten leicht ihr Herz oder ihr Kopf getroffen werden können. Sie hörte ein Knirschen hinter sich an der Wand, Mauerteile rieselten zu Boden. Der nächste Schuss war verdammt knapp an ihr vorbeigegangen.

Nike ignorierte den momentanen Schmerz und rannte zwischen den Häusern hindurch von der Hauptstraße weg und durch die kleinen, verwinkelten Gassen der Stadt. Die Kugel würde gleich wieder von ihrem Körper abgestoßen werden. Es war nicht die Erste, die sie sich einfing.. Sie wusste nicht, wo ihr Angreifer war. Sie musste sich verstecken, irgendwo. Sie schlug sich durch die Seitengassen, bis sie an den Rand der Stadt kam und vor einem Olivenhain stand.

Besser als nichts. Wenigstens hatte sie von hier den Überblick. Sie sah sich noch einmal um, ob ihr jemand folgte, doch weit und breit war niemand. Sie lief zwischen den Olivenbäumen umher, schaute sich immer wieder um, doch von Jean, der es sicherlich gewesen war, der auf sie geschossen hatte, war nichts zu sehen. Als sie einen besonders großen Olivenbaum erreichte, ließ sie sich an ihm nieder und wartete darauf, dass ihr Körper endlich die Kugel abstieß. Sie hob ihr Top hoch und beobachtete die Eintrittswunde. Doch nichts geschah. Die Kugel blieb, wo sie war. Blut floss aus der Wunde und

42

die Schmerzen ließen nicht nach. Das war nicht gut. Ganz und gar nicht gut.

»Wieso geht sie nicht raus?« Nike unterdrückte einen Schmerzensschrei, als sie sich bewegte. Sie versuchte, die Wunde genauer zu betrachten, doch sie konnte nichts erkennen. Ihr wurde schlecht, ihr Magen knurrte und rebellierte und schließlich übergab sie sich auf die Wurzeln des Olivenbaums. Sie lehnte ihren Kopf gegen den Stamm und schwebte zwischen Wachen und Schlafen.

Als sie wieder Herr ihrer Sinne war, stand die Sonne tief am Himmel. Wie lange konnte sie hier noch sitzen bleiben? Die Antwort war leider zu einfach: nicht lange. Jean würde sie irgendwann finden und dann würde er nicht danebentreffen. Sobald er zu OLYMPUS zurückgekehrt war, würde er mit Verstärkung wiederkommen und sie würden jeden Zentimeter der Umgebung nach ihr durchkämmen. Sie wusste nicht, was passiert war, weshalb man auf sie geschossen hatte, doch sie würde nicht einfach warten, bis es noch einmal geschah. Sie musste hier weg. Aber wohin?

Die Antwort darauf gefiel ihr noch viel weniger, aber sie hatte keine Alternative. Als sie sich erhob, presste sie vor Schmerzen die Augen zusammen und drückte ihre Hand gegen die Wunde an ihrer Seite. Einen Moment lang blieb sie so stehen und wartete darauf, dass die Übelkeit und das Schwindelgefühl nachließen. Wenigstens konnte man auf ihrem schwarzen Top und der schwarzen Jeans das Blut nicht sehen. Doch darüber hätte sie sich keine Gedanken machen müssen. Auf ihrem Weg begegnete ihr niemand. Sie hielt sich in den Schatten auf, brauchte viel länger, als sie erwartet hatte und kämpfte mehr als einmal gegen Schmerz, Übelkeit und Ohnmacht an.

Nur nicht aufgeben. Sie dachte an die Göttin, deren Namen sie sich zu eigen gemacht hatte. Die Unbesiegbare. Hatte sie das nicht immer sein wollen? Wie konnte sie dann jetzt daran zweifeln, dass sie es schaffen würde? Der Berg erhob sich vor ihr und sie sah ihn stirnrunzelnd an.

»Ich muss wirklich den Verstand verloren haben.«

Kapitel 6

Seine Nackenhaare stellten sich auf, als er am Abend aus seinem Bett stieg und ins Bad ging. Thanos konnte das Gefühl, dass etwas nicht richtig war, einfach nicht abschütteln. Der Drang, direkt nach seinem *Gast* zu sehen, war groß, aber er kämpfte erfolgreich dagegen an. Er brauchte eine Dusche. Den halben Tag über hatte ihn ihr Duft verfolgt, die andere Hälfte war sein Hirn leer gewesen. Wenn er sich wieder gegen ihre Angriffe zur Wehr setzen musste, wollte er vorher wenigstens ihren Geruch, der ihm jetzt schon anhaftete, losgeworden sein.

Nachdem er sich angezogen hatte, ging er in die Küche und öffnete den Abstellraum. Er war darauf gefasst, sie sofort packen und festzuhalten zu müssen. Darauf, Adam in der Kammer vorzufinden, war er nicht gefasst.

»Ich muss aufs Klo!«, sagte dieser nur und rannte an ihm vorbei. Als er wiederkam, wirkte er schuldbewusst.

»Wo ist sie?«, fragte Thanos bemüht ruhig und warf Adam einen erwartungsvollen Blick zu.

»Weg, nehme ich an. Sie hat mich reingelegt.«

Wenigstens gab der Doc seine eigene Schuld zu. Thanos ballte die Hand zur Faust und schlug gegen den Rahmen der Tür, die in de Abstellkammer führte. Selbst die Tatsache, dass Adam den ganzen Tag darin verbracht hatte, hatte ihren Geruch nicht beseitigt. Thanos schüttelte den Kopf, doch ihren Duft konnte er nicht loswerden. Verdammt noch mal, was war das nur?

»Es ... tut mir leid«, sagte Adam und trat einen Schritt zurück.

»Sie sagte, sie müsse auf die Toilette und als ich die Tür aufgemacht habe ...«

Thanos brachte Abstand zwischen sich und die Kammer. Doch wohin er in der Küche auch ging, ihr Geruch blieb. »Ich rieche sie«, presste er schließlich hervor.

»Ja, das ... das ist ein Teil des Experiments, des Projekts.«

Thanos sah ihn verständnislos an.

»Nun, ihr seid zwar keine Tiere aber viele der Eigenschaften, die bei euch verstärkt wurden, hat man sich in der Natur abgeschaut. Als man an Nike experimentierte, ist man auf eure Eigenschaften und Fähigkeiten eingegangen. Ihre Pheromone sind um einiges stärker als die, einer normalen Frau.«

»Sollen sie uns in den Wahnsinn treiben?« Thanos ging mit großen Schritten an die Balkontür und riss sie auf, um frische Luft zu bekommen. »Heißt das, ich kann Richard nicht einmal für sein Verhalten gestern Abend verantwortlich machen?«

»Nun, ich kann mir gut vorstellen, dass er auf ihre Pheromone reagierte ... ihr beide vielleicht. Ich meine, als ihr euch gegenüberstandet, hatte das schon einiges von ...«

»Sag es nicht.«

»Männlichen Tieren jeglicher Spezies in der Paarungszeit.«

Thanos warf ihm einen finsteren Blick zu, doch Adam hob nur entschuldigend die Schultern. »Wie lange halten sich diese ... Pheromone?«

Erneut konnte Adam nur mit den Schultern zucken.

Ein Klopfen an der Tür unterbrach jegliche weiteren Fragen, die Thanos hätte stellen können. Wie auf ein stilles Kommando hin zog Adam sich ins Wohnzimmer zurück und drückte sich neben dem Durchgang an die Wand. Es war das Erste gewesen, was Thanos ihm beigebracht hatte: Verstecken, wenn jemand kam. Als er sicher war, dass Adam vom Flur aus nicht zu sehen war, ging Thanos zur Haustür und öffnete sie.

Sprachlos starrte er auf die Frau, die sich gegen den Türrahmen lehnte. Ihre dunklen Augen waren glasig, als sie zu ihm aufsah. Wenn er geglaubt hatte, seine Küche roch nach ihr, so wurde er nun eines

Besseren belehrt. Seine Küche war nichts im Vergleich zu dem Duft, den er gerade jetzt wahrnahm. Seine Zähne schmerzten in seinem Oberkiefer. Das Verlangen, sie an sich zu zerren, seine Zähne in ihrem Nacken zu vergraben und von ihr zu trinken war groß. Er hasste es.

»Ich brauche den Arzt.«

Thanos Blick glitt zu ihrer Taille, wo sie die Hände gegen ihren Körper presste. Ihre Finger waren rot. Rot von Blut. Das war gar nicht gut. Aber es erklärte, weshalb ihr Duft jetzt so viel stärker war, als er ihn in Erinnerung hatte.

»Doc«, schrie er ins Haus und machte mehrere Schritte zurück, von Nike fort. Als Adam an ihm vorbei zur Haustür ging, sah Thanos zu, dass er so schnell wie möglich so weit wie möglich von der blutenden Frau wegkam. Auf dem Weg in den Keller, wo er einen Trainingsraum eingerichtet hatte, machte er bei Richard halt und packte den jüngeren Vrykólakas am Nacken, um ihn ebenfalls von Nike fernzuhalten. Richard riss sich aus seinem Griff los und schob Thanos von sich.

»Fass mich nicht an«, fuhr er ihn zwischen zusammengepressten Zähnen hindurch an. Seine Nasenflügel bebten und Thanos beobachtete, wie er den Kopf ruckartig in Nikes Richtung wandte.

»Es reicht!« Er zwang die Worte heraus, während er sich selbst davon abhielt, zur Haustür zurückzukehren und das Blut der verwundeten Theá bis auf den letzten Tropfen auszutrinken. Ohne auf Richards erneute Proteste zu achten, packte er den jüngeren Vrykólakas am Arm und zwang seine Schritte in Richtung Keller.

***

Nike folgte Adam durch die erste Tür zu ihrer Linken. Überrascht nahm sie den sterilen Raum wahr, der den Untersuchungszimmern von OLYMPUS alle Ehre gemacht hätte.

»Hier war mal eine Arztpraxis, deswegen hat Thanos das Haus vor zwei Monaten gekauft. Hier kann ich arbeiten, wenn es nötig ist«, erklärte Adam und wusch sich die Hände, ehe er Handschuhe anzog und Nike bedeutete, sich auf die Liege zu legen.

Langsam zog er das Top über der Wunde hoch und betrachtete die Eintrittswunde der Kugel an.

»Wieso ist sie noch da drin?«, presste Nike zwischen ihren Zähnen hervor. Sie wusste, dass ihre Augen ihre Angst widerspiegeln mussten, aber das war ihr in diesem Moment egal. »Kugeln bleiben nicht in mir. In keiner von uns. Unsere Körper stoßen sie ab und heilen sich selbst. Nach spätestens dreißig Minuten sind wir sie los. Wieso ist es dieses Mal anders?«

Adam öffnete und schloss mehrmals den Mund, ehe er den Kopf schüttelte und mit den Schultern zuckte. »Ich weiß es nicht«, gestand er und ging zu einem Schrank mit Glastüren, hinter dem Nike diverse Medikamente erkennen konnte. »Ich muss zugeben, ich habe noch nie eine von euch versorgt. Mein ganzes Wissen über euch kommt aus den Akten.« Er kam mit einer Spritze in der Hand zurück an ihre Seite. »Ich habe leider kein Röntgengerät hier. Die Kugel zu finden dürfte ...«

»Zehn, vielleicht fünfzehn Zentimeter, gerader Einschusswinkel. Holen Sie sie raus.«

Er sah Nike mit großen Augen an.

»Ich kenne meinen Körper«, erwiderte sie nur kurz und schloss die Augen.

Diese Schmerzen waren schrecklich. Wie konnte ein Mensch, der angeschossen wurde, nur solche Schmerzen ertragen?

»Ich weiß, dass normale Medikamente nur bedingt bei euch wirken, aber ich würde ungern versuchen, die Kugel ohne Betäubung rauszuholen.«

Nike biss sich auf die Unterlippe und nickte nur. Auch wen sie es nicht zugeben wollte, der Gedanke, dass er mit irgendwelchen Metallteilen in ihr herumbohrte, gefiel ihr ganz und gar nicht. Sie verzichtete gerne auf jedes bisschen Schmerz, das er ihr ersparen konnte. Die Spritze selbst merkte sie kaum, aber es brannte noch mehr an ihrer Seite, als sich das Mittel zur Betäubung um die Wunde herum ausbreitete.

»Den Akten nach müsste die Betäubung ... ja, ich denke, das sollte hinhauen.« Adam sprach mit sich selbst und Nike empfand kein Verlangen, ihm zu antworten.

Sie hatte genug damit zu tun, die Schmerzen zu unterdrücken. Tränen brannten in ihren Augen. Sie würde nicht weinen. Sie hatte seit neunzehn Jahren keine Träne vergossen, weder nach den Operationen, noch, wenn sie sich verletzt hatte. Sie war angeschossen worden, hatte Messerattacken abgewehrt und mehr als einen Schlag oder Tritt eines Vrykólakas. Sie würde nicht wegen einer verdammten Kugel heulen, die sich nicht von ihrem Körper trennen wollte.

Der Schmerz ließ etwas nach, die Betäubung wirkte. Als Adam zurückkam und eine Hand neben die Eintrittsstelle legte, fühlte sie diese kaum.

»Okay.« Er atmete tief durch und Nike spürte etwas Kühles an ihrer Seite. Eine Zange, mit der er die Kugel entfernen würde. »Dann wollen wir mal.«

Das Gefühl, als Adam die Zange dem Weg der Kugel folgen ließ, war entsetzlich. Es tat nicht so weh, aber das Wissen, dass etwas in ihr herumstocherte, sorgte dafür, dass sich ihr dabei der Magen umdrehte. Es war, als würde sie erneut angeschossen, nur dieses Mal sehr viel langsamer.

»Weiter rechts«, flüsterte sie und hielt den Atem an. Er war nicht mehr weit von der Kugel entfernt. »Schneller.« Sie wollte es endlich hinter sich haben, wollte diese Kugel aus ihrem Körper haben.

»Es ist nicht so einfach ... ich will keine Organe verletzen oder innere Blutungen hervorrufen oder ...«

Nike öffnete für einen Moment die Augen und sah Adam eindringlich an. »Ich werde heilen. Aber diese Kugel muss da raus. Jetzt!« Sie konnte das Zittern ihres Körpers kaum noch zurückhalten und spürte, wie ihr schwindelig wurde.

Erschöpft legte sie den Kopf zurück auf die Liege und schloss die Augen. Ihr war so schrecklich schlecht und kalt. Ihr war sonst nie kalt.

»Hol sie raus«, bat sie noch einmal und hörte selbst, wie entsetzlich kindlich sie dabei klang. Fühlte es sich so an, wenn man starb? Hatte es sich so für ihre Mutter angefühlt, als sie ...

»Ich hab sie.« Bei Adams Worten erlaubte Nike sich, wieder zu atmen.

»Raus. Zieh sie einfach raus.«

Er zögerte noch einen Moment, ehe er ihrer Bitte nachkam. Nike spürte, dass seine Angst nicht unbegründet gewesen war, die Metallzange verursachte einen Riss – an ihrer Niere, wie sie vermutete. Sie biss die Zähne aufeinander und ließ keinen Ton verlauten, bis er die Metallzange draußen hatte.

Die Anspannung verließ mit der Kugel ihren Körper. Ihre Schultern sackten zusammen und sie atmete schwerer. Das Blut raste durch ihren Körper und sie verzog das Gesicht, als sich ihre inneren Wunden zu schließen begannen. Es war ein widerliches Gefühl. Eines, das keine Betäubung je ausblenden konnte. Sie war noch nie so froh darüber gewesen, es zu spüren.

Zehn Minuten, länger würde ihr Körper nicht brauchen, um sich vollständig zu heilen, nachdem die Kugel nun nicht mehr in ihrem Körper war. Sie hörte, wie Adam die Zange auf eine metallische Unterlage legte. Die Kugel klapperte, als sie dem Griff der Zange entglitt und zum Liegen kam.

»Ich mache sie gleich sauber und sehe sie mir an, kann ich dir noch etwas ... Wow.«

Nike öffnete langsam die Augen.

Adam stand an ihrer Seite und starrte auf ihre Wunde. »Darf ich?«, fragte er und schob sich schon einen Rollhocker heran, um sich die Selbstheilung ihres Körpers aus nächster Nähe anzusehen. »Unglaublich«, murmelte er und staunte dabei wie ein kleines Kind. »Ich habe es natürlich gelesen ... aber nie gesehen. Ich hatte überhaupt keine Ahnung, wie das Ganze funktioniert.«

Er wurde still, als Nike spürte, wie sich die letzten inneren Wunden schlossen. Ihre Haut zog leicht, als sie die Eintrittsstelle wieder bedeckte und sich zusammensetzte. Als es vorbei war, atmete sie tief durch. Sie blickte zur Seite. Adam starrte noch immer voller Verwunderung auf ihre Seite, runzelte jetzt die Stirn und streckte sein Finger nach ihr aus. Als ihm auffiel, dass er noch die blutigen Handschuhe trug, zog er sie aus und berührte ihre Haut zaghaft mit den Fingerspitzen.

»Ich fasse es nicht ...« Er schob den Hocker noch ein Stück näher an sie heran, nahm seine Brille ab und kniff die Augen zusammen.

»Diese Wundheilung ist wirklich … unglaublich. Man kann kaum eine Narbe erkennen. Wenn man nicht weiß, dass sie da sein muss …« Er rückte von Nike ab. Während er aufstand und zur Ablage ging, auf der er die Kugel gelegt hatte, wandte er sich immer wieder zu ihr um, als könne er noch immer nicht fassen, was er gerade gesehen hatte.

Nike unterdrückte ein Schmunzeln. Seine Reaktion lenkte sie für den Moment von den tausend Fragen ab, die ihr durch den Kopf gingen. Sie beobachtete Adam, wie er die Kugel säuberte und sich sein Gesichtsausdruck von dem eines staunenden Kindes in den eines sehr ernsten Arztes verwandelte.

»Silber«, murmelte er und betrachtete die Kugel von allen Seiten.

»Silber?« Nike setzte sich auf und zog ihr Top wieder in seine ursprüngliche Position. Es klebte, wo es sich mit ihrem Blut vollgesogen hatte und das Loch war groß genug, dass sie es würde flicken müssen.

Adam kam mit der Kugel zu ihr zurück und hielt sie ihr entgegen. Nike wollte nach ihr greifen, hielt aber inne, als sie auf ihre noch immer mit Blut verschmierten Hände blickte.

»Oh, natürlich, entschuldige. Du kannst dich erst einmal im Bad frisch machen. Ich zeige es dir und …« Adam warf einen Blick auf ihr Top. »Ich zeige dir erst einmal das Bad.«

»Ich will die Kugel sehen«, beharrte Nike und ließ sie sich von Adam zeigen. Wie er gesagt hatte, war sie silbrig, aber wieso sollte jemand Kugeln aus echtem Silber herstellen? Adam musste sich irren. Er drehte die Kugel zwischen seinen Fingern und zeigte ihr den Boden. OLYMPUS. Die Prägung war noch deutlich zu erkennen.

Nike schluckte und nickte kurz. Adam reichte ihr die Hand, um ihr von der Liege zu helfen, doch sie schüttelte den Kopf und sprang auf den Boden, als wäre sie nie verletzt gewesen.

»Mir geht es gut«, versicherte sie ihm und folgte ihm aus dem Zimmer. An zwei Treppen, eine, die nach oben und eine, die nach unten führte, vorbei, zeigte er ihr einen weiteren Raum auf der linken Seite.

»Wenn du duschen willst, tu dir keinen Zwang an, es sollte alles da sein, was du brauchst. Thanos und Richard sind im Keller und werden dort unten bleiben, bis ich ihnen sage, dass es für sie sicher ist, wieder nach oben zu kommen. Wenn du noch etwas brauchst, ruf einfach, ich bin in Hörweite.«

Nike runzelte die Stirn und neigte den Kopf zur Seite. »Ist es nicht etwas merkwürdig für sie, Angst vor Blut zu haben? Der Vrykólakas ist weggelaufen, als er meines gesehen hat. Sie trinken es, töten Menschen dafür und haben Angst davor?« Sie lachte spöttisch, doch Adam sah sie mit ernstem Gesichtsausdruck an.

»Weißt du es nicht? Wie euer Blut auf sie wirkt?« Als er Nikes fragenden Gesichtsausdruck bemerkte, fuhr er sich mit der rechten Hand durchs Haar. »Später. Wenn ich das richtig sehe, hast du jetzt Zeit, dir wirklich alles in Ruhe anzuhören.«

Er schloss leise die Badezimmertür hinter ihr und Nike hörte, wie er die Treppe hinaufging, die neben dem Bad verlief. Langsam wandte sie sich dem Spiegel über dem Waschbecken zu und blickte hinein. Sie verzog das Gesicht, als sie rote Flecken auf ihren Wangen sah. Ohne es gemerkt zu haben, musste sie sich übers Gesicht gefahren haben. Sie beeilte sich, die Hände und das Gesicht zu waschen und zog ihr Top aus, um es im Waschbecken auszuspülen.

Als sie damit fertig war, hob sie ihr Gesicht wieder dem Spiegel entgegen. Sie wirkte wie immer, aber irgendetwas war anders geworden.

»In was für eine Scheiße bist du da reingeraten?«, fragte sie ihr Spiegelbild, doch die junge Frau mit den schwarzen, langen Haaren und den braunen Augen gab ihr keine Antwort.

Es klopfte an der Tür und Nike fuhr erschrocken herum.

»Nike? Ich hab dir andere Sachen gebracht. Sie sind dir zwar zu groß, aber sie sind trocken und dürften wenigstens reichen, bis deine Sachen gewaschen sind. Wenn du sie mir mitgibst, werfe ich sie gleich in die Maschine.« Adam.

Nike beruhigte sich wieder und wrang ihr nasses Top aus. Eine Waschmaschine klang in der Tat wirkungsvoller als das Ausspülen im Waschbecken. Sie zog ihre Stiefel aus und stellte sie zur Seite. Nachdem sie auch ihre Jeans ausgezogen hatte, bündelte sie sie mit dem Top zu einem Ball und öffnete die Badezimmertür weit genug, um hinaussehen und Adam die Kleidungsstücke reichen zu können. Im Gegenzug gab er ihr einen grauen Jogginganzug.

»Ich bin kurz oben, um die Maschine anzustellen, dann warte ich in der Küche. Wie gesagt, wenn du etwas brauchst, ruf.«

»Adam.« Nike hielt ihn zurück, ehe er um die Ecke verschwunden war. Er sah sie erwartungsvoll an.

»Danke.«

Er deutete ein Lächeln an, ehe er sie wieder allein ließ.

Kapitel 7

Frisch geduscht, mit einem Handtuch um die noch nassen Haare und in Adams Jogginganzug – und ihrer eigenen, glücklicherweise vom Blut verschonten Unterwäsche – saß Nike zwanzig Minuten später an der Theke in der Küche.

»Kaffee?«

Aus Gewohnheit wollte sie schon nicken, hielt sich aber im letzten Moment davon ab. Ihr Magen rebellierte schon bei dem Geruch. »Nein danke, ich brauche nichts.«

Adam schenkte sich eine Tasse ein, bevor er sich ihr gegenüber an die Küchentheke stellte.

»Also, wo sollen wir anfangen?«

»Die Silberkugel? Die Monsterreaktion auf mein Blut?«, schlug Nike vor.

Adam nahm einen Schluck aus seiner Tasse und nickte mehrmals. »Das Blut«, entschied er und trank einen weiteren Schluck. »Wie du weißt, brauchen die Vrykólakas Blut, um zu überleben. Als sie Unverträglichkeiten gegen die normalen Lebensmittel entwickelten, stellte sich heraus, dass sie stattdessen die benötigten Nährstoffe aus Blut beziehen können.«

Nike nickte schweigend. Es war nichts Neues für sie. Die Vrykólakas brauchten Blut und töteten dafür Menschen. Aus diesem Grund jagte sie sie schließlich.

»Als OLYMPUS das zweite Projekt startete – also dich und später auch die anderen – nutzten sie dieses Wissen aus und verwandelten es in eine Art Waffe. Eure letzte Waffe sozusagen.« Adam sah sie nicht an.

Nike runzelte die Stirn und versuchte, seinen Blick einzufangen. »Was soll das heißen: *unsere letzte Waffe*?«

Adam zögerte, stellte seine Tasse ab und ging an den Kühlschrank. »Nun, es ist so ähnlich wie in *Nosferatu*. Kennst du ihn? Hervorragender Film, auch wenn heutzutage leider kaum noch jemand Interesse an Stummfilmen hat. Bist du dir sicher, dass du nichts willst? Ich glaube, ich brauche etwas zu essen ...«

»Adam«, unterbrach Nike ihn und war von ihrem Platz aufgestanden. Als Adam den Kühlschrank schloss und sich zu ihr umdrehen wollte, stand sie bereits direkt hinter ihm.

Erschrocken drückte er sich gegen den Kühlschrank und hielt demonstrativ seine Hand gegen seine Brust. »Um Himmels willen, tu das bitte nicht«, bat er und Nike machte einen Schritt zurück, um ihn an sich vorbei zu lassen.

»Mein Blut«, erinnerte sie ihn, während Adam damit begann, sich ein Brot zu belegen.

Käse, Schinken, eine Schicht Senf.

»Adam.«

Tomate, Gurke, ein Salatblatt. Das Brot wurde genau in der Mitte durchgeschnitten. Als er fertig war, legte er das Messer zur Seite.

»Du kennst *Nosferatu* also nicht? Nun, einer der Gründe dafür, dass euer Blutkreislauf beschleunigt wurde, ist der, dass ihr so mehr Blut produzieren könnt. Außerdem wurden eurem Blut bestimmte Stoffe beigemischt. Pheromone, auf die die Vrykólakas besonders stark reagieren.«

Nike verstand noch immer nicht, was er ihr damit sagen wollte.

Adams Schultern sackten zusammen. Er schob den Teller mit seinem frisch belegten Brot zur Seite und sah Nike an. »Euer Blut ist wie eine Droge für die Vrykólakas. Wenn sie einmal davon trinken, können sie nicht mehr aufhören, bis kein Tropfen mehr davon übrig ist. Dadurch, dass euer Körper im Falle eines Blutverlusts schneller und mehr Blut alleine produzieren kann, als es ein normaler Mensch jemals könnte, dauert es mehrere Stunden, bis ihr völlig blutleer seid. Die Vrykólakas merken dabei gar nicht, dass der Morgen anbricht. Erst wenn sie verbrennen, müssten sie sich zwischen dem Blut und dem eigenen Leben entscheiden und da wäre es für beide bereits zu spät. Für euch bedeutet das einen stundenlangen Todeskampf. Denn egal, wie stark und schnell ihr seid, nur die wenigsten von euch sind einem Vrykólakas an Stärke ebenbürtig, geschweige denn überlegen. Wie du letzte Nacht selbst gemerkt hast.«

Ein kalter Schauer lief über Nikes Rücken. Konnte Adam damit recht haben? Nein, das konnte einfach nicht wahr sein. »Das würde OLYMPUS niemals tun.«

»Wirklich? Denk nach. Wenn ihr sterbt, nehmt ihr wenigstens einen weiteren Vrykólakas mit euch. Glaub mir, sie würden es tun. Du weißt, wie schnell deine Wunden heilen. OLYMPUS hätte diese Wissenschaft seit Jahrzehnten öffentlich machen können. Nicht nur hätten sie Milliarden dafür verlangen, sie hätten auch unzählige Menschenleben retten können. Aber darum geht es ihnen nicht. Die Einzigen, die sie retten wollen, sind sie selbst.« Er legte die Silberkugel vor ihr auf die Theke. »Du bist allergisch gegen Silber. Wie du selbst gesagt hast, eine normale Kugel hätte dein Körper von alleine abgestoßen. Die Silberkugel war dafür gedacht, in dir zu verbleiben und dich zu töten. Wie lange hätte es gedauert? Wie lange kämpft dein Körper gegen einen allergischen Schock an? Wann wurdest du angeschossen? Wie lange hast du die Schmerzen ertragen, bevor du hierher kamst?«

Nike schwieg und starrte auf die Kugel. Als wäre sie giftig, nahm sie sie in die Finger und betrachtete sie von allen Seiten. »Du wusstest von meiner Tätowierung, du weißt von meiner Allergie ... hast du meine Akte auswendig gelernt?«

»Ihr seid alle tätowiert, ein paar der Motive sind leichter zu behalten als andere. Du warst die Erste, der Prototyp, über dich gibt es die meisten Akten. Das bleibt einem im Kopf. Und ihr seid alle gegen Silber allergisch.«

Nike runzelte die Stirn. »Das kann doch gar nicht sein. Wie groß ist die Wahrscheinlichkeit, dass jede einzelne Theá gegen Silber allergisch sein kann?« Noch immer besah sie sich die Kugel, die in ihrem Körper für so viel Ärger gesorgt hatte.

»Sie erhöht sich auf einhundert Prozent, wenn die Allergie künstlich erzeugt wurde.«

Nike blickte zu Adam auf.

Er seufzte, nahm seine Kaffeetasse und schüttete den Inhalt in das Spülbecken. »Schmeckt schal«, murmelte er, als müsse er sich erklären. »Ich nehme an, die Hollywoodfilme über Werwölfe und Vampire, die kein Silber vertragen, kennst du aber?« Nike zog die Brauen hoch und Adam lächelte schief. »Na ja, ich hab mir das alles nicht ausgedacht, aber mit Hilfe der Filme kann ich es einfacher erklären. Zumindest kannten die meisten Vrykólakas *Nosferatu*. Ich weiß, dass die Allergie einer der letzten Schritte ist. Du wurdest … vier Mal operiert?«

»Drei Mal«, berichtigte sie ihn. Sie hätte jede einzelne Operation gerne vergessen. Sie hatte damals entsetzliche Angst gehabt und so verzweifelt dagegen angekämpft. Für ihre Mutter, um gegen die Monster kämpfen zu können, die sie ihr weggenommen hatten.

Adam nickte, bevor er fortfuhr. »Ich nehme an, dass es bei dir eine Art … nachträglicher Einfall war, den sie noch schnell bei deiner letzten Operation hinzugefügt haben. Eine Art Versicherung. Sie fürchteten, dass auch das zweite Projekt versagen könnte, dass du Nebenwirkungen entwickeln würdest wie die Vrykólakas. Um in diesem Fall ein wirksames Mittel zu haben, um dich … *auszuschalten*«, er verzog das Gesicht bei diesem Wort, »haben sie dir eine Allergie verpasst. Silber. Um dich mit Silberkugeln töten zu können. Ganz wie die Monster in den Hollywoodfilmen.«

»Ich bin kein Monster«, beharrte Nike, als ihr Magen erneut rebellierte. »Ich habe keine Nebenwirkungen.« Nur eine nervige Erkältung, die nicht besser werden will.

»Ich weiß«, beschwichtigte Adam sie. »Sie haben mehr als zehn Jahre gewartet, ehe sie mit dem Projekt weitermachten, um abzuwarten, ob sich die Nebenwirkungen bei dir einstellen würden. Als dem nicht so war, haben sie das Projekt fortgesetzt. Aber sie haben trotzdem jeder, die nach dir kam, die Allergie mitgegeben.«

Ihr schwirrte der Kopf.

Adam warf ihr einen besorgten Blick zu und streckte eine Hand nach ihr aus, als sie sich auf einen der Barhocker vor der Küchentheke fallen ließ. »Bist du dir sicher, dass du nichts willst? Ich kann dir auch einen Tee machen … oder …«

»Ich versteh das nicht«, dachte sie laut. »Das macht einfach keinen Sinn. Wieso sollte man mich töten wollen?«

Adam sah sie hilflos an. Offensichtlich hatte er darauf genauso wenig eine Antwort wie sie selbst.

»Ich habe bei OLYMPUS angerufen, weil mein Wagen abgeschleppt wurde und ich nicht das nötige Geld hatte, um ihn bei der Polizei auszulösen. Ich hatte Lena am Telefon, hab aber Daniel im Hintergrund gehört. Sie sagten, Jean würde mich abholen«, rekapitulierte sie den Morgen. »Ich hätte wissen müssen, dass da etwas nicht stimmt. Ich meine, ausgerechnet Jean? Der Kerl würde sich bedanken, wenn er Chauffeur spielen sollte. Aber ich hab es nicht begriffen, bis Lena mich gewarnt hat. Hätte sie es nicht getan … ich weiß nicht, wie oft er geschossen hat. Eine Kugel, eine einzige Kugel hat mich getroffen.« Sie blickte zu Adam auf, der ihr still zuhörte. »Ich hatte mehr Glück als Verstand«, stellte sie schließlich fest. Ihr Kopf schmerzte und sie schloss für einen Moment die Augen. Das war einfach alles zu viel.

»Du solltest dich ausruhen«, riet Adam und schien sofort wieder im Arztmodus zu sein. Er nahm ihre Hand und fühlte nach ihrem Puls, runzelte kurz die Stirn, schüttelte dann den Kopf und bewegte die Lippen, als zähle er mit. »Ich muss mich erst daran gewöhnen, dass bei dir alles anders ist«, gab er zu. »Trotzdem dürfte dein Puls gerade zu schnell sein.«

Nike hätte ihm sagen können, dass er sich mit seiner Einschätzung nicht im Geringsten irrte. Sie spürte, wie schnell ihr Herz schlug, spürte jeden Pulsschlag schmerzhaft in ihrem Kopf. Sie wollte sich nur in eine Ecke verkriechen und schlafen. Lange. Ein paar Tage oder Wochen klangen gerade sehr gut.

»Es könnte sein, dass du noch eine Restreaktion auf das Silber verarbeitest. Du solltest dich wirklich hinlegen und ein wenig schlafen.«

Nike begann zu nicken, dann erinnerte sie sich daran, wo sie war. Sie riss die Augen auf und schüttelte entsetzt den Kopf. »Schlafen? Hier? Auf keinen Fall.«

»Wo willst du hin?« Adams Stimme war weich, beruhigend, mitfühlend.

Nike wollte ihm schon mit »nach Hause« antworten, doch die Worte blieben ihr im Hals stecken. Sie konnte nicht nach Hause, bevor sie nicht wusste, weshalb man sie töten wollte. Zuhause würde Jean auf sie warten. Sie würde Lena und Maya in Gefahr bringen.

»Wenn du merkst, dass diejenigen, denen du mit deinem Leben vertraust, sich gegen dich wenden, bist du vielleicht bei denen am sichersten, vor denen du dich am meisten fürchtest.« Seine Stimme hatte einen anderen Ton angenommen, war hart geworden und Nike sah, wie Adam die Hand zur Faust ballte.

»Bist du deswegen hier?« Es musste eine Erklärung geben, wieso er sich bei Vrykólakas aufhielt, weshalb er bei Monstern Unterschlupf gesucht hatte.

»Ich habe angefangen, zu viele Fragen zu stellen. Wenn nicht viel zu tun war, habe ich mir die Akten zu den beiden Projekten angesehen. Ich war schon immer ein Datenjunkie.« Ein kleines Lächeln huschte über sein Gesicht. »Da waren Dinge, die ich merkwürdig fand. Vorgehensweisen, Aufzeichnungen, die beunruhigend klangen. Keine Namen, nur Nummern, Projektbezeichnungen, alles steril, klinisch. Mir wurde geraten, nicht danach zu fragen. Ich habe das mit eurem Blut hinterfragt, es ist grausam, eine Opferung. Ich merkte, dass ich beobachtet wurde. Jede Bewegung von mir wurde gemeldet. Schließlich habe ich eine Akte über mich selbst in den Computern gefunden. Sie war nicht gut. Ich war ein *Risiko*. Ich bin an diesem Abend nach Hause gegangen und nie wieder zurückgekehrt. Bin untergetaucht, habe mich eine Woche quer durch Griechenland geschlagen, nicht gewusst, wo ich hin sollte. Ich konnte nicht zurück in die Staaten, sie hätten mich am Flughafen abgefangen oder mich zu Hause aufgesucht. Ich hätte jeden in Gefahr gebracht, den ich um Hilfe gebeten hätte. Die Vrykólakas sind damals in ihre Heimatländer gegangen. In den fünfziger und sechziger Jahren konnten sie noch gut untertauchen, aber wenn du heute verschwinden willst … Ich hatte gehofft, dass OLYMPUS glauben würde, ich wäre so weit wie möglich von ihnen weggegangen. Dann habe ich gezielt nach den Vrykólakas gesucht. Und schließlich habe ich Thanos gefunden.« Er atmete langsam aus, fuhr sich über sein Gesicht. »Ich wusste nicht, was mich erwarten würde.

Ich kannte nur die Akten und die Geschichten, die OLYMPUS verbreitete. Aber sie passten nicht zusammen.« Er sah Nike fest in die Augen. »Ich hatte keine andere Wahl, als darauf zu vertrauen, dass die Akten nicht logen. Daten haben mich noch nie im Stich gelassen. Auch dieses Mal nicht. Thanos hat mich aufgenommen, mir ein Dach über dem Kopf geboten, mich vor OLYMPUS versteckt. Nicht so gut, wie ich dachte, bevor sie dich geschickt haben.«

»Ich wurde geschickt, um einen Vrykólakas zu töten, keinen Menschen.« Doch ihre Stimme klang nicht mehr so fest wie zuvor.

Adam schüttelte den Kopf. »Das glaubst du selbst nicht.«

Nike schwieg, presste die Finger gegen ihre Schläfen.

»Die Treppe hoch, rechts, zweite Tür. In meinem Zimmer kannst du dich hinlegen und eine Runde schlafen. Du kannst auch die Tür abschließen. Keiner wird dich stören.«

Nike zögerte noch einen Moment, bevor sie dankbar nickte. Sie stand von dem Hocker auf und ging in Richtung Flur. Bevor sie die Küche verließ, hielt sie noch einmal inne. »Wieso hilfst du mir so einfach? Hast du keine Angst davor, dass ich dich doch noch töte?«

»Du bist Nike.« Adam grinste schief. »In einigen Quellen heißt es, die Siegesgöttin habe sich nur auf die Seite derjenigen geschlagen, die reinen Herzens waren.«

»Was ist, wenn sie sich mal irrt?«

»Eine Göttin irrt nicht.«

Nike legte den Kopf schief und sah Adam einen langen Moment schweigend an. Schließlich lachte sie trocken. »Du bist ein sehr merkwürdiger Mann, Adam Miller. Aber ich bin sehr froh darüber, dich getroffen zu haben.«

Kapitel 8

Thanos wusste nicht mehr, wie lange er schon auf den Boxsack einschlug. Er hoffte, dass er irgendwann müde werden würde. Zu müde,
um an Blut zu denken. An Blut, das ihn töten, ihn zum Mörder machen konnte. Und wieso kümmerte es ihn? Sie jagte ihn, jagte seine
Kameraden. Er sollte einfach nach oben gehen und ihr den schlanken
Hals brechen. Fall abgeschlossen, Auftrag ausgeführt.

Die Eisenkette, an der der Boxsack befestigt war, ächzte unter der
Belastung.

»Wie lange müssen wir uns noch hier unten verstecken? Wenn ich
schon Hausarrest habe, will ich wenigstens fernsehen können.«

Thanos ignorierte Richard. Er boxte einfach weiter. Der jüngere
Vrykólakas lehnte sich gegen die Wand des Trainingsraums und beobachtete ihn. Seit sie hier unten waren, hatte er keinen Finger gerührt.
Sich nur ständig über seine Situation beschwert. Selbst schuld. Er war
zu Thanos gekommen, weil James kurz davor gestanden hatte, ihm
eigenhändig das Herz herauszureißen. Er schaffte es einfach immer
und überall, anzuecken.

Thanos schlug fester auf den Boxsack ein.

Manchmal glaubte er, der Kerl würde es darauf anlegen. Er hatte
keinen Respekt, keine Achtung, glaubte ständig, er wäre der Überle-
genere. Es war typisch für ihn.

Die Eisenkette quietschte.

Thanos hatte gegen Männer wie ihn gekämpft, solange er denken
konnte. Und nun hatte er einen von ihnen am Hals. Liebend gern
hätte er ihn rausgeworfen. Aber nein, das konnte er nicht. Richard

war noch von OLYMPUS seiner Einheit zugeordnet worden. Damals. Und Thanos ließ nie einen Mann zurück. Egal, um was für ein Riesenarschloch es sich dabei handelte.

Er fragte sich, wie weit der Doc mit der Theá war. Göttin, aber offensichtlich nicht unsterblich.

Thanos schnaubte, der Boxsack flog weiter, kam mit voller Wucht auf ihn zu, wich erneut vor seiner Faust zurück.

Wen sie wohl dazu gebracht hatte, sie so zu verletzen? Er sollte sie mit Richard allein lassen. Vielleicht würden sich so beide Probleme in Luft auflösen. Er hatte die Chance gehabt, erinnerte er sich. Wieso er eingeschritten war, wusste er nicht. Lag es wirklich an den Pheromonen, wie Adam glaubte? Nein, entschied er. Er hatte kein Interesse an der Frau. Sie war nur ein weiterer Stein, den OLYMPUS nach ihm warf. Er hoffte, sie verschwand bald. Mit Richard und den neuen Morden hatte er mehr als genug, das ihn auf Trab hielt.

Richard seufzte demonstrativ und begann, vor sich hinzusummen. Thanos warf ihm einen flüchtigen Blick zu.

Richard grinste ihn an. »Seit wann versteckst du dich vor einem Mädchen?«

Thanos schwieg.

Nicht darauf eingehen. Es endet nur damit, dass du ihm auf die Fresse haust.

Er schlug weiter auf den Boxsack ein.

Richard stieß sich von der Wand ab und kam langsam auf ihn zu. »Sie ist da oben, voll mit köstlichem, sehr lang anhaltendem Blut. Du könntest stundenlang von ihr trinken … und vielleicht noch mehr tun?«

Ignorier ihn. Box weiter. Rechts, rechts, links. Rechts, rechts, links.

Richard stand auf der anderen Seite des Boxsacks und hielt ihn fest, erlaubte es Thanos, noch stärker zuzuschlagen. »Du könntest sie OLYMPUS zurückschicken. Eine Nachricht, dass sie uns ein für alle Mal in Ruhe lassen sollen. Oder du könntest sie hier behalten, als Trophäe? Du könntest sie natürlich auch auseinanderreißen wie das Tier, für das sie uns hält.«

Rechts, rechts … in die Mitte.

Richard stöhnte und stolperte einen Schritt zurück.

Thanos schlug erneut zu, Richard taumelte zu Boden.

»Na los.« Er spuckte Blut aus, sah zu Thanos hoch, als er auf den Knien war. »Es juckt dich in den Fingern, Blut zu vergießen. Jemanden zu töten. Und es wäre dir so recht, wenn ich es wäre, den du am Ende zu einem blutigen Klumpen schlägst, nicht wahr? Tu es.«

Thanos schnaubte verächtlich. »Du bist es gar nicht wert.« Ohne Richard noch eines weiteren Blickes zu würdigen, ging er aus dem Trainingsraum und in das angrenzende Bad.

»Ich war noch nie etwas wert.«

Sein Gehör erlaubte es Thanos, Richards Worte auch durch die geschlossene Tür noch zu hören. Er brauchte eine Dusche. Vielleicht konnte die ihn abkühlen. Und dann würde er sich um die Morde kümmern.

∗∗∗

»Sucht sie. Stellt sicher, dass sie tot ist.« Jean sah seinen Fahrer schweigend an, als dieser Daniels Stimme nachäffte. »So ein Schwachsinn. Die Kleine ist längst über alle Berge.«

»Ich habe sie getroffen«, erwiderte Jean ruhig und blickte aus dem Fenster des fahrenden Wagens.

Einmal. Ein verdammtes Mal hatte er sie erwischt.

Sein Fahrer warf ihm einen genervten Blick zu. »Sie wird sich heilen und abhauen.«

Jean sagte nichts. Mit den Fingern fuhr er fast zärtlich über seine Waffe, während ein kleines Lächeln an seinen Mundwinkeln zog.

Nein, sie würde sich nicht einfach heilen. Dafür würden die Silberkugeln aus seinem Baby sorgen. Trotzdem musste er sie finden. Daniel würde ihre Leiche wollen. Jean wusste nicht, was für einen Unterschied es machte, ob ihre Leiche in einem Grab oder irgendwo hier draußen verfaulen würde. Tot war tot.

Und dieser Job, auf den Daniel ihn hier geschickt hatte, war unter seiner Würde. Er war kein verdammter Lieferjunge, der eine Leiche von A nach B transportierte.

»Die Kleine hatte doch einen Auftrag, oder? Sie hatte eine Adresse?«

»Sie ja. Wir nicht.«

»Das versteh ich nicht.«

Jeans Blick traf den des anderen Mannes im Rückspiegel. Er wurde nicht dafür bezahlt, dumme Fragen zu beantworten. »Wir wissen nur, dass ihr Ziel sich irgendwo in Attika befindet, den genauen Ort hat sie selbst herausgefunden und dummerweise vergessen, Daniel mitzuteilen.«

Der Wagen verließ die Stadt und bog auf die Landstraße ab. Jean warf einen Blick auf seine Uhr. Scheiß auf Daniel, dachte er.

»Wir fahren zurück«, beschloss er und lehnte sich im Sitz zurück. Daniel sollte es wagen, ihm eine Predigt darüber zu halten, was sein Job war. Babysitter zu spielen gehörte definitiv nicht dazu und daran würde sich nichts ändern.

»Sind Sie sicher? Was wird Herr …«

»Los!«

Der Fahrer widersprach nicht noch einmal, sondern nutzte die nächste Wendemöglichkeit.

***

Er lag auf der kalten Liege in der Dunkelheit. Kein Geräusch war zu vernehmen. Dabei wusste er, dass in den Räumen um ihn herum die anderen waren. Gefangen wie er. Gefangen in sich selbst. Nur noch dazu in der Lage, die Befehle anderer auszuführen. Schritte ertönten auf dem Gang. Er wollte den Kopf drehen und zur Tür sehen. Er spürte, wie sich seine Muskeln im Hals anspannten.

Tu es nicht.

Er durfte sich nicht verraten. Seine kleinen Erfolge musste er für sich behalten. Erst, wenn er wieder vollständig Herr seiner Sinne war, durfte er sich zu erkennen geben. Bis dahin musste er sie in Sicherheit wiegen. Auch wenn ihm bei jedem Befehl von ihnen die Galle hochkam.

Die Tür wurde aufgeschlossen, Schritte kamen in den Raum.

»Steh auf.« Sein Herr und Gebieter befahl, der Hund folgte.

Er stand auf und sah auf den kleineren Mann vor sich herab. Zwei Welten. Der kleine Mann in Anzug und Krawatte mit der perfekten Frisur blickte selbstgefällig zu seiner Kreatur hinauf. Wie gerne hätte er ihm den Hals aufgerissen und in seinem Blut gebadet.

Bald …

»Ich habe einen Auftrag für dich.«

Hatte er das nicht immer?

***

»Ist sie weg?« Thanos bemerkte, wie Adam zusammenzuckte und erschrocken zu ihm herumfuhr, als er die Küche betrat. Der Teller, den der Arzt gerade in der Hand gehalten hatte, schepperte im Spülbecken.

»Sie schläft«, erklärte er, nachdem er mehrmals tief Luft geholt hatte.

Thanos konnte den beschleunigten Puls des Mannes durch den ganzen Raum hindurch spüren. Für einen Erwachsenen war er wirklich sehr schreckhaft.

»Wenn du sagst, sie schläft, meinst du damit …«

»Dass sie schläft. Ich hab ihr gesagt, sie könne sich in meinem Zimmer ausruhen. Ich weiß zwar, dass ihr alle unheimlich schnell heilt, aber einen ganzen Tag mit einer Kugel im Körper zu verbringen, schlaucht wohl doch ganz schön und wenn man dann noch …« Er hielt inne, als er Thanos' hochgezogene Brauen sah. »Ist etwas nicht in Ordnung?«

»Sie ist immer noch hier?« Thanos hätte am liebsten direkt umgedreht und wäre zurück in den Keller gegangen. Der Boxsack schien für heute Nacht noch nicht ausgedient zu haben.

Adam blinzelte ihn verwirrt an, dann drehte er sich um und begann, den Teller abzuspülen. »Ja, natürlich, wo sollte sie sonst hin?«

»Wieso sollte mich das interessieren? Erklär mir lieber, wieso sie hier bleiben sollte.«

»Weil sie von OLYMPUS gejagt wird, genau wie der Rest von uns«, erwiderte Adam ruhig und griff nach dem Handtuch, um den Teller abzutrocknen und ihn zurück in den Schrank zu stellen.

Ein Klingeln an der Tür hielt Thanos für den Moment davon ab, weiter mit Adam darüber zu diskutieren. Er wartete, bis der Arzt außer Sichtweite war und ging zur Eingangstür.

»Ilias«, grüßte er seinen ältesten Freund, als dieser das Haus betrat.

Ilias blieb kurz in der Tür stehen und runzelte die Stirn. »Es riecht nach …«

Er sah Thanos fragend an, doch dieser schüttelte nur wortlos den Kopf und bedeutete Ilias, ihm zu folgen.

»Was ist das, wonach riecht es hier überall?«, fragte Ilias noch einmal, als sie in die Küche gingen. »Wenn ich es nicht besser wüsste, würde ich sagen, es ist eine von diesen Jägerinnen von OLYMPUS.«

Als weder Thanos noch Adam, der zu ihnen gestoßen war, auf seinen vermeintlichen Witz eingingen, blickte Ilias mit großen Augen von einem zum anderen.

»Das ist ein Witz, oder?«

Wieder erhielt er keine Antwort.

»Wir haben Wichtigeres zu bereden«, meinte Thanos nur und ging an den Kühlschrank, um sich einen Blutbeutel herauszuholen und ihn in der Mikrowelle aufzuwärmen. »Sobald ich getrunken habe, müssen wir uns die neuen Beweise ansehen.«

»Sechs Tote. Hat Jérôme eine Idee?«

Thanos schüttelte den Kopf und öffnete die Tür der Mikrowelle, um das Blut herauszuholen. »Die einzige Idee, die er hatte, konnte ich leider direkt verwerfen.« Er musste nicht extra erwähnen, dass er damit Richard meinte. Ilias kam mit dem jüngeren Vrykólakas sogar noch schlechter zurecht, als es Thanos selbst tat. »Lass uns anfangen.«

Er führte Ilias die Kellertreppe hinunter und in den Raum, in dem der Computer stand. Jérôme hatte sich für ihn in die Polizeicomputer gehackt und es ihm so ermöglicht, die Daten zu den Morden jederzeit abzurufen und sich auf den neuesten Stand der Ermittlungen bringen zu können.

Aus dem Trainingsraum war nichts zu hören, aber Thanos wusste, dass Richard noch im Keller war. Es gefiel ihm nicht, in seiner Hörweite über die Morde zu sprechen, doch er hatte auch keine Lust, sich von diesem Mistkerl dazu bringen zu lassen, in seinem eigenen Haus etwas anders zu machen, als er es gewohnt war. Es reichte schließlich, dass Adam eigenmächtig diese Theá bei ihm einquartiert hatte. Eine Angelegenheit, in der seiner Meinung nach das letzte Wort noch nicht gesprochen war.

»Eine Theá, wirklich?«

Er sah Ilias lange schweigend an, ehe er seufzend den Blick abwandte.

»Ein neues Tierheim wäre nicht so schnell überfüllt wie dein Haus. Es ist mir ja verständlich, weshalb du den Doc hier wohnen lässt und auch wenn ich es nicht nachvollziehen kann, weiß ich, dass du auch Richard nicht einfach rauswerfen wirst, aber eine Theá? Das ist Wahnsinn! Wenn du unbedingt sterben willst, gibt es andere Möglichkeiten.«

Thanos schwieg. Was hätte er auch sagen sollen? Er verstand die Bedenken seines Freundes nur zu gut und teilte sie sogar. Er traute ihr nicht und er würde sie so schnell wie möglich aus dem Haus befördern. Nur nicht gerade jetzt, mit Ilias als Publikum. Später war noch genug Zeit, um sich um dieses Problem zu kümmern. Nun gab es erst mal ein anderes, das seine Aufmerksamkeit beanspruchte. Er klickte sich durch die Daten der Polizei und druckte die neu hinzugekommenen Informationen aus, ehe er sich aus dem Polizeirechner ausloggte. Jérôme hatte ihm zu diesem Vorgehen geraten, um nicht doch aus Versehen aufzufallen. Zwar war der Franzose einer der besten Hacker der Welt, aber wieso sollte man ein unnötiges Risiko eingehen?

»Obwohl die Tatorte immer leicht zugänglich und öffentlich sind, gibt es keine Zeugen für die Morde.« Ilias breitete die Ausdrucke der Tatortfotos auf dem Tisch vor sich aus und ordnete die Berichte der Polizei nach dem jeweiligen Mord. »Den Berichten zufolge geschahen alle Morde immer kurz nach Einbruch der Nacht. Jemand wacht auf, ist hungrig, greift sich sein erstbestes Opfer?« Ilias klang selbst nicht besonders überzeugt von seiner Idee.

»Aber wieso an solchen Orten? Parkhäuser, Tiefgaragen, selbst in einer Einkaufspassage, in der die Geschäfte bereits geschlossen hatten. Wieso gibt es keine Kameraaufnahmen von ihm?«

»Weil er weiß, wo sie sind und wie er sie umgehen kann?«, überlegte

Ilias und Thanos ließ sich den Gedanken durch den Kopf gehen.

So abwegig war das nicht. Wenn man sich die Zeit nahm, um die Tatorte im Vorfeld zu beobachten, war es sicher möglich, die Überwachungskameras und die Winkel, die sie abdeckten, richtig einzuschätzen.

»Was ist, wenn er die Opfer gar nicht an den Fundorten tötet, sondern sie später dort ablegt? Wenn sie nicht mehr so stark frequentiert werden?«, griff er Ilias' vorherige Überlegung auf.

Ilias breitete eine Karte der Region über den Fotos aus und sah Thanos erwartungsvoll an. »Und wo bringt er sie um? Allein Athen bietet unendlich viele Möglichkeiten, sich zurückzuziehen.« Er seufzte und fuhr sich durch das kurze dunkle Haar.

»Sieh es ein, uns fehlen einfach Hinweise und Informationen, so kommen wir nie weiter. Die Morde sind in ganz Attika geschehen, wir können es noch nicht einmal auf einen Ort eingrenzen. Wir wissen nicht, wo wir mit der Suche anfangen sollen. Die Polizei hat auch keine verwertbaren DNA-Spuren an den Opfern gefunden. Nicht einmal an der Wunde am Hals. Er hat alles penibel beseitigt, was auf ihn hinweisen könnte. Es gibt nichts, wodurch wir auch nur den Hauch einer Chance hätten, herauszufinden, wer von uns der Mörder ist.«

»Es gibt etwas, wir müssen es nur finden«, beharrte Thanos und ging noch einmal alle Fotos genauer durch. »Wir haben es nur übersehen, es muss hier sein.« Er spürte Ilias' Blick auf seinem Hinterkopf und ahnte, was sein Freund dachte. Aber er konnte es nicht einfach gut sein lassen. Auch wenn er wusste, dass er keine Schuld an den Mordfällen hatte, kam es ihm doch so vor. Er fühlte sich dafür verantwortlich, was seine Kameraden taten. Um jeden Einzelnen, der von ihnen umgekommen war, hatte er getrauert und der Gedanke, dass einer der Verbliebenen zu einem Monster geworden war, ließ ihm keine Ruhe. OLYMPUS durfte nicht gewinnen.

Kapitel 9

Seine Bewegungen waren steif, jeder seiner Schritte fiel ihm unendlich schwer, aber er musste sie gehen. Nur wenn er es endlich schaffte, sich dagegen zur Wehr zu setzen, konnte er frei sein und sie alle dafür bezahlen lassen. *Fahr nach Athen, töte eine Frau, komm direkt zurück.* Das war der Auftrag gewesen. Nun lag die Leiche einer jungen Rothaarigen am Bahnhof bereit, um in den Morgenstunden entdeckt zu werden. Aber er war noch nicht auf dem Weg zurück. Er hatte kein bestimmtes Ziel. Er ging einfach durch die Straßen Athens, so lange seine Füße sich seinem eigenen Willen beugten und nicht gegen ihn kämpften. Schweiß trat auf seine Stirn. Er wusste, dass es nicht mehr lange dauern würde, ehe er umkehren musste.

Er hielt inne und lehnte sich gegen eine Hauswand, schloss die Augen und ließ die kühle Nachtluft über sein Gesicht wehen. Er musste zwar stärker werden, aber er durfte sich nicht überanstrengen. Den Fehler hatte er beim letzten Mal gemacht. Zu viel auf einmal gewollt, danach war er zwei Wochen nicht in der Lage gewesen, einen klaren Gedanken zu fassen, geschweige denn, seinen Körper eigenständig zu bewegen. Das Gefühl der völligen Unterwerfung seines Willens gegenüber dem seines *Gebieters*, wie Daniel sich selbst gern nannte, war danach nur noch unerträglicher geworden.

Er atmete schwer und stieß sich von der Mauer ab.

Komm direkt zurück. Der Befehl hallte in seinem Kopf wider, und als er sich nicht länger dagegen wehrte, wurde sein Gang leichter, geschmeidiger. Es war nicht mehr er selbst, der die Bewegungen steuerte. Sein Körper reagierte ohne sein Zutun. Er ging an einer Pinienallee vorbei, zurück zu dem Wagen, den er von OLYMPUS bekommen hatte, stieg ein und fuhr los. Auf direktem Weg zurück zur Küste. Ohne Umweg.

Schalten, blinken, abbiegen, Gas geben, bremsen. Alles geschah automatisch.

Innerlich schrie und tobte er, wollte das Gaspedal durchdrücken und mit dem Wagen gegen eine Wand fahren. Würde es ihn töten? Wahrscheinlich nicht. Wollte er sterben?

Am Anfang ja., da hatte er sich den Tod gewünscht.

War er nicht schon tot? Er war gefangen in seinem eigenen Körper, der Tod selbst konnte nicht schlimmer sein. Aber nicht einmal der war ihm vergönnt gewesen.

Dann war ihm plötzlich alles egal geworden. Bei einem seiner Aufträge hatte er sein Gesicht in einem Spiegel gesehen und sich selbst nicht mehr erkannt. Regungslos, wie aus Stein, mit Augen, so hell wie das Sylvanit, das sein Vater in seiner Kindheit geschürft hatte. Der Anblick hätte ihn erschrecken müssen, das hatte sein Verstand ihm gesagt, doch da war nur Leere in ihm gewesen.

Nein, er wollte nicht mehr sterben. Er wollte Rache.

***

Sie erwachte nicht langsam, döste nicht noch ein paar Minuten, wie sie es sonst tat. Sie war wach. Von einem Moment auf den anderen hellwach. Nike lag mit klopfendem Herzen im Bett und hielt die Augen geschlossen, um einen potentiellen Angreifer in Sicherheit zu wiegen. Die Erinnerung daran, wo sie war und weshalb sie hier war, kam erst langsam. So, als sei ihr Körper schneller aufgewacht als ihr Verstand. Ihr Instinkt hatte sie geweckt.

Sie atmete tief durch. Die Gefahr lag praktisch in der Luft. Jedes winzige Härchen an ihrem Körper stellte sich auf und ihre Muskeln spannten sich an. Sie war bereit zu kämpfen. Als sie sich daran erinnerte, dass sie die Tür zu Adams Zimmer verschlossen hatte, beruhigte sie sich ein wenig. Sie öffnete die Augen und sah sich um. Sie war allein. Die Uhr neben dem Bett zeigte 4.53 Uhr an.

Nike schwang die Beine über den Rand des Bettes und stand auf. Ihre Strümpfe und Stiefel hatte sie noch im Badezimmer im Erdgeschoss, fiel ihr ein. Ihre Jeans und ihr Top waren irgendwo hier oben in einer Waschmaschine. Sie fuhr sich kurz mit der Hand durch das dunkle Haar, ehe sie zur Tür ging und sie langsam öffnete.

Niemand war im Flur, aber sie spürte die Anwesenheit von anderen. Nicht die vertraute Anwesenheit von Lena und Maya. Nur ein menschlicher Herzschlag drang aus dem Erdgeschoss zu ihr herauf. Aber da waren noch zwei weitere Herzschläge, kaum wahrzunehmen, weil sie so schwach waren, so entsetzlich langsam. So … tot. Ihr eigenes Herz schlug schneller, als wolle es die Abwesenheit des gesunden Pulsschlages der Vrykólakas wiedergutmachen, als bräuchte es diesen Ausgleich. Sie versuchte, sich zu beruhigen. Sie wusste, dass die beiden Monster sie ebenfalls spüren konnten. Sie konnten ihr Herz schlagen hören, konnten sie riechen, wussten genau, wo sie sich befand. Ein beängstigender Gedanke, der sie daran erinnerte, dass sie unbewaffnet war.

Mit dem Rücken an eine Wand gepresst näherte sie sich der Treppe. Ohne ein Geräusch zu verursachen, schritt sie die Stufen hinab. Sie hörte das leise Summen des Fernsehers aus dem Wohnzimmer, sah das flackernde blaue Licht, das den Flur erleuchtete.

Sie hörte Stimmen, auch wenn sie noch keine Worte ausmachen konnte. Sie erkannte Adams Stimme und die des größeren Vrykólakas.

Als Nike weiter die Treppe hinabstieg, konnte sie schließlich auch hören, worüber sie redeten.

***

»Sie wird nicht bleiben.« Thanos' Stimme war fest und machte deutlich, dass es für ihn in dieser Angelegenheit keine Diskussion geben würde.

»Wo soll sie sonst hin?«, fragte Adam und warf Thanos einen flehenden Blick zu, was den Vrykólakas offensichtlich nicht im Geringsten erweichen konnte. »Sie steht ebenso wie jeder andere von uns auf der Abschussliste von OLYMPUS. Auf sie wurde mit Silber geschossen. Es gibt einige recht schnelle Arten, einen Vrykólakas oder eine Theá zu töten. Silber gehört nicht dazu. Sie sind allergisch dagegen. Nach einiger Zeit hätte das Metall einen Schock bei ihr ausgelöst. Ich bin ehrlich gesagt überrascht, dass das noch nicht passiert ist. Thanos, sie ist einen Tag lang mit der Kugel in ihrer Seite durch die Gegend gelaufen. Glaubst du, sie wäre hierhergekommen, wenn es für sie einen anderen Ort gäbe?«

»Sie bleibt nicht hier«, beharrte Thanos weiter.

»Ich kann ja verstehen, dass du dich darum sorgst, dass sie Richard und dich angreifen könnte, aber sieh die Sache aus ihrer Perspektive: Sie hat viel mehr Angst vor euch, als ihr vor ihr haben müsst«, versuchte es Adam noch einmal.

»Es reicht, dass Richard hier ist. Bei ihm kann ich mir wenigstens sicher sein, dass er tagsüber nicht in mein Zimmer kommt und mich tötet. Bei deiner Theá ist das mehr als wahrscheinlich.«

»Ich habe noch nie einen von euch bei Tageslicht angegriffen.«

Die beiden Männer drehten sich zum Flur, als Nike im Durchgang erschien und das Wort ergriff. Thanos' Blick verfinsterte sich. Sie war gut. Bis sie gesprochen hatte, hatte er nicht gewusst, dass sie da war. Allerdings schienen seine Sinne ohnehin nachgelassen zu haben, seit das gesamte verdammte Haus nach ihr roch.

Wie sie so dastand, in Adams grauem Jogginganzug, der ihr zu groß war, obwohl Adam selbst auf ihn immer klein gewirkt hatte, das schwarze Haar vom Schlaf noch wirr und die Haut untypisch blass für eine Griechin, konnte Thanos sogar verstehen, weshalb Adam sich so für sie einsetzte. Sie wirkte wie ein süßes kleines Mädchen, das beschützt werden musste. Er verzog das Gesicht. Er war es gewesen, der sich mit ihren Schlägen und Tritten hatte auseinandersetzen müssen, daran war nichts süß. Er hatte sie festgehalten, um sie davon abzuhalten, ihn zu bekämpfen oder zu fliehen. Der Jogginganzug täuschte. Sie war ganz und gar nicht mädchenhaft. Unter der grauen Baumwolle steckte eine erwachsene Frau. Eine tödliche Frau.

»Nenn mir einen guten Grund, dir zu vertrauen«, spuckte er aus und musterte sie langsam von oben bis unten, um sie wissen zu lassen, dass er sich nicht von ihr täuschen lassen würde. Seine Nackenhaare stellten sich auf. Richard war in der Nähe. Irgendwie schaffte es der Kerl, ihn bereits zu reizen, selbst wenn er ihn noch gar nicht sehen oder hören konnte.

»Das kann ich nicht«, gab Nike bereitwillig zu und zuckte mit den Schultern. Sie trat einen Schritt ins Wohnzimmer hinein und zur Seite, stets die Wand im Rücken. Das Licht des Fernsehers flackerte über ihren Körper. »Ich kann dir nur mein Wort geben, dass ich niemanden in diesem Haus angreifen werde.« Plötzlich riss sie den rechten Arm nach oben und schien nach etwas zu greifen. Im nächsten Moment warf sie Richard über ihre Schulter auf den Wohnzimmerboden und blieb über ihm stehen, seinen Arm noch immer fest in ihrem Griff. Ihr blanker Fuß schwebte über seinem Hals. »Aber ich werde mich verteidigen, wenn es nötig ist. Und ich habe keine Angst«, fügte sie an Adam gewandt zu.

Als er die Szene hinter der Couch betrachtete, musste Thanos ihr widerwillig Respekt zollen.

Richard fluchte wild und beschimpfte die Frau in allen möglichen Sprachen. Nike ließ ihn nur noch stärker spüren, dass sie ihn jederzeit unschädlich machen konnte, indem sie seinen Arm ein wenig nach vorn drückte.

Adam war aufgesprungen und sah entsetzt von einem zum anderen. Er schien hin- und hergerissen, wem er zur Hilfe eilen sollte.

Thanos erhob sich langsam von dem Sessel neben der Couch, auf dem er gesessen hatte, als er noch geglaubt hatte, den Film im Fernsehen in Ruhe verfolgen zu können. Mit gemächlichen Schritten ging er auf Nike und Richard zu, stieg über den am Boden liegenden Vrykólakas hinweg und blieb direkt vor Nike stehen. Mit nicht geringer Genugtuung bemerkte er, wie sich ihr Körper anspannte und sie versuchte, vor ihm zurückzuweichen, nur, um zu merken, dass sie sich selbst in die Falle gebracht hatte, als sie die Wand im Rücken gesucht hatte.

»Lass ihn los«, forderte er sie leise auf und hielt dabei ihren Blick gefangen.

Sie wollte in seinem Haus bleiben? Gut, dann hatte sie sich gefälligst an seine Anordnungen zu halten.

Für einen Moment hielt Nike Richard noch fester am Handgelenk, ehe sie ihn losließ und Thanos' Blick auswich. Er kniff die Augen zusammen. Wusste sie denn nicht, dass man seinen Gegner immer im Blick haben musste?

Hinter ihm rappelte Richard sich auf und rieb sich fluchend die Schulter.

»Du bist selbst schuld«, belehrte Thanos ihn und wartete, bis Richard sich getrollt hatte, bevor er sich wieder auf Nike konzentrierte. Er lehnte sich näher zu ihr, um den Größenunterschied etwas zu mindern. »Du wirst mir nicht widersprechen und mir nicht in die Quere kommen. Am besten bekomme ich gar nicht mit, dass du hier bist.«

Was mit ihrem Duft im Haus unmöglich war, aber das musste er ihr nicht auf die Nase binden. Es war besser, sie hatte Angst vor ihm, als dass sie sich selbst im Vorteil glaubte. Er spürte ihren Pulsschlag, sah ihn deutlich an ihrem Hals. Ihr Blut war eine tödliche Verlockung und er ein verdammter Idiot, wenn er auch nur daran dächte, sie zu beißen.

»Verstanden?«, brachte er zwischen zusammengepressten Zähnen hervor.

Langsam hob sie ihren Blick, um seinem zu begegnen. »Verstanden«, flüsterte sie schließlich.

Er fragte sich, ob sie wusste, dass sie am ganzen Leib zitterte und alles andere als unbesiegbar auf ihn wirkte. Für einen Moment dachte er daran, sie darauf aufmerksam zu machen, ließ es dann aber doch bleiben. Er trat einen Schritt von ihr zurück, um ihr Luft zum Atmen zu geben.

»Der Raum neben Adams Zimmer ist leer, dort kannst du bleiben. Wenn du klug bist, verirrst du dich in keinen anderen Bereich des Hauses«, fügte er noch hinzu.

Nun, wo sie wieder etwas Abstand zwischen sich hatten, schien sie ihren Mut wiedergefunden zu haben und funkelte ihn böse an. »Soll ich nicht besser in der winzigen Kammer schlafen, die einer Kerkerzelle gleichkommt?«

Thanos grinste langsam. »Das wäre natürlich eine noch bessere Idee.« Adam wollte schon protestieren, als Thanos mit den Augen rollte und sich abwandte. »Der Tag bricht bald an«, erklärte er und ging Richtung Treppe.

Er wusste, dass sie seine Schritte hören würde, als er in sein Zimmer ging, das wie ihres und Adams auf der anderen Seite des Obergeschosses lag. Er wusste auch, dass sie hören würde, wie er die Tür nicht nur ins Schloss zog, sondern auch den Schlüssel umdrehte. Er wollte schließlich kein Risiko eingehen.

Kapitel 10

Daniel faltete die Zeitung zusammen und legte sie zur Seite. Mit einem zufriedenen Lächeln griff er nach seiner Tasse und trank einen großen Schluck des noch heißen Kaffees. Die Schlagzeile des Tages berichtete von einer weiteren Frauenleiche, die in Athen gefunden worden war. Ganz Attika war vor Angst erstarrt. Frauen wurde geraten, nach Anbruch der Dunkelheit nicht alleine draußen unterwegs zu sein. Auch jenseits der Region fand die Nachricht Gehör. Griechenland hielt den Atem an.

»Wenigstens haben sie jetzt etwas anderes als Geldsorgen, worüber sie sich den Kopf zerbrechen können.« Daniel war mit sich mehr als zufrieden. Noch ein paar Morde und er würde sich an die zuständigen Behörden wenden. Zähneknirschend würde er zu Kreuze kriechen und gestehen, dass wohl seine Einrichtung für diese ungeheuerlichen Angriffe zur Verantwortung zu ziehen war. Natürlich würde er die Schuld auf Iosif und auf dessen Vorgänger abwälzen. Sie hatten offensichtlich nicht Herr der Lage werden können, als es darum ging, die Spuren aus OLYMPUS' dunkler Vergangenheit zu tilgen.

Ein Grinsen breitete sich auf Daniels Gesicht aus. Sie würden ihn bitten, ihnen zu helfen. Als der großzügige Mensch, der er nach außen hin war, würde er sich selbstverständlich bereit erklären. Er würde die Theés verstärkt in die griechischen Nächte entlassen und die Morde würden aufhören. Einfach so, weil er aufgetaucht war. Wie den strahlenden Ritter auf dem weißen Ross würden sie ihn empfangen, ihm als Heilsbringer huldigen.

Daniel lachte auf. Wie einfach es doch war, Menschen zu manipulieren. Nur eines hielt ihn noch von seinem perfekten Plan ab. Jean, dieser nichtsnutzige Versager, hatte es anscheinend nicht geschafft, Nike zu erledigen. Zumindest hatte er ihre Leiche nicht gefunden. Er hatte es tatsächlich gewagt, vor Daniel zu erscheinen, und ihm zu berichten, dass dieses kleine Miststück entkommen war. Nicht nur, dass sie Iosif so noch immer nützlich sein könnte, sollte sie ihn aufsuchen und er nicht rechtzeitig darüber informiert werden. Nein, sie hatte möglicherweise auch noch die ganze Nacht bei Miller, diesem Jammerlappen von Arzt verbracht. Wer wusste, was er ihr alles erzählt hatte. Und ob sie es ihm glaubte. Er konnte nur hoffen, dass sie es nicht tat. Iosif war selbst ein Meister, wenn es darum ging, Menschen zu manipulieren und er hatte sie seit ihrer Kindheit belogen. Wenn sie an ihrem Glauben festhielt, war alles in Ordnung und es bestand noch Hoffnung, sie zu erledigen, bevor sie zu einer größeren Gefahr werden konnte. Wenn sie aber einsah, wie sehr man sie hintergangen und wie falsch man mit ihr gespielt hatte … wenn sie es schaffen sollte, die übrigen Theés davon in Kenntnis zu setzen … dann gnade ihnen Gott.

Daniels Grinsen verschwand mehr und mehr aus seinem Gesicht. Er hätte Miller ausschalten sollen, als er anfing, Fragen zu stellen. Aber er hatte gezögert. Ein Fehler, den er gehofft hatte, wiedergutzumachen, indem er Nike nach ihm schickte, um ihn zu töten. Offensichtlich sein zweiter Fehler. Einen weiteren durfte er sich nicht erlauben.

***

Adam zeigte Nike ihr neues Zimmer und half ihr dabei, das Bett zu beziehen, ehe er sich selbst schlafen legte. Er murmelte etwas davon, wie sein Schlaf-wach-Rhythmus sich dem der Vrykólakas angeglichen hatte, bevor er sie allein ließ.

Ihr Magen knurrte. Nike machte sich auf in die Küche und öffnete den Kühlschrank. Der Geruch von Wurst, Käse und Joghurt ließ ihren Appetit schwinden. Offenbar war sie nicht hungrig genug. Seufzend schloss sie die Kühlschranktür hinter sich und machte sich auf, um das Haus auf eigene Faust zu erkunden. Es war nicht besonders groß – sicherlich nie dafür gedacht gewesen, sie alle zu beherbergen. Sie schlich an den Wänden entlang.

Küche, Bad, Wohnzimmer. Treppen nach oben und unten. Adams Behandlungsraum und ein Zimmer, dessen Tür geschlossen war und bei der sich Nikes Nackenhaare aufrichteten. Es war das letzte Zimmer im Erdgeschoss. Der jüngere Vrykólakas musste hinter dieser Tür schlafen. Unwillkürlich trat sie einen Schritt zurück, als könne er sie jeden Moment anfallen.

Sie musste den Verstand verloren haben Hatte sie wirklich darum gebeten, bei zwei Vrykólakas unterkommen zu dürfen? Hatte sie alle Alternativen durchdacht?

Nun, eigentlich hatte sie keine Alternativen. Ihre Kreditkarte und ihr Bankkonto liefen über OLYMPUS, ihr Wagen war noch auf dem Abschleppplatz, nach Hause konnte sie offensichtlich nicht. Wäre es nicht trotzdem besser gewesen, dort draußen ihr Glück zu versuchen? Sie hätte eine der anderen Theés aufsuchen können. Nike seufzte, während sie die Treppe nach oben ging. Jede von ihnen hätte sie an OLYMPUS verraten können. Zumindest wusste sie, dass ihr dies *hier* nicht passieren würde. Nur, wenn einer der Männer selbstmordgefährdet wäre, würde er sich an OLYMPUS wenden. Und zumindest tagsüber konnten ihr die Vrykólakas ohnehin nichts anhaben. Sie sollte ihren Schlafrhythmus wohl auch angleichen.

Auf der oberen Etage gab es zu ihrer Linken nur eine Tür. Das Zimmer des anderen Vrykólakas.

Geradeaus war ein weiteres Bad, wie sie feststellte, als sie die Tür öffnete. Auf der anderen Seite, gegenüber dem ersten Schlafraum, lagen die Zimmer von Adam und ihr selbst.

»Dann wollen wir doch mal sehen, ob es hier eine Folterkammer im Keller gibt«, murmelte sie, als sie die Treppe wieder hinunterging. Sie war diese Stille im Haus nicht gewohnt. Maya oder Lena, eine von beiden war meistens zu Hause, wenn sie da war. Dann lief das Radio oder der Fernseher oder auch beides. Auf jeden Fall gab es Geräusche und Leben. Hier war einfach alles … tot. Sie schüttelte sich bei dem Gedanken und beeilte sich, in den Keller zu kommen.

Der Flur im Untergeschoss war geradezu winzig. So klein wie die Kammer, in der sie die letzte Nacht verbracht hatte. Neugierig öffnete Nike die Tür auf der linken Seite. Ein geräumiges Zimmer, wenn auch recht spartanisch eingerichtet, erwartete sie. Eine Gegensprechanlage hing an der Wand. Ein Computer stand in einer Ecke auf einem Schreibtisch. In der Mitte des Raumes stand ein weiterer Tisch. Das war alles. Die Tür gegenüber der Treppe brachte Nike in ein weiteres Badezimmer.

»Ganz schön viele Bäder für drei Kerle«, dachte sie laut, als sie sich zur letzten Tür aufmachte. Zum ersten Mal weckte etwas in diesem Haus ihr Interesse. Der Raum, den sie betrat, war mit Matten ausgelegt und nahm den größten Teil des Kellers ein. Ein Boxsack hing in einer Ecke von der Decke. Langsam nickend schloss sie die Tür wieder und ging nach oben. Sie würde das Beste aus ihrem Aufenthalt machen, wenn sie hier schon festsaß. Aber zuerst wollte sie versuchen, doch etwas zu essen. Trockenes Brot war in den letzten Wochen mehr oder weniger bekömmlich gewesen. Sie ging zurück in die Küche und öffnete den Schrank, aus dem Adam das Brot für sein Sandwich geholt hatte. Ihr Magen drehte sich um, als ihr der Geruch in die Nase stieg.

»Ich werde mich hier nicht völlig entkräftet mit zwei Monstern herumschlagen«, schalt Nike sich selbst und biss beherzt in eine Scheibe Brot. Am liebsten hätte sie es direkt wieder ausgespuckt. Es schmeckte wie Pappe und schien genauso bekömmlich. Sie musste mit sich kämpfen, um den Bissen nicht nur runterzuschlucken, sondern sie auch bei sich zu behalten. Nach der Hälfte gab sie auf und warf den Rest in den Müll. Wenn sie ein normaler Mensch wäre, hätte sie sicher schon künstlich ernährt werden müssen oder wäre zusammengebrochen. Sie goss sich ein Glas Wasser ein. Wenigstens trinken konnte sie noch. Es war ein schwacher Trost.

∗∗∗

Nike hatte den Vormittag im Keller verbracht und gegen den Boxsack gekämpft, bis sie erschöpft genug war, um es für den Rest des Tages sein zu lassen. Ein Blick auf die Uhr im Wohnzimmer sagte ihr, dass dies – wenn sie die Zeit für ihre Dusche abzog, gegen kurz nach zwei gewesen war. Zum Boxen hatte sie Adams Jogginganzug ausgezogen, da er ihr zu sehr in die Quere gekommen war, was sie daran erinnert hatte, dass ihre Jeans und ihr Top irgendwo im ersten Stock sein sollten. Sie machte sich auf die Suche und fand beides, perfekt zusammengelegt, im oberen Badezimmer. Hastig tauschte sie die Kleidung und stopfte Adams Jogginganzug in den Korb, der, so nahm sie an, für die Dreckwäsche bestimmt war. Als sie hörte, wie Adam gegen vier Uhr erwachte, saß sie im Schneidersitz auf der Couch und schaute fern.

»Oh, hey, guten ... wie spät ist es?«

»Kurz nach vier«, sagte sie über ihre Schulter und zappte durch die Programme.« Sie hörte, wie er gähnte und durch den Flur schlurfte.

»Willst du etwas zu essen? Frühstück ... oder so was in der Art?«

»Nein danke, ich hab mich schon bedient«, rief sie ihm nach und verzog das Gesicht, als sie an die halbe Scheibe Brot dachte, die ihr noch immer schwer im Magen lag. Sie hörte, wie Adam in der Küche hantierte, Schränke öffnete und schloss. Schließlich kam er mit einer Tasse Kaffee und einem Teller mit einem belegten Brot zu ihr ins Wohnzimmer.

»Ich bin kein Morgenmensch«, warnte er sie und gähnte erneut, während er sich neben sie auf die Couch setzte.

»Schon okay.« Sie beobachtete ihn, amüsiert darüber, dass der Mann, der ihr am Abend zuvor eine Kugel aus dem Körper gezogen hatte, nun wie ein zu groß geratener Teenager wirkte. Sein Haar fiel ihm in wirren Strähnen ins Gesicht, doch anstatt sie sich einmal nach hinten zu streichen, versuchte er wieder und wieder, sie aus der Stirn zu blasen.

»Und, was hast du den ganzen Tag gemacht?«, fragte Adam und blies nun auf seinen Kaffee.

»Geboxt, hauptsächlich.«

Er runzelte für einen Moment die Stirn, ehe er begriff, was sie meinte.

»Der Keller.« Er nickte mehrmals, als müsse er sich selbst bestätigen, dann schüttelte er den Kopf. »Ihr könnt einfach nicht lange ruhig sitzen, oder? Thanos und Richard müssen auch ständig etwas tun.«

Nikes Blick verfinsterte sich. »Ich bin nicht wie sie.« Adams verschlafener Blick sagte ihr, dass er das anders sah, aber er wandte ihn von ihr auf sein Brot und erwiderte nichts.

»Sicher, dass du nichts willst?«, fragte er stattdessen und deutete auf seinen Teller.

Nike schüttelte schweigend den Kopf.

Adam murmelte etwas Unverständliches zur Antwort und biss in sein Brot. »Sie sind nicht so, wie sie im Moment auf dich wirken müssen«, begann er plötzlich zwischen zwei Bissen.

Nike runzelte die Stirn.

»Thanos und Richard, meine ich. Gut, Richard scheint wirklich das Arschloch zu sein, als das er dir momentan erscheint, aber Thanos ist in Ordnung.« Er warf ihr einen kurzen Blick zu. »Wenn ihr beide euch erst richtig kennenlernt, werdet ihr euch sicher besser verstehen.«

»Ich will ihn gar nicht verstehen oder kennenlernen«, erwiderte Nike und verzog angewidert das Gesicht. Das hier war keine Wohngemeinschaft unter Freunden, es war eine Zweckgemeinschaft, aus der sie austreten würde, sobald sie die Gelegenheit und Mittel dazu hatte.

»Ihr seid euch gar nicht so unähnlich«, fuhr Adam fort, als habe sie nichts gesagt. »Wenn du mal darüber nachdenkst: Ihr wurdet beide von OLYMPUS benutzt und belogen und seid vor ihnen auf der Flucht. Ihr könntet euch gegenseitig helfen. Das heißt, wenn ihr lernen könnt, miteinander zu reden, ohne dass ihr euch fast an die Gurgel geht. Sieh es einmal so«, er hob die Hand, als sie ihn bereits unterbrechen wollte, »OLYMPUS will euch beide tot. Wieso wollt ihr ihnen helfen?«

Nike kniff die Augen zusammen und sah Adam lange an. »Du machst so etwas gerne, oder? Versuchen, Menschen dazu zu bekommen, sich zu ändern, oder ihre Ansichten und Handlungsweisen.«

Adam zuckte mit den Schultern und lehnte sich gegen die Rückenlehne der Couch, beide Hände um die Tasse geschlungen. »Ich zeige gerne Alternativen auf«, erwiderte er. Als Nike den Blick senkte, schwieg er kurz. »Du hast auch jetzt Alternativen. Du kannst dich verkriechen und OLYMPUS gewinnen lassen. Oder du kannst dich wehren. Du sagst mir ständig, dass du kein Monster bist. Das glaube ich dir. Aber ich weiß auch, dass die Vrykólakas, zumindest die, die ich kenne, keine sind. Wenn du ihnen die Chance gibst, könnten sie das auch dir beweisen und glaub mir, OLYMPUS würde das ganz und gar nicht gefallen.«

Nike saß schweigend da und dachte über Adams Worte nach.

Kapitel 11

»Du lässt sie wirklich bei dir wohnen?« Ilias klang mehr als erstaunt, als Thanos sich das nächste Mal mit ihm traf. Thanos hatte sich erneut in die Computer der Polizei eingeklinkt, um auch die neuesten Informationen zu dem Mord in Athen zu erhalten.

»Willst du über die Morde reden, die einer von unseren Freunden begangen hat oder darüber, wer alles in diesem Haus wohnt?«

»Nun, wenn du schon so fragst …«

Thanos warf ihm einen düsteren Blick zu. Er wollte nicht über sie reden, nicht einmal an sie denken. Ihr Geruch setzte sich mehr und mehr im Haus fest. Nicht einmal in seinem eigenen Zimmer war er davor sicher. Das Wissen, dass sie nur wenige Meter von ihm entfernt war, wenn er aufwachte, half ihm nicht. Seine Laune war von Tag zu Tag schlechter geworden. Bald würde er Richard Konkurrenz machen. Die bloße Anwesenheit dieser Frau trieb ihn in den Wahnsinn. Vielleicht war sie ja deswegen von OLYMPUS geschickt worden, nicht, um sie alle zu töten, sondern, um sie in den Selbstmord zu treiben.

Er versuchte, sich wieder auf die Unterlagen vor sich zu konzentrieren und nicht weiter an die Theá zu denken. Was einfacher gewesen wäre, wenn er nicht gewusst hätte, dass sie ebenfalls im Keller war. Selbst seinen Trainingsraum hatte sie bereits beschlagnahmt. Innerhalb weniger Tage hatte sie sich ihrem Rhythmus angepasst und schlief nun ebenfalls tagsüber. Das erste, was sie nach einer Dusche nach dem Aufwachen tat, war, in den Keller zu gehen, und auf den Boxsack einzuschlagen. Bis hierher spürte er ihren Herzschlag, wenn sie, wie jetzt, kurz davor war, sich zu verausgaben.

Ilias sah ihn erwartungsvoll an.

»Was?«, fragte Thanos ihn verwirrt. Ilias griff nach seiner Jacke.

»Lass uns einfach losfahren, hier rumzusitzen wird uns nicht weiterhelfen.«

Thanos folgte Ilias nur zu gern die Kellertreppe hinauf ins Erdgeschoss. Er fürchtete, wenn er noch länger hier unten blieb, würde er etwas sehr Dummes anstellen – wie zum Beispiel zu Nike zu gehen. Und das würde zweifelsohne kein gutes Ende nehmen.

Nein, es war bei weitem sicherer, nach Athen zu fahren und nach Hinweisen zu den Morden zu suchen. Thanos wusste noch nicht, wonach genau sie suchen sollten, oder was er zu finden hoffte. Er sagte sich, dass sie etwas bemerken würden, was der Polizei nicht aufgefallen war.

Die Fahrt nach Athen dauerte etwa dreißig Minuten. Am Hauptbahnhof Larísis angekommen, parkte Ilias den Wagen vor dem grauen Steingebäude und sie stiegen beide aus.

»Was, wenn die Morde doch nicht hier stattgefunden haben? Ich meine, selbst mitten in der Nacht muss doch jemand etwas mitbekommen. Irgendetwas.«

»Die Menschen sehen, was sie sehen wollen«, entgegnete Thanos und ging in Richtung des Hauptbahnhofs. Gleis drei. Dort hatte man die Frauenleiche gefunden. »Wenn er schnell und leise genug war, haben sie nichts bemerkt, ehe es zu spät war. Wenn tatsächlich Zeugen in der Nähe waren, was ich bezweifle. Keiner von uns würde ein solches Risiko eingehen.«

»Außer jemand, der dieses Leben leid ist.«

Thanos blieb stehen und drehte sich zu Ilias um.

»Und dann? Bei einem Verbrechen überführt zu werden, ist keine Lösung. Die Polizisten können ihn nicht erschießen. Es würde nur Fragen aufwerfen. Wenn er lebensmüde wäre, hätte er sich vor den nächsten Zug werfen müssen, um endgültig zu sterben.«

»Du scheinst darüber schon nachgedacht zu haben«, stellte Ilias fest und klang dabei überrascht.

»Du nicht?« Thanos konnte nicht mehr zählen, wie oft er in den ersten Jahren, nachdem die Nebenwirkungen eingesetzt hatten, darüber nachgedacht hatte, sich das Leben zu nehmen. Der einzige Grund, der ihn damals daran gehindert hatte, waren die anderen Vrykólakas gewesen, die sich auf ihn als Anführer ihrer Einheit verließen. Er wollte nicht für ihren Tod verantwortlich sein, also schob er seinen eigenen so lange von sich weg, bis er sich sicher sein konnte, dass sie in Sicherheit waren und alleine zurechtkamen. Als es soweit war, hatte er sich mit seinem neuen Leben arrangiert und die alten Gedanken an Selbstmord waren ihm wie die Ideen eines verdammten Feiglings vorgekommen.

Als Thanos weiterging, bemerkte er, dass Ilias einen Moment zögerte, ehe er ihm folgte. Er wollte nicht länger über seine alten Todesabsichten sprechen und steuerte mit großen Schritten auf die Gleise zu, bis er Nummer drei erreichte.

Ein Absperrband der Polizei riegelte den verlassenen Tatort ab. Auf dem Boden konnte Thanos noch Markierungen erkennen, an denen Beweise sichergestellt worden waren.

»Also, hier wurde die Frau gefunden.«

Ilias hatte zu ihm aufgeschlossen und zog hörbar die Luft ein. »Nichts. Ich rieche absolut nichts bis auf unzählige Menschen, die sich hier jeden Tag sammeln, um in einen der Züge zu steigen.«

Ilias hatte recht, doch Thanos wollte nicht so einfach aufgeben. Irgendetwas musste es geben, eine Spur, einen Hinweis. Irgendetwas. Er blickte sich auf dem Gleis um, um sicher zu gehen, dass keine Sicherheitskameras existierten, die ihn filmen konnten, dann hob er die Absperrung der Polizei an und ging näher an den Fundort der Leiche heran. Etwas, das die Polizei übersehen hatte, etwas, das sie gar nicht hatten finden können, das war es, wonach er Ausschau hielt. Doch er fand nichts. Nicht einmal Abfall, den Passanten hier sicherlich fallen gelassen hatten. Die Polizei hatte alles, was einen Hinweis auf den Täter liefern konnte, beschlagnahmt.

Zwei Stunden suchte er jeden Zentimeter des Gleises ab, eher er Ilias zustimmen musste, dass hier nichts mehr zu finden war und sie ihre Zeit vergeudeten. Thanos würde noch einmal die Unterlagen überprüfen, zu denen Jérôme ihm Zugang verschafft hatte. Vielleicht hatte er dort etwas übersehen.

Als Ilias ihn zu Hause absetzte, machte Thanos sich direkt auf den Weg in den Keller und brütete den Rest der Nacht über den Dokumenten, ehe die aufgehende Sonne ihn dazu zwang, sich in sein Zimmer zurückzuziehen, wenn er den Tag nicht auf der harten Tischplatte verbringen wollte.

***

Nike spürte, wie ihre Muskeln sich mehr und mehr anspannten. Das Gefühl, etwas geleistet zu haben, stellte sich langsam ein. Nur noch ein wenig, dann würde sie aufhören. Sie musste sich einfach auspowern, sonst fände sie den ganzen Tag über keine Ruhe. Außerdem war sie hier unten wenigstens allein und konnte ihren Gedanken nachhängen. Ihre letzte Erklärung für das, was geschehen war, sah so aus, dass Daniel sie auf seine Abschussliste gesetzt hatte, um mit ihrem Tod Iosifs angeschlagene Gesundheit weiter zu schwächen. Wenn Iosif nur wieder gesund werden, und die Leitung von OLYMPUS übernehmen würde, wäre alles wieder in Ordnung.

Sie unterstrich ihre Meinung mit einem festen Tritt gegen den Boxsack. Als sie danach auf der Stelle tänzelte, strich sie sich eine Strähne aus dem Gesicht. Mangels eigener Kleidung außer ihrer Jeans und ihrem Top, das sie notdürftig geflickt hatte, trug sie zum Training noch immer Adams Jogginganzug, wenn auch nur die Hose davon. Im BH konnte sie sich besser bewegen als in Adams Pullover mit seinen viel zu weiten Ärmeln.

Nicht zum ersten Mal dachte sie, dass ihr Musik fehlte, um sich nach einem geeigneten Tempo austoben zu können. Sie hatte aber im Haus keinen CD-Spieler oder auch nur ein Radio gefunden, das sie hätte mit in den Keller nehmen können. Nike rollte den Kopf in den Nacken, ehe sie erneut auf den Boxsack einschlug. Sie ignorierte die Tür, die sich öffnete, als Thanos eintrat, auch wenn sich ihre Nackenhaare aufrichteten. Seit Tagen versuchte sie bereits erfolglos, dagegen anzukämpfen, dass sie sofort in Angriffsbereitschaft war, wenn sich einer der Vrykólakas auch nur in ihrer Nähe aufhielt. Wobei Nähe relativ zu sein schien. Im oberen Stock genügte es bereits, wenn sie wusste, dass Thanos ebenfalls auf der gleichen Etage war wie sie, um sie nervös werden zu lassen.

»Bist du bald fertig?«

Sie trat mit dem linken Fuß gegen den Boxsack, während sie ihm über die Schulter einen kurzen Blick zuwarf. »Ja, bald«, war ihre knappe Antwort, ehe sie weitermachte. Sie sah ihn nicht mehr an, doch sie spürte, dass sein Blick auf ihr ruhte. Plötzlich wünschte sie sich den Pullover von Adams Jogginganzug zurück. Nicht, weil sie sich für ihren Körper geschämt hätte – sie hatte ihr ganzes Leben lang nichts anderes getan als zu trainieren, es gab nichts, was ihr hätte unangenehm sein müssen. Sie hätte nur gerne eine zusätzliche Barriere zwischen ihrer Haut und seinen Zähnen gehabt. Auch wenn es nur eine aus grauer Baumwolle gewesen wäre.

Thanos kam durch den Raum auf sie zu und Nikes Herz schlug noch schneller. Ein Teil von ihr wollte sich zurückziehen, ihm den Platz überlassen, aber das konnte sie einfach nicht. Sie biss die Zähne zusammen und boxte weiter. Sie hasste es, wenn jemand hinter ihr stand. Das wusste er, musste es wissen.

Nike tänzelte um den Boxsack herum, bis sie ihn wieder in ihrem Blickfeld hatte, wenn sie an dem großen, roten Sack vorbeisah. Er war bereits barfuß in den Raum gekommen, mit einer Trainingshose und einem Pullover bekleidet. Letzteren zog er sich nun über den Kopf und wärmte sich auf, während er darauf wartete, dass sie fertig wurde. Nike konnte den Blick nicht von ihm wenden. Er wirkte nur noch größer, umso weniger er an seinem Körper trug. Als sie die Muskeln seines Oberkörpers und seiner Arme sah, rief sie sich in Erinnerung, dass er sie während ihres ersten Zusammentreffens mühelos hätte töten können, ohne seine Zähne in ihren Hals zu schlagen. Während er sie festgehalten hatte, musste es ihn große Überwindung gekostet haben, sich zurückzuhalten.

Ihre Schläge gegen den Boxsack wurden langsamer.

Sie war nach seinem Vorbild operiert worden. Die Grundsätze waren nicht verändert worden. Wie bei ihr selbst waren seine Muskeln sichtbar, aber die wahre Stärke sah man ihnen nicht an. Er war keiner dieser Bodybuilder, die sich mit Anabolika vollstopften, bei denen die Adern und Venen hervorquollen. Die Muskeln waren da, aber sie verrieten noch nichts über die wahre Kraft, die in ihnen schlummerte. Doch sie kannte sie von sich selbst zu gut. Auch sie ähnelte eher einer Leichtathletin als einer Bodybuilderin, hätte letztere jedoch ohne die geringste Anstrengung besiegen können. Ihre Augen glitten bewundernd über seine Arme, weiter zu seinen Händen. Zu schade, dass er ihr Feind war, dachte sie, während sie ihn ungeniert musterte. Etwas hatte ihre Aufmerksamkeit erregt. Auf den ersten Blick war es ihr entgangen, doch als sie genauer hinsah, bemerkte sie, dass sein Oberkörper von Narben übersät war.

Nike runzelte die Stirn. Wie alt mochte Thanos gewesen sein, bevor er behandelt worden war? Und was hatte er durchgemacht, um solche Narben davonzutragen?

»Fertig?«

Erschrocken hob sie ihren Blick zu seinem Gesicht. Erst jetzt bemerkte sie, dass sie aufgehört hatte, den Boxsack zu schlagen. Schweigend nickte sie und trat einen Schritt zurück, während Thanos einen auf sie und den Boxsack zumachte. Es juckte sie in den Fingern, diese auszustrecken und über seinen Oberkörper zu fahren. Wie er sich wohl anfühlen würde?

Erstaunt über sich selbst wandte Nike sich hastig um und ging mit schnellen Schritten auf die Tür zu. Im Vorbeigehen griff sie nach dem Pullover, den sie an der Tür hatte liegen lassen, und verließ den Raum. Sie musste sich daran erinnern, dass er sie hören konnte, um nicht die Treppe hinaufzurennen. Sie brauchte dringend Abstand von ihm, offenbar war ihr Verstand gerade in keiner guten Verfassung.

✳✳✳

Nike saß auf der Couch im Wohnzimmer und zappte durch die Programme, ohne hinzusehen, was sich auf dem Bildschirm abspielte. Adam setzte sich zu ihr und stellte einen Teller vor ihr ab.

»Nein danke, ich hab keinen Hunger«, sagte sie automatisch und drückte weiter auf der Fernbedienung herum.

Adam musterte sie kritisch. »Du hast nichts gegessen, seit du hier bist. Die ganzen Tage nicht. Ich hab dich nie mit etwas gesehen und sag nicht, du hättest gegessen, wenn ich es nicht sehen konnte. Ich kenne den Inhalt der Schränke hier sehr gut, immerhin war ich die ganze Zeit über der Einzige, der etwas anderes als Blut zu sich genommen hat. Anscheinend bin ich noch immer der Einzige.«

Nike legte die Fernbedienung weg.

»Iss«, forderte Adam sie auf und schob ihr den Teller hin. »Ich weiß, ihr könnt länger als Menschen ohne Essen auskommen, aber du musst hier nicht hungern. In dem Essen ist nichts drin. Ich esse es ja auch.« Demonstrativ stieß er mit der Gabel in ein paar Nudeln und schob sie sich in den Mund.

Nike sah langsam zu dem Teller, den er ihr hingestellt hatte. Nudeln mit Tomatensoße. Ihr Magen drohte damit, sich zu übergeben, sobald sie auch nur einen Bissen davon runterschlucken würde. Aber Adam schaute sie erwartungsvoll an. Würde er sie mit dem Schlauch ernähren, wenn sie nichts essen würde? Sie überlegte kurz, ob sie eine Allergie auf Tomaten anführen sollte, aber er kannte ihre Akte. In den letzten Tagen hatte er sie sicher auswendig gelernt. Er würde ihre Lüge erkennen. Widerstrebend griff Nike nach ihrem Teller und pikste mit der Gabel in eine Nudel, an der keine Tomatensoße hing. Nur ein paar trockene Nudeln. Wie schwer konnte es sein, diese hinunterzuschlucken?

Die Antwort kam postwendend, als sie es versuchte. Ihre Kehle verschloss sich, ihr Magen rebellierte. Nike kämpfte dagegen an, würgte, schluckte, behielt sie schließlich in ihrem Bauch. Es war ekelhaft. Aber Adam schien erleichtert, sie essen zu sehen. Noch zwei, drei Bissen schaffte Nike, dann war es ihr nicht mehr möglich, etwas in sich hineinzuzwingen. Adam akzeptierte ihre Erklärung, dass sie durch das Hungern keinen großen Appetit hatte, nahm ihr aber das Versprechen ab, künftig wieder zu essen. Nike hätte sich am liebsten sofort übergeben.

Um sich selbst – und Adam – abzulenken, nahm sie seinen leeren Teller mit ihrem und brachte beide in die Küche, wo sie sie in die Spülmaschine stellte, nachdem sie ihre Portion in den Müll gefeuert hatte.

Auf der Küchentheke lagen ein Block und ein Bleistift, und Nike konnte nicht anders, als sich die Zeichnungen anzusehen, die auf dem Block zu sehen waren. Sie waren gut. Kleine Zeichnungen, beinahe Kritzeleien, aber mit mehr als einem Zeichen von Talent.

»Ist das dein Block, in der Küche?«, fragte sie Adam, als sie zurück ins Wohnzimmer kam. Er hatte einen Nachrichtensender angeschaltet und blickte auf, als sie sich wieder neben ihn setzte.

»Nein, das müsste Richards sein. Rühr ihn besser nicht an.«

Nike legte den Kopf zur Seite und warf Adam einen langen Blick zu. »Was ist mit dem Kerl eigentlich?«

Adam zuckte mit den Schultern. »Da musst du ihn selbst fragen. Ich kenne ihn auch nur ein paar Monate länger.«

Die Tür zu Richards Zimmer am Ende des Ganges wurde geöffnet und Nike sah aus den Augenwinkeln, wie der Vrykólakas an ihnen vorbei in die Küche ging. Er kam mit dem Block unter dem Arm zurück. Als er bemerkte, dass Nike ihn ansah, grinste er, um sie seine Zähne sehen zu lassen. Kurz darauf schloss sich seine Tür wieder und laute Rockmusik erfüllte das Erdgeschoss.

»Danke, ich glaube, ich verzichte.«

»Gute Entscheidung«, stimmte Adam ihr zu.

»Und da willst du mir erzählen, ich würde mich in ihnen täuschen.« Nike spürte Adams Blick auf sich und drehte sich zu ihm um.

»Richard ist eine Ausnahme. Du kannst ihn nicht mit allen anderen vergleichen. Das wäre so, als würde ich dich mit deinem Vater vergleichen.«

»Dürfte dir schwerfallen, immerhin kenne ich ihn selbst ja nicht einmal.«

Adam lehnte sich zurück. »Iosif hat nie jemanden an sich herangelassen. Vielleicht bist du ihm ja doch ähnlich.«

»Iosif ist nicht mein Vater. Er hat mich nur nach dem Tod meiner Mutter aufgenommen und mir ein Zuhause und einen Nachnamen gegeben«, klärte Nike ihn auf.

Adam blinzelte einige Male, als müsse er über etwas nachdenken.

Nike gefiel der Ausdruck auf seinem Gesicht nicht im Geringsten. Er machte sie nervös und sie hasste es nervös zu sein. Zumindest diese ungute Art des Nervösseins. Die, wenn man nicht wusste, was auf einen zukam, man aber den unguten Verdacht hatte, dass man schlechte Neuigkeiten erhalten würde. Sie hatte sich so gefühlt, als sie erfahren hatte, dass Iosifs Gesundheitszustand schlechter war, als ihr Ziehvater es sie hatte glauben lassen. Es war dieses ungute Gefühl, bei dem man wusste, man sollte sich aus dem Staub machen und es trotzdem nicht tun konnte.

»Was?«, fragte sie schroff und Adam zuckte leicht zusammen.

»Es ist nur …« Er fuhr sich mit der rechten Hand über das Gesicht und murmelte etwas hinter seinen Fingern, dass Nike selbst mit ihrem sensiblen Gehör nicht wahrnehmen konnte.

»Iosif ist nicht mein Vater«, beharrte sie und bemühte sich, ihre Anspannung loszuwerden. »Jeder bei OLYMPUS kann dir das bestätigen.«

»Das ist es ja. Die Akten sagen etwas anderes und …«

»Dann lügen deine Akten!«

Adam beobachtete sie schweigend. Was auch immer er noch hatte sagen wollen, behielt er für sich.

Nike spürte, wie sie wütend wurde. Er irrte sich. Vielleicht hatte ihm jemand einen Streich gespielt oder er hatte etwas missverstanden. Sie würde es wissen, wenn sie noch einen Vater hätte. Besonders, wenn es Iosif wäre. Er hatte sie aufgenommen, nachdem sie ihre Mutter hatte sterben sehen. Er hatte ihr die Möglichkeit gegeben so etwas in der Zukunft zu verhindern. Er hätte ihr gesagt, wenn er mehr wäre.

***

Es war Nacht. Er spürte es mit jeder Faser seines Körpers. Nicht, dass er sich bewegen konnte, um den Unterschied festzustellen. Er hatte richtig damit gelegen, dass sein letzter Akt des Aufbegehrens ihn immense Kraft kosten würde. Der Kraftakt zehrte noch immer an ihm. Nicht einmal seine Augen konnte er selbstständig bewegen, war dazu gezwungen, starr an die Decke seines Gefängnisses zu blicken. Es gab nichts, das ihm sagte, welcher Tag war, welche Uhrzeit und doch wusste er immer, wann es Nacht wurde.

Sein Verstand schien stärker zu werden, wenn auch nur ein wenig. Er war auf jeden Fall klarer, wacher. Der Hunger und der Hass, den er in sich fühlte, wuchsen jeden Tag bei Sonnenuntergang ein Stück weiter. Er sehnte den Moment herbei, in dem er sich ihrer selbstständig bemächtigen konnte. Er konnte fast spüren, wie es sich anfühlen würde, wenn er die Hand in Daniels Brust vergraben und ihm das Herz herausreißen würde. Oh, süßer, vielversprechender Hass. Er nährte ihn, da es sonst nichts gab, das ihm Halt geben konnte.

Manchmal erinnerte er sich daran, wie es kurz nach Ende des Krieges gewesen war, als die leise Hoffnung aufkeimte, nun würde es Frieden geben, das Kämpfen wäre vorbei, das Verstecken und duckmäuserisch Spielen. Sein Bruder und er hatten davon gesprochen, nach Hause zu gehen, wenn das alles erst vorbei wäre. Dorin hatte es geschafft, OLYMPUS zu entkommen.

Für ihn selbst jedoch war der Krieg nie vorübergegangen. Das Kämpfen hatte nie ein Ende genommen. Als er zu OLYMPUS gekommen war, hatte es kein Zurück mehr für ihn gegeben. Krieg und Tod waren zu seinem Lebensinhalt geworden. Doch zumindest war er damals noch Herr seiner Sinne gewesen. Er war nicht allein gewesen. Keiner von ihnen wurde je allein nach draußen geschickt. Sie agierten stets in Gruppen. Er hatte als einfacher Soldat angefangen, bevor ihm nach drei Jahren ein eigenes Kommando übergeben worden war. Er und seine Männer waren die ersten, bei denen OLYMPUS bemerkte, dass sie einen Fehler begangen hatten. Er erinnerte sich daran, wie sie ihnen sagten, es wäre eine Leichtigkeit, die Nebenwirkungen einzudämmen. Sie stopften Medikamente in sie hinein, warteten einige Tage, bereiteten weitere Operationen vor. Danach erinnerte er sich lange Zeit an gar nichts.

Es war ihm vorgekommen, als würde er aus einem Traum erwachen. Bruchstückhaft flossen Informationen auf ihn ein, Stimmen, Gesichter, Worte, Eindrücke. Doch alles blieb ihm so fremd, als geschähe es hinter einem dicken Schleier. Dabei hatte er die ganze Zeit über ihre Befehle ausgeführt. Er wusste nicht, wie lange es gedauert hatte, bis er überhaupt wieder hatte denken können. Jahre, das stand fest. Die Wissenschaftler und Ärzte, an die er sich erinnerte, waren älter geworden, er selbst jedoch nicht. Keinen Tag älter hatte er ausgesehen, als er seine Reflexion in einer Metalltür gesehen hatte.

Angst hatte ihn gepackt. Nie zuvor gekannte, unbändige Angst. Schlimmer als alles, was er gefühlt hatte, als er in den Wäldern Rumäniens zwischen Wurzeln und Blättern herumgekrochen war, um den Nazis zu entkommen. Damals hatte er die Möglichkeit gehabt, zu laufen, oder sich ihnen entgegenzustellen. Nun hatte er keine Möglichkeit. Er musste stillstehen und darauf warten, dass man ihm etwas befahl. Nur dann konnte er sich bewegen, konnte er sich selbst ernähren.

Vom ersten Moment an, in dem er einen klaren Gedanken fassen konnte, hatte er den Hass und die Verzweiflung gespürt. Er hatte sich selbst dabei zugesehen, wie er einer Frau in den Hals gebissen hatte, hatte gespürt, wie ihr Blut seine Kehle hinabgeflossen war. Er hatte sich geekelt, hatte sich selbst gehasst und diejenigen, die ihn dazu antrieben. Schließlich hatte er gemerkt, dass das Blut, das er trank, ihn stärkte, ihn mehr als nur am Leben hielt, ihm einzige Nahrung geworden war.

Irgendwann hatte er akzeptiert, dass er nie wieder wirklich leben würde, dass er auf immer in seinem eigenen Körper gefangen sein würde. Er hatte versucht, sich in die Dunkelheit zu retten. Wenn er nicht mitbekam, was mit ihm geschah, so hoffte er, wäre es nicht so schlimm. Aber nicht einmal dieser trügerische Frieden war ihm vergönnt. Er war gefangen in sich selbst und konnte sich doch nicht weiter zurückziehen. Es gab kein Entkommen.

Es war einfacher geworden mit der Zeit. Das blinde Töten von Menschen. Die wenigsten von ihnen entsprachen seinem ursprünglichen Ziel, das er bekommen hatte, als er angefangen hatte, für OLYMPUS zu arbeiten. Sie waren niemand, der einen weiteren Krieg auf die Welt loslassen wollte. Nur Menschen, die ebendiesem im Wege stehen würden. Das Ziel OLYMPUS' hatte sich in den letzten Jahrzehnten sehr verändert. Einen erneuten Krieg zu verhindern war nicht länger die oberste Priorität. Ganz im Gegenteil. Er wusste genau, was Daniel plante. Wusste, was der junge Amerikaner vorhatte, seit er angefangen hatte, bei OLYMPUS zu arbeiten. So sehr war er davon überzeugt, dass er eine hirnlose Bestie vor sich hatte, dass er in seiner Gegenwart vollkommen offen sprach. Er wollte die Welt an den Abgrund treiben, um sie selbst zu retten. Es würde ihm nicht gelingen.

Sein rechtes Lid zuckte. Er wusste nicht, ob es ein Muskelkrampf war oder ob er es selbst gewesen war. Er wagte nicht, zu hoffen.

Daniel würde versagen. Eines Tages würde er erkennen, dass er ihn unterschätzt hatte. Es wäre das Letzte, was ihm bewusst werden würde, ehe er sterben würde. Er freute sich bereits darauf, Daniels Blut zu trinken. Er würde es ihm aus dem Herzen saugen.

***

»Ist dir schon einmal der Gedanke gekommen, dass wer auch immer dafür verantwortlich ist, welche Fähigkeiten und Talente wir in die Wiege gelegt bekommen, manchmal ganz schönen Murks baut und Talente an Individuen verschwendet, die sie gar nicht verdienen?« Mit vor der Brust verschränkten Armen stellte Nike sich hinter das Sofa und sah zu, wie Richard die Zeichnung eines Wolfs, der seine Beute riss, schattierte.

Richard hielt einen Moment inne und Nike bemerkte, wie sich seine Schultern anspannten, ehe er weiterzeichnete. »Das denke ich mir jedes Mal, wenn im Fernsehen eine neue Castingshow ausgestrahlt wird.«

Während sie beobachtete, wie Richard dem Opfer des Wolfs ein Gesicht zeichnete, legte sich ein kleines Grinsen auf ihre Lippen. »Nett. Sollst du der Wolf sein, der meine Kehle da zerfetzt?«

»In meinen Träumen sind es echte Raubtiere, die dich in Stücke zerreißen, aber wenn du mich nett darum bittest …«

Nike ging um das Sofa herum und ließ sich in der Ecke gegenüber Richards Platz nieder. Sie musterte sein Profil, während er versuchte, ihre Gegenwart zu ignorieren. »Ist es nicht anstrengend, ständig das Arschloch zu geben?«

»Sag du es mir. Du kommst in die Häuser von unschuldigen Menschen und bringst sie um.«

»Ich töte Monster!«

»Das haben vor dir schon ganz andere behauptet. Die Inquisition, die Hexenrichter, die Nazis.« Den letzten Teil sagte er leiser aber dafür mit noch mehr Verbitterung, als sonst in seiner Stimme mitschwang.

»Du und deinesgleichen sind nicht unschuldig.«

Richard legte den Stift zur Seite und drehte langsam den Kopf in ihre Richtung. »Du weißt nichts über uns. Am allerwenigsten weißt du über mich. Du willst es dabei belassen und weiter in deiner Illusion leben? Gut, dann halt dich gefälligst von mir fern und nerv mich nicht. Wegen deinesgleichen bin ich an dieses Haus gefesselt, ich habe wenigstens hier etwas Ruhe vor euch verdient.« Er wandte sich wieder seinem Block zu und schlug eine neue, leere Seite auf. Mit kurzen, festen Strichen führte er den Bleistift über das Papier.

Nike konnte nicht erkennen, was er zeichnete, doch sie bemerkte, wie sich seine Kieferknochen immer wieder anspannten, während der Bleistift geradezu wütend über das Papier flog.

»Erinnerst du dich noch an deinen ersten Mord?« Richard zerbrach den Bleistift in seiner Hand und starrte auf die Zeichnung vor sich.

Nike sah ihn überrascht an. Ja, sie erinnerte sich an den ersten Vrykólakas, den sie getötet hatte. Sie erinnerte sich an den überraschten Ausdruck auf seinem Gesicht, als ihm bewusst wurde, dass sie ihn töten würde. Und sie erinnerte sich daran, dass er nicht derjenige gewesen war, den sie gesucht hatte. Den einen, um den es ihr bei dieser ganzen Jagd immer gegangen war: den Mörder ihrer Mutter. Die Übelkeit, die sie im Nachhinein empfunden hatte, hätte sie beinahe umgehauen. Sie hatte sich zitternd in eine Ecke verkrochen und gewartet, bis sie sich wieder beruhigt hatte und mit ihrer Tat zurechtkam.

»Hat es dir leid getan?«

Sie konnte darauf keine Antwort geben. Es hatte ihr leid getan, dass es der falsche gewesen war. Zumindest für sie. Der Gedanke, dass sie wahrscheinlich vielen anderen Kindern ihren eigenen Schmerz erspart hatte, hatte es besser gemacht. Es wäre nicht die Antwort, die Richard hören wollte. Also schwieg sie.

»Du bist wie einer dieser Sportjäger. Du tötest nicht, weil du es musst. Du tötest, weil du es willst.«

»Das ist nicht wahr. Ich muss …«

»Keiner«, fiel Richard ihr ins Wort und seine Stimme wurde gefährlich leise. »Keiner von ihnen hat dich angegriffen. Keiner war eine Gefahr für dich, bis du sie zuerst angegriffen hast. Du bist nicht besser als ein Elfenbeinjäger, nur auf eine Trophäe aus. Und man hat dich gut erzogen, nicht wahr? Du empfindest nicht einmal etwas dabei, wenn du einen Menschen umbringst. Rate mal, auch das haben vor dir schon ganz andere getan, aber du bist ihnen schon sehr ähnlich. Töten, ohne etwas dabei zu empfinden. Du kannst nur noch besser werden, wenn es anfängt, dir Spaß zu machen.« Er stand auf und ging mit schnellen Schritten aus dem Zimmer.

Nur einen Moment später hörte Nike die Tür zu seinem Zimmer ins Schloss fallen, und im nächsten Moment dröhnte laute Musik durch das Erdgeschoss. Nikes Blick fiel auf die Zeichnung. War sie es gewesen, die den Vrykólakas so aus der Fassung gebracht hatte? Zuerst dachte Nike, er hätte einen weiteren Wolf gezeichnet, dann erkannte sie das Halsband, das kürzere Fell. Ein Schäferhund. Sie legte die Zeichnung auf den Tisch zurück und sah durch die Wohnzimmertür in den Flur hinaus. Das war mehr als merkwürdig. Sie wusste wirklich nicht viel über die Vrykólakas, stellte sie fest, wenn sie der Anblick eines Hundes so aus der Fassung bringen konnte.

Kapitel 12

Daniel räusperte sich und wartete darauf, dass sich das Gemurmel in der Halle legte. Langsam ließ er seinen Blick über die Anwesenden gleiten. Keiner von ihnen wusste, weshalb sie hierher gerufen worden waren. Es war nur ein kleiner Schritt auf seinem Weg, aber ein nicht unwichtiger. Auch wenn er sich erhofft hatte, eine bessere Präsentation bieten zu können, so wollte er nicht darauf verzichten.

Die Aufmerksamkeit seiner Mitarbeiter richtete sich gänzlich auf ihn und Daniel seufzte. Er senkte den Blick und faltete die Hände wie zum Gebet.

Eins, zwei, drei, zählte er in Gedanken mit. Alles war perfekt einstudiert, jeden Schritt war er in Gedanken schon mehr als hundert Mal durchgegangen.

»Meine Damen und Herren, es tut mir leid, sie heute aus sehr unerfreulichen … vielmehr, aus einem sehr tragischen Anlass hier versammeln zu müssen.« Er spürte die Anspannung, die sich über sein Publikum legte und jubelte innerlich darüber. Er war *gut*.

»Vor einigen Tagen brach Nike zu einer Mission auf, von der sie nicht zurückkehrte.« Er wartete, gab den Zuhörern Zeit, das Gehörte zu verarbeiten und sich ihre eigenen Vorstellungen zu machen. »Ich habe so lange an der Hoffnung festgehalten, sie wiederzusehen, wie ich konnte, aber zu meinem großen Bedauern erhielt ich heute Morgen die Nachricht, dass man ihre Leiche gefunden hat. Sie wies eindeutige Spuren eines Kampfes auf. Besonders prägnant waren allerdings Bisswunden an ihrem Hals. Dass sie blutleer war, muss ich wohl nicht erwähnen. Die Polizei versprach mir, dass keine Informationen über ihren Tod in die Nachrichten kommen, um ihr Andenken nicht zu beschmutzen. Nike war eine Kämpferin und sie ist im Kampf gefallen. Wir werden uns an sie als starke und würdevolle junge Frau erinnern, die ihr Leben für den Kampf gegen die Dunkelheit gegeben hat. Ihre Leiche wird – wie es ihr persönlicher Wunsch war – eingeäschert. Über die Beisetzung werden Sie alle noch gesondert informiert.

Eine weitere Pause, er blickte in die entsetzten Gesichter, genoss die Angst und Unsicherheit, die sich breitmachte, ehe er alle zu einer Schweigeminute aufrief und anschließend für heute entließ. Nach einem Todesfall konnte die Arbeit einen Tag ruhen. Für ihn gab es immerhin etwas zu feiern.

Sein Blick fiel auf die beiden blonden Theés, die in der vorletzten Reihe standen und ihn entsetzt ansahen. Besonders sie hoffte er, mit seinen Worten erreicht zu haben. Sie sollten kämpfen, ihre Freundin rächen wollen. Rache war ein starkes Motiv, es hielt einen lange am Leben. Nike machte es vor. Er schaute von den Theés weg und verließ den Raum. Pfeifend ging er über den Hof und in sein Büro im Hauptgebäude.

***

Thanos lag in seinem Bett und hatte die Augen geschlossen. Sich tagsüber zu bewegen war zu mühselig, aber den ganzen Tag zu schlafen wollte ihm auch nicht gelingen. Er bevorzugte den Winter, wenn die Nächte lang und die Tage kurz waren. Vielleicht würde *sie* dann auch beim Training mehr am Körper tragen. Er fluchte innerlich. Immer wieder kamen seine Gedanken zu ihr zurück. Zu ihrem dunklen Haar, das sie während ihrer Übungen zu einem Pferdeschwanz zurückgebunden hatte, zu ihrer milchigen Haut, die geradezu danach schrie, von ihm berührt zu werden, von seinen Lippen gestreift zu werden, von seinen Zähnen … Er stöhnte leise und drückte die Augen fester zusammen.

Keine einzige Narbe zierte ihren Körper, nicht einmal an ihrer Seite, aus der Adam die Kugel gezogen hatte. Sie hatte mehr Glück, als es Thanos und seine Kameraden hatten und er ertappte sich dabei, dass er froh darüber war, dass ihr Körper nicht mit den Narben übersät war, die sie zweifelsohne mit sich trug.

Als er sie zum ersten Mal im Keller angetroffen hatte, und gesehen hatte, dass sie nichts trug außer ihrem BH und Adams Jogginghose, hätte er sie am liebsten angeschrien, sie solle sich gefälligst etwas anziehen. Er hatte es nicht getan. Stattdessen hatte er die Zähne aufeinandergebissen, den Schmerz in seinem Kiefer ignoriert und nach dem eigenen Boxtraining eine eiskalte Dusche genommen, um nicht daran zu denken, wie geschmeidig sie sich bewegt hatte. Es war ihm lieber, wenn sie den Pullover trug und ihren Körper darin versteckte. Dann wusste er zwar noch immer, wie sie aussah, aber er dachte nicht mehr daran, wie sich ihre Haut anfühlen würde, wenn ihre Körper aneinandergepresst wären, ob ihre Brüste in seine Hände passen würden. Nun, zumindest nicht ganz so oft.

Um Himmels willen. Beinahe war er versucht, aufzustehen und ins Bad zu gehen. Eine kalte Dusche klang gerade sehr gut. Nicht so gut wie die Alternative, die ihm im Kopf herumschwirrte, aber in ihr Zimmer zu gehen und sich zu ihr ins Bett zu legen, ihren Körper langsam Zentimeter für Zentimeter zu erkunden, war keine Option. Er könnte froh sein, wenn er noch als Mann ihr Zimmer verließe, sollte er so etwas versuchen.

***

Daniels Handy klingelte, als er am Abend die Tür seiner Wohnung hinter sich schloss und er warf einen flüchtigen Blick auf die Anzeige, die ihm sagte, dass die Nummer unterdrückt wurde, ehe er abhob.

»Ja?« Er hörte schweigend zu, während sein Gesprächspartner mit ihm redete. Der Hauch eines Lächelns legte sich um seinen Mund. »Natürlich, wie schon gesagt. Es kann alles wieder in Ordnung gebracht werden. Wir sollten uns wirklich langsam zu einem Treffen verabreden. Ich zeige Ihnen auch sehr gerne die Einrichtung, Sie können sich davon überzeugen, dass sich einiges geändert hat, seit Sie uns verlassen haben. Ich freue mich schon darauf, Sie endlich einmal kennen zu lernen.«

Seine Stimme klang weich, gefährlich geschmeidig. Ihm selbst würden sich bei einem solchen Ton die Nackenhaare aufstellen, doch sein Gesprächspartner am anderen Ende der Leitung schien davon nichts zu bemerken.

Daniels Lächeln wurde breiter. »Ich sagte ja, wir sind auf einem Stand der Technik, der nicht mit dem zu vergleichen ist, den Sie kennen. Vertrauen Sie mir.« Er wusste, wann er einen Fisch an der Angel hatte. Und es war ein fetter Fisch, den er vorhatte, an Land zu ziehen. Noch musste er sich etwas in Geduld üben, aber daran war er gewöhnt. Er hatte mehr als fünf Jahre darauf gewartet, dass Iosif seinen Platz räumte, er konnte noch ein paar Wochen warten, um dieses Geschäft zu erledigen. Mit einem breiten Grinsen beendete er den Anruf, nachdem er versprochen hatte, sich bald wieder zu melden.

***

Nike sah angewidert zu, wie Richard in der Küche stand und sich das frisch aufgewärmte Blut in den Mund schüttete. Er grinste sie an, als er fertig war und den nunmehr leeren Beutel in den Müll warf.

»Angst?«, fragte er und ließ seinen Blick langsam über ihren Körper gleiten, als sei das gewärmte Blut nur ein Appetitanreger für ihn gewesen.

Nike reckte das Kinn in die Höhe und verschränkte die Arme vor der Brust. Wenn er ihr etwas tun wollte, hätte er es längst getan. »Nein, ich frage mich nur gerade, wie lange es her ist, seit ich etwas aus einem Beutelchen getrunken habe. Müssten die Tetrapacks in der Schule gewesen sein.« Sie erkannte, dass sie ihn getroffen hatte, als sich seine Augen verschmälerten und er seine Oberlippe zurückzog, um ihr die langen Fänge zu zeigen, zu denen seine Eckzähne geworden waren.

Er benimmt sich wie ein tollwütiger Hund, ging es Nike durch den Kopf.

Vor einem solchen hatte sie keine Angst, also würde sie auch vor Richard keine zeigen.

»Du spuckst ganz schön große Töne für so ein kleines Mädchen«, zischte er und kam auf sie zu.

Nike bemühte sich, ihn trotz ihres Größenunterschiedes von oben herab zu betrachten. Sie wich keinen Schritt vor ihm zurück und zeigte auch keine Regung, als er direkt vor ihr stehen blieb. Kurz dachte sie daran, dass sie bei Thanos völlig anders reagieren würde. Auch wenn sie nicht viel Zeit mit den beiden Vrykólakas verbracht hatte, wusste sie mittlerweile genug über die beiden. Jeder von ihnen war gefährlich. Und doch glaubte Nike, das Thanos – zumindest für sie selbst – die weitaus größere Gefahr war.

Richard war einfacher. Er bestand aus einer Menge Wut, einer großen Portion Trotz und einem gehörigen Batzen Provokation. Sie kannte alles drei und wusste auch, wo es herkam. Aus der Finsternis, in der man klein und schwach und hilflos ist. Richard hätte sie ohne mit der Wimper zu zucken getötet und es später nicht einen Moment bereut. Einfach, weil das nun einmal so zwischen ihnen war. Nike verstand das nur zu gut. Sie hätte es ebenfalls getan. Hatte es getan. Jahrelang. Vrykólakas getötet, ohne darüber nachzudenken, ob sie vielleicht doch etwas anderes sein könnten als blutgierige, seelenlose Monster. Ihre letzten Zweifel waren noch lange nicht aus dem Weg geräumt, aber selbst jetzt, als sie sich Richard gegenübersah, musste sie eines zugeben: Seelenlos war keiner von ihnen.

Sie sah ihm stur in die Augen und erkannte, dass sie mit ihrer Einschätzung über ihn richtig lag. Und noch mehr: Sie könnte ihn mit wenigen Worten nicht nur provozieren, sondern ihn zum Ausrasten bringen – oder ihn in ein wimmerndes Häufchen Elend verwandeln. Sie entschied sich, keinen der beiden Wege zu gehen.

»Dieses kleine Mädchen wurde dazu erzogen und ausgebildet, dich und deinesgleichen zu besiegen«, erwiderte sie stattdessen und lächelte ihn siegessicher an. Es fühlte sich an, als würde ein Funke in ihrem Inneren entfacht und ein erloschen geglaubtes Feuer neu entfacht. Da war sie wieder. Nike, die Unbesiegbare. Es fühlte sich herrlich an. Es fühlte sich richtig an. Es machte Spaß.

Richard lachte sie aus und senkte den Kopf leicht zu ihr herab. »Und doch hat dich Thanos spielend überwältigt ... Zwei Mal, wenn ich mich richtig erinnere?« Nun war es an ihr, die Augen zusammenzukneifen.

»Das war Glück.«

Richards Gesichtsausdruck sagte ihr deutlich, was er davon hielt. »Glück?«, wiederholte er und grinste noch breiter. »Und wegen deines großen Glücks bist du wohl noch immer hier? Versteckst dich wie ein kleines Kind?«

»Genau wie du«, gab sie zurück und das Grinsen verschwand aus seinem Gesicht. Dieses Mal reckte Richard das Kinn. Nike wusste genau, was sie hier taten. Es fehlte nur noch, dass sie umeinander herumtänzelten. Wären sie Hunde gewesen, würden sie sich anknurren, als Katzen fauchen. So wartete sie darauf, wer von ihnen den ersten Schlag ausführen oder zugeben würde, was keiner dem anderen eingestehen wollte.

»Ich kann jederzeit von hier weg.«

»Genau wie ich«, meinte sie ruhig und unterdrückte ein Grinsen. Sie war dabei, dieses kleine Machtspielchen zu gewinnen und das ganz ohne ihre Krallen ausfahren zu müssen.

»Warum tust du es dann nicht?«, fragte er sie und fühlte sich offensichtlich wieder sicherer, als er sich näher zu ihr beugte.

»Hast du etwa doch Angst?«

»Genauso viel wie du.« Sie überließ es Richard, zu entscheiden, was er mit dieser Antwort anfangen wollte. Er musterte ihr Gesicht noch einmal ausgiebig, bevor er schnaubte und sich von ihr abwandte.

Sieger der ersten Runde: Nike.

Sie schmunzelte, als er an ihr vorbei in den Flur ging.

»Nettes Tattoo, aber etwas blass«, warf er ihr beim Verlassen der Küche zu.

Als Nike sich zu ihm umdrehte, war er schon in seinem Zimmer verschwunden.

Kapitel 13

»Kann man dir irgendwie helfen?«

Nike richtete den Blick nach vorn und bemerkte, dass Adam mit gerunzelter Stirn in der Badezimmertür stand. Sie drehte sich zu ihm um und zeigte ihm ihren Rücken.

»Wie schlimm sieht es aus?« Als er nicht gleich antwortete, sah sie ihn über ihre Schulter erwartungsvoll an. »Nun?«

»Ich bin mir nicht sicher, was du meinst«, gab er zu.

Nike seufzte. »Die Tätowierung, wie blass ist sie wirklich? Das Licht hier drin tut meinen Augen höllisch weh, ich kann nicht sagen, ob ich mir nur einbilde, dass die Farbe schon wieder so verblasst ist oder ob es tatsächlich so ist. Eigentlich sollte sie noch einen Monat oder so halten.«

Als Adam noch immer nicht antwortete, gab Nike es auf und ging an ihm vorbei. Ihr Kopf dröhnte. In den letzten Tagen hatte sie kurzzeitig Ruhe vor den Schmerzen gehabt, aber nun waren sie wieder stärker. Das Licht im Flur machte es nur noch schlimmer. Sie kniff die Augen zusammen und streckte die Hand nach der Wand aus, als ihr schwindelig wurde.

»Nike?« Er klang besorgt, aber sie konnte es nicht mit Sicherheit sagen, weil sich ein unangenehmes Piepsen in ihren Ohren einnistete.

Nike schlug sich mit der rechten Hand aufs Ohr, doch es half nichts, es machte es im Gegenteil sogar noch schlimmer. Für einen Moment schloss sie die Augen, in der Hoffnung, das Schwindelgefühl würde nachlassen. Sie spürte Adams Hand auf ihrem Ellbogen.

»Du musst etwas essen.« Das war seine Standardaussage. Jeden Tag zwang er sie, etwas zu sich zu nehmen. Mehr als einmal landete es danach in der Toilette, wenn Nike sich davon übergeben musste. Sie wartete damit jedoch immer, bis sie im Keller war, damit Adam es nicht mitbekam. Sie traute ihm nicht wirklich zu, sie zum Essen zu zwingen, aber sie wollte es nicht riskieren. Wer wusste, ob Thanos ihm nicht helfen würde. Einige Male hatte sie mit dem Gedanken gespielt, sich wegen ihrer Übelkeit und den Kopfschmerzen von Adam untersuchen zu lassen, aber jedes Mal hatte sie dann im letzten Moment gekniffen. Es würde vorübergehen. Es musste einfach.

Langsam entzog sie Adam ihren Arm und öffnete die Augen. Sie wartete, bis sie den Flur nicht länger doppelt sah. »Geht schon, ich hab mich nur eben zu schnell umgedreht«, log sie Adam an und warf ihm ein sicheres Lächeln zu. »Ich brauche nichts zu essen, nur Action. Ich geh ein wenig in den Keller.«

Zumindest ließ er sie dort allein. Sie mochte Adam, aber seine Fürsorge war schlimmer, als es Lena je gewesen war.

Lena hat dich auch nie so schwach erlebt, sagte ihr eine kleine Stimme, die sie auch dazu drängte, einen Gang zurückzuschalten und sich untersuchen zu lassen.

Nike ignorierte sie jedes Mal erfolgreich. Sie fuhr sich über das Tattoo unterhalb ihres Nackens. Es störte sie, dass es schon wieder verblasste. Leider war eine Tätowierung bei ihr nicht für die Ewigkeit gemacht. Etwa zweimal im Jahr musste sie sie neu stechen lassen, da ihr Körper selbst die Tinte als Fremdkörper anerkannte und sie abstieß. Zwar sehr viel langsamer, als er es bei einer Kugel machte, aber er tat es trotzdem.

Samson, der biblische Held, hatte seine Kräfte aus seinem langen Haar gezogen. Für Nike war es stets so gewesen, als zöge sie ihre Kräfte aus dem kleinen griechischen Wort und den Flügeln, die es umgaben. *Sieg.* Es war eine stete Erinnerung daran, dass sie nie aufgeben, nie verlieren würde. Sie hatte versprochen, den Mörder ihrer Mutter zur Strecke zu bringen, und das würde sie auch tun.

Sie ging in das kleine Bad im Keller, in dem sie die frisch gewaschene Jogginghose aufhob und schlüpfte aus ihrer Jeans und ihrem

Top. Sie hatte sich – Onlineshopping sei dank – bereits neue Klamotten bestellt, doch diese ließen auf sich warten. Zwar hätte sie jederzeit nach Athen fahren können, doch sie traute sich nicht, das Haus zu verlassen. Wenn OLYMPUS es wagen sollte, sie hier anzugreifen, besaß sie eine bessere Chance, sich zu verteidigen, als draußen, wo sie ihren Angreifer vielleicht gar nicht bemerken würde.

Nachdem sie ihre Kleidung zusammengefaltet und auf dem kleinen Hocker neben der Dusche abgelegt hatte, ging sie in den Trainingsraum. Schon von außen hatte sie gehört, dass Thanos in seinem gewohnten Rhythmus den Boxsack malträtierte. Sie schloss die Tür leise hinter sich und lehnte sich neben ihr an die Wand, um ihm zuzusehen. Auch wenn sie es sich nicht gerne eingestand, mochte sie es, ihn beim Training zu beobachten. Sie genoss das Spiel seiner Muskeln unter der Haut. Er wusste, dass sie da war, musste es wissen, aber meist tat er so, als wäre er noch immer allein im Raum.

In den letzten Tagen hatte Nike ihn des Öfteren beobachtet. Sie wusste, wie er sich bewegte, welche Schrittfolgen er machte, dass sein linker Haken stärker war als sein rechter, dass er Probleme damit hatte, einen festen Stand zu halten. Es wäre ein Leichtes, ihn zu besiegen. Es war immer leicht, wenn sie sich die Zeit ließ, ihre Gegner zu studieren.

»Eine Minute«, sagte sie zu sich selbst, als sie im Kopf die einzelnen Bewegungen durchging.

Thanos unterbrach seine Schläge auf den roten Sack und wandte sich zu ihr. »Wie bitte?«

»Ich dachte nur gerade darüber nach, wie lange ich brauchen würde, um dich zu besiegen.« Ihre Unterhaltung mit Richard vor einer Stunde schien sie mehr belebt zu haben, als sie geglaubt hatte. Sie fühlte sich wieder wie sie selbst. Etwas, das sie seit sie hier war, nicht getan hatte. Zum ersten Mal verspürte sie nicht den Drang, den Raum zu verlassen, wenn Thanos sich zu ihr umdrehte. Sie zuckte mit den Schultern und wartete auf seine Reaktion.

Abschätzig musterte er sie und schüttelte dann den Kopf. »Ich denke, wir haben schon festgestellt, wer hier wen besiegt«, erwiderte er nur und drehte sich wieder um, hob die Fäuste und schlug auf den Boxsack ein.

Er glaubte tatsächlich, er hätte sie besiegt? Nike neigte den Kopf zur Seite und sah ihn an. Er drehte sich nicht zu ihr zurück, boxte einfach weiter, als sei sie nicht da. Ohne zu zögern jagte sie durch den Raum auf ihn zu. Im letzten Moment drehte er sich zu ihr um und versuchte, sie zu greifen. Doch Nike hatte seine Bewegung genau vorhergeahnt. Sie duckte sich unter seinen Armen hinweg und rollte sich über die Matte. Ihr Fuß zog an seinem Knie und brachte ihn zu Fall. Noch während Thanos mit weit aufgerissenen Augen auf der Matte aufschlug, rollte Nike sich herum und saß im nächsten Moment rittlings auf ihm, die linke Hand neben seinem Kopf, die rechte zur Faust geballt an seinem Hals. Ihre Botschaft war klar: Hätte sie ein Messer, wäre er tot.

»Du konzentrierst dich zu sehr auf deine Schläge und vergisst dabei, dass du einen guten Stand brauchst, sonst nützt dir all deine Kraft nichts.« Sie grinste ihn an. »Ich glaube, das war weit unter einer Minute«, setzte sie noch hinzu, während Thanos sie aus zusammengekniffenen Augen anfunkelte.

Er ergriff ihre Hände und rollte sich mit ihr auf dem Boden, bis er über ihr war. Ihre Hände hielt er mit seiner Rechten spielend über ihrem Kopf gefangen. »Und du bist zu sehr von dir selbst überzeugt. Du ziehst die Möglichkeit einer Niederlage gar nicht erst in Betracht, irgendwann wird dir das zum Verhängnis. Nicht alle werden dich am Leben lassen.«

»Wieso hast du es getan?« Sie hätte zu gern eine Antwort darauf erhalten.

Thanos zögerte und sah sie eine lange Zeit schweigend an. »Ich bin nicht das Monster, zu dem du mich gerne machen würdest«, meinte er schließlich.

Aber wusste sie das nicht bereits? War es nicht genau das, was sie so verwirrte? Ihr Herz schlug schneller.

»Wieso hast du mich nicht getötet?«, fragte sie noch einmal, ungleich leiser als beim ersten Mal.

Er gab ihr keine Antwort, sondern stand auf und ging zur Tür. Erst dann sagte er: »Du hast den Raum für dich, ich bin fertig für heute.«

Nike blieb auf dem Boden liegen und starrte die Decke an. Wieso hatte er sie nicht getötet? Wieso hatte er ihr keine Antwort gegeben? Und wieso hatte sie keine Angst vor ihm?

***

Wieso hatte er sie nicht getötet? Die Frage war ihm selbst in den ersten Tagen im Kopf herumgegeistert. Zu gerne hätte er gesagt, dass es daran lag, dass Adam an sie geglaubt hatte und er nicht einfach eine Frau hatte töten können. Doch das wäre zu einfach gewesen. Wie sie wusste er, dass die Frage komplizierter war. Wieso hatte er sie nicht getötet, als er sie zum ersten Mal gepackt hatte? Als er geglaubt hatte, sie sei dabei, Adam anzugreifen? Wieso hatte er ihr nicht ihren hübschen, schlanken Hals umgedreht?

Es war genau das, was er früher getan hatte, wozu er bei OLYM-PUS gewesen war. Das Zielobjekt anvisieren, angreifen, erledigen, rausgehen. Auftrag erledigt. Nicht nachdenken, nur handeln. Nachdenken tat jemand anderes für sie alle. Früher hatte er das gekonnt. Mittlerweile sah es offensichtlich anders aus. Er dachte ganz eindeutig zu viel nach.

Es musste an der vielen Zeit liegen, die man durch das Tageslicht hatte, sagte er sich selbst. Genau diese überschüssige Zeit war schließlich auch dafür verantwortlich, dass er sich wieder und wieder Fantasien hingab, die ähnlich begannen wie der kleine Kampf gerade eben. Nur, dass sie mit sehr viel weniger Kleidung, mit sehr viel mehr Schweiß und in großer Frustration endeten. Er fragte sich, ob er sich irgendwann an ihren Geruch, gewöhnen würde. Vermutlich nicht. Während er nun nach dem Training unter der Dusche stand, dröhnte das Wasser in seinen Ohren, so dass er zumindest nicht sie oder ihren Herzschlag aus dem Nebenraum hören konnte. Thanos hatte gelernt, für die kleinen Dinge dankbar zu sein.

Rechte Hand zur Faust. Langsam schlossen sich seine Finger, ballte sich die Hand zur Faust. Er jubilierte innerlich. Dann ließ er die Hand wieder flach neben seinem Körper liegen. Er musste kleine Schritte machen. Sich nach und nach mehr von seiner Kraft zurückerobern. Dann, wenn man am wenigsten mit ihm rechnete, würde er zuschlagen. Und dann würde es kein Entkommen mehr für diejenigen geben, die ihm zu dieser Existenz verdammt hatten. Er kannte die wenigsten von ihnen beim Namen. Wusste, dass die meisten von ihnen sogar bereits tot waren. Sie waren ihrer gerechten Bestrafung viel zu einfach entkommen. Aber es gab noch genügend von ihnen, die lebten. Daniel war die Nummer eins auf seiner Liste. Dicht gefolgt von Iosif, Daniels Vorgänger. Er hatte mitbekommen, dass der alte Grieche im Krankenhaus lag, vielleicht auch sterben würde, ehe er ihn in die Finger bekam. Dabei hatte er keinen einfachen Tod verdient. Iosif hatte ihn wie kein anderer dazu benutzt, seine persönlichen Ziele zu erreichen, hatte ihn Menschen töten lassen, einfach nur, weil sie ihm im Weg standen, sich ihm widersetzten. Es war die Zeit gewesen, als sein Verstand langsam zurückgekehrt war. Er konnte sich nicht an alles erinnern, aber einige seiner dunkelsten Momente verdankte er dieser Zeit. Er erinnerte sich sogar an ein kleines Kind, das ihn mit großen, ängstlichen Augen angesehen hatte, nachdem er seine Mutter getötet hatte. Den Mord an dem Kind hatte sein Verstand verdrängt. Er war froh darüber, auch wenn er manchmal dachte, dass er sich daran erinnern sollte. Es würde ihm helfen, seinen Hass noch weiter zu schüren. Sein Hass gab ihm Kraft. Er konnte jeden Funken davon gebrauchen. Er würde jeden einzelnen Arzt und Wissenschaftler in dieser Einrichtung, einen nach dem anderen, eigenhändig töten, wenn er die Chance dazu erhielt. Sie würden alle bezahlen. Oh, er würde sie leiden lassen. Würde sie vielleicht auch einsperren, in dunkle, kleine Käfige, in denen sie sich nicht bewegen konnten. Für Tage, Wochen. Vielleicht sollte er sie aufeinanderhetzen wie Kampfhunde, so wie man ihn auf die Menschen hetzte. Er spürte, wie sich seine Hand erneut zur Faust ballte.

***

Sie lag noch immer auf ihrem Rücken auf der Matte. Sie hatte gehört, wie Thanos die Dusche angestellt hatte. Dass ihr Herz dabei einen kleinen Satz getan hatte, hatte sie ignoriert, ebenso, wie sie sich eingeredet hatte, nicht darüber nachzudenken, wie das Wasser seinen nackten Körper herablief. Sie war bewegungslos auf dem Boden liegen geblieben, als der Hahn abgedreht wurde. Mit geschlossenen Augen hatte sie sich vorgestellt, wie Thanos sich abtrocknete, wie sein dunkelblondes Haar, noch leicht feucht, an seinem Nacken klebte. Sie hatte ein Seufzen unterdrückt, als sie sich ausgemalt hatte, wie er zurück zu ihr kommen, wie er über ihr stehen würde, wie die Wassertropfen auf ihren Körper fallen würden. Erst als seine Schritte auf der Treppe verhallt waren, hatte Nike sich mit einem Stöhnen auf den Bauch gedreht und mehrmals mit dem Kopf gegen die Matten gehämmert. Sie verlor ihren Verstand. Vielleicht sollte sie sich doch von Adam untersuchen lassen. War ihr Körper in der Lage, einen Hirntumor zu entwickeln? Es würde vieles erklären: Ihre Kopfschmerzen, ihre Appetitlosigkeit, das Brennen in den Augen. Ganz sicher auch ihre unnatürliche Reaktion auf Thanos. Sie musste Adam bei Gelegenheit danach fragen.

Kapitel 14

Sie saß wie gebannt vor dem Fernseher. Es war unmöglich, dass er glaubte, sie habe ihn nicht hinter sich bemerkt. Richard näherte sich ihr so vorsichtig, dass sich Nikes Nackenhaare aufstellten. Er hatte etwas vor, dessen war sie sich sicher. Unwillkürlich spannte sie sich an, bereit, sich zu verteidigen.

Richard lachte leise hinter ihr.

Nike drehte sich zu ihm um und schaute ihn mit gerunzelter Stirn an. »Was ist so witzig?«

»Du behauptest, keine Angst zu haben, machst aber einen Buckel wie eine Katze, wenn man sich dir nähert«, erklärte er und kam näher auf die Couch zu. Sein Grinsen wurde stärker, als Nike sich ungewollt noch mehr anspannte. »Deine Tätowierung braucht neue Farbe. In Marousi gibt es einen Tattooladen, in dem gut gearbeitet wird. Du solltest recht schnell einen Termin bekommen, wenn du gleich morgen anrufst.«

Nike sah ihn mit hochgezogenen Brauen an, als er um die Couch herum kam und sich auf einem der Sessel niederließ.

»Du kannst es auch sein lassen. Aber wenn ich das richtig sehe, verblasst deine Tätowierung nur noch mehr.«

Nike fluchte und griff sich an die genannte Stelle. Auch wenn sie wusste, dass es Unsinn war, schob sie ihre letztliche Niederlage im Trainingsraum auch auf den Verlust ihrer Stärke. Thanos mochte glauben, dass sie sich irrtümlich für unbesiegbar hielt, doch er täuschte sich. Er hätte sie nicht überwältigen dürfen. Unter normalen Umständen hätte der Kampf mit einem Messer an seinem Hals tödlich für ihn geendet. Er hätte sie nicht überwältigen können.

»Was verstehst du schon von Tattoos?«, fragte sie schließlich und sah Richard herausfordernd an.

Er zog seinen rechten Ärmel hoch und zeigte ihr einen Arm, der bis an die Handgelenke tätowiert war. Dann wiederholte er das Ganze an seinem anderen Arm. Auch dieser war vollständig mit Tattoos versehen.

»Wow«, entfuhr es ihr und sie rückte neugierig an die Kante der Couch, um sich die Tätowierungen besser ansehen zu können, doch Richard zog bereits die Ärmel über die Arme zurück.

»Du hast deine Antwort. Der Laden ist gut. Und die Leute sind ihr Geld wert.«

Nike ließ sich auf die Couch zurückfallen. Geld, da war es wieder. Für ihre Kleidung hatte sie widerwillig Adams Hilfe angenommen und ihm versprochen, es ihm zurückzuzahlen. Zwei Paar Jeans, einige Tops, nicht so viel, als dass es ihr wehtun würde. Ihrem Stolz hingegen hatte es ganz und gar nicht gepasst. Sie würde den Doc sicher nicht um Geld bitten, damit sie ihr Tattoo erneuern konnte.

»Ich denke drüber nach«, sagte sie schließlich, um Richard nicht vor den Kopf zu stoßen. Wieso sie dies nicht tun wollte, darüber dachte sie besser nicht zu lange nach. Sie lehnte den Kopf gegen die Rückenlehne der Couch und schloss die Augen. Ihr war schon wieder schwindelig. Sie hörte Schritte, die aus der Küche zu ihnen kamen, im Durchgang vom Flur kurz zögerten, dann um die Couch herum kamen und neben ihr stehen blieben. Adam. Thanos' Schritte waren anders und seine Anwesenheit ließ sich nicht so leicht verleugnen. Ihr Körper reagierte gänzlich anders auf ihn als auf die anderen beiden Männer. Vollkommen anders, als er je auf einen Mann reagiert hatte.

»Iss.«

Sie öffnete die Augen und hob langsam den Kopf. Adam hatte einen Teller vor sie gestellt und sich neben sie gesetzt.

»Ich habe …«

»Keinen Hunger«, beendete er ihren Satz. »Iss trotzdem.«

Aus den Augenwinkeln fiel ihr auf, wie Richard sie amüsiert beobachtete.

Nike griff nach dem Teller und nahm das Brot, das Adam ihr gemacht hatte. Sie biss ein großes Stück davon ab und kaute demonstrativ, ehe sie sich zwang, das widerliche Zeug hinunterzuschlucken. Richards Grinsen verflog und machte einer steilen Falte zwischen seinen Brauen Platz, aber er sagte nichts. Gut für ihn. Nike stellte den Teller zurück auf den Tisch und kaute und schluckte, während sie den Handrücken der rechten Hand vor den Mund hielt. Sie überspielte dies, indem sie ihre Beine anzog und den Ellbogen auf den Knien abstützte. Adam schien beruhigt und kümmerte sich um sein eigenes Essen, doch Richards Blick haftete auf ihr und er gefiel Nike nicht. Er schürte eine Angst in ihr, die sie erfolgreich verdrängt hatte und die sie nicht gewillt war, wieder an die Oberfläche zu lassen. Sie schaffte es, das Brot bei sich zu behalten, bis sie allein war und es im Badezimmer in die Toilette spucken konnte. Danach fühlte sie sich nur noch schwächer. Sie zitterte am ganzen Körper und rollte sich auf dem Vorleger vor der Dusche zusammen, um etwas Wärme abzubekommen.

***

In diesem Zustand fand Thanos sie vor, als er sich fertig machen wollte, um sich für den Tag zurückzuziehen. Er fluchte leise, als er glaubte, sie habe das Bewusstsein verloren und wollte schon Adam holen, damit er sich um sie kümmerte. Da öffnete sie langsam die Augen und schüttelte den Kopf.

»Geht schon wieder«, murmelte sie und klang, als habe sie eine ganze Bar alleine ausgetrunken. »Will nur in mein Bett.« Sie blieb liegen.

Thanos seufzte und griff ihr unter die Arme, um ihr aufzuhelfen. Er wusste, dass sie nicht viel wog, erinnerte sich daran, dass es – abgesehen von ihren Tritten und Schlägen – ein Leichtes gewesen war, sie festzuhalten. Trotzdem war er überrascht, wie sehr er sich mit seiner Kraft verschätzt hatte, als er sie ruckartig vom Boden zog, statt sie wie geplant vorsichtig hochzuheben. Er hatte sie auf die Füße gebracht, hielt sie an den Armen fest und sah sie abwartend an. Aber sie machte noch immer keine Anstalten, sich von alleine zu bewegen.

»Nur einen Moment«, bat sie und streckte die Hand zur Seite aus, um sich am Waschbecken abzustützen.

»Ich hole Adam«, sagte Thanos schließlich. Genug war genug. Das hier war eine Angelegenheit für den Arzt.

Sie hielt seinen Arm fest, und als er sich wieder zu ihr umwandte, blickte sie ihm direkt in die Augen. »Mir ist nur etwas schwindlig. Zu viel Anstrengung heute. Richard. Du. Richard. Zu viel. Viel zu viel. Adam sorgt sich sowieso schon zu viel. Ich muss nur ins Bett.«

»Was war mit Richard?« Thanos konnte den forschen Ton nicht aus seiner Stimme verdrängen. Nike sah ihn verwirrt an. Ihr Blick passte zu seiner Verfassung. Sie hatte bewiesen, dass sie sich gegen Richard zur Wehr setzen konnte. Trotzdem fühlte er sich für sie verantwortlich und wollte nicht, dass ihr etwas geschah, während sie hier war. Besonders nicht durch Richards Hand.

»Nichts.«

Er glaubte ihr nicht, wollte sie aber nicht drängen. Wieso eigentlich nicht? Er biss die Zähne aufeinander und half ihr, das Gleichgewicht zu halten, als sie einen Schritt nach vorn versuchte.

»Nur in mein Bett«, murmelte sie erneut, gefolgt von einem »Mir ist so schlecht.«

Mit einem leisen Fluchen nahm Thanos sie und warf sie sich über die Schulter.

Nike japste kurz, wehrte sich aber nicht, als er sie aus dem Badezimmer im Erdgeschoss trug und die Treppe hinauf in ihr Zimmer brachte.

»Du bist leichter geworden«, merkte er an, als er ihre Tür aufstieß und den Raum betrat. Ihr Geruch erschlug ihn hier drinnen fast und doch wollte er sich liebend gern zu ihr ins Bett legen und den ganzen Tag über hier bleiben.

»Bin ich nicht«, widersprach sie halbherzig und Thanos ließ sie auf ihre Matratze fallen. Er beobachtete, wie sie sich unter ihre Decke wühlte, überlegte, ob er sie darauf hinweisen sollte, dass sie noch vollständig angezogen war, entschied sich dann aber dagegen und ging.

Im Flur traf er Adam, der von ihm zu Nikes Tür und wieder zu ihm blickte, aber kein Wort sagte.

»Bis heute Abend«, sagte Thanos knapp und bemühte sich, so ruhig wie möglich in sein Zimmer zu gehen. In der kommenden Nacht würde er sich die Unterlagen zu den Mordfällen schnappen und zu Ilias gehen, nahm er sich vor. Vielleicht kam er so auf andere Gedanken als darauf, wie sich eine gewisse junge Frau anfühlte.

***

»Ich habe eine neue Spur.« Thanos drückte Ilias die Unterlagen in die Hand und schob sich an seinem alten Freund vorbei in dessen Wohnung.

»Spur?« Ilias gähnte und fuhr sich mit der Hand durch seine dunklen Locken. »Spur von was?«

»Vom Mörder.« Thanos warf Ilias einen fragenden Blick zu. Dieser blinzelte ein paar Mal und schüttelte den Kopf.

»Ich bin noch nicht wirklich wach«, entschied er schließlich und stapfte ins Bad. Als er zwanzig Minuten später wieder in die Küche kam, war sein Haar noch nass und er umgezogen. »Also, deine neue Spur?«, fragte er und sah sich Thanos' Unterlagen an.

»Ein weiterer Tatort: Athen, Innenstadt. Die ganze Sache ist dieses Mal ein wenig kniffliger. Die Straße, in der die Frau gefunden wurde, ist selbst nachts gut besucht, Touristen und Einheimische tummeln sich dort. Einige Bars und Kneipen, Restaurants …«

»Und wieder hat niemand etwas gesehen«, tippte Ilias, woraufhin Thanos nickte. Ilias reichte Thanos die Zettel zurück und griff nach seinem Handy, ehe sie sich auf den Weg nach Athen machten.

Thanos sollte recht behalten. Als sie sich dem jüngsten Tatort näherten, war die Ermoustraße so belebt, wie Ilias es nur am Tage vermutet hätte. Verliebte Pärchen spazierten Hand in Hand den Gehweg entlang, ein paar Jugendliche spielten sich lautstark gegeneinander auf und durch die Wärme des Sommerabends saßen auf den Außenplätzen einiger Restaurants selbst um diese Zeit noch reichlich Gäste.

»Wie kann jemand hier ungesehen einen Mord begehen?«, fragte Thanos und sah sich das Treiben an.

»Mhm.« Ilias gab nur einen unbestimmten Laut von sich, während er auf sein Handy aus der Tasche zog und auf das Display blickte. Er drückte einige Knöpfe, ehe er es wieder in der Hosentasche verschwinden ließ.

Sie überquerten die Straße und blieben einige hundert Meter vom Absperrband der Polizei entfernt stehen. Nichts. Thanos musste sich zusammenreißen, um nicht mit der Faust gegen die Wand der Kneipe, an der sie standen, zu schlagen. Kein Hinweis weit und breit. Er konnte weder etwas sehen noch riechen, das ihm darüber hätte Aufschluss geben können, wer der Mörder war. Dabei war das alles, was er gebraucht hätte, nur ein kleiner Hinweis. Es waren nicht viele gewesen, die OLYMPUS damals entkommen waren. Thanos hatte jeden einzelnen Mann gekannt, er hatte sie alle angeführt. Ihre Mission war der einzige Grund gewesen, aus dem sie dem Befehl zu ihrer Ausschaltung entkommen waren. Es fiel ihm immer noch schwer, zu glauben, dass einer dieser Männer nun zum kaltblütigen Mörder mutiert war. Aber er konnte sich der Zeichen nicht verschließen. Es hatte nur einen Blick auf das erste Mordopfer gebraucht, um die bittere Wahrheit zu erkennen. Seither drängte es ihn danach, herauszufinden, wer der Mörder war. Er wollte ihn selbst finden und stellen. Die Polizei hätte gegen einen von ihnen ohnehin keine Chance.

»Was glaubst du, wer es ist?«, fragte er Ilias, der mit den Schultern zuckte und sich umsah.

»Mich würde mehr interessieren, was es war, dass einen von uns dazu gebracht hat, so etwas zu tun. Verzweiflung? Wahnsinn? War es einer der Einzelgänger, die ihre Existenz nicht mehr ertragen? Oder …« Er fuhr sich mit der Hand übers Gesicht und wandte den Blick ab. »Oder sind das weitere Nebenwirkungen unserer Operationen? Was, wenn wir unser eigenes Schicksal hier vor uns sehen – oder eben nicht sehen? Was, wenn wir alle anfangen zu töten? Vielleicht ist sein Blutdurst so groß geworden, dass ihn Blutkonserven nicht mehr ernähren können oder in seinem Kopf ist irgendetwas passiert, das ihn alle um ihn herum als Gegner ansehen lässt. Ich will nicht so werden. Ich will mich nicht so verlieren.«

»Das wird keiner von uns.« Thanos hörte selbst, dass seiner Stimme die nötige Entschlossenheit fehlte.

»Wenn es einen Weg gäbe …« Ilias ließ seinen Satz unbeendet.

Thanos fragte nicht, was Ilias gemeint hatte. Er hatte vor vielen Jahren aufgehört, über Wenns und Vielleichts nachzudenken. Es führte nirgendwohin. Und es half niemandem. Das einzige, was ihnen übrig geblieben war, war zu akzeptieren, was man aus ihnen gemacht hatte und damit zu leben. Umso mehr machten ihn diese Morde wütend. Sie waren wie ein Beweis für das, was OLYMPUS damals behauptet hatte: dass sie alle gefährlich waren. Tickende Zeitbomben, die nur darauf warteten, unschuldige Opfer anzufallen.

Nun schlug Thanos doch mit der Faust gegen die Wand. Weißer Putz bröckelte von der Fassade ab und landete zu seinen Füßen. Einige Passanten sahen ihn erschrocken an, beeilten sich dann, von ihm weg zu kommen.

»Verdammt, wieso kann er sich so gut verstecken? Es ist, als wäre er ein Phantom, gar nicht wirklich da.«

Ilias gab ihm keine Antwort. Als Thanos sich zu ihm umwandte, bemerkte er, dass Ilias erneut auf das Display seines Handys starrte. Er steckte es zurück in die Tasche und bemerkte erst jetzt, dass Thanos ihn abwartend ansah.

»Wartest du auf etwas Bestimmtes?«, fragte Thanos mit zusammengezogenen Brauen.

Ilias winkte ab. »Lass uns die umliegenden Straßen absuchen, vielleicht finden wir dort etwas.«

Sie bogen in eine Seitenstraße ein und nachdem sie sicher waren, dass sie hier in den Hochhausschluchten von niemandem, außer einigen streunenden Katzen und Hunden, beobachtet werden konnten, suchten sie sie mit allen ihnen zur Verfügung stehenden Sinnen ab. Doch alles, was sie bemerkten, waren die Gerüche der unzähligen Menschen, die hier in den letzten Stunden vorbeigekommen waren, um sich in den Geschäften umzusehen. Der Gestank der vollgestopften Mülltüten mischte sich mit dem Duft der Obstbäume, deren Wurzeln sich bereits durch die Platten auf dem schmalen Bürgersteig drückten.

»Was ist eigentlich mit der Theá?«

Thanos' Muskeln spannten sich an, sein ganzer Körper schien von einem Moment zum nächsten in Alarmbereitschaft. »Was soll mit ihr sein?« Er bemühte sich um einen neutralen Tonfall und suchte weiter die Straße nach einem Hinweis auf ihren vom Weg abgekommenen Kameraden ab.

»Du musst zugeben, dass diese WG, oder wie du es nennen willst, mehr als ungewöhnlich ist.«

Thanos zuckte mit den Schultern, wagte aber nicht, Ilias anzusehen. Er fürchtete, sein Freund könne ihn lange genug kennen, um verräterische Zeichen in seiner Körpersprache zu deuten.

»Wir haben einen gemeinsamen Feind. Ich werfe niemanden den Wölfen zum Fraß vor, der vor OLYMPUS auf der Flucht ist.«

»Das ist alles?«

Nun hielt Thanos doch inne und fuhr zu Ilias herum. »Was sollte da noch sein?« Seine Stimme war härter als beabsichtigt.

Ilias zog die Brauen hoch und sah seinen alten Freund lange schweigend an. »Ich begann schon zu glauben, der Tag würde nie kommen.«

»Ich habe keine Ahnung, wovon du redest.« Thanos wusste, dass er nicht einmal hoffen durfte, dass Ilias ihm glauben würde.

»Ana war der Meinung, du seist zu sehr Soldat, zu sehr Kämpfer, um lieben zu können.« Ilias' Stimme war ungleich weicher, als er von seiner verstorbenen Frau sprach. »Ich wollte ihr nicht glauben, sicher würde irgendwann jemand auftauchen, der selbst dein Herz erweichen würde. Ana war überzeugt davon, dass dies unmöglich sei. Sie sagte, eine Frau, die dein Herz erobern wolle, müsse selbst eine Kriegerin sein und solche Frauen gäbe es nun einmal nicht mehr.« Ilias lachte leise und als Thanos ihn ansah, bemerkte er, dass sein Blick in den Himmel gerichtet war. Er erkannte auch die Tränen, die in den Augen seines Freundes brannten. »Sie meinte, du seist in der falschen Zeit geboren, du gehörtest in die Zeit der alten Götter und Helden. Eine Amazone, weniger wäre nicht richtig für dich. Was sie wohl sagen würde, wenn sie dich heute sehen würde?«

Ilias erwartete keine Antwort, das wusste Thanos. Zu sehr war sein alter Freund in seinen Erinnerungen an seine verlorene Liebe gefangen.

Auf dem Heimweg schwiegen sie und hingen beide ihren Gedanken nach. Thanos hatte gewusst, wie sehr Anas Verlust Ilias geschmerzt hatte, doch er hatte nicht geahnt, dass diese Wunde ihm noch heute zu schaffen machte. Ilias' Worte in der Seitenstraße führten seine Gedanken zu Nike. Hatte Ilias recht?

***

Sie lehnte wieder an der Wand neben der Tür und beobachtete. Er spürte ihren Blick im Rücken und musste gegen den Drang ankämpfen, zu ihr zu gehen und sie gegen diese verdammte Wand zu drücken, während er sie küsste, ihr die Kleider auszog und sie …

»Wie wäre es damit, das Ganze interessanter zu machen?«

Er fuhr zusammen und drehte sich mit weit aufgerissenen Augen zu ihr herum. »Was?« Er klang schroff, aber das kümmerte ihn nicht. War ihre Wortwahl nur ein Zufall gewesen? Um Himmels willen, jemand sollte ihm bitte sagen, dass diese Frau keine Gedanken lesen konnte.

»Ich weiß, dass ich besser bin als du, letztes Mal war ich abgelenkt, ich kann aus meinen Fehlern lernen. Du auch?«

»Wovon redest du?«

»Von einem kleinen Kampf. Unter Freunden sozusagen. Wenn ich gewinne, musst du mir eine Frage beantworten.« Sie stieß sich von der Wand ab und kam auf ihn zu. »Oder hast du Angst?« Ein Lächeln erhellte ihr Gesicht, als seine Augen sich verengten.

Er knurrte sie an. Sie wollte kämpfen. Fein, das konnte sie haben. Sie würde verlieren.

»Gut, lass uns kämpfen.« Er streckte die Hand aus und sie schlug ein. Im nächsten Moment zog er sie bei der Hand an sich heran und hielt sie an sich gedrückt. »Und wie hast du dir vorgestellt, zu gewinnen?«, fragte er sie grinsend.

Bei Gott, sie fühlte sich so entsetzlich gut an in seinen Armen. Bevor er bemerkte, was er tat, strich seine Hand über ihren Rücken, seine Finger fuhren ihre Wirbelsäule nach. Sie presste sich an ihn und er konnte ihr Herz nicht nur schlagen hören, nein, er konnte es fühlen.

»So wie beim letzten Mal«, flüsterte sie und im nächsten Augenblick sah er die Decke über sich und lag auf dem Boden. »Du hast offensichtlich nichts gelernt«, meinte sie kopfschüttelnd, während Thanos noch damit beschäftigt war, die Luft wieder in seine Lunge zu bekommen.

Verdammt, sie war nicht ganz so schlecht, wie er erwartet hatte. Aber immerhin hätte sie sonst auch nicht so lange überlebt.

Triumphierend stand sie über ihm und blickte auf ihn herab. »Das heißt, du schuldest mir eine Antwort auf eine Frage, die ich dir stelle.« Sie ging neben ihm in die Hocke und fuhr mit den Fingerspitzen über seinen Oberkörper.

Thanos' Augen folgten ihren Bewegungen. Sie fuhr seine Narben nach, bemerkte er und hob den Blick, um ihren Augen zu begegnen.

»Woher hast du diese Narben?«

»Vom Kämpfen«, war seine simple Antwort.

Nike runzelte die Stirn und öffnete bereits den Mund, um eine ausführlichere Begründung zu verlangen, als Thanos den Moment ausnutzte und ihr die Füße unter dem Leib wegzog. Sie landete neben ihm auf der Matte und im nächsten Moment kniete er über ihr und hielt erneut ihre Hände fest.

»Nun zu dir …«

»Nein, du hast meine Frage nicht beantwortet«, beharrte Nike, doch Thanos schüttelte den Kopf.

»Erstens habe ich das und zweitens habe ich gerade eindeutig gewonnen. Also, meine Frage: Du hast einmal gesagt, du würdest nie bei Tag angreifen. Wieso nicht?« Er beobachtete, wie Nike die Lippen zusammenpresste und zu ihm empor blickte. Sie reckte ihr Kinn, schwieg.

Thanos beugte sich etwas näher zu ihr herunter. »Antworte mir.« Seine Stimme war leiser, weicher geworden. Selbst ihm fiel es schwer zu sagen, ob er eine Antwort forderte oder erbat.

Nike wandte den Blick von ihm ab. Ihre Schultern sackten zusammen. Thanos ertappte sich dabei, wie seine Hände über ihre Arme glitten. Sie zitterte und es erfüllte ihn mit nie gekanntem Stolz, dass er diese Reaktion bei ihr auslöste.

»Wieso?«, fragte er noch einmal.

»Weil ich dem Mörder meiner Mutter in die Augen sehen will, wenn ich ihn töte.«

Er hielt in der Bewegung inne. Seine Hände hatten ihre Schultern erreicht. Thanos lehnte sich etwas zurück und sah sie fragend an. Diesen Moment nutzte Nike, um ihre Positionen zu ändern.

»Du hattest deine Antwort, aber meine war nicht zufriedenstellend.«

Zufriedenstellend. Wie passend von ihr, dieses Wort zu wählen, während sie auf ihm saß und sie nur diese dünnen Lagen Stoff trennten. Ein Knurren entfuhr seiner Kehle, das sie eindeutig missverstand.

»Knurr so viel du willst, ich verlange meine Antwort. Du warst wie alt, als du operiert wurdest? Zwanzig? Fünfundzwanzig? Nicht viel älter auf jeden Fall. Es hat einige Jahre gedauert, bis du durch die Nebenwirkungen nicht mehr gealtert bist. Wie konntest du dir vorher so viele Narben zuziehen?«

Thanos warf ihr einen verwirrten Blick zu. »Wieso vorher?«, fragte er und dachte durch ihre Frage gar nicht daran, sie wieder unter sich zu bringen. Wie gerne er sein Gesicht in ihrem Haar vergraben, seine Lippen über ihre Haut wandern lassen würde …

»Weil eure Wunden heilen sollten. So wie unsere.«

Sein Blick fiel auf ihre Seite. Adam hatte ihm fasziniert davon erzählt, wie sich ihre Wunde geschlossen hatte und eine so feine Narbe hinterlassen hatte, dass man sie kaum wahrnehmen konnte. Selbst für seine Augen war sie fast nicht zu sehen. Trotzdem fand er sie, ihre jüngste Narbe, und fuhr mit dem Zeigefinger darüber. Sie zitterte erneut unter seiner Berührung und er hörte, wie ihr Herz schneller schlug.

»Wir heilen anders«, erklärte er und sah, wie sie ihn fragend ansah. »Ihr heilt von innen nach außen. Wir von außen nach innen. Unsere Haut verschließt sich, damit kein Blut austreten kann, dann heilt sich die Wunde darunter. Jede Narbe, die du siehst, ist eine Verletzung, die ich davongetragen habe, seit ich ein Vrykólakas bin.«

Nike ließ ihre Fingerspitzen über seine Brust gleiten. Ihre Augen wurden weit, als sie seine Worte verinnerlichte.

»Was ist, wenn ihr angeschossen werdet? Wenn ein Messer abbricht, ein Stück davon in euch bleibt?«

»Dann bilden sich auch in uns Narben. Unser Körper umschließt die Kugel oder das Metallstück und sorgt dafür, dass es keinen weiteren Schaden anrichten kann.« Er nahm ihre Hand und führte sie zu seiner rechten Hüfte, fuhr mit ihren Fingern unter den Bund seiner Hose. Seine Augen hielten ihre gefangen, während er sie eine Narbe fühlen ließ, unter der, in der Nähe seiner Knochen, eine alte Kugel steckte. Ihr Blick löste sich von seinem und folgte ihren Fingern. Thanos bemerkte, wie sie schluckte, als sie die kleine Verhärtung fühlte.

»Kannst du sie nicht rausholen? Du kannst doch nicht ewig mit einer Kugel im Körper leben.«

Er fragte sich, ob ihr bewusst war, dass ihre Fingerspitzen den Bund seiner Hose nachfuhren. Wenn dem nicht so war, würde sie es bald erfahren, denn seine Reaktion auf ihre Berührung war nur allzu deutlich zu spüren.

»Ich werde es überleben. Die Narben, die man sieht, sind meist einfacher zu tragen und zu ertragen als die, die unsichtbar sind.«

Sie hob ihren Blick zu seinem Gesicht und biss sich auf die Unterlippe. Er wollte sie küssen. Jetzt. Er wollte sie zu sich ziehen und ihren Mund mit seinem erkunden, wollte ihr die Kleider vom Leib reißen und sie hier und jetzt nehmen. Ihre Augen wurden dunkler und Nikes Lider schlossen sich leicht. Ihre Lippen teilten sich zaghaft und sie fuhr sich mit der Zunge darüber. Thanos griff mit der Hand nach ihrem Hinterkopf. Er brauchte diese Frau und er brauchte sie jetzt.

Doch ihre Lippen hatten sich kaum berührt, als Nikes Augen sich weiteten und sie aus seinem Griff verschwunden war. Als Thanos sich nach ihr umsah, stand sie mit dem Rücken an der Wand und streckte die Hand abwehrend aus.

»Nein«, flüsterte sie. »Nein.« Dieses Mal stärker. Sie rannte durch den Raum und riss die Tür auf.

Thanos hörte ihre hastigen Schritte die Treppe hinaufstürmen.

Kapitel 15

Nike war völlig außer Atem, als sie in ihrem Zimmer ankam und sich mit dem Rücken an die geschlossene Tür lehnte. War sie denn vollkommen übergeschnappt? Sie hatte Thanos geküsst oder beinahe geküsst und sie war bereit gewesen, noch viel weiter zu gehen. Sie verlor wahrhaftig ihren Verstand!

Sie glitt die Tür hinab, bis sie zum Sitzen kam, und vergrub ihr Gesicht in ihren Händen. Was war nur los mit ihr? Und ihm? Hatte er ihr nicht gesagt, sie solle sich von ihm fernhalten? Ihm nicht in die Quere kommen? Und jetzt streichelte er sie, ließ sie seinen Körper berühren und wurde eindeutig hart, während sie auf ihm saß.

Nike stöhnte. Das hier war ein riesengroßer Fehler. Alles würde sich wieder einrenken, dessen war sie sich sicher. Irgendwie. Sie wusste noch nicht genau wie, aber es würde sich alles finden. Und gleich morgen würde sie dafür sorgen, dass ihr Tattoo aufgefrischt wurde. Mit neuer Tinte unter der Haut würde sie sich stärker fühlen. Und Stärke brauchte sie jetzt mehr denn je.

Sie atmete tief durch und bemühte sich, sich zu beruhigen. Es war nur ein Kuss gewesen. Ein Beinahe-Kuss. Sie hatten sich nicht wirklich geküsst. Seine Lippen hatten ihre kaum berührt, sie hatte fast nicht bemerkt, wie gut er schmeckte. Fast gar nicht.

Nike schlug mit ihrem Hinterkopf gegen die Tür und fluchte leise. Was um alles in der Welt tat sie da eigentlich? Sie sollte sich gefälligst von ihm fernhalten und sich stattdessen Gedanken darüber machen, wie sie nach Hause zurückkehren konnte, ohne vorher erschossen zu werden. Ganz oben auf ihrer Liste von Dingen, die sie nie im Leben tun würde, stand »sich mit einem Vrykólakas einlassen«. Selbst wenn es nur körperlich war und es dabei um einen verdammt heißen Körper ging ...

Es reichte. Genug war genug. Sie musste endlich wieder Herr ihrer Sinne werden.

***

»Adam hat mir gesagt, du würdest selbst auch tätowieren.« Nike hatte die Tür zu Richards Zimmer geöffnet, ohne anzuklopfen. Für solche profanen Höflichkeiten hatte sie keine Zeit. Sie musste wieder sie selbst werden und dazu gehörte auch, dass die Farbe unter ihrer Haut erneuert wurde. Sie konnte und durfte nicht vergessen, wer sie war.

Richard blickte von seinem Block auf und zog die Brauen hoch. »Klopf, klopf. Wer ist da? Ich bin es, das kleine Mädchen, das keine Manieren hat, um den großen, fantastischen Richard um einen Gefallen zu bitten. Oh wundervoller, begnadeter Richard, darf ich eintreten?«

Nike reagierte nicht auf seine Worte und starrte ihn nur weiterhin fragend an.

Schließlich seufzte Richard und rollte mit den Augen. »Ich werde dich nicht tätowieren.«

»Wieso nicht?«

Richard stand auf und packte seinen Block und die Bleistifte, die daneben lagen, in eine abschließbare Schublade in seinem Schreibtisch. Dann schob er sich an Nike vorbei in den Flur und ging in die Küche.

»Weil du bluten könntest und ich habe keine Lust, über dich herzufallen.« Er blieb stehen und drehte sich zu ihr um. »Versteh mich nicht falsch, es wäre sicher ein Vergnügen die Zähne in deinen Hals zu schlagen und du schmeckst sicher göttlich – vor allem im Vergleich zu dem Plastikblut, von dem ich mich sonst ernähre, aber Süße, selbst das beste Blut ist es nicht wert, dafür getötet zu werden. Wenn du selbst es nicht schaffen würdest, mich umzubringen, bevor ich dich bis auf den letzten Tropfen ausgetrunken habe, würde Thanos kurzen Prozess mit mir machen und ich hänge an meinem Leben. Ich meine, ja, es ist beschissen und sicherlich könnte ich mir ein besseres vorstellen, zum Beispiel in Vegas in einer Suite im Bellagio, ein paar Playboy-Bunnies an jeder Seite, der Alkohol fließt in Strömen und all das … aber es ist immer noch mein Leben. Ich habe vor, es noch zu behalten. Also nein, ich werde dich nicht tätowieren.« Er holte tief Luft und wandte ihr wieder den Rücken zu, als er in die Küche ging, um sich einen der eben erwähnten Plastikbeutel aus dem Kühlschrank zu holen.

»Ich blute nicht«, versuchte Nike ihn noch einmal umzustimmen und folgte ihm.

Richard sah sie ungläubig an.

»Denk nach, mein Körper versucht, mein Blut möglichst bei sich zu behalten. Es für die eine Tätowierung abzusondern wäre eine regelrechte Verschwendung. Ich habe noch nie beim Tätowieren geblutet und ich werde sicherlich nicht jetzt damit anfangen.«

Richard starrte sie noch einen Moment lang an, während er das Blut in seiner Hand leerte. Als er den leeren Plastikbeutel wegwarf, seufzte er und nickte schließlich. »Warte im Behandlungsraum des Docs auf mich.«

Als Nike ihm ein Danke nachrief, brummte er irgendetwas vor sich hin und verschwand aus ihrem Blickfeld.

Sie ging in das Behandlungszimmer, in dem Adam ihr die Kugel entfernt hatte, und lehnte sich an die Liege. Richard kam kurz darauf mit einer verschlossenen Box zu ihr zurück. Er stellte sie auf einem der halbhohen Schränke ab und öffnete sie, um die benötigten Utensilien herauszuholen.

»Setz dich«, warf er Nike über die Schulter zu und sie setzte sich auf die Liege. Sie öffnete den Zopf, zu dem sie ihre Haare bei Anbruch der Nacht gebunden hatte und rollte sie zu einem Knoten, damit sie Richard nicht behindern konnten. Um ihm besseren Zugang zu ihrem Tattoo zu geben, zog sie ihr Top über den Kopf und wartete.

»Wirklich nette Arbeit«, murmelte er anerkennend und fuhr mit den Fingern die Tätowierung nach. »Wie oft musst du sie nachstechen lassen?«

»Etwa zwei Mal im Jahr.« Nike wandte ihren Kopf und sah ihn über ihre Schulter an. »Was ist mit dir? Wie lange hält die Tinte, bevor du sie nachstechen lassen musst? Bei beiden Armen muss das ganz schon aufwändig sein.«

Richard bereitete die Pistole vor und grinste sie an. »Meine älteste Tätowierung ist fünfzig Jahre alt. Ich habe sie kein einziges Mal nachstechen lassen müssen.«

Überrascht zog Nike sich weiter auf die Liege und drehte sich völlig zu Richard herum. Ihr rechtes Bein zog sie an und schlang ihre Arme darum, als ihre Kniekehlen gegen den Rand der Liege stießen. »Wie ist das möglich?«

Richard zuckte mit den Schultern. »Es hat wohl etwas damit zu tun, wie wir heilen. Unser Körper erkennt die Tätowierung als Narbe an und versiegelt sie sozusagen. Sie bleibt wie am ersten Tag. Deiner scheint sie eher abzustoßen. Du magst wohl keine Narben.«

Nike verzog über die Erklärung das Gesicht, auch wenn sie Sinn machte.

»Kann ich sie sehen?« Sie deutete auf seine Arme, aber Richard schüttelte den Kopf.

»Vielleicht, wenn wir mit dir fertig sind. Dreh dich um.«

Sie würde ihn beim Wort nehmen, dachte sie, als sie ihm den Rücken zukehrte. Die Tatsache, dass ein Vrykólakas hinter ihr stand und sie sich dabei nicht verspannen durfte, war ihr sehr wohl bewusst.

»Hier.« Richard drückte ihr etwas in die Hand. Stirnrunzelnd sah Nike auf das silbrig glänzende Etwas.

»Ein Messer?«

»Nur für den Fall, dass du dich wegen deines Blutes irrst.«

Sie wollte sich noch einmal zu ihm umdrehen, doch da legte er bereits seine Hand auf ihre Schulter und begann, die Konturen ihres Tattoos nachzufahren. Nike spürte kaum etwas davon, das hatte sie noch nie. Ein kleines Kribbeln, mehr merkte sie nicht, bis er an die Flügelspitzen kommen würde.

»Wieso hast du dich tätowieren lassen?«

»Selbstfindung?«, schlug sie vor und Richard lachte trocken. »Wieso verhältst du dich wie ein Arsch?«, konterte sie seine Frage.

»Wie es in den Wald hineinschallt ...«

Nike runzelte die Stirn. »Ich dachte, ihr seid eine *eingeschworene Gemeinschaft* oder so etwas.«

Richard schnaubte über ihre Worte. »Ja, sie sind alle eine eingeschworene Gemeinschaft, solange keiner wie ich dabei ist.«

»Und was bist du?«

Richard schwieg. Nike fragte nicht noch einmal. Nur das Brummen der Tätowiernadel war zu hören. Nach einer halben Stunde verstummte auch diese.

»Fertig«, erklärte Richard und Nike spürte, wie er ihr mit einem feuchten Tuch über die frisch tätowierte Stelle tupfte, um sie zu reinigen. »Ich reibe sie noch ein.« Die kühle Salbe war angenehm auf ihrer Haut und Nike bewegte ihre Schultern, um die Muskeln etwas zu lockern.

»Deine Tattoos.«

Richard sah sie mit hochgezogenen Brauen an, als er sich daran machte, die Nadel aus der Maschine zu holen und zu entsorgen.

»Was ist damit?«

»Du wolltest sie mir zeigen.«

»Ich sagte, vielleicht.«

Nikes Augen wurden schmal. »Zwing mich nicht dazu, dir weh zu tun … schon wieder.«

Richard lachte kurz auf und verschloss die Farbe und die Tätowierpistole wieder in der Box. »Gut, du willst meine Tätowierungen sehen?«

Nike nickte zur Bestätigung. Richard hob beide Arme, als deute er an, dass er sich ergeben wollte, und zog sein Langarmshirt über den Kopf. Es waren nicht nur seine Arme, erkannte Nike nun. Sein ganzer Oberkörper war tätowiert. Fasziniert betrachtete sie die Zeichnungen und Schriftzüge. Sie sprang von der Liege und umrundete ihn, um sich alle Details genau anzusehen. Auf seiner rechten Brust, in Höhe des Herzens, trug er eine Tätowierung, die ihre Aufmerksamkeit besonders erregte. Es musste seine erste gewesen sein. Sie hätte nicht sagen können, woher sie das wusste, aber sie wirkte irgendwie *anders*. Eine dämonenhafte Fratze sah sie an. Kleine schwarze Augen über einem aufgerissenen Mund voller Reißzähne. Blut tropfte von den Lippen des Untieres. Um den Kopf war kreisförmig ein Schriftzug eintätowiert, den sie nicht lesen konnte.

»Was steht hier?«

Richard zögerte einen Moment, bevor er ihre Frage beantwortete. »Euer Hass soll mich nähren.«

Harte Worte, dachte Nike und bemühte sich, ein neutrales Gesicht zu bewahren. »Welche Sprache ist das?«

»Deutsch.« Kurz, knapp, schroff.

Da war wieder diese Finsternis, die sie von sich selbst kannte. Deutsch. Richard war also Deutscher. Langsam hob Nike ihren Kopf und traf seinen Blick, als sich Verstehen in ihr ausbreitete. OLYMPUS und die Vrykólakas waren ein Ergebnis der Nachkriegszeit. Die Ersten, die man operiert hatte, waren Soldaten der Alliierten und Widerstandskämpfer gewesen. Ihnen keine zehn Jahre nach Kriegsende einen deutschen Kameraden zur Seite zu stellen, nachdem sie jahrelang gegen die Deutschen gekämpft hatten ...« Sie schüttelte langsam den Kopf.

»Wieso bist du ein Vrykólakas geworden?«

Richards Lippen pressten sich aufeinander. Für einen Moment glaubte Nike, er würde ihr keine Antwort geben. »Weil ich glaubte, etwas wiedergutmachen zu müssen. Mein Vater war ein recht hohes Tier bei der Wehrmacht.«

»Und du?«

Er sah sie verwirrt an.

»Was warst du? Was hast du während des Krieges gemacht?«, weitete sie ihre Frage aus.

»Ich war ein Kind. Keine zehn, als der Krieg vorbei war.«

»Und doch behandelten dich alle, als hättest du gegen sie gekämpft«, schlussfolgerte Nike, und auch wenn Richard ihr darauf nicht antwortete, ahnte sie, dass sie damit recht hatte.

»Du solltest nicht für die Sünden deines Vaters zahlen müssen und hättest auch nie daran denken sollen, seine Verbrechen zu sühnen.«

»Tun wir das nicht alle?«, fragte er leise. »Für die Verbrechen unserer Eltern zahlen?«

Ihre Nackenhaare richteten sich auf und sie spürte, dass sie beobachtet wurde. Nike drehte sich zur Seite und sah, dass Thanos in der

Tür stand und sie beide musterte. Ihr Herz schlug schneller, als sie ihn bemerkte und sie musste den Drang unterdrücken, sich vor ihm zu verstecken. Sie konnte geradezu spüren, wie die Luft sich vollsog, die Spannung im Raum anstieg und sie glaubte, jeden Moment explodieren und sie alle mit sich reißen zu müssen. Sie trat einen Schritt von Richard zurück und reichte ihm schweigend sein Shirt, bevor sie sich ihr eigenes Top über den Kopf zog.

»Danke fürs Auffrischen des Tattoos.« Sie fühlte sich kindisch. Weshalb wollte sie sich vor Thanos rechtfertigen? Wenn er glauben wollte, etwas wäre zwischen ihr und Richard vorgefallen, sollte er das ruhig tun. Wäre es nicht sogar besser, wenn er dadurch Abstand zu ihr nehmen würde? Wieso bat sie ihn dann nicht, ihr Platz zu machen, als sie den Raum verließ, sondern presste sich an ihm vorbei, genoss es, zu spüren, wie sein Körper sich anspannte, als sie sich berührten? Sie fühlte, wie er versuchte, ihren Blick einzufangen und sich zu ihr umdrehte, als sie die beiden Vrykólakas zurückließ. Sie würde Adam suchen. Adam war sicher. Adam zwang sie zwar, zu essen, obwohl sie es nicht konnte, aber in Adams Nähe würde Thanos sie in Ruhe lassen. Hoffte sie.

Kapitel 16

»Mit ihr stimmt etwas nicht.« Richard warf ein blutverschmiertes Stück Küchenrolle auf die Theke, als Adam und Thanos sich gerade in der Küche unterhielten. Nike war duschen, und sollte sie in den nächsten Minuten nicht stören können.

Thanos sah Richard aus zusammengekniffenen Augen an.

»Was ist das?«, fragte Adam, nahm das blutverschmierte Stück Küchenrolle und betrachtete es.

»Wessen Blut ist das?«

»Ihres«, beantwortete Richard die Frage des Arztes. Er verschränkte die Arme vor der Brust und blickte von Adam zu Thanos. »Du musst mich nicht mögen, nicht einmal respektieren, um dir anzuhören, was ich zu sagen habe. Sie isst nicht, das wird der Doc dir bestätigen. Oh, er bringt sie dazu, ein paar Bissen hinunterzuschlucken, aber sie kotzt sie alle wieder aus, sobald sie glaubt, keiner bekäme es mit. Sie ist langsam und schwach und wird langsamer und schwächer und unaufmerksamer, umso länger sie hier ist. Sie hat – für ihre Verhältnisse – eine halbe Ewigkeit gebraucht, um zu bemerken, dass du in der Tür stehst. Sie hätte dich schon bemerken müssen, als du aus dem Keller kamst, hat sie aber nicht.« Er nahm Adam die Küchenrolle aus der Hand. »Sie sagte, sie würde beim Tätowieren nicht bluten, war felsenfest davon überzeugt, nur deswegen habe ich mich dazu bereit erklärt, ihr das Tattoo zu erneuern, das sie hat. Sie hatte ein Messer, mit dem sie sich hätte zur Wehr setzen können, wenn ich über sie hergefallen wäre.« Richard hielt die Küchenrolle demonstrativ in die Luft. »Sie hat geblutet. Sie hat es nicht gemerkt, keine Regung gezeigt. Und sie lebt noch. Genau wie ich.«

»Du wolltest sie nicht beißen?« Adam klang mehr als erstaunt und nahm das blutverschmierte Papier erneut von Richard entgegen.

»Nicht mehr als sonst auch. Ich rieche ihr Blut ständig, höre, wie es durch ihre Adern jagt, aber es bedarf keiner Glanzleistung, sich zurückzuhalten. Als sie geblutet hat, war es nicht schwieriger als sonst auch. Mit ihr stimmt etwas nicht und ich glaube, sie weiß es, verdrängt es aber erfolgreich. Und ich bin ganz sicher nicht derjenige, der ihr sagen sollte, dass sie sich verwandelt.« Sein Blick haftete nun wieder auf Thanos.

»Du glaubst, sie …« Adam hielt inne und sah zwischen Richard und Thanos hin und her.

»Ich glaube, die Nebenwirkungen setzen auch bei ihr ein. Sie verträgt kein Essen, wird lernen müssen, die Sonne zu meiden und sie wahrscheinlich irgendwann gar nicht mehr ertragen und – und ich bin mir sicher, das wird sie am meisten hassen – sie wird Blut brauchen. Du solltest mit ihr reden.« Die letzten Worte waren allein an Thanos gerichtet, der Richard noch immer unfreundlich ansah.

»Wieso ich?«

Richard zögerte, überlegte sich, wie viel er sagen sollte. Es fühlte sich an, als verrate er Nike. Er hatte nicht viel mit ihr zu tun, aber der Gedanke behagte ihm nicht. Es musste aber sein, sagte er sich schließlich. »Weil sie dich brauchen wird, wenn sie die Wahrheit akzeptieren muss.« Er sah Thanos fest in die Augen.

Adam räusperte sich unbehaglich und steckte die Küchenrolle rasch in seine Tasche, als die Badezimmertür aufgeschlossen wurde.

»Ich … ich bin dann … ich gehe mal etwas forschen … nicht, dass ich hier einroste«, murmelte er und verschwand eilig aus der Küche.

***

»Ich sage es äußerst ungern, aber Richard hat recht«, eröffnete Adam Thanos am nächsten Abend. »Ich habe mir noch den halben Tag um die Ohren geschlagen, alles drei Mal kontrolliert. Es gibt keinen Zweifel. Nike entwickelt ähnliche Nebenwirkungen wie ihr damals.

»Ähnlich?«, fragte Thanos und fuhr sich mit der Hand über sein Gesicht.

»Ja, ähnlich. Soweit ich das richtig einschätzen kann, wird es bei ihr nicht dazu kommen, dass sich ihr Blutkreislauf verlangsamt, wie er es bei euch getan hat. Einfach, weil ihr Blutkreislauf von Anfang an darauf ausgelegt war, schneller zu sein als der eines Menschen. Er wird sogar noch schneller, wie es scheint. Ich kann noch nicht genau sagen, welche Auswirkungen dies alles auf sie haben wird. Nur bei einem kann ich Richard bereits uneingeschränkt recht geben: Sie wird Blut brauchen, um sich zu ernähren.«

Und sie brauchte es bald. Das musste Adam ihm nicht sagen. Thanos selbst hatte ja bereits bemerkt, dass sie abgenommen hatte. Wenn sie nicht bald damit anfing, Blut zu sich zu nehmen, würde sie sich zu Tode hungern. Er hatte es einmal bei einem Kameraden gesehen. Es war kein schöner Anblick gewesen und er würde sicher nicht zulassen, dass Nike sich dies selbst antat.

»Wie um alles in der Welt soll ich ihr das erklären?«

»Ich würde es dir ja abnehmen, aber ich fürchte, Richard hat auch dabei recht: Sie wird dich brauchen, wenn sie die Wahrheit akzeptiert.«

»Sie wird mir nicht glauben.« Adam widersprach ihm nicht.

»Du musst ihr nur ihre Symptome nennen, sie wird sich nicht vor der Wahrheit verschließen können.«

»Ich muss darüber nachdenken.« Was bedeutete, dass er sich austoben musste. Thanos ging in den Keller und nahm sich den Boxsack zur Brust.

***

Nike saß an der offenen Balkontür in der Küche und blickte in den Garten hinaus. Der Duft der Thymian- und Salbeipflanzen stieg ihr in die Nase. Ob sich in den letzten Monaten jemand um die Pflanzen dort draußen gekümmert hatte? Von hier aus hatte man einen guten Blick, mehrere Kilometer weit. Sie sah die erleuchteten Dörfer und Städte in der Umgebung. Kleine Lichtpunkte, die sich zu einem großen Punkt zusammenschlossen.

»Hunger? Ich dachte an Suppe.«

Sie drehte sich nicht zu Adam um. Konnte sie etwas Suppe bei sich behalten, bis er sie nicht beobachtete? Es war schwer geworden, vorherzusagen, was sie noch herunterbekam. Sie hatte gehofft, durch die neue Farbe in ihrem Tattoo wieder sie selbst zu werden. Natürlich wusste sie, dass das Tattoo damit nichts zu tun hatte, aber es war wie ein Tritt in den eigenen Hintern gewesen, dass sie sich nun wieder zusammenreißen musste. Es hatte nicht geholfen.

Sie zuckte mit den Schultern und hörte, wie Adam in der Küche hantierte. Er öffnete Schränke und Schubladen, ließ Töpfe und Pfannen klappern, stellte den Wasserhahn an.

Draußen wurden die Lichter weniger. Die Leute gingen schlafen. Auch Nike fühlte sich müde, aber sie war erst vor drei Stunden aufgestanden. Sie hatte noch nicht einmal trainiert, selbst dafür war sie zu müde gewesen.

Adam summte vor sich hin, während er Schweinefleisch, Blut, Essig und Salz aufkochen ließ.

Nike verzog das Gesicht. »Melas Zomós?«, fragte sie angewidert.

Adam strahlte über das ganze Gesicht. »Schwarze Suppe, ja. Ich muss zugeben, hätte ich gewusst, dass das nur ein netterer Ausdruck für Blutsuppe ist, ich hätte sie nie versucht. Aber sie schmeckt erstaunlich gut, findest du nicht?«

Nike sagte nichts. Es gab Gerichte, die hatten es nie auch nur in die Nähe ihres Speiseplans geschafft. Blutsuppe stand zusammen mit den Schafsaugen, die als Delikatessen gehandelt wurden, ganz oben auf dieser Liste. Sie fand ihren Namen griechisch genug, beim Essen bevorzugte sie es internationaler und aß lieber eine Pizza als diese sogenannten Spezialitäten.

»Ach, deine Lieferung ist heute endlich gekommen. Ich hab sie im Wohnzimmer abgestellt.«

Sie würde sich später darum kümmern. Wenn sie sich noch etwas ausgeruht hatte. Sie konnte Adams Blick in ihrem Rücken spüren und fühlte sich gedrängt, etwas zu sagen.

»Hast du jemals Heimweh?« Schritte näherten sich ihr und Adam lehnte sich an die andere Seite des Türrahmens und folgte ihrem Blick über das nächtliche nördliche Attika.

»Ich war ein Einzelkind und meine Eltern sind tot. Ich habe kein Zuhause mehr, seit ich auf dem College war.« Nike lächelte schief. »Lena hat einmal gemeint, zuhause wäre überall dort, wo man auf dich wartet und ein Licht für dich anlässt.« So wie sie es für Nike tun würde. Sie hatte nicht gewagt, Lena eine Nachricht zukommen zu lassen, sie auch nur anzurufen. Sie konnte nicht wissen, ob OLYMPUS diese nicht abfangen würde und sie Lena und Maya dadurch in Gefahr brachte.

Adam blieb noch einen Moment schweigend neben ihr stehen, ehe er sich an das Essen zu erinnern schien und eilig zurück an den Herd lief.

»Essen ist fertig«, rief er kurz danach und Nike hörte, wie er zwei Teller füllte und auf der Küchentheke abstellte.

Widerwillig erhob sie sich von ihrem Platz und kam auf ihn zu. Der Geruch des kochenden Blutes stieg ihr sofort in den Kopf, sobald sie nicht mehr das Gras und die Nacht von draußen in der Nase hatte. Ihr Magen rumorte.

»Du brauchst Proteine, also iss«, ermahnte Adam sie.

Nike fuhr mit ihrem Löffel lustlos in der Suppe herum. Sie wollte sie wirklich nicht essen.

»Iss«, beharrte Adam und sah sie herausfordernd an.

Sie würde sich übergeben. Sie würde einen Löffel davon essen und sich hier und jetzt übergeben. Nike wusste es genau und ignorierte Adams Aufforderung.

»Ich weiß nicht, wer das essen kann, ich sicherlich nicht. Schon vom Anblick wird mir schlecht. Wenn du mich entschuldigst, ich geh mich übergeben.« Sie stand vom Barhocker auf und wandte Adam bereits den Rücken zu.

»Du brauchst Blut.« Es war nur ein Flüstern, doch sie hörte ihn laut und deutlich. Langsam drehte sie sich zu ihm um.

»Was soll das heißen?«

Adam schloss die Augen. Er hatte Thanos das Gespräch nicht vorwegnehmen wollen, hatte lediglich gehofft, dass sie durch das Essen der Blutsuppe kräftiger wurde, und selbst einsehen würde, was mit ihr geschah. »Deine Kopfschmerzen, deine Schwindelanfälle, deine Abneigung gegen Essen …«

»Nein!«, unterbrach sie ihn. »Mir geht es gut. Mit mir ist alles in Ordnung!« Ohne Adam die Möglichkeit zu geben, ein weiteres Wort zu sagen, verließ Nike die Küche. Zielsicher ging sie auf Richards Zimmer zu. Sie hatte Angst. Und Angst war nicht gut. Besser als Angst war Wut. Richard wusste das, verstand das und war perfekt dafür geeignet, ihr zu helfen, diese Wut zu finden und auszutoben. Ein paar Worte hier, ein paar Bemerkungen da, und sie wäre wütend und hätte keine Angst mehr. Seine Tür war verschlossen, sie konnte die Musik selbst auf dem Flur so laut hören, als würde sie hier gespielt. Trotzdem war sie sicher, dass er ihr Klopfen hörte und sie ignorierte. Frustriert ging sie in den Keller.

***

Richard saß in seinem Zimmer hinter der Tür, den Kopf gegen das Holz gelegt, und hielt die Augen fest verschlossen. Er konnte ihr jetzt nicht helfen. Was sie brauchte, war kein Verdrängen. Was sie brauchte, war die Wahrheit. Die konnte er ihr zwar geben, aber sie würde sie nicht von ihm hören wollen und sie würde sie nicht von ihm akzeptieren können. Denn sie würde nicht vor ihm zusammenbrechen können und zusammenbrechen würde sie, dessen war Richard sich sicher. Das zu werden, wovor man sich am meisten fürchtete, was man sein Leben lang bekämpft hatte ... das steckte niemand einfach so weg, selbsternannte Göttin oder nicht.

Kapitel 17

Thanos drehte sich nicht zu ihr um, als sie den Trainingsraum betrat. Er war noch nicht so weit. Noch lange nicht. Konnte sie nicht einfach wieder gehen und sich ein paar Tage lang von ihm fernhalten, während er sich überlegte, wie er mit ihr umgehen sollte, wie er mit ihr reden sollte?

Er hörte, wie ihre Stiefel auf die Matte fielen, hörte ihre leichten Schritte, die sich ihm näherten. Ihr Herz raste und ihr Atem setzte einen Moment aus.

Schluchzte sie?

Er wandte sich zu ihr um und sah sie nun doch an, hielt den Boxsack mit einer Hand auf, bevor er auf ihn zustürzen konnte.

Nikes Augen waren weit aufgerissen, ihre Lippen fest zusammengepresst. »Ich will kämpfen«, forderte sie ihn heraus und blieb vor ihm stehen.

Sie wollte wohl eher verdrängen, dachte Thanos und beboachtete sie schweigend.

»Was? Was ist? Kämpfen wir nun, oder nicht?«

»Oder nicht«, entschied er und griff nach ihren Händen, die sie zu Fäusten geballt hatte. Sie zitterte am ganzen Leib und es schnürte ihm die Kehle zu. »Wir müssen reden.«

Sie schüttelte vehement den Kopf. »Ich will nicht reden, ich will kämpfen. Wenn ich reden wollte, säße ich in der Küche und würde Adam zuhören, der mir etwas über meine Kopfschmerzen erzählen will und darüber, weshalb ich diese widerliche blutige Brühe essen sollte. Ich. Will. Kämpfen.«

Thanos hielt ihre Hände weiterhin fest und sah sie lange an, wartete darauf, dass sie nachgab und mit ihm reden würde.

Nike schüttelte noch einmal den Kopf. »Ich kann nicht reden. Nicht jetzt. Nicht darüber. Ich muss ...«

»Dich abreagieren«, stellte er fest. Vielleicht war es wirklich besser so.

War es nicht das Gleiche, was er gerade tat? Sich abreagieren. Sich erst auspowern, bevor er sich Gedanken darüber machen musste, wie er ein Gespräch führen sollte, das keiner von ihnen führen wollte. Er stieß sie von sich und ließ ihre Hände frei, hob seine Arme und winkte sie mit seinen Fingern zu sich, während er einen großen Bogen um sie beschritt. Er würde sie kämpfen lassen. Sollte sie kämpfen, gegen die Nebenwirkungen, gegen OLYMPUS, die sie hierzu gemacht hatten, gegen ihr Leben, das nie wieder so sein würde, wie sie kannte.

»Na, dann komm.«

Nike griff ihn an, ohne darüber nachzudenken, ohne Plan, ohne Taktik. Es war ein Akt purer Verzweiflung, als sie versuchte, sich mit dem wenigen, was ihr Körper seinem entgegenzusetzen hatte, auf ihn stürzte. Er hielt sie an den Schultern fest, als sie sich gegen ihn stemmte und versuchte, ihn umzuwerfen. Thanos stieß sie erneut von sich, achtete aber darauf, dass er nicht zu viel Kraft anwandte. Himmel, wann war sie so zerbrechlich geworden?

Sie schüttelte sich kurz, dann rannte sie erneut auf ihn zu. Thanos trat einen Schritt zur Seite und stellte ihr ein Bein. Nike stolperte und fing ihren Sturz mit einer Rolle ab. Sie landete auf ihren Händen und Füßen und funkelte zu ihm herauf. Wie eine Katze, schoss es ihm durch den Kopf und im nächsten Moment sprang sie ihn an und schaffte es dieses Mal doch, ihn durch diese Überraschung zu Boden zu werfen. Nach Luft schnappend saß sie auf ihm und stützte sich auf seiner Brust ab.

»Ich verliere nicht«, keuchte sie und starrte ihn noch immer aus großen Augen an. »Niemals. Nicht gegen dich, nicht gegen irgendjemanden. Am allerwenigsten gegen mich selbst!« Ihre Augen verengten sich und sie schlug auf seine Schulter. »Sieh mich nicht so an!«

»Wie denn?«, fragte er ruhig, ahnte die Antwort bereits.

»Mitleidig.« Sie hob den Kopf und blickte auf ihn herab. »Ich brauche kein Mitleid!«

Nein, dachte Thanos und sah sie an. Tränen der Wut und Verzweiflung funkelten in ihren Augen, ihre Wangen waren rot und das dunkle Haar, das sie normalerweise im Nacken zusammengebunden hatte, lag wirr um ihr Gesicht. Nein, sie brauchte kein Mitleid von ihm.

Sie stemmte sich mit aller Kraft auf ihn, um ihn am Boden zu halten, die Hände flach gegen seine nackte Brust gedrückt. Er konnte ihren Herzschlag spüren, jede Faser ihres Körpers schien ihn wiederzugeben. Schneller und lauter als zuvor. Adam hatte recht, er veränderte sich, wurde noch *mehr*. Sein Kiefer schmerzte. Richard täuschte sich, wenn er meinte, es wäre nicht schwierig, ihrem Blut zu widerstehen. Seit dem ersten Moment kämpfte Thanos dagegen an. Es wurde nicht leichter.

Zum ersten Mal war sie, während sie sich in dieser Position wiederfanden, vollständig bekleidet. Statt Adams Jogginghose trug sie ihre Jeans und das schwarze Top.

Sie senkte ihren Kopf über seinen, ihr Haar fiel über ihre Schultern nach vorn und bildete einen Vorhang um ihre Gesichter. »Ich *will* kein Mitleid«, bekräftigte sie ihre Worte und Thanos spürte, wie sich ihre Fingernägel in seine Brust gruben.

Wie konnte er auf den Gedanken kommen, Mitleid für sie zu empfinden? Wenn es einen Moment gab, in dem er wirklich glauben konnte, sich einer Göttin gegenüberzusehen, dann war er jetzt. In diesem Moment. In dem Moment, in dem ihre Augen voller Stärke glänzten und ihr ganzer Körper Stolz und Würde ausstrahlte, während sie am Boden sein sollte. Sie brauchte kein Mitleid. Sie wollte kein Mitleid. Von ihm würde sie keines bekommen.

Thanos hob seine rechte Hand und packte Nike am Nacken, zog sie zu sich und küsste sie. Sie spannte sich, jeder Muskel ihres Körpers erwachte erneut zum Leben und ihre Nägel gruben sich noch tiefer in sein Fleisch. Thanos ließ sie nicht los. Dieses Mal würde sie nicht flüchten. Sie würden reden. Später. Jetzt war das hier viel wichtiger. Er fuhr mit der Zunge über ihre geschlossenen Lippen, presste dagegen. Kein Mitleid, das hatte sie selbst gesagt. Sein Griff in ihrem Nacken wurde fester und er hielt ihren Blick gefangen, auch wenn ihr Gesicht beinahe vor seinem verschwamm.

Als sich ihre Lider senkten, wusste er, dass er gewonnen hatte. Sie öffnete langsam ihre Lippen und Thanos zögerte nicht, ihren Mund mit seiner Zunge zu erkunden, ihre eigene dazu aufzufordern, es ihm gleich zu tun. Ein Stöhnen drang an sein Ohr, zu hell, um sein eigenes zu sein und er schlang seinen freien Arm um ihre Mitte und zog sie fester an sich heran. Seine rechte Hand fuhr über ihre Schultern, zum Saum ihres Tops. Für einen Moment überlegte er, es ihr über den Kopf zu ziehen und er spürte, wie sie die Arme hob, um ihm dabei zu helfen, doch er war nicht gewillt, ihren Kuss zu unterbrechen. Als er den Stoff mit seinen Händen zerriss und von ihrem Körper streifte, zog Nike sich aus dem Kuss zurück und sah ihn mit großen Augen an. Sie schnappte nach Luft und hob ihren Kopf ein wenig, um ihn besser sehen zu können. Thanos gab ihr genau eine Sekunde, um ihren Zweifeln nachzugeben, bevor er sie erneut an sich presste. Während er ihren Mund wieder in Besitz nahm, fuhr er mit seinen Händen über ihren nackten Rücken, drückte ihren Körper gegen seinen eigenen. Nikes Hände glitten von seiner Brust, er spürte ihre Fingerspitzen leicht über seine Rippen wandern, während sie sie zu seinem Rücken brachte. Sie fand all seine Narben, streichelte über jede einzelne und ließ ihn unter ihrer Berührung erzittern. Er knurrte erneut und spürte ihr Lächeln an seinen Lippen.

Thanos hielt sie fest, als er sie beide umdrehte, bis er über ihr lag. Nikes Beine umschlangen seine Hüften und er konnte nicht anders, als sich ihr entgegenzupressen, sie sein Verlangen für sie fühlen zu lassen. Mitleid war das hier ganz sicher nicht.

Ihre Zungenspitze fuhr über seine Zähne, suchte seine Fänge und glitt diese langsam entlang, während sich ihr ganzer Körper seinem entgegen drängte. Thanos ließ von ihren Lippen ab und küsste ihre Wange, knabberte an ihrem Kinn, ehe er sich zu ihrem Hals vorarbeitete.

Mit einem Seufzen reckte Nike ihren Kopf. Ihre Hände fuhren in sein dunkelblondes Haar, hielten ihn an sich gepresst, während er mit Lippen und Zähnen und Zunge mit ihrer Haut spielte, sie immer wieder zum Zittern brachte. Als sie sich überraschend bewegte, kratzten seine Zähne ihre Haut auf. Thanos leckte die kleine Wunde, bevor sie sich im nächsten Moment von selbst schloss. Ihr Blut auf seiner Zunge schmeckte süßer als alles, was er je getrunken hatte. So mussten sich seine Vorfahren Ambrosia, den Trunk der Götter, vorgestellt haben, dachte er noch, bevor er seinen Weg über ihr Schlüsselbein fortsetzte. Seine Hände glitten über ihren Rücken, suchten den Verschluss ihres BHs, um ihn zu öffnen und auch diese Barriere zwischen ihnen aus dem Weg zu räumen. Nike hob ihren Oberkörper an und zog sich den BH selbst über die Arme, sobald sie spürte, dass der Verschluss offen war. Für einen Moment hielt Thanos sie einfach an sich gedrückt, genoss das Gefühl ihres nackten Busens an seiner Brust, die Weichheit ihrer Haut an seinem vernarbten und von Kämpfen malträtierten Körper.

Nike vergrub ihre Hände noch tiefer in seinem Haar und zog Thanos zu einem weiteren Kuss an sich heran. Sie rieb ihren Körper an seinem und stöhnte an seinem Mund. Thanos löste sich langsam von ihren Lippen und setzte sich auf, betrachtete sie lange, schweigend. Ihre Augen waren halb geschlossen, als sie seinen Blick erwiderte und die Andeutung eines Lächelns zierte ihre Lippen, die so weich und rot waren. Mit seinen Fingerknöcheln fuhr er den Weg seiner Lippen über ihren Hals und ihr Schlüsselbein nach. Nike schloss die Augen und seufzte leise. Thanos' Finger glitten zwischen ihren Brüsten hindurch. Eine Gänsehaut bildete sich auf ihrem Körper und sie zitterte unter ihm. Mit beiden Händen umschloss er ihren Busen, als sie sich ihm entgegen reckte. Zwischen ihren Wimpern konnte er ihre leicht geöffneten Augen erkennen, die ihn erwartungsvoll ansahen. Thanos' Daumen glitten über ihre Brustwarzen, ließen sie noch härter werden, als sie es schon gewesen waren und Nikes Beine schlossen sich fester um seine Hüften. Thanos beugte sich über sie und nahm ihre rechte Brustwarze zwischen seine Lippen, saugte daran, spielte mit seiner Zunge daran, während seine Fingerspitzen mit federleichten Berührungen über ihre linke Brust strichen. Sie bewegte sich unruhig unter ihm und er grinste, während er vorsichtig in ihre Brustwarze biss, um ihr zu bedeuten, sie solle ruhig bleiben. Nikes Hände glitten über seinen Oberkörper, ihre Finger streiften über seinen Rücken, seine Schultern, seinen Oberkörper. Ihre Fingernägel kratzen spielerisch über seine Brustwarzen und er erwiderte die Berührung mit einem weiteren kleinen Biss, ehe er mit der Zunge über die kleine Verhärtung strich und gänzlich von ihr abließ.

»Nein«, murmelte Nike flehentlich und versuchte, ihn wieder an sich zu ziehen.

Ihrer Bitte nachkommend, küsste Thanos ihre linke Brust und ließ ihr die gleichen Liebkosungen zukommen wie ihrem Zwilling.

Nike fuhr mit den Händen hinab zu seinem Bauch und erreichten seine Hose. Sie zog an dem Bund, schob sie über seine Hüften und streifte sie schließlich mit Hilfe ihrer Füße von seinen Beinen. Vollkommen nackt kniete er über ihr, während Nike ihre Beine anzog und ihr Blick über seinen Körper glitt.

Thanos ließ von ihrer Brust ab und sah sie an. Er beobachtete, wie sie sich mit der Zunge über die vollen Lippen fuhr, während ihre Hände über seine Hüften streichelten. Seine Muskeln spannten sich an und er stöhnte, als sie mit den Fingerspitzen über seinen Penis streichelte. Ihre rechte Hand schloss sich um seinen Schaft, während ihre Linke in seinen Nacken glitt und ihn für einen weiteren Kuss zu sich zog. Sie legte ihre Hände auf seine Schultern und drückte ihn von sich weg, Thanos folgte ihrer Bewegung, bis er auf dem Rücken lag. Auf Händen und Knien blieb sie über seinem Körper, küsste ihn noch einmal, während ihre Hände erneut über seinen Oberkörper wanderten. Seine Muskeln reagierten auf jede ihrer Bewegungen. Sie zog sich von seinem Körper zurück, kniete zwischen seinen Füßen und Thanos stütze sich auf seinen Ellbogen ab, als ihm bewusst wurde, was sie vorhatte.

Mit einem Lächeln begann Nike, sein Glied zu streicheln, umschloss es mit ihrer rechten Hand ließ diese auf und ab gleiten. Mit der Spitze ihres Daumens strich sie über seine Eichel, ließ ihn hörbar die Luft einziehen. Mit einer Langsamkeit, die einer Foltermethode gleichkam, senkte sie ihren Kopf und umschloss die Eichel mit ihren Lippen.

Thanos warf den Kopf in den Nacken und stöhnte. Seine Hände vergruben sich in ihrem Haar und er wusste nicht, ob er sie dazu bringen sollte, sich sofort von ihm zurückzuziehen, oder die Sache auf diese Weise zu beenden. Sie ließ ihre Lippen tiefer gleiten und umspielte die Spitze seines Gliedes mit ihrer Zunge. Thanos' Selbstkontrolle war kurz davor, ihr Ende zu finden. Er zog ihren Kopf vorsichtig in die Höhe, bis sie auf gleicher Augenhöhe waren.

»Gefällt dir etwas nicht?«

Thanos' Stöhnen ging in ein Knurren über. Nikes Hand hatte sich erneut um seinen Penis geschlossen und bewegte sich mit kurzen, schnellen, dann langsamen Bewegungen auf und ab. Er küsste sie, hungriger als zuvor, selbst hungriger als beim ersten Kuss. Er glaubte, sich selbst auf ihren Lippen zu schmecken und stöhnte erneut, als Nikes Hand sich fester um seine Erektion schloss.

»Das hier wird nicht so enden«, prophezeite er und hob sie an ihren Hüften in die Höhe, während er selbst aufstand. Nike ließ von ihm ab und schlang die Arme um seinen Hals, während sie ihn fragend ansah.

»Nicht hier. Wenn ich in dir und mit dir komme, dann da, wo ich es seit Tagen tun will.«

Thanos störte es nicht, dass er nackt war, als er Nike aus dem Trainingsraum trug. Ihre Beine waren um seine Hüften geschlungen und sie presste ihren Oberkörper an seinen.

»Wieso nicht hier?«, fragte sie und küsste seinen Hals, biss ihn zärtlich und rieb ihren Busen an ihm.

»Weil ich seit Tagen nicht von dem Gedanken ablassen kann, in dein Zimmer zu kommen und dich dort zu nehmen, wo dein Geruch noch dominanter ist, als im Rest des Hauses.«

Und er sollte besser schnell dorthin kommen. Er war in keiner Verfassung zu laufen, aber er wollte verdammt sein, wenn er es mit ihr im Trainingsraum trieb, die Erinnerungen daran, was sie gerade eben dort getan hatten, waren bereits genug, um ihm seine zukünftigen Trainingseinheiten so gut wie unmöglich zu machen.

Als er sie über die Treppe vom Keller ins Erdgeschoss trug, wurde die Musik in Richards Zimmer stärker aufgedreht. Ausnahmsweise konnte Thanos es ihm nicht verdenken. Er wollte auch nicht hören müssen, wie ein anderer in seiner Nähe Sex hatte. Er beeilte sich, die Treppe zum oberen Stock zu erklimmen und ging zielstrebig auf Nikes Zimmer zu.

»Du hast noch zu viel an«, stellte er fest, als die Tür hinter ihm ins Schloss fiel.

Kapitel 18

Sie stimmte ihm voll und ganz zu und sobald er sie auf ihrem Bett abgelegt hatte, fuhren ihre Hände zum Bund ihrer Jeans und sie öffnete sie Knopf für Knopf. Ein Griff, damit sie sich ihrer Jeans und der Unterhose gleichzeitig entledigen konnte und sie schob beides über ihre Hüften hinab. Hastig streifte sie sie von den Beinen und ließ sie auf den Boden fallen, bevor sie sich rückwärts weiter auf dem Bett bewegte, bis sie ganz darauf lag und ihre Füße nicht mehr den Boden berührten.

Thanos stand vor ihr und rührte sich nicht, sah sie einfach nur an. Sie fragte sich, was er wohl sehen mochte, während sie ihn selbst betrachtete. Sie seufzte, als sie seinen Körper mit ihren Augen verschlang. Muskeln, sichtbar und doch voller versteckter Kraft, zeichneten sich überall ab. Ihre Zunge fuhr über ihre Lippen, als sie sich an den salzigen Geschmack erinnerte, der so ganz Thanos gewesen war, als sich ihr Mund um sein Glied geschlossen hatten. Es hatte fünf Männer in ihrem Leben gegeben, mit denen sie geschlafen hatte und nur zwei von ihnen hatte sie mit ihrem Mund befriedigt. Es war faszinierend gewesen, zu sehen, wie sie sie zum Höhepunkt hatte treiben können, aber Nike war sich sicher, dass es bei Thanos noch anders sein würde. Sie würde es herausfinden, wenn auch nicht gleich jetzt. Er wollte es, das Verlangen danach hatte deutlich in seinen Augen gestanden und sie empfand das ungewohnte Verlangen, ihm seinen Wunsch zu erfüllen.

Nike zitterte und hob den Blick zu Thanos' Gesicht. Unbeweglich stand er noch immer da und starrte sie an. Sie öffnete leicht ihre Beine und lehnte sich zurück, bis sie auf ihren Ellbogen ruhte. Der Moment, in dem ihn der volle Duft ihres Verlangens traf, war eindeutig. Seine Augen wurden dunkler und ein grollendes Knurren durchfuhr seinen ganzen Körper. Gerüche waren angeblich so viel intensiver für sie und ihn, als sie es für normale Menschen waren. Es war einer der Gründe, weshalb sie ihn oral befriedigen wollte, sein Duft, sein Geschmack, sie brachten sie beinahe um den Verstand. Thanos machte deutlich, dass es ihm nicht anders ging.

Oh, er hätte sie schon längst im Trainingsraum nehmen können. Sie war mehr als bereit gewesen. Schon während sie sich nur geküsst hatten, hatte ihr Körper stärker auf ihn und seine Berührungen reagiert, als sie es je für möglich gehalten hatte. Zum ersten Mal in ihrem Leben musste Nike sich nicht zurückhalten, musste nicht darum fürchten, der Mann, der sie gerade noch voller Verlangen ansah, würde zurückweichen, wenn er merkte, dass sie stärker war als er.

Nein, Thanos hatte mehr als einmal bewiesen, dass sie ihm körperlich unterlegen war. Aber in diesem Moment störte es sie ganz und gar nicht.

»Ich will dich«, gestand sie und es schien, als habe er nur auf diese Worte gewartet.

Er kniete sich zwischen ihren Beinen aufs Bett und stützte seine Hände rechts und links von ihrem Kopf ab, sah zu ihr herab. Eine quälende Ewigkeit betrachtete er sie, bevor er sich zu ihr beugte und sie küsste. Während ihre Zungen miteinander spielten, sich umschlangen und miteinander tanzten, erkundete Thanos ihren Körper erneut mit seinen Händen.

Nike wand sich unter ihm, wollte nicht länger warten, wollte ihn endlich fühlen, ihn in sich spüren. In einer stummen Bitte hob sie ihre Hüften. Thanos' Hand glitt über die Innenseite ihrer Oberschenkel und er stöhnte, als er bemerkte, wie feucht sie war. Sie biss ihm auf die Unterlippe, saugte spielerisch daran und zog sich aus dem Kuss zurück.

»Jetzt«, forderte sie atemlos und winkelte die Knie an, schlang die Beine um seine Hüften und versuchte, ihn zu sich zu ziehen.

Thanos blieb stur. Seine Finger fuhren über ihre pulsierenden Schamlippen, sein Daumen streifte ihren Kitzler, ließ sie am ganzen

Leib erzittern. Er drang mit zwei Fingern in sie ein und sie drängte sich ihm stöhnend entgegen, doch es war nicht genug.

»Mehr«, keuchte sie und legte die Hände auf seine Wangen. »Lass uns später spielen. Jetzt brauche ich dich.« Es kümmerte sie nicht, wie atemlos sie klang oder wie laut ihr Blut in ihren Ohren dröhnte. Wenn er nicht bald in sie eindrang, würde sie den Verstand verlieren.

Thanos schob seine Hände unter ihren Körper und hob sie auf seine Knie, zog ihr Becken Zentimeter für gnadenlosen Zentimeter näher an seinen Körper.

Nike versuchte, sich ihm entgegenzupressen, doch seine Hände um ihre Hüften hielten sie in einem eisernen Griff.

Er drang so quälend langsam in sie ein, dass Nike glaubte, allein daran zu zerbrechen. Doch je mehr sie von ihm spürte, desto stärker wurde das Pulsieren in ihrem Inneren. Ihre Muskeln schlossen sich krampfhaft um sein Glied, als fürchte ihr Körper, er könne seiner wieder beraubt werden, nachdem er sich so lange nach ihm hatte verzehren müssen.

Als er gänzlich in sie eingedrungen war, stöhnten sie beide auf. Nikes Beine schlossen sich fest um Thanos' Hüfte. Er sollte nicht einmal daran denken, sich in nächster Zeit aus ihr zurückziehen. Thanos' Hände glitten weiter über ihren Rücken, bis er ihre Schultern erreichte und sie an sich zog. Sie saß in seinem Schoß und glaubte, er sei gerade noch ein Stück tiefer in sie eingedrungen. Ihre Hände ruhten auf seinen Schultern und sie begann langsam, mit ihren Hüften kreisende Bewegungen zu machen. Thanos stöhnte und beobachtete sie mit dunklen Augen. Seine Hände glitten zurück zu ihren Hüften und er führte ihre Bewegungen, ließ sie schneller und kürzer werden, um sie im nächsten Moment gänzlich innehalten zu lassen oder mit grausamer Langsamkeit zu bewegen. Er senkte den Kopf zu ihrer Brust und umschloss ihre rechte Brustwarze erneut mit seinen Lippen.

Nikes Hände vergruben sich in seinem Haar. »Mehr«, flüsterte sie erneut, als sein Griff sie daran hinderte, sich selbstständig zu bewegen. »Viel, viel mehr.«

Er sah sie einen Moment lang an, musterte sie und Nike erkannte, wie sich für einen kurzen Moment eine Falte auf seiner Stirn bildete.

»Ich werde nicht zerbrechen«, versicherte sie ihm und nahm sein Gesicht in beide Hände. Sie zog ihn zu sich und küsste ihn leidenschaftlich, presste ihre Hüften so stark gegen seinen Griff, wie es ihr möglich war.

»Ich will alles. Wenn es jemanden gibt, bei dem du dich nicht zurückhalten musst, dann eine Theá«, argumentierte sie und lächelte ihn siegessicher an. Ihre Augen schlossen sich leicht und sie verschränkte ihre Finger in Thanos' Nacken, als dieser sie langsam zurück aufs Bett drückte. Er schien ihr noch immer nicht ganz zu glauben, hielt sich noch immer zurück. Langsam begann er, sich aus ihr zurückzuziehen, erneut in sie einzudringen. Jeder Stoß wurde schneller und stärker, schien sie tiefer zu treffen, als teste er, wie viel sie ertragen konnte. Ihre Hände glitten über seine Brust und seinen Bauch, kratzten ihn spielerisch, trieben ihn an, immer noch einen Schritt weiter zu gehen.

Nike spürte, als er sich endlich fallen ließ, sah es ihm an und genoss den Augenblick unendlich. Sie warf ihren eigenen Kopf in den Nacken und schrie ihre Leidenschaft in die Nacht, während Thanos' Hände ihre Hüften festhielten, um sich immer wieder mit neuer Kraft in sie zu drängen. Sie war dem Höhepunkt so nah, sie konnte ihn fast berühren.

»Sieh mich an.«

Sie öffnete die Augen und folgte Thanos' Aufforderung, traf seinen Blick und erkannte, dass auch er fast soweit war. Sie zog ihn zu sich, küsste ihn, stöhnte in seinen Mund, als er ihren Körper mit seinem nächsten Stoß in Millionen Teile zerspringen ließ, die sich scheinbar neu zusammensetzten, nur, um ein weiteres Mal zu zerspringen. Sie spürte, wie er sich in ihr ergoss und ihre Muskeln schlossen sich wie aus Eisen um ihn und schienen ihn nicht entkommen zu lassen, ehe sie alles von ihm aufgenommen hatte.

Ein roter Schleier legte sich vor ihre Augen. Sie wusste nicht recht, was geschah, verstand nicht, woher dieser plötzliche Hunger in ihr kam. Ihr Körper explodierte in Gefühlen, die sie noch nie so intensiv gespürt hatte und als Thanos sich aus dem Kuss löste und seine Lippen über ihren Hals fuhren, wurden diese Gefühle noch stärker, nahmen alles ein, wurden eins mit dem Hunger, der in ihr aufbrannte, stärker wurde, sie zu verschlingen drohte.

Ein kurzer Stich an ihrem Hals, dann stöhnte sie, als ihr Körper in einem scheinbar weiteren Orgasmus erzitterte. Thanos' Hand war in ihrem Haar und er presste ihren Kopf gegen seinen Hals. Nike wusste nicht, wie ihr geschah, reagierte nur noch und schmeckte etwas Salziges und unendlich Köstliches auf ihren Lippen und ihrer Zunge. Es floss in ihren Mund und erregte sie noch mehr, als es Thanos' Stöhnen an ihrem Hals tat. Er hielt sie fest, ihr wurde schwindelig und plötzlich lag sie auf statt unter ihm. Thanos zog ihre Knie an seinen Körper, hob seine Hüften in einer stummen Aufforderung. Nike brauchte keine weitere Bitte. Sie ließ von seinem Hals ab und sah die Bisswunde, die sie dort verursacht hatte, beobachtete fasziniert, wie sie sich schloss, während sie ihre Hüften kreisen ließ und Thanos ihr mit seinen Händen half, sich immer schneller auf ihm zu bewegen.

Blut floss von ihrem Hals über ihre Brust, ein einziges dünnes Rinnsal. Ein Tropfen perlte von ihrer Brustwarze und sie folgte seinem Fall auf Thanos' Brust. Er zog sie erneut an sich, küsste sie und Nike schmeckte ihn und sein Blut und sich selbst auf seinen Lippen und konnte nicht anders, als zu der Wunde an seinem Hals zurückzukehren, die sich doch gerade erst geschlossen hatte.

Sie biss mit ihren vergleichsweise stumpfen Zähnen auf der Narbe herum, bis sie sich erneut für sie öffnete. Als sie ein weiteres Mal ihren Höhepunkt fand, stöhnte sie an Thanos' Hals, während sein Blut ihre Kehle hinablief.

***

Schwer atmend lag sie in seinen Armen, den Kopf auf seine Brust gebettet, die Hand auf seinem Herzen. Sein Herzschlag war kaum zu hören und so langsam, als würde er jeden Moment den letzten Atemzug ausstoßen. Keiner von ihnen sagte ein Wort.

Thanos' Hand ruhte auf ihrer Taille. Er hielt sie nicht fest und doch hatte Nike das Gefühl, er habe Angst, sie könne weglaufen. Und ein großer Teil von ihr wollte auch genau das tun.

»Willst du jetzt reden?«, fragte er leise. Nike schluckte, sie konnte noch immer sein Blut auf ihren Lippen schmecken. Sie hatte Blut getrunken. Mehr noch, sie hatte ihn *gebissen*, um sein Blut überhaupt trinken zu können. Sie wollte nicht reden. Sie wollte vergessen, dass dies jemals geschehen war. Aber das konnte sie nicht. Selbst wenn sie es schaffen würde, zu ignorieren, dass sie sich bereits jetzt besser fühlte, die Narbe an seinem Hals, die sie ihm beigebracht hatte, konnte sie nicht ignorieren. Ihr Magen blieb ruhig. Zum ersten Mal seit Wochen. Er rumorte nicht, drängte sie nicht dazu, sich zu übergeben, er blieb einfach ruhig – und satt.

»Ich weiß, dass du es nicht wahrhaben willst, aber du kannst dich nicht vor der Wahrheit verstecken. Und du kannst sie nicht totschweigen.«

»Ich habe dich gebissen.« Es war ein Flüstern und sie kam sich dabei entsetzlich jämmerlich vor. Ihre Stärke war mit einem Mal dahin. »Ich habe dich gebissen, und dein Blut getrunken.« Ekel schwang in ihrer Stimme mit und sie verzog das Gesicht.

Thanos richtete sich auf und griff sie an den Schultern, wartete darauf, dass sie ihn ansah.

Sie hob ihren Kopf, doch sie konnte ihm nur kurz in die Augen sehen, bevor die Narbe an seinem Hals sie in ihren Bann zog. Ihr Herz schlug schneller und sie wusste nicht, ob es die Erinnerung an den Geschmack seines Blutes war, daran, wie es zu dem Biss gekommen war oder ob es einfach der Ekel war, der sich nun in ihr ausbreitete.

»Nike.« Nur langsam konnte sie sich von seinem Hals abwenden und ihn ansehen. »Sag mir, dass es dir nicht besser geht.«

Seine Worte brachten sie nicht zum Reden.

Thanos zog die Brauen hoch und lehnte seinen Kopf näher an ihren. »Ich weiß, dass es dir Angst macht, aber denk nach: Es hat dir keine Angst gemacht, während du auf deinen Körper gehört hast, während du dir genommen hast, was dein Körper zum Überleben braucht. Du hast es genossen.«

Sie verzog das Gesicht und wollte sich von ihm abwenden. Er musste sie nicht daran erinnern. »Ich bin widerlich.«

»Bin ich widerlich?«

Sie sah ihn verständnislos an.

Sein Daumen strich über ihren Hals. »Ich habe von dir getrunken. Genau hier habe ich meine Zähne in deinen Hals geschlagen und von dir getrunken.«

Sie erinnerte sich daran. Vor allem erinnerte sie sich daran, dass es anders gewesen war, als sie es sich in ihren Albträumen ausgemalt hatte. »Es hat nicht wehgetan.« Es war sogar … erregend gewesen.

»Genauso wenig, wie mir dein Biss Schmerzen bereitet hat.«

Nike stutzte plötzlich und warf Thanos einen entsetzten Blick zu. »Ich lebe noch. Ich meine … Adam sagte, dass mein Blut bei dir …« Sie hielt inne, als sie den Ausdruck in seinen Augen sah und schluckte die restlichen Worte hinunter. Sie war nicht mehr so, wie sie einmal gewesen war, wie sie hatte sein sollen. Ihr Blut war nicht mehr, wie es sein sollte. Ihr Magen knurrte und sie presste ihre Arme dagegen, hoffte, es unauffällig zu tun.

Thanos strich ihr das Haar hinter die Schulter und zog ihren Kopf näher an sich heran. »Trink«, forderte er sie auf und sah ihr tief in die Augen. »Dein Körper hat wie lange nichts zu sich genommen? Es wird dauern, bis du wirklich satt bist.«

Nike schüttelte den Kopf. Sie wollte nicht von ihm trinken, wollte ihn nicht beißen. Wollte nicht dieses köstliche Blut trinken, das so sehr nach ihm schmeckte, dass es alleine ausreichte, um sie zu erregen.

Thanos' Augen wurden schmal und er nahm sie in seine Arme, als sie sich von ihm abwenden wollte. Er lehnte sich mit dem Rücken an die Kopfstütze des Bettes und zog sie an sich. Ihr Rücken lehnte an seiner Brust, seine Beine waren links und rechts von ihr angewinkelt. Seine Arme lagen um ihre Mitte, hielten sie an sich.

»Du kannst dir das Blut aus dem Kühlschrank erwärmen. Du musst niemanden beißen, um von ihm zu trinken, aber …« Als er innehielt, zog er sie ein wenig enger an sich und Nike spürte seine wiedererwachende Erregung. »Ich hätte es lieber, wenn du von mir trinkst, solange ich dich nähren kann.«

Unwillkürlich presste sie ihren Hintern gegen ihn und Thanos stöhnte leise neben ihrem Ohr.

»Ich will nicht trinken«, beharrte Nike leise.

148

Thanos küsste ihre Schulter. Seine rechte Hand glitt über ihren Bauch und zwischen ihre Beine.

Nike seufzte, als er anfing, sie zu streicheln.

»Sex und Blutdurst scheinen eng miteinander verbunden zu sein. Wenn du es darauf anlegst, nutze ich das so lange aus, bis du deine Kraft wiederhast.«

Sie warf ihm einen kurzen Blick über die Schulter zu. Das würde er nicht wirklich tun. Sein Zeigefinger fuhr über ihren Kitzler, ganz kurz, irritierend kurz sogar, ehe er die Ränder ihrer Schamlippe streichelte.

»Ich bin bereit, drastische Maßnahmen anzuwenden.« Seine Lippen fuhren über ihren Nacken und Nike neigte ihren Kopf zur Seite, offenbarte die Stelle ihres Halses, die er vorhin bereits gebissen hatte. Als er ihre Haut mit seinen Zähnen streifte, zitterte sie und schloss ihre Augen. Doch Thanos biss nicht zu. Er schloss seine Lippen über seine Zähne und küsste sie lediglich.

Nike wimmerte leise.

»Willst du, dass ich dich beiße? Dass ich von dir trinke? Es erregt dich, nicht wahr? Genauso ergeht es mir, wenn du von mir trinkst. Wieso weigerst du dich dann, es zu tun?«

Sie hielt inne und dachte über seine Worte nach. Thanos wartete nicht auf ihre Antwort. Er neigte seinen Kopf zur Seite und biss sich in den Oberarm. Dann hielt er die offene Wunde an ihren Mund.

»Trink«, flüsterte er und ließ seine Lippen über ihren Hals gleiten. »Trink«, forderte er noch einmal und biss zu.

Als sich seine Zähne in ihr Fleisch gruben, begann auch Nike, aus seiner Wunde zu trinken. Sie legte ihre Hände um seinen Arm, um ihn bei sich zu halten und trank gierig von ihm, während ihr Körper sich nach seinem verzehrte. Thanos schien es ähnlich zu ergehen. Er schob seine Beine, eines nach dem anderen, unter ihre und hob ihren Schoß an. Nike stöhnte leise, als Thanos seine Hand von ihrer Scheide zurückzog, doch als er sie nutzte, um Nike näher an sich zu ziehen, und es sich selbst dadurch erlaubte, in sie einzudringen, seufzte sie zufrieden und schloss ihre Augen. Thanos zog erneut die Knie an, und ließ Nikes Körper tiefer in seinen Schoß gleiten. Er drang weiter in sie ein und Nike war gezwungen, ihre Beine zu öffnen. Kühle Luft streifte über ihre feuchte Scheide und ließ sie ihre Muskeln fester um Thanos' Glied schließen. Er stöhnte an ihrem Hals und hob seine Hüften gegen ihren Schoß. Die Finger seiner freien Hand kehrten zwischen Nikes Schenkel zurück und er begann erneut damit, sie langsam und kaum merklich zu streicheln.

Nikes Hände umklammerten Thanos' Arm, pressten die blutende Wunde an ihren Mund, als sie versuchte, mehr von ihm in sich aufzunehmen. Mehr von seinem Blut, mehr von seinem Körper, einfach mehr von allem. Sie stöhnte protestierend, als es ihr nicht gelingen wollte, und löste sich von Thanos' Arm.

»Ich brauche mehr«, gab sie zu und schämte sich dabei ein klein wenig.

Himmel, wann war sie so gierig geworden? Wann war ihr Verlangen so schamlos und ungezügelt geworden? Lag es am Blut, dass sie trank? Wirkte es wie ein Aphrodisiakum auf sie? Röte schoss in ihre Wangen und sie fühlte, wie ihr Gesicht heiß wurde. Aber Thanos küsste lediglich ihren Hals, nachdem er die Zähne aus ihr gezogen hatte und half ihr auf die Knie.

»Nein«, flüsterte sie und biss sich auf die Unterlippe. Er war nicht mehr in ihr und sie wollte nur noch zurück auf seinen Schoß und ihn in sich spüren, während sie ihr Gesicht an seinem Arm vergrub und ihn gänzlich und in jeder erdenklichen Weise in sich aufnahm.

Doch Thanos stoppte sie, bevor sie sich zurück an ihn lehnen konnte. Er presste eine Hand gegen ihren Rücken und sah sie aus dunklen Augen an, als sie ihren Kopf zu ihm wandte.

»Stütz dich an der Wand ab.«

Zitternde Hände pressten sich flach gegen die Wand neben dem Bett und sie beobachtete Thanos, während er sich ebenfalls auf die Knie erhob und seinen Körper an ihren Rücken presste.

Nike stöhnte lustvoll, als sie sein Glied an ihrem Hintern spürte. Thanos bewegte sich ein Stück nach vorn, bis seine Knie zwischen ihren waren und spreizte seine Beine, um Nike dazu zu bringen, das gleiche zu tun. Thanos' linker Arm legte sich über Nikes und er verschränkte seine Finger mit ihren, als er ihre Hände gegen die Wand drückte. Seine Wunde hatte sich noch nicht gänzlich geschlossen.

Wenn sie mit ein wenig Druck darauf beißen würde …

»Trink«, stöhnte er und rieb seinen Körper an ihrem.

Die stumme Botschaft war deutlich. Nur, wenn sie von ihm trinken würde, würde er in sie eindringen. Nike warf ihm einen protestierenden Blick zu, doch sie schloss ihre Lippen über dem Biss an seinem Oberarm und übte Druck darauf auf, damit er sich wieder öffnete. Als sein Blut in ihren Mund floss, strich Thanos mit der freien Hand über ihren Bauch, zog sie weiter zu sich zurück, drückte mit seiner Brust ihren Oberkörper weiter nach unten. Seine Beine nahmen noch mehr Platz ein, zwangen Nike, ihre Schenkel weiter für ihn zu öffnen. Sie zitterte vor Erregung und seufzte erleichtert, als er von hinten in sie eindrang. Mit einem kurzen, schnellen Stoß nahm er sie erneut in Besitz, füllte sie mit seiner Erregung vollkommen aus. Er biss in ihren Hals, während Nike lustvoll an seinem Arm stöhnte und schloss den Kreis zwischen ihnen vollends.

Das war der Moment, in dem sie sich von ihm losreißen sollte, in dem sie schreiend um sich schlagen und sich von ihm befreien sollte. In dem sie am verwundbarsten war. Thanos in ihrem Rücken, seine Zähne in ihrem Hals … und doch … sie wollte nicht, dass dieser Moment je endete.

Langsamer als beim ersten Mal bewegte er sich, nahm sich Zeit, so unendlich viel Zeit, während er in sie eindrang und jeden Millimeter ihres Körpers füllte, sie dabei jedes Mal an den Rand eines Orgasmus zu treiben schien, ohne dass sie ihn erleben durfte.

Seine rechte Hand glitt über ihre feuchten Schamlippen, streichelte mit federleichten Bewegungen ihren Kitzler, nur, um im nächsten Moment ihre Brust zu umschließen, ihre Brustwarzen zwischen zwei Fingern zu kneten. Jede Faser ihres Körpers war bis zum Bersten angespannt, doch Erlösung stellte sich keine ein. Er spielte mit ihr, zögerte ihren Höhepunkt jedes Mal aufs Neue hinaus und Nike fragte sich, wie lange sie das noch ertragen konnte.

Schließlich glaubte sie sich ausreichend satt und ließ von seiner Bisswunde ab. Sie leckte über die Wunde, die sich unter ihrer Zunge zu schließen begann und küsste die weiße Stelle, die sich auf seiner Haut bildete. Auch Thanos ließ von ihrem Hals ab, doch seine Zähne streiften weiter über ihre Haut, wechselten sich mit seinen Lippen und seiner Zunge ab, während sie zitternd an ihm lehnte.

Nike legte den Kopf zurück an Thanos' Schulter und wandte den Kopf zur Seite, bis sie ihn sehen konnte. Sie küsste sein Kinn, biss ihn spielerisch und wartete darauf, dass er das Gesicht drehte und sie küsste. Seine Arme schlangen sich um ihre Mitte und er hielt sie an sich gepresst, in der Bewegung innehaltend, tief in ihr vergraben, fest von ihren Muskeln umschlossen.

Als ihr dieses Mal schwindelig wurde, wusste Nike, dass es gänzlich andere Gründe hatte. Sie öffnete die Augen und entdeckte in Thanos' Blick einen Hunger – nicht nach ihrem Blut, aber nach dem gesamten Rest von ihr – den sie selbst für ihn empfand. Er musste es gesehen haben, denn ohne weiteres Zögern umfasste er ihre Hüften und beendete endlich diesen sinnlichen aber oh so verstandraubenden Tanz zwischen ihren Körpern. Dieses Mal steigerte er sich nicht langsam. Er wusste, was sie ertragen konnte, was sie brauchte – so sehr wie er, davon war Nike überzeugt.

Sie presste sich ihm entgegen und spannte ihre Arme an und drückte sich gegen die Wand, als sie sich endlich in einem weiteren Orgasmus in Thanos' Armen verlor.

Kapitel 19

Thanos hielt sein Wort und sorgte dafür, dass sie ihren Durst vollkommen stillte. Als der Morgen graute, zog Nike es vor, nicht nachzuzählen, wie oft er sie dazu gebracht hatte ... zu trinken.

Am nächsten Abend erwachte sie durch eine Berührung am Rücken. Es dauerte einen Moment, bis sie merkte, dass Thanos ihre Tätowierung mit dem Finger nachzeichnete. Sie erkannte, dass er mit dem ersten Flügel bereits fertig war. Nun strich er über die Buchstaben. *Ny, Iota, Kappa*, als er beim *Alpha* angekommen war, konnte sie ein leichtes Zittern nicht unterdrücken.

»*Nika*. Wieso *Sieg*?«

Während Thanos' Finger über den zweiten Flügel glitten, öffnete Nike langsam die Augen und sah ihn an.

»Was außer dem Sieg sollte man wollen, wenn man kämpft?«, entgegnete Nike.

Thanos' Blick glitt von ihrem Tattoo zu ihrem Gesicht. »Weshalb der Name der Siegesgöttin?« Er erweiterte seine Frage und ein weiterer Schauer rann über ihren Rücken, als er die Zeichnung des Flügels nachfuhr. »Adam sagte, du hättest ihn dir selbst gegeben? Wieso?«

Nike schloss für einen Moment die Augen. »Weil ich keinen anderen habe«, flüsterte sie schließlich und drehte ihren Kopf zur Seite. Ein deutliches Zeichen dafür, dass sie nicht weiter darüber reden wollte, doch Thanos schien es entweder nicht wahrzunehmen oder ignorierte es einfach. Nike hörte, wie er sich bewegte, fühlt die Matratze an ihrer Schulter nachgeben. Seiner Stimme nach zu urteilen, hatte er sich auf den Ellbogen gestützt, um ihr Gesicht noch immer sehen zu können.

»Was soll das heißen?«

Als sie erkannte, dass er nicht lockerlassen würde, gab Nike schließlich nach. Sie drehte sich auf den Rücken und öffnete langsam die Augen, blickte jedoch stur an die Decke, statt Thanos' Blick zu begegnen.

»Das heißt, was es heißt: Ich habe keinen Namen. Zumindest keinen, an den ich mich erinnere.«

Thanos schwieg und nach einiger Zeit sah Nike ihn doch an. Tiefe Falten lagen auf seiner Stirn. Nike verzog das Gesicht.

»Die Ärzte bei OLYMPUS gingen von einem Trauma aus, das ich durch den Tod meiner Mutter davongetragen hatte. Ich konnte ihnen nicht sagen, wie ich heiße. Und in unserem Haus hatte es anscheinend auch keinen Hinweis darauf gegeben. Also versuchte Iosif, mir einen Namen zu geben. Keiner von ihnen gefiel mir und keiner davon schien richtig. Darum weigerte ich mich, darauf zu hören. Nach einigen Wochen gab er auf, überzeugt, dass ich bald nachgeben würde.«

»Aber sie müssen dich doch irgendwie genannt haben?« Die Falten auf Thanos' Stirn vertieften sich noch mehr.

Nike zuckte mit den Schultern. »Kind, Mädchen, du.«

»Und das hat dir nichts ausgemacht?«

»Es störte mich mehr, wenn sie versuchten, mir einen Namen aufzuzwingen. Ich habe versucht, mich an meinen zu erinnern. Jahrelang, immer wieder. Selbst jetzt kann ich mich noch nicht daran erinnern. Ich versuche mir vorzustellen, wie meine Mutter nach mir ruft. Ich kann sie vor mir sehen, weiß genau, wie sie aussah, weiß, wie ihre Stimme klang, wie ihr Parfum roch, alles. Aber wie sie mich nennt? Das ist weg. Einfach weg.«

Thanos strich mit seiner Hand sacht über ihren Arm, während sie erzählte. Es fühlte sich gut an. Sowohl hier mit ihm zu liegen als auch dass er sie berührte. Doch am besten tat es, darüber zu reden. Etwas, das sie sich lange zu tun geweigert hatte. Egal mit wem. Nicht einmal Lena wusste davon. Nike nahm an, dass Lena entweder glaubte, Nike sei ihr wirklicher Name oder sie wolle ihren alten Namen einfach nicht benutzen.

»Und der Name deiner Mutter? Konnte man darüber keine Geburtsurkunde ausfindig machen?«

»Iosif erklärte mir, dass sie einen falschen Namen angenommen haben musste, er konnte nichts über sie herausfinden.«

»Und du wusstest ihren echten Namen auch nicht?«

Nike lächelte etwas schief, als seine Hand zu ihrem Handgelenk hinab strich. »Wie nanntest du deine Mutter, als du vier Jahre alt warst?«

»Mama«, antwortete er ohne Zögern. »Du kannst dich auch an ihren Namen nicht erinnern.«

Einen Moment lang schwiegen sie beide. Das einzige Geräusch, das an Nikes Ohr drang, waren ihre Herzschläge, das Blut, das durch ihre Adern floss. Hastig und schnell durch ihre eigenen, langsam und bedächtig durch Thanos'.

»Also hast du dich Nike genannt. Aber wieso ausgerechnet die Siegesgöttin?«

»Weil ich niemals verlieren wollte. Ich wollte unbesiegbar sein. Unzerstörbar.« Sie schluckte, unterdrückte den Gedanken an den toten Körper ihrer Mutter. Sie war besiegt worden, ihr Leben zerstört. Das sollte ihr nie passieren. Sie hatte sich nie wieder so hilflos fühlen wollen, wie in diesem Moment, in dem sie in die leblosen Augen ihrer Mutter geblickt hatte. Manchmal fühlte es sich so an, als sei sie damals mit ihr gestorben und an ihrer Stelle ein neues Leben entstanden. Als sei ihr neues Ich aus der Dunkelheit dieses Augenblicks geboren, so, wie auch die Göttin Nike aus der Dunkelheit geboren worden war.

»Du wolltest das Schicksal herausfordern«, schloss Thanos und Nike schüttelte leicht den Kopf.

»Nicht herausfordern. Umarmen und willkommen heißen. Das Monster, das meine Mutter getötet hat, hätte leichtes Spiel mit mir gehabt. Was für eine Gefahr stellt schon ein kleines, verängstigtes Kind dar? Aber ich lebe noch. Ich habe all diese Jahre überlebt, die Operationen, das Training, alles. Ich habe jeden Kampf erfolgreich bestritten und werde auch diesen Krieg überstehen. Ich werde ihn gewinnen.«

Thanos' Finger glitten über ihren Unterkiefer und erst jetzt bemerkte Nike, wie sich ihr Körper bei ihren letzten Worten angespannt hatte. »Weißt du denn überhaupt noch, gegen wen du kämpfst?«

Nike sah ihn schweigend an, ehe sie den Blick abwandte und zur Decke emporstarrte. Adams Worte über die Siegesgöttin kamen ihr in den Sinn. Dass sie sich auf die Seite derer stellte, die reinen Herzens waren. Nike war keine allwissende Göttin, sie konnte nicht in die Herzen der Menschen sehen, die sie umgaben. Wer war gut? Wer war böse? Gab es überhaupt noch Gut und Böse? Sie brauchte Antworten. Sie brauchte die Wahrheit.

Mit einem schweren Seufzen drehte sie sich auf die Seite und schlüpfte aus dem Bett.

»Ich brauche eine Dusche«, murmelte sie und ging zur Tür. Nachdem sie sich vergewissert hatte, dass der Flur leer war, schlüpfte sie aus dem Zimmer und verschwand im Bad.

Während das warme Wasser über ihren Körper rann, dachte sie erneut über Thanos' Frage nach. Gegen wen kämpfte sie? Die Frage war vor einigen Tagen noch so einfach gewesen. Jetzt? Jetzt wusste sie nicht einmal mehr mit Sicherheit zu beantworten, wer und was sie selbst war, geschweige denn, wer der Feind war. Ihre Gedanken spannen weiter und boten ihr doch keine zufriedenstellenden Antworten. Iosif. Sie musste mit ihm reden. Er schuldete es ihr, dass sie die Wahrheit erfuhr. Über alles.

***

»Es gibt noch etwas, bei dem du mir helfen könntest.«

Jérôme hob gar nicht den Blick, er tippte nur weiter auf seiner Tastatur herum, während er darauf wartete, dass Thanos fortfuhr.

»Iosif Basdekis hat eine Tochter.«

Schlagartig hielt Jérôme in der Bewegung inne und riss den Kopf hoch, um Thanos auf dem Bildschirm vor sich anzusehen.

»Dieser Mistkerl hat also tatsächlich eine Familie, unglaublich.« Er schnalzte mit der Zunge. »Mensch, ich möchte nicht wissen, was das für eine Frau ist, die sich auf den eingelassen hat.«

»Eine Tote«, murmelte Thanos und fuhr sich mit der Hand über sein Gesicht.

»Was? Ich konnte dich nicht verstehen.«

»Nicht wichtig.« Thanos schloss für einen Moment die Augen und atmete tief durch. »Hör mal, kannst du mir alles besorgen, was du über die Frau und die Tochter findest? Es muss doch Dokumente geben, Urkunden, Zeitungsartikel, irgendetwas.«

Jérôme nickte zustimmend und wandte sich wieder seiner Tastatur zu. »Dürfte kein Problem sein. Ich schaue, was ich finden kann und melde mich in spätestens drei Tagen wieder, okay?«

»Danke.«

»Kein Problem.«

Thanos trennte die Verbindung und ließ sich auf seinem Stuhl zurückfallen. Es tat gut, zumindest das Gefühl zu haben, in einer Angelegenheit zu einem Ergebnis zu kommen und ein Rätsel lösen zu können. Wenn er jetzt nur noch die Morde aufklären und den Täter finden könnte.

***

Thanos beobachtete Nike argwöhnisch. Sie wirkte völlig apathisch, wurde durch jedes Wort, das an sie gerichtet wurde, aus ihren Gedanken gerissen. Seit sie sich nach ihrer Unterhaltung aus dem Zimmer geschlichen hatte, schien sie ihm zudem aus dem Weg zu gehen. Zumindest vermied sie es, mit ihm allein zu sein. Sie hatte es sich neben Richard auf dem Sofa im Wohnzimmer bequem gemacht. Selbst die ohrenbetäubenden Explosionen, die aus dem Fernseher drangen, schienen sie nicht stören zu können.

Adam warf Thanos einen fragenden Blick zu, den der Vrykólakas mit zusammengepressten Lippen ignorierte.

»Was hältst du von einer Runde Boxen?«, fragte Thanos Nike schließlich in einem Versuch, mit ihr allein sein zu können. Er wollte wissen, was in ihrem Kopf vor sich ging. Er fürchtete nicht, dass sie die letzte Nacht bereute, eher, dass er am frühen Morgen etwas gesagt haben könnte, dass sie jetzt noch beschäftigte. Und das gefiel ihm nicht.

Es dauerte einen Augenblick, ehe Nike bemerkte, dass er sie angesprochen hatte. Sie warf ihm einen raschen Blick zu und schüttelte den Kopf. Auf ihrem Gesicht war keinerlei Regung wahrzunehmen. Thanos presste die Zähne aufeinander, als er Richards Mundwinkel zucken sah. Schließlich reichte es ihm. Er sprang von seinem Sessel auf und marschierte am Sofa vorbei aus dem Wohnzimmer, hinunter in den Keller. Er war frustriert und musste sich abreagieren. Besser an dem Boxsack als an Richard. Zumindest gab der Boxsack keine dämlichen Kommentare ab.

***

Nike blinzelte einige Male, als sie Thanos' Schritte auf der Treppe hörte. Überrascht blickte sie zwischen Richard und Adam hin und her.

»Habe ich etwas verpasst?« Als ihr keiner der beiden eine Antwort geben konnte, zog sie die Beine an ihren Oberkörper und schlang die Arme um die Knie, während sie in den Fernseher starrte. Sie musste in die Privatklinik, in der Iosif lag, wenn sie mit ihm reden wollte. Blieb nur zu hoffen, dass OLYMPUS dort niemanden stationiert hatte, um sie genau in diesem Fall abzufangen und doch noch zu töten. Wenn sie nur bis zu Iosif kommen und ihm erzählen könnte, was in den letzten Tagen vorgefallen war. Sicherlich würde er eine vernünftige Erklärung für alles finden. Er würde wissen, weshalb es ihr so schlecht ging. Weshalb eine Erkältung sie so aus der Fassung brachte. Wieso sie Blut getrunken hatte und es … genossen hatte. Sie schüttelte sich beim Gedanken daran und schob ihn hastig beiseite.

Iosif konnte auch dafür sorgen, dass man den Fehler einsah, den man offensichtlich begangen hatte, als man Jean auf sie gehetzt hatte. All das musste sich um ein Missverständnis handeln.

Nike wartete, bis sich die Männer bei Morgengrauen in ihre Zimmer zurückgezogen hatten. Als sie sicher war, dass die drei schliefen, machte sie sich auf den Weg. Eine Frage, die sie brennend interessierte, war, ob Adams Vermutung hinsichtlich ihres Familienstandes stimmte. War Iosif tatsächlich ihr leiblicher Vater? Und wenn ja, wieso hatte er es ihr nicht gesagt?

Sie schüttelte den Kopf. Alles würde sich klären. Sie würde mit Iosif sprechen und er würde ihr eine vernünftige, harmlose Erklärung für all dies bieten. Er würde ihr auch sagen können, weshalb man auf sie geschossen hatte.

Dann würde sie nach Hause in ihr altes Leben zurückkehren. Sie ignorierte den kleinen Stick in ihrem Herzen, als sie daran dachte, Thanos zurückzulassen. Es war nur Sex gewesen, erinnerte sie sich.

Außerdem musste sie Iosif erklären, dass sie sich all die Jahre bezüglich der Vrykólakas geirrt hatten. Nicht alle waren die grausamen Monster, für die sie sie hielten. Sie versicherte sich selbst, dass es nichts damit zu tun hatte, dass sie sich wünschte, Thanos wiedersehen zu können.

Unschlüssig blieb sie im Flur stehen. Es fühlte sich falsch an, einfach so zu gehen. Sie kehrte um und ging in die Küche, um eine kurze Nachricht zu hinterlassen.

»Guten Morgen.«

Sie unterdrückte einen Aufschrei, als sie Adam antraf. Er hielt eine Tasse Tee in beiden Händen und betrachtete sie aus müden Augen. Sie hatte nicht mitbekommen, dass er noch einmal nach unten gekommen war. Nike stutzte, unschlüssig. Sie warf einen Blick über ihre Schulter, während sie darüber nachdachte, ob sie nicht doch direkt gehen sollte. Einfach so, ohne ein Wort des Abschieds. Das wäre sicher einfacher gewesen.

»Was ist los?«

»Ich … ich muss gehen.«

Adam sah sie an, blinzelte ein paar Mal und schüttelte den Kopf. »Ich brauche dringend Schlaf. Ich hab gerade gehört, dass du gesagt hast, du müsstest gehen.«

»Das habe ich auch gesagt. Ich muss zu Iosif, er muss mir einige Fragen beantworten und mir erklären, wieso das passiert und ich muss wissen …«

»Nike.« Sie hielt inne und Adam fuhr sich mit der Hand übers Gesicht. »Es gibt gute Gründe, wieso du bisher weder zu Iosif noch zu OLYMPUS gegangen bist. Erinnerst du dich daran, dass du angeschossen wurdest?«

»Ich brauche Antworten.«

»Wenn Iosif erfährt, dass du dich veränderst, wird er dich jagen lassen, Tochter hin oder her. Genauso, wie er die Vrykólakas jagen lässt.«

»Er weiß nicht, wie sie wirklich sind«, war Nike überzeugt und ließ sich auch von Adams zweifelndem Blick nicht abhalten. »Es ist nicht so, als könntest du mich aufhalten«, erinnerte sie ihn und Adam runzelte die Stirn.

»Das ist Selbstmord. Thanos wird durchdrehen und ...«

»Er wird einsehen, dass es so am besten ist. Er wollte mich nicht hier haben, schon vergessen?« Adam wirkte nicht so, als teile er ihre Einschätzung, aber sie hatte recht, er konnte sie nicht aufhalten. »Meine Jacke und meine Waffen.«

Adam seufzte und deutete auf das Behandlungszimmer.

»Der erste Schrank«, antwortete er ihr knapp.

Nike sah sich nicht um, als sie das Haus verließ. Sie wollte nicht daran denken, dass es ihr leid tat, zu gehen, oder über dieses ungewohnte Gefühl in ihrer Magengegend, als sie die Eingangstür hinter sich schloss. Es fühlte sich endgültig an. Ihr Herz zog sich zusammen. Sie versuchte, es zu ignorieren.

***

Es dauerte unerwartet lange, bis sie in Athen angekommen war. Sie wollte sich nicht einreden, dass es mit dem Sonnenlicht zusammenhing, viel eher hatte es damit zu tun, dass sie nicht geschlafen hatte.

Als sie das Krankenhaus, das geradezu malerisch auf einem Hügel inmitten eines Zypressen- und Pinienwaldes lag, schließlich erreichte, war es bereits weit nach Mittag. Nun, zumindest war sie in einem Stück und unverletzt hierher gekommen. Das war schon mehr, als sie erwartet hatte. Vielleicht hatte OLYMPUS den Fehler bereits eingesehen und versuchte gar nicht mehr, sie zu töten.

Sie ging auf den Empfang des Krankenhauses zu und wartete, bis die Dame hinter dem Schalter zu ihr aufsah.

»Kann ich Ihnen helfen?«

»Mein Name ist Nike Basdeki. Ich bin hier, um ...«

»Ah, Herrn Basdekis' Tochter. Dritter Stock, Zimmer 35.«

»Danke.« Nike folgte dem Fingerzeig der Empfangsdame zum Aufzug und fuhr in den dritten Stock.

Im Flur herrschte reges Treiben. Es war gerade Besuchszeit und Nike war bei Weitem nicht die Einzige, die sich heute eingefunden hatte. Sie sah in jedes Gesicht, an dem sie vorbeiging, noch immer auf der Hut, falls jemand von OLYMPUS ihr hier im Krankenhaus auflauerte. Zimmer 35 lag am Ende des Flures. Ein Einzelzimmer, so wie alle Krankenzimmer hier. OLYMPUS brachte seine Mitarbeiter nicht in einem gewöhnlichen Krankenhaus unter, es musste schon eine Privatklinik sein.

Nike klopfte an der Tür und wartete darauf, dass sie hereingerufen wurde. Iosifs Stimme klang schwächer, als sie sie in Erinnerung hatte. Sie öffnete langsam die Tür und trat ein. Die Augen ihres Ziehvaters weiteten sich und er versuchte mühsam, sich im Bett aufzusetzen, als er sie erkannte.

»Wie ist das möglich? Daniel sagte, du seist tot.« Er atmete schwerfällig, nachdem er sich an der Halterung über seinem Bett in eine aufrechte Position gebracht hatte.

Er sieht alt aus, dachte Nike und betrachtete die Schläuche und Kabel, die in seinen Armen steckten, unter seiner Nase verliefen oder unter der Bettdecke verschwanden.

»Ich weiß, ich sehe schlimm aus, aber erzähl mir bitte, was geschehen ist. Wie kommt Daniel dazu, mir zu sagen, du seist tot?«

Nike trat einen Schritt näher an sein Bett heran. Wann war er so alt und schwach geworden? Sie wusste, dass er krank war, hatte seit etwa einem Jahr gewusst, dass es ihm nicht gut ging, aber dass es so schlimm um ihn stand ... Für sie war er immer der starke Mann gewesen, der sie vor dem Monster beschützt hatte.

»Daniel hat jemanden geschickt, um mich zu töten.«

Die Maschinen neben Iosifs Bett begannen, lauter zu piepsen, als er sie mit großen Augen ansah. Seine Hände ballten sich zu Fäusten. »Dieser miese kleine Sohn einer räudigen Hündin. Ich hätte nie für möglich gehalten, dass er wirklich zu solchen Mitteln ...« Ein Hustenanfall unterbrach ihn.

Er hob die Hand.

Nike war sich nicht sicher, ob er ihr sagen wollte, dass er noch etwas zu sagen hatte, oder dass sie ihm nicht helfen sollte. Sie blieb am Fuß des Bettes stehen und beobachtete ihn, während er röchelnd die Luft einzog.

»Dafür wird er bezahlen.« Die Zimmertür ging auf und eine Krankenschwester eilte in den Raum, doch Iosif schüttelte den Kopf. »Es geht mir gut, nur ein kleiner Hustenanfall.«

»Sind Sie sich sicher, Herr Basdekis?« Sie zögerte, sah von Iosif zu Nike und wieder zurück.

Iosif nickte und unterdrückte ein weiteres Husten. »Ja, ja, alles in Ordnung.«

Nur langsam verließ die Schwester das Zimmer, bereit, sich sofort umzudrehen und ihm zu helfen, sollte er einen weiteren Anfall erleiden.

»Daniel war vor beinahe einer Woche hier. Wo warst du die ganze Zeit? Wie konntest du dich vor ihm verstecken?«

Nike zögerte. War jetzt ein guter Augenblick, um mit ihm über die Vrykólakas zu sprechen? Würde er sich nicht nur noch mehr aufregen und einen weiteren Anfall bekommen? Man würde sie rauswerfen, um ihn zu beruhigen und sie hätte keine Möglichkeit, mit ihm zu sprechen.

»Kind, rede mit mir.« Kind. Er hatte sie nie bei ihrem Namen gerufen. Als sie verkündete, sie sei Nike, fand Iosif dies mehr als albern und hatte sich geweigert, sie jemals so zu nennen.

»Ich war bei …« Feinden? Bekannten? Freunden? Sie verzog kurz das Gesicht, als sie sich nicht entscheiden konnte, was sie sagen wollte. »Thanos Vangelis.« Sie wartete darauf, dass ihm der Name etwas sagen würde.

Iosif runzelte die Stirn, unterzog Nike einer eingehenden Prüfung. »Das ist der Name eines der Männer, die früher von OLYMPUS behandelt worden sind. Einer, der zu einem Vrykólakas wurde.«

»Ja«, bestätigte sie. Iosif wurde blass.

Seine Arme begannen zu zittern und die Maschine, die anscheinend sein Herz überwachte, begann erneut, schneller zu piepsen. »Aber du hast überlebt. Hast du ihn getötet?«

»Nein. Er hat mich aufgenommen, als ich angeschossen worden war.«

Iosifs Gesicht schien noch mehr Farbe zu verlieren. »Angeschossen?«, wiederholte er langsam. »Du hast geblutet, als du zu ihm gegangen bist? Hat er nicht versucht, dich zu beißen? Hat er nicht … Dass du noch am Leben bist, ist ein Wunder.«

Iosifs Blut raste durch seinen Körper. Nike konnte es hören. Sie konnte es spüren. Die Maschine piepste weiterhin. Was sie nicht wiedergeben konnte, war der feine Schweißfilm, der sich auf Iosifs Haut bildete, das nervöse Zucken seiner Augen, die überall hinzusehen schienen außer in Nikes Gesicht. Thanos hätte sie beißen müssen, weil ihr Blut unwiderstehlich für ihn sein sollte. Eine Tatsache, die sie selbst nicht wissen sollte. Adam hatte sie nicht angelogen und er hatte sich auch nicht geirrt. Nike spürte, wie ihr schlecht wurde. Ein Teil von ihr hatte es gewusst. Der Teil, der sie dazu gebracht hatte, nicht sofort zu Iosifs Seite zu stürzen, sondern am Fuß seines Bettes stehen zu bleiben.

»Er hat mich gebissen, letzte Nacht.« Sie beobachtete Iosif, als die Worte zu ihm durchdrangen.

»Das kann nicht wahr sein. Du lügst.« Er starrte sie mit weit aufgerissenen Augen an. »Hätte er dich gebissen, wärst du jetzt nicht hier.«

»Wieso nicht?«, fragte sie unschuldig und Iosif presste die Lippen zusammen.

Er bemerkte, dass er zu viel gesagt hatte. Er hustete, lehnte sich in seinem Kissen zurück und schloss für einen Moment die Augen. Sein Herzschlag wurde ruhiger. »Ein Monster wie er hört nicht auf zu trinken, wenn es sich einmal in seinem Opfer verbissen hat.«

Es schien eine so logische Erklärung zu sein. Die gleiche Erklärung, die sie über Jahre in sich aufgenommen hatte. Es war die Wahrheit für sie gewesen, wegen der sie getötet hatte.

»Ich habe ihn gebissen. Sein Blut getrunken.«

Iosifs Herz setzte einen Moment aus. Die Maschine bemerkte es nicht, aber Nike hörte die Unregelmäßigkeit seines Herzschlages.

»Wieso würde ich so etwas tun?«

Iosif gab ihr keine Antwort. Nike kreuzte die Arme vor der Brust. Sie musste es tun, um ihm nicht zu zeigen, wie sehr sie zitterte. Die Tränen, die in ihren Augen brannten, hielt sie mühsam zurück. Er hatte von der Gefahr gewusst, dass ihr so etwas passieren könnte. Es war ihm deutlich anzusehen. Er wirkte ertappt, aber nicht schuldbewusst. Sie zweifelte daran, dass er überhaupt etwas wie Schuld empfinden konnte. Niemand hatte sie davor gewarnt, was aus ihr hätte werden können. Es war ausgeschlossen, hatte man ihr gesagt, dass sie an den Nebenwirkungen erkranken würde.

Belogen. Man hatte sie ständig belogen. Er hatte sie ständig belogen.

»Wie hieß sie?«

Iosif blinzelte, aufrichtig verwirrt. »Wer?«, fragte er.

»Meine Mutter. Deine Frau.«

Iosif atmete tief durch, die Verwirrung wich aus seinem Blick, seine Haltung veränderte sich. Seine Augen wurden kalt und er musterte sie. »Du weißt es jetzt also.«

»Dass mich mein eigener Vater benutzt hat, um seine Forschungen voranzutreiben? Ja, das weiß ich nun. Wie hieß sie?«

»Das weißt du nicht?« Er lachte. Lachte sie aus und Nike verzog das Gesicht, als sein Lachen in einem weiteren Hustenanfall endete. »Wer hat es dir gesagt? Daniel? Oder der Vrykólakas? Ihr Name ist ohne Bedeutung. So wie sie. *Sie* ist ohne Bedeutung. War es immer. Sie ist tot und ihr Name mit ihr.«

»Wieso? Wieso musste sie sterben?« Nike schluckte. Sie hatte keinen Zweifel daran, dass Iosif am Tod ihrer Mutter eine Mitschuld trug, wenn nicht mehr.

»Weil sie sich mir widersetzte. Sie hat mir im Weg gestanden. Uns im Weg gestanden. Dem Fortschritt im Weg gestanden. Wäre sie noch am Leben, wärst du ein schwaches, mitleiderregendes Ding. Sieh dich an. Du bist stark und jung und wirst nie etwas anderes sein. Du bist … perfekt. Wie die Göttin, die du so gerne vorgibst zu sein. Du solltest mir dankbar sein. Nur durch ihren Tod konntest du so weit kommen. Dir bleibt so viel im Leben erspart: Alter, Krankheit …« Er lachte auf. »Nein, wahrhaftig, du wirst nie alt werden. Sie musste sterben, es war der Lauf der Dinge. Ich habe ihr mehr als eine Chance gegeben. Selbst, als sie mit dir davongelaufen ist, und dich versteckt hielt, gab ich ihr die Chance, zurückzukommen. Sie hätte nicht sterben müssen.

Sie hätte dich mir einfach nur übergeben müssen. Du warst von Anfang an zu Größerem bestimmt. Das wollte sie nicht einsehen. Ich musste sie töten.«

»Du hast sie nicht getötet. Dazu hattest du nicht den Mut. Du hast einen anderen damit beauftragt«, spie Nike aus und vergrub ihre Fingernägel in ihrer Jacke.

Iosif schien kurz nachzudenken, ehe er erneut lachte. »Valeriu, ja er hat mir gute Dienste erwiesen, nicht wahr? Vor ein paar Jahren dachte ich noch daran, dass ich euch unbedingt miteinander bekannt machen müsste. Eure Gene … gemeinsam in einem Kind vereint …« Sein Gesicht bekam einen verklärten Ausdruck. »Eine neue Menschheit wäre geboren. Stärker und besser als die bisherige.«

Nike sah ihn entgeistert an. »Ich hätte niemals …«

Iosif lächelte leicht und hustete erneut. »Du hättest alles getan, was ich von dir verlange. Genauso, wie Valeriu alles tut, was man von ihm verlangt. Es wäre so perfekt gewesen. Leider, leider haben sich meine Pläne zerschlagen.«

»Du bist krank!«

Iosif lachte laut und schüttelte sich, als ein weiterer Hustenanfall ihn übermannte. Er hatte sie nicht nur jahrelang einfach belogen, nein, er hatte ihr auch jahrelang ein hervorragendes Schauspiel geboten. Die Maske des mitfühlenden Vaterersatzes war endgültig verschwunden und zurück blieb nur die hässliche Fratze, die er wirklich trug. Ihre Mutter hatte ihm nichts bedeutet, der Mord an ihr war nur eine Nebensächlichkeit für ihn gewesen. Es tat weh, zu erkennen, dass auch sie ihm nie etwas bedeutet hatte. Nicht als Kind, nicht als Mensch. Sie war nur ein Mittel zum Zweck für ihn gewesen. Ein weiteres Objekt, an dem er hatte forschen können. Ihr wurde übel, als ihr die Frage durch den Kopf schoss, was sie noch nicht über die Operationen wusste, die an ihr durchgeführt worden waren. Hatte man ihr noch mehr verschwiegen, als dass man sie gegen Silber allergisch gemacht hatte?

»Deswegen bin ich doch hier«, erwiderte er schließlich mit einem perfiden Lächeln.

»Es tut mir wirklich leid, dass ich dich nicht zur Mutter einer neuen Menschheit machen konnte. Ich hätte wirklich zu gerne sagen wollen, dass sie von mir persönlich abstammt, aber nun, man kann nicht alles haben. Und wie die Dinge liegen, bist du mir an anderer Stelle viel wertvoller. Und wenn ich erst wieder hier raus bin, habe ich alle Zeit der Welt. Du bist vielleicht die Erste, aber du bist nicht einzigartig, Kind. Ich kann meine Träume noch immer wahr werden lassen. Ich kann mich noch immer in einer neuen Menschheit unsterblich machen. Es eilt ja nicht, ich habe Zeit. Ich habe bald jede Menge Zeit.«

Nike machte einen Schritt vom Bett zurück und starrte ihren Vater voller Verachtung an. »Du widerst mich an, und wenn du wirklich glaubst, ich würde auch nur einen Finger für dich krumm machen, hast du dich geirrt. Ich wünsche dir ein erbärmliches, kurzes Leben, alter Mann.« Sie wandte sich um und ging zur Tür.

»Oh, mein Kind, ich fürchte, diesen Gefallen kann ich dir nicht tun. Du wirst sehen, ich werde sogar ein sehr langes Leben führen.«

Nike ignorierte ihn. Sie wollte sich nicht anhören, wie er glaubte, seine Krankheit besiegen zu können. Er lag im Sterben. Wenn er sich selbst belügen wollte, sollte er das tun. Sie hatte ein für alle Mal genug von seinen Lügen.

Kapitel 20

Als sie den Flur entlangging, spürte sie fremde Blicke auf sich ruhen. Sie bemühte sich, ruhig zu bleiben und versuchte zu erkennen, wer sie beobachtete. So lange sie nicht alleine auf dem Korridor war, schien sie sicher zu sein. Nicht einmal OLYMPUS würde sie inmitten einer Menschenansammlung erschießen lassen.

Sie war sich nicht sicher, ob der Aufzug in diesem Fall eine gute Wahl war und steuert stattdessen das Treppenhaus an. Bevor sie die Trenntür erreichte, wurde sie von einem Arzt angesprochen.

»Frau Basdeki, kann ich Sie einen Moment sprechen? Es geht um den Zustand ihres Vaters.«

»Er kann verrotten, wenn es nach mir geht«, wies sie ihn ab und wollte an ihm vorbeigehen. Sie spürte einen Stich in ihrer Hand, und bevor sie reagieren konnte, fühlte sie ein Brennen, als er den Inhalt einer Spritze in ihr Blut drückte.

»Das nennt man wohl Ironie, das Gleiche hat er über Sie gesagt.«

Nike entriss ihm ihre Hand und machte einen Schritt von ihm weg. Vor ihren Augen drehte sich alles und sie starrte entsetzt auf ihren Handrücken. Was hatte er ihr gespritzt?

»Zimmer 38.«

Sie wandte den Kopf, um zu sehen, mit wem er sprach, aber brach zusammen, bevor sie etwas erkennen konnte.

Thanos schlief länger als gewöhnlich und erst am späten Nachmittag wurde er zum ersten Mal wach. Er öffnete langsam die Augen und nahm seine Umgebung wahr. Nikes Duft hing unverkennbar in der Luft. Ein Lächeln fand den Weg auf seine Lippen, als er an die letzte Nacht dachte. Genauso schnell wie es gekommen war, verflog es aber auch, als er bemerkte, dass er allein war. Hatte sie den Tag nicht an seiner Seite verbracht? Er sagte sich, dass sie schon aufgestanden sein musste und versuchte, das ungute Gefühl, das an ihm nagte, zu ignorieren.

Trotzdem kam der Abend für ihn nicht schnell genug. Sobald die Sonne am Horizont untergegangen war und er sich bewegen konnte, verließ er sein Zimmer und wartete einen Moment. Er sollte sie spüren, ihren Herzschlag hören können. Er runzelte die Stirn. Nichts.

Adam war im Erdgeschoss, ebenso wie Richard, von Nike keine Spur. Eine Faust umfasste seinen Magen und drückte zu. Er redete sich ein, dass sie im Keller sein musste und bemühte sich, ruhig zu bleiben. Es gab keinen Grund für sein irrationales Verhalten. Mit diesem Gedanken duschte er und zog sich an.

Als er die Treppe hinunterkam, wartete Adam auf ihn und wirkte mehr als besorgt.

»Nike … sie ist gegangen.«

Thanos versuchte, die Eiseskälte, die sich um sein Herz legte, zu verdrängen, als er die Worte des Arztes hörte. »Was meinst du mit *gegangen*?«

Adam zuckte mit den Schultern. Dunkle Ringe lagen unter seinen Augen. Er konnte nicht viel Schlaf bekommen haben.

»Sie wollte zu Iosif, um Antworten von ihm zu bekommen. Sie war … wie apathisch, völlig neben sich. Sie ist nicht zurückgekommen.«

Er hatte Kugeln abbekommen, Messerattacken, Tritte und Schläge. Nichts war mit dem Schmerz vergleichbar, den er gerade in sich spürte.

»Sie wird nicht zurückkommen«, sagte er monoton und wandte sich von Adam ab, um in die Küche zu gehen. Er hatte sie nicht hier in seinem Haus haben wollen. Er hätte froh sein sollen, dass die Bedrohung, die von ihrer Anwesenheit für sie alle ausging, nun vorbei war. Wenn sie so dumm war, ihren Feinden in die Arme zu laufen, war es für sie alle sicherer, wenn sie nicht mehr bei ihnen war. Diese Gedanken waren ihm schon gekommen, als sie Adam ausgetrickst und in der Vorratskammer eingesperrt hatte. Damals hatte er sie geglaubt. Dieses Mal hinterließen sie einen bitteren Nachgeschmack.

Adam lief hinter ihm her und stellte sich ihm in den Weg. »Aber … wenn ihr etwas passiert ist …«

Thanos ignorierte ihn und durchquerte die Küche, um sich einen Beutel Blut aus dem Kühlschrank zu holen und in die Mikrowelle zu legen.

»Du bist nicht für sie verantwortlich.« Es war ihm bewusst, dass er die Uhrzeit in der Mikrowelle etwas zu heftig einstellte, aber es interessierte ihn nicht.

»Sie wollte mit ihm über ihre Veränderungen reden und über die Vrykólakas. Sie glaubt, er wisse gar nicht, wie ihr wirklich seid. Sie wollte nicht hören, dass es ihm egal sein wird, dass sie seine Tochter ist, wenn er erfährt, dass sie sich verändert. Sie …«

»Es reicht, Adam!« Die Mikrowelle piepste und Thanos nahm den Blutbehälter heraus. Als er sich zu dem jungen Arzt umwandte, erkannte er, dass Richard im Türrahmen lehnte. Ausnahmsweise hatte der jüngere Mann nicht sein übliches, verächtliches Grinsen auf dem Gesicht. Er sah Thanos einfach nur schweigend an. Thanos knurrte und ging an Adam vorbei. Als er Richard passierte, drückte er ihm das Blut in die Hand und ging in Richtung Haustür.

»Thanos?«

»Wenn ich bis zum Morgengrauen nicht wieder da bin, haben sie uns beide getötet.«, warf er Adam über seine Schulter zu und machte sich auf den Weg zu Ilias.

Zwar konnte er den Weg nach Athen auch zu Fuß zurücklegen, doch er wollte nicht riskieren, dass ihn das Sonnenlicht an einer Rückkehr hinderte. Vielleicht sollte er dem Ratschlag seines Freundes endlich folgen und sich selbst ein Auto zulegen.

»Sorgen Sie dafür, dass sie ständig von dem Mittel erhält. Wir dürfen kein Risiko eingehen. Wenn etwas … ah, Dr. Montgomery, da sind Sie ja. Kommen Sie doch bitte herein. Wir haben heute noch eine Organtransplantation vor uns. Lunge, Leber, Herz. Kann ich Sie damit beauftragen, die Operation vorzubereiten?« Nike erkannte die Stimme des Arztes, der sie betäubt hatte, als sie langsam zu sich kam. Sie konnte sich nicht bewegen, nicht sprechen, nicht einmal ihre Augen öffnen. Panik stieg in ihr auf.

»Aber natürlich«, Nike hörte eine Frauenstimme, Schritte, die näherkamen, innehielten.

»Ist das die Patientin? Sind die Organe bereits vorbereitet?«

Der Arzt lachte kurz. »Dr. Montgomery, die Organe liegen vor Ihnen.«

Das Herz der Ärztin setzte anscheinend einen winzigen Moment aus, ehe es schneller schlug. Nike konnte es hören, auch wenn sie nicht sagen konnte, ob die Aufregung der Frau durch freudige Erregung oder Abscheu ausgelöst wurde.

»Dr. Nikopolidis, die Frau lebt noch.«

Der Arzt lachte über ihre Worte, dann wurde seine Stimme hart. »Hören Sie gut zu, ich werde es Ihnen nur ein einziges Mal erklären. Die Organe dieser Frau werden in zwei Stunden in den Körper von Herrn Basdekis transplantiert. Sie haben natürlich die Wahl, diese Operation nicht mit durchzuführen, dann packen Sie jetzt Ihre Sachen und verlassen dieses Krankenhaus. Ich kann Ihnen aber garantieren, dass Sie nie wieder als Ärztin eine Anstellung finden werden. Oder Sie reißen sich am Riemen, bereiten die Organe vor und führen die Operation in zwei Stunden gemeinsam mit uns durch. Herr Basdekis wird sich sicherlich erkenntlich zeigen.«

Nike hörte, wie das Herz der Ärztin noch schneller schlug. Sie spürte ihren Blick auf sich, spürte ihre Anspannung. Die Ärztin seufzte und Dr. Nikopolidis lachte leise.

»Sehr schön, wir verstehen uns. Zwei Stunden. Operationssaal 3.«

Seine Schritte entfernten sich und Nike blieb mit der Ärztin allein zurück.

»Das ist ein Albtraum.«

Nike konnte ihr nur zustimmen. Sie hörte, wie die Ärztin um ihr Bett herumging, hörte metallisches Geklapper, ein scharfes Luftholen.

»Können Sie mich hören?«

Nike wünschte, sie könnte der Frau antworten, aber so sehr sie sich auch bemühte, kein Laut drang über ihre Lippen und kein Muskel wollte sich bewegen. Tränen der Verzweiflung bildeten sich in ihren Augen und sie konnte sie nicht zurückhalten. Sie liefen ihr über die Schläfe und wurden im nächsten Moment weggewischt.

»Das geht doch nicht. Das kann ich doch nicht tun.« Die Ärztin ging unruhig im Zimmer auf und ab.

Nike konnte ihre Nervosität spüren, sie schürte ihre eigene Panik. Schließlich kam die Ärztin zu ihr zurück und das Brennen in Nikes Arm ließ nach.

Sie hörte, wie die Ärztin schwerfällig in einen Stuhl neben ihrem Bett fiel.

***

Das Krankenhaus war hell erleuchtet. Thanos wagte nicht, bis auf den Parkplatz vorzufahren. Er fuhr den Wagen auf einen Parkplatz für Wanderer und ging durch den Wald in Richtung des Krankenhauses.

»Gut, jetzt bist du hier. Und nun?«

Was hatte er sich eigentlich dabei gedacht, herzukommen? Er wusste nicht einmal, ob sie noch hier war. Vielleicht war sie längst geflohen. Offensichtlich wollte sie nicht bei ihnen bleiben. Gut, es würde ihn nicht stören. Er verzog das Gesicht über seine eigene Lüge und seufzte. Es war kurz nach dreiundzwanzig Uhr. Wenn sie bis Mitternacht nicht selbst aus dem Krankenhaus gekommen war, würde er reingehen und nach ihr suchen. Um diese Uhrzeit konnten nicht mehr allzu viele Menschen da sein.

Nachdem die Ärztin die Infusion mit dem Narkosemittel aus Nikes Hand gezogen hatte, dauerte es nicht lange, bis sie die Augen aufschlagen konnte. Sie blinzelte, als das grelle Licht über ihr sie blendete. Im nächsten Moment wurde es gedimmt, weil sich ein Kopf über ihr bewegte. Sie öffnete die Augen erneut und blickte in das Gesicht der Ärztin. Graue Augen beobachteten sie voller Sorge.

»Sie können mich hören, oder?« Nike blinzelte einmal, noch nicht in der Lage, mehr von sich zu bewegen.

Die Ärztin atmete erleichtert aus und nickte so heftig, dass ihre blonden Haare, die ihr Gesicht umrahmten, wippten. »Gut, das ist sehr gut. Ich hätte nicht geglaubt, dass Sie das Narkotikum so schnell abstoßen können. Versuchen Sie, sich zu bewegen. Wir müssen Sie hier herausbekommen, bevor man nach uns sieht.«

Nike tat, was ihr die Ärztin gesagt hatte, trotzdem dauerte es noch eine weitere halbe Stunde, bis sie ein Kribbeln in ihren Beinen spürte und einzelne Wörter sagen konnte.

»Können Sie gehen?« Die Ärztin war mehr als nervös und blickte ständig in Richtung der Tür.

»Weiß nicht«, presste Nike hervor und versuchte, die Beine über den Rand des Bettes zu schieben.

Gott, sie fühlte sich elend. Selbst in den schlimmsten Momenten der letzten Wochen hatte sie sich nie so schwach gefühlt.

Die Arme der Ärztin fingen sie auf, bevor sie zu Boden stürzen konnte. Es war sinnlos. Die Muskeln in ihren Beinen waren noch zu benommen. Sie ließ sich von der Medizinerin zurück aufs Bett helfen.

»Wieso helfen?«

Die Ärztin fuhr sich mit der Hand durchs Haar und sah sich im Zimmer um, als suche sie nach einer Alternative zu dem gescheiterten Fluchtversuch. »Weil ich nicht dazu ausgebildet wurde, lebende Menschen zu verstümmeln und zu töten, damit andere weiterleben können. Egal wie viel Geld ein Mensch hat, das sollte nicht über Leben und Sterben entscheiden dürfen.«

»Iosif ... Basdekis ...« Nike versuchte zu sprechen, doch es fiel ihr schwer.

»Sie wissen also, um wen es geht. Der Kerl ist offensichtlich ein menschenverachtendes Insekt, da stimme ich Ihnen vollkommen zu. Er ist ...«

»Vater.«

Die Ärztin warf ihr einen entsetzten Blick zu.

Nike zwang ein halbherziges Grinsen auf ihre Lippen.

»Oh mein Gott. Ihr Vater? Was für ein Mensch tut so etwas seiner eigenen Tochter an? Ich hatte Patienten, die ihr eigenes Leben gegeben hätten, um ihre Kinder zu retten, aber so etwas ... das ist krank.«

Nike dachte daran, was Iosif ihr noch hatte antun wollen, was er ihr in den letzten zwanzig Jahren angetan hatte. Verglichen damit war das hier nicht mehr so schockierend. Aber sie glaubte, die Ärztin hatte für einen Abend tief genug in die Abgründe der menschlichen Seele geblickt.

Die Betäubung wirkte sich auch auf Nikes Sinne aus, doch sie glaubte, draußen etwas zu hören und sah Richtung Flur. Die Ärztin folgte ihrem Blick, ging zur Zimmertür und spähte hinaus. »Verdammt, verdammt, verdammt.« Sie schloss die Tür so schnell sie konnte, ohne sie dabei ins Schloss fallen zu lassen und kehrte zum Bett zurück.

»Die Pfleger kommen«, flüsterte sie, während sie die Infusionsnadel wieder in Nikes Hand schob.

»Bitte ...« Nike versuchte, ihre Hand wegzuziehen, doch ihre Bewegungen waren viel zu langsam. Verzweifelt sah sie die Ärztin an.

»Die Infusion läuft nicht mehr«, beruhigte sie Dr. Montgomery. »Sobald Sie stark genug sind, Ihre Beine zu bewegen, laufen Sie. Ich werde versuchen, die Operation so lange wie möglich hinauszuzögern, doch ich fürchte, viel Zeit kann ich Ihnen nicht geben. Schließen Sie die Augen und rühren Sie sich nicht.«

Im nächsten Augenblick wurde die Tür geöffnet und Nike tat, wie ihr die Ärztin geheißen hatten. Sie hörte die Schritte zweier Männer, die auf das Bett zukamen.

»Ist alles vorbereitet?«, fragte einer von ihnen.

»Ja, ja, sie ist für die Operation bereit.«

Nike fragte sich, ob nur sie die Nervosität in der Stimme der Ärztin hörte. Falls es ihnen auffiel, ließen sich die beiden Männer nichts anmerken. Ihr eigenes Herz schlug dafür immer schneller, als das Bett sich zu bewegen begann. Wurde das Kribbeln in ihren Beinen stärker? Konnte sie ihre Zehen bewegen oder bildete sie sich das ein? Das hier war ein Albtraum und sie wollte nur noch daraus erwachen.

»Dr. Montgomery, ist alles für die Organentnahme bereit?« Die Stimme des Arztes, der sie in diese Situation gebracht hatte. Dr. Nikopolidis. Sein Herzschlag war vollkommen gleichmäßig. Ruhig, gelassen. Es schien ihm wirklich nichts auszumachen, einen Menschen zu töten, um dessen Organe zu bekommen.

»Legen Sie sie auf den Tisch.«

Das Tuch, auf dem sie lag, wurde angehoben, sie schwebte einen Moment in der Luft, bevor sie auf einer neuen Liege recht unsanft abgelegt wurde. Das Kribbeln in ihren Beinen ließ langsam nach, so, als wären sie eingeschlafen und würden langsam wieder wach werden.

»Gut, die Boxen stehen bereit? Wir kümmern uns zuerst um die Leber und die Nieren, danach kommt das Herz dran.«

Den Teufel würden sie tun! Ihr Herz überschlug sich beinahe und Nike wusste, dass sie kurz davor war, zu hyperventilieren.

»Dr. Montgomery, schließen Sie sie an die Geräte an, wir können keinen vorzeitigen Herzstillstand gebrauchen. Und überwachen Sie die Narkose. Es wäre bedauerlich, wenn sie während der Operation aufwacht und wir dadurch eines der Organe beschädigen.«

»Ja, Dr. Nikopolidis.« Die Stimme der Ärztin zitterte deutlich. Nike spürte, wie sie ihre Hand mit der Infusionsnadel drückte. Jetzt. Sie musste es jetzt versuchen, oder es war zu spät.

»Schwester, das Skalpell.«

Nein! Nike riss die Augen auf und warf sich mit der Kraft der Verzweiflung auf den Arzt. So musste es sich anfühlen, wenn man betrunken war, dachte sie, als sie mit ihm zu Boden fiel, mühsam auf die Beine kam und dabei das Operationsbesteck vom Tisch warf.

Dr. Nikopolidis fluchte, doch Nike nahm sich nicht die Zeit, nachzusehen, ob sie ihn verletzt hatte. Sie hoffte es jedoch. Sie zog sich am Operationstisch entlang, griff nach den Geräten in ihrer Reichweite, schob sie in Richtung der Pfleger und Schwestern, während Dr. Montgomery mehr schlecht als recht ihrem Kollegen half, auf die Beine zu kommen. Nike hastete zur Tür und lief so schnell sie konnte hindurch. Sie warf keinen Blick zurück, sah sich nicht auf dem Flur um, folgte nur dem grünen Licht der Notausgangsbeleuchtung. Adrenalin schoss durch ihren Körper, doch wie lange es anhalten würde, wie lange sie sich auf den Beinen halten konnte, war schwer zu sagen. Sie kam sich selbst unendlich langsam vor, doch sie hätte nicht mit Sicherheit sagen können, ob sie im Vergleich zu einem normalen Menschen schlich oder doch rannte. Stimmen drangen an ihr Ohr, hinter ihr wurden Türen geöffnet. Sie selbst ging gerade durch eine weitere hindurch, die sie ins Treppenhaus führte. Sie stolperte die Stufen hinab, bis sie vor einer Glastür stand, die in den Hinterhof führte.

Als sie die Metallgriffe drückte und die frische Nachtluft ihr entgegenwehte, atmete sie tief durch. Doch sie war noch nicht in Sicherheit. Sie musste hier weg. Auf der anderen Seite des Hofes waren Bäume zu sehen. Ein Wald. Dort konnte sie sich verstecken, warten, bis sie wieder bei Kräften war. Sie machte einige Schritte über den Hof auf den Wald zu.

Da war etwas zwischen den Bäumen. Ihre Sinne waren zu benebelt, um genau sagen zu können, was es war. Im nächsten Moment verließ sämtliche Anspannung ihren Körper und sie wollte zu einem Häufchen Elend zusammenfließen. Thanos trat zwischen den Bäumen hervor und kam auf sie zu. Nike unterdrückte ein Schluchzen, als sie die Arme nach ihm ausstreckte, um nicht in die Knie zu gehen. Ihre Kraft verließ sie schneller, als sie gehofft hatte.

»Was glaubst du eigentlich, was du hier tust? Wenn du dich unbedingt selbst umbringen willst, kann ich dir schnellere Methoden nennen, als dich OLYMPUS auszuliefern.« Thanos war wütend und schimpfte mit ihr, während er sie an den Schultern packte.

Nike verstand nicht, was er hier wollte, aber sie war so unendlich erleichtert darüber, ihn zu sehen.

Thanos spannte sich an, sah zum Krankenhaus hinter ihr, als hätte etwas dort seine Aufmerksamkeit erregt. »Was ist passiert?«

»Später«, murmelte sie und schloss für einen Moment die Augen. Stehen war so entsetzlich anstrengend. »Wir müssen weg«, presste sie noch hervor, als ihre Knie unter ihr nachgaben.

Thanos hob sie in seine Arme und lief mit ihr zurück zu den Bäumen, aus denen er hervorgetreten war.

Nike vergrub ihren Kopf an seiner Brust und versuchte, gegen die Übelkeit anzukämpfen, die sich in ihr breitmachte, während er mit ihr durch den Wald rannte.

»Du hast mir einiges zu erklären«, murmelte er, als er langsamer wurde. Nike öffnete die Augen, als er eine Autotür öffnete und sie auf den Sitz hievte und anschnallte.

»Auto?« Sie verzog das Gesicht, als sie hörte, wie sich ihre Versuche, ganze Sätze zu bilden, anhörten. Doch Thanos schien zu verstehen, was sie meinte.

»Von Ilias geliehen.« Er schloss ihre Tür und ging um den Wagen herum, stieg auf der Fahrerseite ein und schnallte sich an, ehe er den Motor startete. »Was um alles in der Welt hast du dir gedacht?«

»Antworten. Wollte … Wahrheit.« Nike lehnte den Kopf gegen das kühle Glas der Fensterscheibe und schloss die Augen. »Nicht reden. Bitte.«

Thanos schnaubte, stellte ihr aber keine weiteren Fragen. Während der Fahrt schwankte sie zwischen Schlafen und Wachen. Als er den Wagen anhielt, ausstieg und kurz darauf ihre Tür öffnete, hob sie die Arme, um sie um seinen Hals zu schlingen. Schweigend hob Thanos sie hoch und trug sie ins Haus.

Kapitel 21

Nike seufzte, sobald Thanos das Haus betrat. Es war ein merkwürdiges Gefühl, das sie überkam. Die Gerüche und Geräusche überfielen sie, hüllten sie ein. Thanos, Richard, Adam. Sie konnte ihre Anwesenheit spüren, konnte sie riechen. Adams Herz schlug viel zu schnell, als sie seine Schritte im Flur hörte.

»Sie braucht Ruhe«, entschied Thanos und Nike hielt ihre Augen geschlossen, als er mit ihr die Treppe hinaufging.

»Dein Zimmer«, murmelte sie noch, als sie sich an Adams Worte vom Morgen erinnerte. Zwar war sie nicht in der Verfassung, auch nur an Sex zu denken, aber es konnte nichts schaden, auf der anderen Seite des Hauses zu sein, um Adam ein wenig Schlaf zu gönnen. Sie war sich nämlich nicht so sicher, dass Thanos die begonnene Diskussion mit ihr nicht noch beenden wollte.

Er musste ihre Hände lösen, als er sie aufs Bett legte und sie spürte, wie er an ihren Stiefeln zog, um sie ihr auszuziehen, und neben das Bett stellte. Kurz darauf folgten seine eigenen, bevor er neben ihr lag. Instinktiv rutschte Nike näher an ihn heran und legte ihren Kopf auf seine Brust. Sie wollte nicht darüber nachdenken, weshalb sie seine Nähe suchte, oder weshalb es sich so richtig anfühlte. Sicher waren das die Nachwirkungen der Narkose.

»Erklärst du mir jetzt, weshalb du ins Krankenhaus gegangen bist?«

Sie seufzte. Sie wollte schlafen, nicht reden. Sie bewegte ihren Körper näher an seinen und schlang ihr linkes Bein um seine, um es sich bequem zu machen.

»Ich will eine Antwort«, forderte Thanos und Nike seufzte erneut, wenn auch ungleich brummiger.

»Ich sagte doch, ich wollte Antworten. Und die Wahrheit. Belassen wir es dabei, dass sie mir nicht gefallen hat, in Ordnung?«

Als Thanos schwieg, hoffte Nike, dass die Unterhaltung damit beendet sei. Sein Arm legte sich um ihre Schulter und er zog sie ein Stück näher an sich heran. Es fühlte sich gut an.

»Wieso bist du gekommen?« Und wieso konnte sie selbst nicht einfach die Klappe halten?

»Was für eine Frage ist das?« Sie konnte sich die steile Falte auf seiner Stirn lebhaft vorstellen.

»Eine normale. Wieso bist du gekommen? Was hattest du vor? Mich da rauszuholen?« Sie lachte leise und rieb ihr Gesicht an seinem Shirt. Er roch so gut.

»Ja.«

Nike hielt inne. Sie öffnete langsam die Augen und blinzelte ein paar Mal. »Hast du *ja* gesagt? Du wolltest mich da wirklich rausholen, falls ich in Schwierigkeiten gewesen wäre?«

»Gewesen wärst?«

»Gut, ich war in Schwierigkeiten«, gab sie zu und schüttelte leicht den Kopf. »Das tut nichts zur Sache. Du wolltest mich wirklich retten? Wieso?«

»Wieso fragst du das andauernd?« Er klang mehr als ungeduldig.

Nike stützte sich auf ihrem Ellbogen ab und sah ihn an. Sein Gesicht verschwamm vor ihren Augen. Sie drückte die Lider einmal fest zusammen und öffnete sie wieder, um klarer sehen zu können. Himmel, war sie müde.

»Weil ich es nicht verstehe«, gab sie zu. »Ich mache das allein. Ich gehe allein rein, ich erledige einen Job, ich gehe allein raus. Wenn es Schwierigkeiten gibt, löse ich sie allein. Das war es. Ende. Aus. Fertig. Nirgendwo steht da etwas davon, dass jemand kommt, um mir zu helfen.«

»Und ich lasse niemanden zurück«, erwiderte Thanos und strich ihr mit der Hand durchs Haar.

Sein Blick schien noch mehr zu sagen, doch Nike war zu müde, um sich darüber Gedanken zu machen. Sie schüttelte den Kopf und legte ihn wieder auf Thanos' Brust.

»Du bist ein riesengroßer Narr«, murmelte sie und kuschelte sich wieder an ihn. »Du lebst doch lange genug, um zu wissen, dass die Welt so nicht funktioniert. Wir sind alle allein. Wir werden allein geboren, wir sterben allein. Wenn wir uns dazwischen zusammentun, ist das nur eine Illusion, der wir uns hingeben. Wenn du einmal wirklich Hilfe brauchst, wirst du allein sein und niemand wird kommen, um dich zu retten. Du solltest deinen Hintern nicht für andere riskieren.« Ein kleines Lächeln breitete sich auf ihren Lippen aus. »Dafür sieht er auch viel zu gut aus.«

Thanos schnaubte, während sie vor sich hingluckste.

»Schlaf«, brummte er und Nike gähnte lautstark. Ihr linker Arm schlang sich um seine Mitte. Mit seinem langsamen, gleichmäßigen Herzschlag unter ihrem Ohr und seinem Geruch in ihrer Nase fiel sie in einen traumlosen Schlaf.

***

»Ja?« Der Anrufer hatte besser gute Nachrichten. Daniel hatte die vergangene Stunde damit zugebracht, sich durch den letzten Jahresbericht zu quälen, um sich für ein Meeting mit einem chinesischen Investor vorzubereiten. Alles, was nicht überlebenswichtig oder wenigstens positiv war, passte ihm gerade gar nicht. Dennoch hörte er seinem Gesprächspartner aufmerksam zu. Ein Zucken erfasste sein rechtes Auge und seine Lippen formten eine schmale Linie.

»Verstanden. Haben Sie vielen Dank.«

Die kleine Schlampe war also tatsächlich noch am Leben. Und schlimmer noch, sie war direkt in Iosifs Falle getappt.

Daniel schlug mit der Faust auf den Tisch. Wann war eigentlich alles außer Kontrolle geraten? Es hätte sich doch gerade alles so perfekt zusammenfügen sollen. Stattdessen zerfiel alles wie ein Haufen Sand, der durch seine Finger rann. Iosif war auf dem Totenbett und seine Tochter hätte ihm bereits vorausgehen sollen. Stattdessen würde sich der alte Mann nun mit ihrer Hilfe ein noch längeres Leben erschleichen.

Mit einem Schnauben schob Daniel den Stuhl zurück und erhob sich. Er musste zum Eudoxia-Krankenhaus. Sofort.

***

Daniel parkte seinen Wagen und ging mit schnellen Schritten auf den Eingang des Krankenhauses zu. Er hoffte nur, dass ihn niemand wegen der späten Stunde aufhalten würde. Er war nicht in der Stimmung, sich jetzt mit dem Personal herumzustreiten.

Am Eingang traf er auf den Wachmann, der ihn angerufen und von Nikes Auftauchen berichtet hatte.

»Sie ist weg«, begrüßte er Daniel knapp.

Daniel blieb stehen und sah den Muskelprotz an, als habe er den Verstand verloren. »Was soll das heißen, sie ist weg? Sie haben mir vor einer Stunde gesagt, sie sei hier. Wollen Sie mir sagen, man hat sie schon operiert und ...«

»Operiert? Nein, von einer Operation weiß ich nichts und nach einer solchen wäre sie bestimmt nicht einfach aufgestanden und durch die Hintertür rausspaziert.«

Daniel glaubte, seinen Ohren nicht trauen zu können. Langsam bildete sich ein Lachen in seiner Kehle, das nach außen drang. Er hörte selbst, dass es fast schon wahnsinnig klang. Er zwang sich zur Ruhe. »Sie wollen mir allen Ernstes sagen, dass Sie mich hierher gerufen haben, nur um mir jetzt zu sagen, dass sie einfach so gegangen ist? Niemand hat sie aufgehalten?«

Um Himmels willen, er war wirklich nur von Vollidioten umgeben. Er war sich nicht sicher, ob er froh darüber sein sollte, dass Nike entkommen war und somit Iosif um eine Verlängerung seines Lebens gebracht hatte, oder ob er sich darüber ärgern sollte, dass ihm selbst die Gelegenheit verwehrt wurde, dem Leben der Theá ein Ende zu bereiten.

Der Wachmann zuckte mit den Schultern. »Ich hab nur gehört, dass sie wieder weg ist. Sie ist ja auch nicht hier vorne raus gekommen.«

»Und es kam Ihnen nicht in den Sinn, mich noch einmal anzurufen, um mir zu sagen, dass mein Weg hierher unnötig ist?«

Wieder zuckte der Wachmann nur mit den Schultern. »Ich wusste ja nicht, dass Sie unterwegs sind. Ich sollte Ihnen Bescheid sagen, wenn sie hier auftaucht. Das habe ich getan.« Er hielt die Hand ausgestreckt vor Daniel hin. Dieser verzog verächtlich das Gesicht, während er seine Brieftasche aus seiner Hose zog und dem Mann einen Einhundert-Euro-Schein auf die Handfläche klatschte. Doch der Wachmann hielt ihm die Hand noch immer entgegen.

»Was?«

»Ich habe Ihnen auch die Info gegeben, dass sie wieder weg ist.«

»Sie glauben doch wohl nicht, dass ich Ihnen für diese Info etwas zahle, Sie verdammter ...«

Der Wachmann zog die Brauen hoch und grinste Daniel siegessicher an. »Doch werden Sie. Weil niemand so viel für ein paar harmlose Informationen springen lässt. Das ist Ihnen wichtig und Sie wollen nicht, dass jemand anderes wie, sagen wir, Herr Basdekis davon erfährt.«

Daniel hatte nicht übel Lust, den Kerl eigenhändig zu erwürgen. Stattdessen zog er einen weiteren Hunderter aus der Brieftasche und gab sie dem raffgierigen Muskelprotz.

»Es ist wirklich schön, mit Ihnen Geschäfte zu machen.«

»Wichser«, murmelte Daniel und schritt an dem Wachmann vorbei durch die Eingangstür des Krankenhauses.

»Moment. Hallo Sie, Sie können nicht einfach so hier hereinkommen und ...«

»Ich muss zu Basdekis«, unterbrach Daniel die Krankenschwester, die sich ihm in den Weg stellen wollte. Ohne sie weiter zu beachten, ging er die Flure entlang zu Iosifs Zimmer. Er öffnete die Tür, ohne anzuklopfen und bemühte sich darum, sich seine Ungehaltenheit nicht anmerken zu lassen. Ja, Nike war ihm – erneut – entkommen, aber Iosif war dafür dem Tod ein Stückchen näher. An diesem Gedanken wollte er sich festhalten und als er den alten Mann in seinem Bett erblickte, musste er sich diesbezüglich gar nicht anstrengen.

»Was willst du hier?«, röchelte Iosif und funkelte ihn wütend an.

»Ich wollte dich nur noch einmal besuchen. Fragen, wie es dir so geht.« Daniel lehnte sich an die Wand neben der Tür und grinste höhnisch auf Iosif herab.

Oh, wie gut ihm dieser Anblick tat. Bald wäre es ein für alle Mal vorbei mit dem alten Kerl. Dann wäre er unangefochten an der Spitze von OLYMPUS angekommen und würde endlich seine eigenen Pläne verwirklichen können. Ein paar Monate vielleicht noch, wenn es schlecht lief. Wenn er Glück hatte hingegen …

»Ich habe gehört, du hattest heute Besuch?«

Iosifs Augen verengten sich und die Geräte, die seinen Herzschlag aufzeichneten, piepten gefährlich schnell. Daniels Grinsen wurde breiter. Es gab immerhin einen Menschen, der durch Nikes Entkommen mehr zu verlieren hatte als er selbst.

»Du mieser …«

»Bitte, Iosif, alter Freund, Vater, den ich nie wollte, du solltest dich nicht aufregen. Das ist nicht gut für dich. Ich kann ja verstehen, dass du dir gewünscht hättest, Nike und du hättet euch zum Abschied noch einmal näher kommen können. Von Vater zu Tochter, du verstehst. So von Herz zu Herz. Oder ist es die Lunge? Leber? Nieren?« Er imitierte das Schulterzucken und Grinsen des Wachmanns von vor wenigen Minuten und schnalzte mit der Zunge. »Ist es nicht grausam, wenn einem Hoffnung gegeben und dann wieder genommen wird? Da glaubt man für einen winzigen Moment, alles könnte wieder gut werden und dann … Puff, ist alles nur noch Schall und Rauch. All die Jahre, die du in deine Forschung, pardon, deine Tochter, gesteckt hast, einfach weg.« Mit großer Genugtuung beobachtete er, wie Iosif die kalkweißen Hände zu zitternden Fäusten ballte.

»Hochmut kommt vor dem Fall«, presste er hervor.

Daniel lachte humorlos auf. »Das ausgerechnet du mir das sagst.«

»Ich sage es, weil ich weiß, dass du dich am Ziel all deiner Träume wähnst, dabei stehst du kurz davor, so tief zu fallen wie kaum ein Mann zuvor. Denk nach, Daniel: Sie ist da draußen, bei mindestens einem der Vrykólakas und sie weiß, dass du sie tot sehen willst. Wenn du mich fragst, solltest du abhauen, solange du es kannst.«

Daniels Lächeln gefror auf seinen Lippen. »Nur hat dich keiner gefragt. Du solltest schlafen, alter Mann. Vielleicht ist da oben ja jemand gnädig dir gegenüber und du wachst einfach nicht mehr auf. Tu uns doch allen den Gefallen, ja?« Daniel wandte sich von Iosif ab und verließ das Zimmer.

Draußen auf dem Flur hielt er eine Schwester an und fragte sie, wo er Dr. Montgomery finden konnte. Er wollte genau wissen, was hier vorgegangen war und wie diese verdammte Theá hatte entkommen können, ohne größeres Aufsehen zu erregen. Und vor allem wollte er wissen, wie er sie finden und ein für alle Mal aus dem Weg schaffen konnte. Er hatte schon immer gedacht, dass die Theés zu viel sich selbst überlassen waren, jetzt zeigte sich, wie recht er damit gehabt hatte. Sie allein wusste, wo der Vrykólakas sich aufhielt. Es würde sich in nächster Zeit einiges ändern.

***

»Wie geht es ihr?«, fragte Adam, sobald Thanos am nächsten Abend in die Küche kam.

»Sie schläft noch. Und wollte letzte Nacht nicht darüber reden, was passiert ist. Aber sie konnte sich kaum allein auf den Beinen halten.«

»Sie muss völlig entkräftet sein. Sie muss endlich akzeptieren, dass sie Blut braucht, um zu überleben. Wir müssen sie dazu bekommen ...«

»Sie wird trinken«, unterbrach Thanos den Arzt, der ihn daraufhin überrascht ansah. Bevor er ihn danach fragen konnte, schüttelte Thanos den Kopf. Er hörte Nike auf der Treppe und wollte dieses Thema nicht ansprechen.

Verschlafen, sich die Augen reibend, kam sie in die Küche und blieb stehen, als sie die beiden sah.

»Hab ich was im Gesicht?«, fragte sie verwirrt und strich sich über die Wangen.

Adam kam auf sie zu. »Tu das nie wieder, verstanden?« Er umarmte sie, bevor Nike fragen konnte, wovon er redete. Als er sie losließ, war sie noch immer verwirrt.

»Ihr tut ja alle so, als wäre ich gestorben und wieder auferstanden. Mir geht es gut. Es gab lediglich ein paar ... Komplikationen.« Dass sie log, war ihr deutlich anzusehen, dass sie nicht darüber reden wollte, noch deutlicher. Ihr Magen knurrte und Adam zog sie am Arm zur Küchentheke.

183

»Soll ich schnell etwas …«

»Sie trinkt Blut«, unterbrach Thanos ihn und seine Worte ließen keinen Widerspruch zu. Er sah Nike herausfordernd in die Augen. »Du kannst die Blutkonserven freiwillig trinken oder ich überzeuge dich davon, dass du trinkst.« Er grinste, als ihre Augen sich bei der Erinnerung an seine letzte Überzeugung weiteten.

Ihr Blick flog kurz zu Adam, ehe sie Thanos flehend ansah. »Du kannst doch nicht … ich meine … du kannst nicht jedes Mal …«

Thanos zog seine Brauen hoch und grinste sie an. »Kann ich nicht? Du wärst überrascht, wie gut ich das kann.«

»Daran hab ich keinen Zweifel«, murmelte sie, leise genug, dass es Adam nicht hören konnte.

Thanos erkannte, wie ein leichtes Zittern durch ihren Körper fuhr. Er musste sich zurückhalten, um sie nicht sofort wieder nach oben zu bringen und sie dazu zu bringen, von ihm zu trinken. Diese Frau trieb ihn offensichtlich in den Wahnsinn. Zwar hatte er dies schon von Anfang an befürchtet, aber die Art und Weise, auf die sie es tun würde, gehörig unterschätzt. Zumindest gestand er sich selbst ein, dass er gerne die ganze Nacht damit verbringen würde, ihr noch einmal zu demonstrieren, dass sie sich keineswegs davor fürchten oder ekeln musste, sein Blut zu trinken. Er würde auch gerne die nächste Nacht damit verbringen und die Nacht danach. Sein Verlangen schien nicht so geheim zu sein, wie er glaubte.

Nike senkte den Blick und trat unwillkürlich einen Schritt zurück.

Thanos musste an sich halten, um nicht nach ihr zu greifen und sie an sich zu ziehen. Er wandte sich von ihr ab und ging zum Kühlschrank, holte einen Blutbehälter heraus und erwärmte ihn für sie in der Mikrowelle. Dann legte er den Behälter vor sie auf die Küchentheke und wartete.

»Trink«, forderte er und beobachtete, wie sie angewidert das Gesicht verzog. Erst als er einen Schritt auf sie zu machte, griff sie nach dem Behälter und brachte ihn an ihre Lippen.

Adam stand neben ihr und betrachtete das Schaustück anscheinend mit einer Mischung aus wissenschaftlicher Neugier und natürlicher Abneigung.

Nike trank ein paar wenige Schlucke, ehe sie den Behälter zurücklegte. Ihre Wangen nahmen sofort Farbe an und sie räusperte sich, als sie ihren Mund abwischte.

»Zufrieden?«, schnauzte sie Thanos an und verließ die Küche, während sie sich immer wieder mit dem Handrücken über die Lippen fuhr.

»Sie gewöhnt sich daran«, meinte Thanos und leerte den Behälter, während Adam schweigend zusah.

***

Um auf andere Gedanken zu kommen, ging Nike ins Wohnzimmer und machte sich daran, die Kleidung, die sie bestellt hatte, auszupacken. Sie fühlte sich wacher als je zuvor, gleichzeitig aber auch nervöser. Ihr Herz schlug schneller und sie konnte sich nicht erklären, weshalb. War dies eine der Nebenwirkungen ihrer Veränderung? Sie konnte nur hoffen, dass dem nicht so war. Ihre Finger zitterten, während sie die Verpackung der Jeans aufriss und sie hielt einen Moment inne, um zur Ruhe zu kommen. Helfen wollte ihr das aber auch nicht. Panik ergriff sie und sie ging eilig zurück in die Küche.

»Mit mir stimmt etwas nicht. Ich meine, wirklich nicht.«

Adam und Thanos sahen sie verwirrt an. Schließlich machte sich Sorge auf Thanos' Gesicht breit und er kam auf sie zu.

»Was ist mit mir?«, fragte sie ihn ängstlich, als ihr Herz nur noch schneller schlug.

»Was ist denn?«, fragte Adam, der nicht verstehen konnte, was vor sich ging.

»Sie hyperventiliert oder so etwas. Ihr Herz schlägt zu schnell. Ich meine, viel zu schnell, selbst für sie«, erklärte Thanos und drückte sie auf einen der Hocker vor der Theke.

»Vielleicht … vielleicht liegt es daran, dass ihr Körper es nicht mehr gewöhnt ist, Nährstoffe in irgendeiner Form zu sich zu nehmen und die Aufnahme des Blutes überfordert ihn jetzt.«

»Vorletzte Nacht war ich nicht überfordert«, erwiderte Nike verzweifelt und hielt sich krampfhaft an Thanos' Armen fest. Wenn ihre Fingernägel in seiner Haut ihn störten, sagte er nichts darüber.

»Vorletzte …?« Adams Blick wanderte von Nike zu Thanos und wieder zurück. Langsam machte sich Verständnis auf seinem Gesicht breit. »Ach so …« Er runzelte die Stirn, öffnete den Mülleimer und holte die Plastikverpackung raus, die Thanos eben entsorgt hatte. Mit der Verpackung in der Hand verließ er die Küche und murmelte etwas vor sich hin.

Als sie allein waren, warf Nike Thanos einen verzweifelten Blick zu. Sie konnte doch nicht die letzten Wochen überlebt haben, nur um jetzt daran zu sterben, dass ihr Körper irgendwelche verdammten Nebenwirkungen entwickelte.

»Ich brauche euer Blut.« Adam kam mit zwei Spritzen und einem Stauschlauch zurück in die Küche.

Ohne nachzudenken, reichte Nike ihm ihre Hand und ließ sich von ihm das Gummiband um den Oberarm legen. Sie beobachtete, wie Adam ihr Blut abnahm und die Röhre beschriftete, bevor er das Gleiche bei Thanos tat.

»Ich werde ein paar Untersuchungen vornehmen und hoffe, etwas herauszufinden. Bis dahin … halt dich besser von dem Blut im Kühlschrank fern. Es scheint ähnlich einem Koffeinschub zu sein, was du durchmachst. Ich muss nur …«

»Das musst du mir nicht zwei Mal sagen«, murmelte Nike und sah Adam nach, als er sie wieder alleine ließ. »Und jetzt? Mein Herz explodiert gleich.«

Thanos ergriff ihre Hand und zog sie vom Hocker herunter. »Komm mit«, forderte er sie auf und zog sie hinter sich her in den Keller. »Wenn es wirklich eine Art Koffeinschub ist, musst du es abbauen«, erklärte er, als er mit ihr in den Trainingsraum ging und sie bis vor den Sandsack zog. Er hielt ihn fest, während er darauf wartete, dass sie auf ihn einschlug. »Na los«, forderte er sie auf, als sie zögerte. »Lass es raus. Sobald du ausgepowert bist, sollte es dir besser gehen.«

Nike konnte nur hoffen, dass er recht hatte und begann, auf den Boxsack einzuschlagen und zu -treten. Es war sehr viel besser, wenn ihn jemand festhielt und das große Gerät nicht mit voller Wucht auf einen zurückprallen konnte. Sie verlor völlig das Zeitgefühl, während sie auf den roten Sack eindrosch. All ihre Wut auf Iosif, die Angst, die sie in der vergangenen Nacht gespürt hatte, alles legte sie in ihre Schläge und Tritte. Irgendwann hörte sie auf und tänzelte auf der Stelle, rollte ihre Schultern und blieb schließlich stehen.

»Besser«, entschied sie und atmete schwer.

Thanos nickte und trat am Boxsack vorbei auf sie zu. Er blieb vor ihr stehen und nahm ihr Gesicht in beide Hände. »Jetzt sag mir, was letzte Nacht passiert ist.«

Ihre Augen verengten sich und sie versuchte, sich aus seinem Griff zu befreien, doch Thanos ließ sie nicht gehen. »Ich will nicht darüber reden.«

»Ich weiß. Aber ich will davon hören. Und ich glaube nicht, dass Komplikationen das richtige Wort sind. Du konntest kaum sprechen oder stehen.«

Nike sah ihn lange schweigend an. Sie schluckte den Kloß hinunter, der sich in ihrem Hals formte. »Weshalb willst du das wissen?«

»Weil ich dir helfen will.« Er sagte das so, als sei es eine Selbstverständlichkeit.

Nike runzelte die Stirn. »Wieso?«

»Darüber reden wir, sobald du mir gesagt hast, was passiert ist.«

Er war ihr so nah. Seine Gegenwart hüllte sie ein und ihr Herz klopfte wieder schneller. Dieses Mal setzte keine Panik ein. Sie wusste genau, weshalb sie so reagierte. Dieser Mann brachte sie dazu, verdammt dumme Dinge zu tun. Eines davon war, sich auf die Zehenspitzen zu stellen und ihn zu küssen, wie sie es jetzt tat. Die Arme um seinen Hals zu schlingen und sich an ihn zu lehnen.

»Du versuchst abzulenken«, murmelte er an ihrem Mund und Nike stellte zufrieden fest, wie rau seine Stimme klang.

»Mhm«, bestätigte sie und ließ ihre Zunge über seine Lippen gleiten. »Funktioniert es?« Er knurrte und zog sie fester an sich. Nike zog sich an seinen Schultern hoch und schlang die Beine um seine Hüften. Thanos' Hände glitten über ihren Rücken und über ihren Hintern, um sie festzuhalten. Sie stöhnte in seinen Mund, als sich ihre Hände in seinem Haar vergruben.

»Du wirst dieser Unterhaltung nicht ewig aus dem Weg gehen können«, meinte Thanos und küsste ihren Hals.

Nike lehnte den Kopf zurück und schloss die Augen. »Nicht für ewig, nur für ein, zwei Nächte.«

Er knurrte erneut und knabberte vorsichtig an ihrer Haut. Eine Hitzewelle durchfuhr Nikes Körper.

Gott, sie wollte diesen Mann mehr als alles andere.

Sie presste ihren Körper gegen seinen und verfluchte sich im Stillen, nicht daran gedacht zu haben, sich erst all ihrer Kleidung zu entledigen. Ihrer Kleidung, die dringend in die Wäsche gehörte. Sie verzog das Gesicht, weil ihr der Gedanke gerade in diesem Augenblick kommen musste, ehe sich ein Grinsen auf ihr Gesicht stahl. Sie löste ihre Beine von seinen Hüften und ließ ihre Füße wieder den Boden unter sich spüren. Thanos sah sie fragend an und wollte sie bereits zurück zu sich ziehen, als sie ihm lachend auswich.

»Ich brauche eine Dusche«, entschied sie und drehte sich um. Als sie die Tür des Trainingsraums erreicht hatte, hatte er noch immer nicht zu ihr aufgeschlossen. Mit hochgezogenen Brauen drehte sie sich zu ihm um. »Brauchst du eine Extraeinladung oder kommst du so mit?«

Im nächsten Augenblick stand er vor ihr und zog sie für einen weiteren Kuss an sich. Während er sie rückwärts aus dem Trainingsraum schob, zog er bereits an ihrem Top, um es ihr über den Kopf zuziehen. Den Moment, in dem sich ihre Lippen nicht berührten, nutzte er aus, um die Zimmertür des Bades zu öffnen und hinter ihnen zu schließen. Der Schlüssel drehte sich im Schloss und Thanos verlor keine Zeit, Nike wieder in seine Arme zu ziehen und erneut zu küssen.

Kapitel 22

Sie stolperten übereinander, während sie sich gegenseitig auszogen und in die Dusche stiegen. Nike drehte das Wasser an, lehnte den Kopf zurück, ließ das warme Nass über ihr Gesicht laufen, bevor sie sich Thanos zuwandte. Ihre Hände glitten über seinen Oberkörper. Sie genoss es, wie seine Muskeln sich unter ihrer Berührung anspannten. Sie genoss es besonders, wenn sie sich anspannten, weil er sie in seinen Armen hielt. Sie lehnte sich vor und küsste seine Brust. Ihre Hände glitten über seine Rippen und zu seinem Rücken, hielten ihn an sich gepresst, während ihre nassen Körper sich berührten. An ihrem Bauch spürte sie seine Erregung. Sie biss auf seine Brustwarze, zog kurz daran und leckte sie, bevor sie sich vor ihm auf die Knie begab. Ihre Hände glitten dabei langsam über seinen Rücken nach unten. Sie spürte Thanos' Finger in ihrem Haar, als sie sein Glied in ihre Hände nahm und es streichelte. Selbst über das Wasser konnte sie sein Stöhnen hören. Sie umschloss ihn mit ihrer Rechten und bewegte sie einige Mal auf und ab, bevor sie die Spitze mit ihren Lippen berührte. Seine Hände verfingen sich in ihren Strähnen und mit einem Lächeln zog sie sich zurück, als er seine Hüfte nach vorn bewegte. Sie hob den Blick, um ihn anzusehen. Seine Augen waren fast schwarz vor Verlangen. Den Blick noch immer auf sein Gesicht gerichtete, schloss sie die Lippen um sein Glied und ließ es über ihre Zunge gleiten. Thanos' Lider schlossen sich leicht und er öffnete den Mund zu einem weiteren Stöhnen. Nikes rechte Hand fuhr über seinen Schaft, hinab zu seinem Hodensack und umschloss ihn mit federleichten Bewegungen. Sie stöhnte, als er unter ihrer Berührung zusammenzuckte und die Vibration durchfuhr seinen ganzen Körper. Ihre linke Hand lag um seinen Oberschenkel, strich immer wieder über seine Haut, streichelte und kratzte ihn abwechselnd, während sie ihren Mund weiter für ihn öffnete.

Sie fühlte, wie er seine Finger durch ihr Haar gleiten ließ, ihren Hinterkopf festhielt und sie sanft und doch bestimmt dazu aufforderte, mehr von ihm aufzunehmen. Nike stöhnte erneut, während ihre Zunge um seinen Penis strich. Sie schloss die Augen und gab sich ihm ganz hin, ließ sich von ihm führen. Sein Atem, der immer schneller ging, genau wie sein steigender Herzschlag, waren Musik in ihren Ohren. Als er sachte an ihren Haaren zog, um sie von sich zurückzuziehen, öffnete sie die Augen und sah zu ihm auf. Sie spürte, dass er kurz davor war, seinen Höhepunkt zu finden und sie hatte nicht vor, einen Augenblick davon zu verpassen. Thanos betrachtete sie einen Moment lang, in dem er abzuschätzen schien, ob sie es ernst meinte, bevor seine Hände erneut Druck auf ihren Kopf ausübten und sie festhielten, als er mit einem Schrei in ihr kam.

Nike betrachtete sein Gesicht, den Anblick schieren Glückes, und stöhnte, als sie ihn auf ihrer Zunge schmeckte. Sie hörte nicht auf, ihn zu befriedigen, bis er sich schwer atmend aus ihr zurückzog und den Rücken an die Fliesen lehnte.

Mit einem selbstzufriedenen Grinsen, das dem einer Katze glich, erhob sie sich, lehnte sich an ihn. Thanos schlang die Arme um sie und küsste sie. Er schob sein linkes Bein zwischen ihre und zog sie an sich, bis sie mehr auf seinem Oberschenkel saß, als dass sie selbst stand. Instinktiv bewegte sie ihre Hüften. Sie stöhnten in seinen Mund und unterbrachen atemlos ihren Kuss.

Nike sah ihn fragend an, doch als er sie zurückdrängte, verstand sie. Ihr Rücken berührte die Duschfliesen und sie lehnte sich daran, während Thanos sich vor ihr auf den Boden kniete. Seine Finger fuhren über ihre Beine und sie spreizte sie willig für ihn. Durch ihre Wimpern hindurch beobachtete sie, wie er über ihr rechtes Bein strich, den Kopf zur Seite wandte und sie auf die Innenseite ihres Knies küsste. Er setzte seinen Weg über ihren Oberschenkel fort. Hin und wieder ließ er seine Zähne über ihre Haut gleiten und Nike glaubte, allein davon einen Orgasmus zu bekommen. Er hob ihren Schenkel über seine Schulter, ließ nicht zu, dass sie die Beine schließen konnte, und sah sie an. Elendig lange schien er zu brauchen, bevor sie seine Lippen zwischen ihren Schenkeln spürte.

Nike lehnte den Kopf gegen die Fliesen und stöhnte.

»Sieh mich an.« Seine Stimme, mehr Grollen als Worte, brachten sie dazu, die Augen zu öffnen und den Kopf zu senken.

Er hielt ihren Blick gefangen, während er sie mit Händen und Mund befriedigte, sie immer wieder zu neuen Höhen trieb, ohne ihr zu erlauben, den Höhepunkt zu finden.

Sie wimmerte vor Verlangen. Ihre Beine zitterten. Sie wusste nicht, wie lange sie es noch aushalten konnte. »Thanos«, bat sie verzweifelt und presste sein Gesicht fester gegen ihre Scheide. Sie spürte, wie seine Zunge ihren Kitzler stimulierte und doch war es bei Weitem nicht genug. Seine Zähne fuhren über ihre Schamlippen, nicht stark genug, um ihre Haut zu öffnen, doch genug, um sie endlich die Erlösung finden zu lassen, die sie sich so ersehnt hatte. Noch während sie seinen Namen schrie und ihr Körper erzitterte, erhob Thanos sich. Er ließ ihr Bein von seiner Schulter gleiten, hielt es jedoch fest, als es auf Höhe seiner Hüften angelangt war.

Nike lächelte ihn an und leckte sich mit der Zunge über die Lippen. Sie schlang die Arme um seinen Hals und zog ihn zu sich. Doch statt ihm ihre Lippen für einen weiteren Kuss zu bieten, zog sie ihn an ihren Hals.

»Trink«, flüsterte sie und hielt seinen Kopf fest, bis sie spürte, wie seine Zähne in ihre Haut eindrangen. Sie seufzte an seinem Ohr, ließ ihn ihre Lust nicht nur spüren, sondern hören und streichelte mit sanften Bewegungen seinen Nacken.

Sein Glied lag zwischen ihren Schenkeln, genau dort, wo er in sie eindringen sollte und sie spürte, wie ihr Blut ihn erregte, wie er an ihrem Körper hart wurde und sich aufrichtete, gerade so, als suche er nach ihr.

Mit zittrigen Fingern ließ Nike ihre linke Hand über seine Brust und zwischen ihre Körper gleiten, führte seine gerade wiedererwachende Erregung zu ihrem Ziel. Sie stöhnte, als er in sie eindrang. Thanos' Hände fuhren unter ihren Hintern und hoben sie hoch, bis sie beide Beine um seine Hüften schlingen konnte. Noch immer wurde er härter, füllte sie mehr und mehr aus und Nike genoss jede Sekunde davon. Thanos trank weiter von ihr, wobei er begann, sie langsam auf und ab zu bewegen.

Ihr Kopf lehnte sich an seine Schulter und sie vergrub ihr Gesicht an seinem Hals. Ihre Zähne schlossen sich um die Narbe, die sie mit ihrem Biss geschaffen hatte und sie fing an, daran zu beißen, bis die Haut unter ihr nachgab und sie sein Blut schmeckte.

Thanos stöhnte an ihrem Hals. Sie bewegten sich schneller, verzweifelter, hungriger. Selbst, nachdem beide erneut ihren Höhepunkt gefunden hatten, blieben sie ineinander verschlungen auf dem Boden der Dusche sitzen und tranken voneinander.

***

Als sie später in dieser Nacht wieder ins Erdgeschoss kamen, dröhnte aus Richards Zimmer Musik. Adam war im Behandlungsraum und kam gerade zur Tür heraus, als die beiden die oberste Treppenstufe erreicht hatten.

»Geht es dir besser?«, fragte er Nike, die als Antwort nur ein Nicken zustande brachte. »Gut, gut. Ich glaube, ich weiß auch, was das Problem ist.« Er winkte beide mit sich in sein Behandlungszimmer. »Also, ich habe die drei Blutproben verglichen und meine Vermutung, dass du etwas Ähnliches wie einen Koffeinschub hattest, waren gar nicht so schlecht. Dein Blut verträgt sich nicht mit normalem. Wenn du versuchst, normales Blut zu dir zu nehmen, wirst du wohl jedes Mal so extrem darauf reagieren. Es ist einfach zu … ja, mangels besserer Worte, *schnell* für dich. Das Blut eines Vrykólakas hingegen ist perfekt, weil es deinen beschleunigten Blutkreislauf ausgleicht. Umgekehrt ist dein Blut – wie schon vorher gesagt – für einen Vrykólakas auch sehr viel nahrhafter als normales Blut.«

»Das heißt, ich *muss* einen Vrykólakas beißen, wenn ich nicht verhungern will?«

Thanos spannte sich neben ihr an. Nike ignorierte den düsteren Blick, den er ihr zuwarf.

»Nun … ja«, stimmte Adam ihr zu und wandte sich zu den beiden um. Er machte einen erschrockenen Schritt zurück, als ihm Thanos' Gesichtsausdruck auffiel, und stieß dabei das Mikroskop hinter sich um.

»Mir gefällt nicht, wie du das *einen Vrykólakas beißen,* aussprichst«, knurrte Thanos und beugte sich näher zu Nike, die ihn mit hochgezogenen Brauen ansah.

»Mir gefällt auch einiges an meinem neuen Zustand nicht, glaub mir«, versicherte sie ihm und verließ den Raum.

»Wir müssen reden«, entschied Thanos und folgte ihr.

Nike war anderer Meinung. »Ich muss mich darum kümmern, etwas Anständiges zum Anziehen zu haben.« Sie drängte sich an ihm vorbei und ging ins Wohnzimmer.

»Reden. Jetzt.«

»Was soll das? Ich Tarzan, du Jane? Das ist mehr als kindisch.«

»Nike.« Er ergriff ihre Schultern und drehte sie zu sich herum. »Ich frage ein letztes Mal, was gestern Nacht im Krankenhaus passiert ist. Und ich lasse mich nicht noch einmal ablenken.«

»Heißt das, die Ablenkung hat dir nicht gefallen?« Nike sah ihn unschuldig an.

Thanos' Augen verengten sich. Mit einem Seufzen gab Nike schließlich nach.

»Mein Vater liegt im Sterben. Er braucht dringend die passenden Spenderorgane, um überleben zu können. Die sollte ich liefern. Ob ich wollte oder nicht. Ohne die Hilfe einer Ärztin wäre ich jetzt nicht hier und Iosif würde sich von einer lebensrettenden Operation erholen, um bei nächster Gelegenheit wieder OLYMPUS zu übernehmen.«

Thanos ließ sie los und war im nächsten Moment aus dem Zimmer verschwunden.

Nike rannte ihm nach und stoppte ihn, bevor er das Haus verlassen konnte. Sein Blick sagte eines ganz klar: Tod.

»Was hast du vor?«, fragte sie ihn entsetzt und stemmte die Hände gegen seine Brust.

»Was glaubst du? Ich werde ihn umbringen!«

»Das erledigt die Zeit von alleine. Sie braucht dabei keine Hilfe.«

»Er wollte dich töten«, beharrte Thanos und ballte die Hände zu Fäusten. Nikes Finger lockerten sich und sie trat einen Schritt auf ihn zu.

»Aber ich lebe«, sagte sie leise. »Ich verstehe dich wirklich nicht. Du predigst etwas davon, sich nicht in Gefahr zu begeben, nichts gegen OLYMPUS zu tun, sich vor ihnen zu verstecken und jetzt willst du in das Krankenhaus marschieren, in dem Iosif liegt und ihn dort töten? Du würdest nicht lebend herauskommen.«

»Egal«, knurrte Thanos und trat einen Schritt vor.

Nike wich nicht zurück und sah weiterhin zu ihm auf. »Mir nicht«, gab sie leise zu und erschrak über ihre eigenen Worte. »Mir nicht«, wiederholte sie, als müsse sie es sich selbst noch einmal sagen.

Die Wut in Thanos' Augen ließ etwas nach, als er ihrem Blick begegnete. Ihre Hand ruhte auf seiner Brust, sie konnte sein Herz schlagen fühlen. Für seine Verhältnisse schlug es ungewöhnlich schnell. Er senkte den Kopf zu ihr herab und küsste sie. Da war sie, ihre Antwort nach dem Wieso. Der Grund, weshalb er sie nicht zurückgelassen hatte, sie nicht einfach hatte gehen lassen. Sie lag auf seinen Lippen, die sich sanft gegen ihre pressten, in seinen Händen, die ihr Gesicht umschlossen, in dem Seufzen, das an ihr Ohr drang, als sie sich auf die Zehenspitzen stellte, um ihm näher zu sein, in seinem Herzschlag, der beinahe so stark war wie der eines normalen Menschen.

Die Antwort machte ihr Angst und doch wollte sie keine andere gelten lassen. Langsam ließ sie sich auf ihre Füße zurückfallen.

»Versprich mir, dass du dich nicht in Gefahr begibst«, bat sie ihn.

Thanos schwieg und runzelte die Stirn.

»Bitte.« Sie griff nach seinen Händen und verschränkte ihre Finger.

Thanos nickte knapp. Das war die einzige Versicherung, die sie bekommen würde. Die Spannung, die in der Luft zwischen ihnen lag, behagte ihr nicht. Sie schrie geradezu danach, dass sie sich aussprechen sollten, sich Dinge gestehen sollten, die Nike nicht in der Lage war, in Worte zu fassen, die sie vielleicht gar nicht in Worte fassen wollte. Es war eine gefährliche Spannung, eine gefährliche Situation.

»Außerdem, von wem sollte ich denn trinken, wenn dir etwas passieren würde«, versuchte sie, die Stimmung zu lockern. Thanos knurrte und machte einen Schritt auf sie zu. Nike duckte sich unter seinen Armen hinweg und rannte durch den Flur.

Kapitel 23

»Was wird das?« Nike ließ sich neben Richard auf die Couch fallen und sah neugierig auf den Zeichenblock auf seinen Knien. Er lehnte sich zur Seite, um Abstand zwischen sie beide zu bringen und musterte sie von oben bis unten, bevor er ein Stück von ihr wegrückte.

»Ach komm schon. Oder zeichnest du wieder, wie ich von wilden Wölfen zerfleischt werde?« Sie versuchte, ihm den Block wegzunehmen, doch Richard zog ihn rechtzeitig zurück und drückte ihn an seine Brust.

»Vergiss es!«

»Was, soll ich betteln?«

Er tat, als müsse er darüber nachdenken und tippte mit dem Bleistift an sein Kinn. »Mit allem drum und dran? Auf den Knien, beginnend mit den Worten »Oh unwiderstehlicher Richard« wäre einen Versuch wert. Ich sage nicht, dass der Versuch von Erfolg gekrönt wäre, aber ich werde dich nicht davon abhalten.«

Nike verschränkte die Arme vor der Brust und sah ihn mit hochgezogenen Brauen an. »Oder ich werfe dich noch mal auf den Boden und nehm dir den Block einfach weg.«

»Dass du immer so gewaltbereit sein musst. Du weißt, dass das keine sehr attraktive Eigenschaft ist?«

Blitzschnell griff sie erneut nach seinem Zeichenblock.

Mit einer theatralischen Geste überließ Richard ihn ihr dieses Mal und ließ zu, dass sie die Zeichnung betrachtete, an der er gerade arbeitete.

Zuerst staunte sie lediglich über die Details der Figur, sie konnte in den Flügeln tatsächlich einzelne Federn erkennen, die Falten des

Kleides waren erstaunlich gut ausgearbeitet. Schatten schienen auf das Schwert in der rechten Hand zu fallen, die linke Hand fehlte noch, ebenso wie ein Teil des Gesichts und doch glaubte sie, etwas zu erkennen, wenn sie die Augen zusammenkniff.

»Soll ich das sein?«, fragte sie überrascht und schaute von der Zeichnung zu Richard und wieder zurück. Er wollte ihr den Block wieder aus den Händen nehmen, doch sie wandte ihm den Rücken zu, um dies zu verhindern.

»Das bin wirklich ich, nicht wahr? Ich als ... Nike? Ich meine, die richtige, echte Nike? Die Siegesgöttin?«

»Wer hat sich denn selbst nach ihr benannt?«, murmelte Richard und versuchte, um sie herumzugreifen.

Nike hörte, wie sein Herz schneller schlug und Blut in seinen Kopf pumpte. Doch sie konnte es nicht über sich bringen, ihn wegen seiner Verlegenheit aufzuziehen. Die Zeichnung war umwerfend. Nicht nur, dass sie vollkommen lebensecht war, Nike kam nicht darüber hinweg, dass er sie tatsächlich so auf Papier gebannt hatte. Vorsichtig fuhr sie mit dem Finger über das gezeichnete Gesicht. Ein Auge fehlte noch und, wenn sie das vom Rest des Bildes richtig erkannte, die Schattierungen.

»Das ist wunderschön«, flüsterte sie und drehte sich wieder zu ihm um. »Darf ich es haben, wenn es fertig ist?«, fragte sie und reichte ihm den Block.

Er klappte ihn zu und legte ihn mit einem Schulterzucken neben sich auf die Couch. »Hast du sonst nichts zu tun?«, murmelte er und griff nach der Fernbedienung.

Nike schüttelte grinsend den Kopf. »Was ist mit der linken Hand?«, versuchte sie, ihn zum Reden zu bringen.

»Ich denke, ich werde ihr einen abgetrennten Schädel geben und dem Schwert noch ein wenig Blut verpassen. Au!« Er rieb sich die Schulter, auf die Nike ihm gerade geschlagen hatte.

»Du wirst dich hüten!«

»Was denn? Soll ich ihr vielleicht einen Blumenstrauß zeichnen?«

»Ein Herz«, erklärte Nike, nachdem sie kurz darüber nachgedacht hatte.

Richard sah sie entsetzt an. »Aber ein abgetrennter Kopf kommt nicht infrage, ja?«

»Nicht so ein Herz.« Nike beugte sich über ihn, um den Block wieder in die Hand zu nehmen und sich seine Zeichnung noch einmal anzusehen. Sie lehnte sich zurück und tippte mit dem Zeigefinger auf die Stelle, an der die Hand auf der Zeichnung noch fehlte. »Weißt du, weshalb ich mich nach ihr benannt habe?«

»Weil du einen Komplex hast, der dich glauben lässt, dass du tatsächlich unbesiegbar bist?« Seine Antwort brachte ihm einen erneuten Schlag gegen die Schulter ein, wenn auch weniger stark als beim ersten Mal.

»Es heißt, Nike habe denen den Sieg gebracht, die reinen Herzens waren«, flüsterte Nike und verzog das Gesicht. »Hat wohl nicht so ganz funktioniert bei mir.«

Richard stieß die Luft aus und folgte ihrem Beispiel, sich gegen die Couch zurückzulehnen.

Nike spürte seinen Blick auf sich ruhen.

»Ich glaube, wir sind uns einig darin, dass sich deine Göttin hier im Lauf der Menschheitsgeschichte so einige Male geirrt hat, wenn es darum ging, reine Herzen zu erkennen.«

Nike hob den Kopf, um ihn anzusehen. »Wahrscheinlich hast du recht.«

»Wahrscheinlich? Hör mal, ich hab grundsätzlich recht.« Dieses Mal fing er ihre Hand mit seiner ab, bevor sie ihn schlagen konnte. »Ich zeichne es heute Nacht noch fertig«, versprach er ihr leise.

Nike lehnte den Kopf zurück und sah ihn aus zusammengekniffenen Augen an. »Pass auf Richard, oder jemand könnte auf den Gedanken kommen, dass du gar kein Arsch bist.«

Sie war sich nicht sicher, ob man seine Reaktion als Lachen oder Schnauben bezeichnen konnte, als er ihr den Block wieder aus der Hand nahm. »Wenn du es keinem verrätst … wobei, selbst wenn du es verraten würdest, mein Ruf bleibt mir sicher.«

Sie fürchtete, dass er mit dieser Einschätzung richtig lag und es versetzte ihr einen kleinen Stich. Er konnte tun, was er wollte, Thanos und die anderen würden in ihm immer einen Feind und Außenseiter sehen. Dabei hatte er keinem von ihnen je etwas getan. Er war nicht jahrelang auf der Jagd nach ihnen gewesen, hatte einige von ihnen getötet, ohne einen Augenblick zu zögern oder zu hinterfragen, ob es das Richtige war.

Ihre Nackenhaare richteten sich auf. Sie spürte Thanos' Nähe. Einen Augenblick später bemerkte sie aus den Augenwinkeln eine Bewegung im Flur. Die Augen noch immer zusammengekniffen warf sie einen kurzen Blick in seine Richtung. Verachtung. Abscheu. Sie waren deutlich auf seinem Gesicht zu lesen. Galten sie nur Richard? Oder auch ihr?

Aus einer spontanen Eingebung heraus lehnte sie sich vor und küsste Richards Wange.

»Danke«, flüsterte sie und erhob sich von der Couch. Als sie sich zur Tür wandte, war Thanos weg und ihr Herz wurde schwerer.

***

»Du verbringst ziemlich viel Zeit mit Richard.«

Nike schlug mit aller Wucht auf den Boxsack, dann wandte sie ihren Blick zu Thanos, der an der Wand gelehnt dastand und sie beobachtete.

»Man könnte fast glauben, du seist eifersüchtig.« Sie grinste, als sie weiter auf den Boxsack einschlug.

»Ich kann es nur nicht nachvollziehen. Niemand verbringt freiwillig seine Zeit mit ihm. Selbst Adam, der wohl die Friedfertigkeit in Person ist, meidet ihn so gut es geht.«

»Vielleicht versteht ihr ihn einfach nicht.«

Ein Schulterzucken, während sie weiterboxte. Nike konzentrierte sich auf ihre Bewegungen und die Atmung. Das Schweigen, das in der Luft hing, wurde beinahe spürbar, bis sie es nicht mehr aushielt. Sie wandte sich vom Boxsack ab und sah Thanos an.

»Hatte er je eine Chance? Ganz ehrlich, habt ihr ihm je eine Chance gegeben oder habt ihr ihn von Anfang an verteufelt?"

»Das verstehst du nicht«, verteidigte Thanos sich und verschränkte die Arme vor der Brust.

»Doch, ich glaube, ich verstehe sogar besser als du. Da kam dieser junge Kerl in eure Gemeinschaft, der all das repräsentierte, was ihr zu hassen gelernt habt.«

Thanos widersprach nicht.

Nike nickte langsam, als sie sich bestätigt glaubte, doch sie war noch nicht fertig. »Er glaubt, er verdient euren Hass, wusstest du das? Er sieht es als Strafe für die Verbrechen an, die sein Vater begangen hat. Die Verbrechen, während derer er sich dazu entschlossen hat, sich OLYMPUS anzuschließen, um eine Wiederholung zu verhindern.«

Nike schloss die Lücke zwischen ihnen und blieb vor Thanos stehen. Ihm gefiel ihr Gesprächsthema ganz und gar nicht, das konnte sie seinem Gesicht nur zu deutlich ansehen. Die gerunzelte Stirn, der finstere Blick, die zusammengepressten Lippen, die verschränkten Arme. Ihr war es dafür umso wichtiger.

»Ich komme von OLYMPUS, Iosif Basdekis ist mein Vater. Wann wirst du anfangen, mich zu hassen?« Ihre Stimme war ruhig und leise, sie verriet nichts von der Angst, die sie bei dieser Frage empfand. Ihre Augen lösten sich von seinen, nur ein wenig tiefer, um nicht den Moment zu sehen, in dem er begriff, dass er sie hassen müsste.

Thanos legte seine Hand auf ihre Wange und hob ihren Kopf, bis sie ihn wieder ansah. »Das ist nicht dasselbe«, beharrte er. »Du kannst euch beide nicht miteinander vergleichen.«

»Du hast recht«, gab sie leise zu. »Richard war ein Kind, als der Krieg endete. Er hat nie als Soldat in ihm gedient, hat nie in ihm getötet. Ich habe meine Kindheit damit verbracht, genau das zu lernen: zu kämpfen. Zu töten. Euch zu töten. Und ich habe es getan. Ich bin mit sechzehn zum ersten Mal auf die Jagd gegangen. Ich habe in euch keine Menschen gesehen. Nur Monster, die es zu töten galt und das habe ich auch getan. Wieder und wieder. Wie kannst du mich nicht hassen?« Sie löste sich aus seiner Berührung und ging ein paar Schritte zurück.

Bevor sie sich zu weit zurückziehen konnte, griff Thanos nach ihrer Hand und zog sie zu sich. Er schlang beide Arme um ihre Taille und lehnte seine Stirn an ihre, ließ sie nicht gehen. »Du hast den Tod deiner Mutter mit angesehen. Etwas, das kein Kind je miterleben sollte.

Dir wurden die Lügen OLYMPUS' wie das täglich Brot eingeflößt, während du dich nicht einmal an deinen eigenen Namen erinnern konntest. Du hast geglaubt, völlig allein auf der Welt zu sein und wolltest verhindern, dass es anderen Kindern so ergehen würde wie dir. Ja, du hast gekämpft und getötet. Aber du hast dich geweigert, Adam zu töten, als du den Auftrag dazu hattest. Du bist nicht wie Richard und du bist auch nicht wie dein Vater.« Als Nike den Mund öffnete, um etwas zu erwidern, verschloss Thanos ihn ihr mit dem Zeigefinger. »Das ist es doch, worum es dir wirklich geht. Du glaubst, so wie wir deiner Meinung nach Richard mit seinem Vater gleichsetzen, müsste ich es auch mit dir tun, aber du bist nicht Iosif. Dein Vater kämpft nicht, er lässt andere seine Arbeit erledigen, damit er davon profitieren kann. Richtig ist für ihn nur das, was ihn voranbringt, koste es, was es wolle. Du hast gekämpft, weil du es für das Richtige gehalten hast und du würdest wieder für das kämpfen, was du für das Richtige hältst.« Er küsste ihre Schläfe und Nike vergrub ihr Gesicht an seiner Brust. »Selbst wenn es für jemanden wie Richard ist.«

Sie hörte ihn die letzten Worte in ihr Haar murmeln, während sie sich an ihm festklammerte und inständig hoffte, dass er seine Meinung nie ändern würde. Eines unterschied sie sehr wohl von Richard: Sie würde Thanos' Hass nie als Antrieb nutzen können. Ihre Finger schlossen sich krampfhaft um den Stoff seines Hemdes. Sie brauchte ihn, wurde ihr in diesem Moment klar. Sie brauchte ihn so sehr, wie sie noch nie jemanden gebraucht hatte. Die Erkenntnis machte ihr entsetzliche Angst.

Kapitel 24

»Das solltet ihr euch ansehen«, rief Adam aus dem Wohnzimmer, als sie am nächsten Abend erwachten.

Richard saß bei ihm, auf einem Sessel neben der Couch, und blickte finster auf den Fernseher.

»Ein weiteres Opfer«, erklärte Adam und deutete auf den Bildschirm. »Aber dieses Mal hat eine Überwachungskamera eine Aufnahme des Täters gemacht. Moment, sie müssten es gleich noch einmal zeigen. Das Bild ist nicht besonders gut, aber er sieht direkt in die Kamera. Gerade so, als wollte er gesehen werden.«

»Aber das macht überhaupt keinen Sinn«, widersprach Thanos.

»Sieh es dir selbst an.«

Schweigend sahen sie auf den Bildschirm, auf dem eine Reporterin vom Fundort der Leiche berichtete. Als man das Bild der Überwachungskamera einblendete, starrte Nike entsetzt in das Gesicht des Mannes, den sie seit zwanzig Jahren nicht vergessen konnte.

»Der Mann hat meine Mutter ermordet«, flüsterte sie und erhielt sofort die ungeteilte Aufmerksamkeit der drei Männer.

»Bist ... bist du dir sicher?«, fragte Adam vorsichtig und schaltete den Fernseher leiser.

Nike starrte noch immer auf den Bildschirm. »Ich werde dieses Gesicht und vor allem diese Augen niemals vergessen.« Leere, kalte Augen. Eisige Schauer rannen ihr über den Rücken.

»Wie kannst du das erkennen? Auf dem Video könnten sie jeden aufgenommen haben«, Richard kniff die Augen zusammen und versuchte, etwas zu erkennen, schüttelte dann aber den Kopf.

»Ich weiß, was ich sehe. Seit zwanzig Jahren warte ich darauf, diesem Mann gegenüberzustehen. So etwas vergisst man nicht.«

Richard erhob sich und ging in sein Zimmer. Als er wieder zurückkam, hielt er einen Block und einen Bleistift in der Hand. »Gut, ich höre, wie sieht er aus?«

Nike blinzelte und löste ihren Blick vom Fernseher. Es dauerte einen Moment, bis sie begriff, dass Richard den Mörder ihrer Mutter nach ihren Aussagen zeichnen wollte. Sie beschrieb ihm den Mann, korrigierte seine Zeichnung, wenn er etwas nicht genau getroffen hatte.

Am Ende nickte sie. »Das ist er.«

Richard sah sie entsetzt an und schüttelte den Kopf.

»Das ist unmöglich.« Er reichte Thanos den Block und auch dieser starrte das Bild mit großen Augen an.

»Du musst dich irren«, pflichtete er Richard wohl zum ersten Mal in seinem Leben bei.

Wieso wollten sie nicht akzeptieren, dass sie sich gar nicht irren konnte? »Ich irre mich nicht. Das ist der Mörder meiner Mutter«, beharrte sie und krallte die Fingernägel in ihre Handfläche.

»Nike, dieser Mann kann deine Mutter nicht getötet haben. Er ist seit fünfzig Jahren tot!«

Ungläubig sah Nike Thanos an. Für einen Moment zögerte sie, dann schüttelte sie ihren Kopf nur noch vehementer. »Ich weiß, dass er es ist. Das ist der Mann, der meine Mutter getötet hat.«

»Könnte es sein Bruder sein?«, fragte Richard und nahm Thanos das Bild wieder ab, um es sich erneut anzusehen. Er kniff die Augen zusammen und zog das Bild näher an sich heran, nur, um es dann weiter von sich wegzuhalten.

»Dorin sieht ihm nicht ähnlich genug, um die beiden zu verwechseln. Der Mann, den du gezeichnet hast, ist Valeriu. Und Valeriu war bei OLYMPUS, als sie den Auftrag gegeben haben, uns alle zu töten.« Thanos war von seiner Überzeugung genauso wenig abzubringen wie Nike.

Valeriu, ja er hat mir gute Dienste erwiesen, nicht wahr?

Nike erinnerte sich an die Worte ihres Vaters.

»Valeriu, Iosif sagte, das sei sein Name.«

Nun war es an Thanos und Richard, sie ungläubig anzusehen.

»Vielleicht haben sie die anderen doch nicht getötet«, murmelte Richard und starrte das Bild noch immer an.

»Und haben stattdessen was getan? Sie zu Mezedes und Ouzo eingeladen und sie überzeugen können, weiterhin für sie zu arbeiten und unschuldige Menschen zu töten?«

Auf Thanos' Worte hin funkelte Nike ihn wütend an. »Ich irre mich nicht. Ich habe dem Mörder meiner Mutter in die Augen gesehen, ich werde sein Gesicht den Rest meines Lebens nicht vergessen. Das ist der Mann, der sie mir genommen hat.«

»Du erinnerst dich nicht einmal an ihren Namen oder deinen eigenen, wie kannst du dir dann bei dem Gesicht ihres Mörders sicher sein?«

Eine Eiseskälte breitete sich in Nike aus. Hätte Thanos sie gerade geschlagen, er hätte sie nicht tiefer verletzen können. Sie weigerte sich, ihm ihren Schmerz zu zeigen und reckte ihr Kinn in die Höhe, als sie sich vor ihn stellte und die Arme vor der Brust verschränkte. »Fein, jag ein Phantom, wenn du willst. Ich sage dir, den Mann, den du suchst, findest du bei OLYMPUS.«

»Und ich sage dir, du täuschst dich.«

»Irgendwann wirst du einsehen, dass du nicht immer recht hast.« Mit diesen Worten ging Nike aus dem Zimmer. Sie konnte ihre Wut kaum noch zügeln und die Tränen suchten sich ihren Weg ihre Wange hinab. Sie ging die Treppe hinauf in ihr Zimmer und schloss die Tür hinter sich ab. Sie wollte Thanos nicht sehen. Nicht jetzt. Nicht, nachdem er sie so verletzt hatte. Und dabei hatte er es nicht einmal gemerkt.

***

»Und da dachte ich immer, ich hätte hier die Rolle des Arschlochs für mich gepachtet, aber du schaffst es tatsächlich, mich richtig unschuldig aussehen zu lassen.«

Thanos warf Richard nur einen kurzen Blick zu. Er hatte weder die Zeit noch große Lust, sich auf den jüngeren Vrykólakas einzulassen.

»Wenn du etwas zu sagen hast, tu es, ansonsten tu der Welt einen Gefallen und halt einfach deine Klappe.«

»Den Rat hättest du wohl besser selbst befolgt, oh mächtiger Anführer und Frauen*nicht*versteher.«

»Was er sagen will …« versuchte Adam einzugreifen, als Thanos' Geduld mit Richard immer geringer wurde.

Doch Richard unterbrach den Arzt. »Was ich sagen will, ist, dass er sich wie ein Arsch aufgeführt hat und es offensichtlich nicht einmal bemerkt hat.« Damit stand Richard auf und ging an Thanos vorbei, nicht, ohne ihn mit der Schulter zu rammen. Thanos knurrte ihm nach, als er in die Küche verschwand. Er hörte, wie Richard einen Plastikbeutel mit Blut aufwärmte und die Treppe nach oben ging.

Ohne darüber nachzudenken, ging er in den Flur und hielt ihn auf. »Was denkst du, das du da tust?« Thanos hielt Richard am Arm fest.

Der jüngere Vrykólakas sah auf seine Hand, riss sich dann los. »Nike etwas zu trinken bringen. Ich kann mir nämlich nicht vorstellen, dass sie in nächster Zeit den Drang verspürt, auch nur einen Tropfen deines Blutes zu trinken.«

Thanos hätte ihm sagen können, dass sie das Blut nicht anrühren würde, aber was kümmerten ihn Richards gescheiterte Versuche, sich menschlich zu verhalten? Stattdessen ging er wütend zurück ins Wohnzimmer und warf Adam einen erwartungsvollen Blick zu.

»Also, was habe ich bitteschön getan, außer mir nicht weismachen zu lassen, dass ein Mann, der seit Jahrzehnten tot ist, für aktuelle Mordfälle verantwortlich ist?«

Adam ließ die Schultern hängen, was Thanos' Laune nicht half.

»Adam.«

»Nike abzusprechen, dass sie sich an den Mörder ihrer Mutter erinnern kann und als Begründung ihre Unwissenheit über ihren eigenen Namen und den ihrer Mutter zu nennen, war wohl nicht die eleganteste Art, deine Meinung zu vertreten.«

Thanos fluchte leise und schloss für einen Moment die Augen.

***

Sie lehnte mit dem Rücken an der Tür, die Beine an den Körper gezogen, die Arme fest um die Knie geschlungen, und versuchte, die Schritte zu ignorieren, als sie die Treppe heraufkamen. Sie hatte keine Lust, mit ihm zu reden. Nicht, nachdem er sie so abgekanzelt und bloßgestellt hatte. Was bildete er sich eigentlich ein? Sie war kein kleines Kind, verdammt noch mal! Sie wusste, was sie damals gesehen hatte, das Gesicht dieses Monsters begleitete sie bis in ihre Träume. Was wagte Thanos es da, zu behaupten, sie würde sich irren? Sie wusste, wen sie gesehen hatte.

»Geh weg«, rief sie durch die verschlossene Tür, noch bevor er die letzte Treppenstufe erreicht hatte. Erst, als er näher kam, erkannte sie, dass es nicht Thanos war.

»Ich bin es. Ich hab dir was zu trinken mitgebracht.«

Nike blieb einen Moment reglos sitzen, während sie darüber nachdachte, ob sie Richard die Tür öffnen sollte oder nicht. Schließlich hob sie die rechte Hand zum Schlüssel und drehte ihn, während sie von der Tür wegrutschte und den Kopf an die Wand hinter sich lehnte.

Richard öffnete die Tür vorsichtig, so als fürchtete er, dass sie ihn angreifen wolle. Als er erkannte, dass dies nicht der Fall war, trat er ein und schloss die Tür hinter sich, ehe er sich neben Nike auf den Boden hockte und ihr das aufgewärmte Blut reichte. Ihre Lippen kräuselten sich bei dem Anblick und sie unterdrückte ein Zittern. Nike konnte sich nicht vorstellen, dass sie sich jemals an den Gedanken gewöhnen können würde, dass sie Blut zum Überleben bräuchte. Als Richard mit dem Päckchen vor ihrem Gesicht wedelte, nahm sie es ihm schließlich aus der Hand und trank einen winzigen Schluck. Es war widerlich, abstoßend … köstlich. Sie nahm einen weiteren Schluck und spürte bereits, wie das Blut von ihrem Körper gierig aufgesogen wurde. Mühevoll stoppte sie sich, bevor sie mehr trank. Bereits jetzt bemerkte sie, wie stark sich das Blut auf sie auswirkte. Ihr Herz begann, schneller zu schlagen. Würde sie weiter trinken, käme das einem Zuckerflash gleich.

Also legte sie die Blutkonserve auf den Boden und schloss die Augen, während sie den Kopf wieder an die Wand lehnte.

»Okay«, sagte Richard gedehnt. „Ist das jetzt der Moment, in dem du dich über Thanos beschweren willst? Darüber reden willst, was für ein Arsch er ist? Arrogant und uneinsichtig, selbstüberschätzend und keine andere Meinung zulassend? Ich meine, ich bin zwar nicht auf dem neuesten Stand, was dieses Thema angeht, aber wenn du mangels weiblicher Gesellschaft jemanden brauchst, der mit dir über ihn lästert: Hier bin ich.«

Als Nike die Augen einen Spalt weit öffnete und ihn ansah, grinste Richard ihr breit entgegen. Gegen ihren Willen spürte sie, wie ihre Mundwinkel zuckten.

»Du schaust viel zu viele Filme. Und wie es aussieht, viel zu viele Liebesfilme.«

Richard winkte ab und ließ sich neben Nike an die Wand fallen. »Was würdest du tun, wenn du Tag und Nacht mit Thanos in diesem Haus eingesperrt wärst? Nein, warte, sag es nicht.« Er verzog das Gesicht und schüttelte sich demonstrativ.

Dieses Mal lachte Nike nicht. Sie spürte Richards Blick auf sich ruhen und öffnete die Augen, um zu sehen, wie er sie kopfschüttelnd musterte.

»Dich hat es ganz schön erwischt, was?«

»Ich habe keine Ahnung, wovon du da redest«, erwiderte sie ruhig. Das schnelle Schlagen ihres Herzens lag einzig und allein an dem Blut, dass sie getrunken hatte. Davon war sie überzeugt.

»Weißt du, ich bin der Erste, der dir recht geben wird, wenn du Thanos einen aufgeblasenen Affenarsch nennen willst. Ein besserwisserisches Arschloch. Einen Kerl mit Götterkomplex, der glaubt, er müsse jeden und alles retten, mit dem er sich irgendwie in Verbindung bringt.«

»Führt das irgendwo hin?«, unterbrach Nike ihn und drehte den Kopf zur Seite, um ihn richtig sehen zu können. Richard nickte und zum ersten Mal war sein Grinsen verschwunden.

»So ungern ich das auch sage – und ich werde es leugnen, wenn du das jemals weitererzählst – er ist ein guter Kerl. Auch wenn er es fast so gut versteckt wie ich. Und er ist verrückt nach dir. Was allerdings ziemlich offensichtlich ist. Aber er ist es gewohnt zu führen, die Verantwortung zu tragen. Er hat keine Ahnung wie man anderen recht gibt, sich ihre Seite anhört. Das gehörte einfach nie zu seinen Aufgaben.«

Nike zog die Brauen hoch.

»Nein, auch nicht zu meinen. Eigentlich zählte zu meinen Aufgaben nur, die Klappe zu halten und nicht aufzufallen. Tja, ich bin in keiner dieser Disziplinen gut.« Da war es wieder, sein Grinsen. »Was ich eigentlich sagen will: Nachdem du ihn ein wenig hast schmoren lassen, versuch noch einmal, mit ihm zu reden. In Ruhe, wenn das für euch möglich ist.« Mit diesen Worten erhob er sich und öffnete die Tür.

Nike hielt ihn am Handgelenk fest. »Du glaubst mir also?«

Richard dachte einen Moment nach, ehe er mit den Schultern zuckte. »Es sind schon verrücktere Dinge geschehen. Wenn mir jemand vor einem Monat erzählt hätte, Thanos würde eine Theá aufnehmen, hätte ich das auch nie geglaubt. Und OLYMPUS ist alles zuzutrauen. Außerdem glaube ich dir, wenn du sagst, dass du das Gesicht des Mörders deiner Mutter nie vergessen könntest.« Ehe Nike noch etwas sagen konnte, verließ Richard das Zimmer und zog die Tür leise hinter sich ins Schloss.

**

Thanos schaltete sein Handy aus und warf Richard einen kurzen Blick zu, als der jüngere Vrykólakas die Treppe herunterkam. Er presste die Zähne aufeinander, um ihn nicht zu fragen, was er so lange bei Nike getan hatte. Er würde sich nachher darum kümmern, dass sie Vernunft annahm und akzeptierte, dass sie sich irrte. Niemand stand einfach so von den Toten auf.

Doch zuerst würde er sich um das Phantom kümmern, das Attika in Atem hielt. Ilias' Anruf war gerade im richtigen Augenblick gekommen. Wenn sein Freund recht hatte und den entscheidenden Hinweis gefunden hatte, würde Thanos Nike auch noch beweisen können, dass Valeriu weder ihre Mutter noch diese Frauen in der letzten Zeit ermordet hatte.

»Es ist schon nach Mitternacht. Ihr habt nicht mehr viel Zeit. Bist du dir sicher, dass ihr das heute noch tun wollt? Wäre es nicht besser, bis morgen Abend zu warten?«

Auf Adams Frage hin schüttelte Thanos den Kopf. »Die Spur könnte morgen kalt sein. Nein, wenn wir die Möglichkeit haben, den Dreckskerl heute zu finden, müssen wir es auch tun. Es ist noch lange genug Zeit bis Sonnenaufgang.« Damit ging er auch schon zur Haustür, als die Lichter von Ilias' Wagen durch die Fenster zu sehen waren.

Kapitel 25

»Ist alles in Ordnung?«

Thanos gab nur einen unverbindlichen Laut von sich und öffnete das Handschuhfach vor sich. Er nahm einen Stoß zusammengefalteter Blätter heraus und sah sich noch einmal ihre Notizen an. »Also, was ist der mysteriöse Hinweis, den du gefunden hast?«, fragte er Ilias.

Nun war es an ihm, zu schweigen. Als Thanos seinen alten Freund erwartungsvoll ansah, seufzte dieser. »Warte doch einfach mal ab.« Er trommelte ungeduldig mit den Fingerspitzen auf dem Lenkrad herum und Thanos vernahm auch, dass sein Herz schneller schlug als gewöhnlich.

Was immer Ilias entdeckt hatte, es musste etwas Großes sein. Thanos lehnte sich im Sitz zurück und starrte auf die Straßenschilder, an denen sie vorbeifuhren, ohne sie wirklich zu sehen. Er kannte die Strecke nach Athen. Doch auf dieser waren sie nicht unterwegs.

»Was zum Teufel …« Er setzte sich so hastig auf, dass der Sicherheitsgurt blockierte und ihn mitten in der Bewegung innehalten ließ. Mit einem wütenden Knurren zerrte Thanos an seinem Gurt und riss die Halterung über seiner Schulter schließlich aus der Verkleidung.

»Hey, was soll das?« Ilias warf ihm einen kurzen Blick zu, ehe er seine Augen wieder auf die Straße richtete.

»Das ist nicht der Weg nach Athen!«

»Natürlich nicht.«

Ein ungutes Gefühl breitete sich in Thanos' Magengegend aus. Seine Nackenhaare richteten sich auf und langsam, als fürchte er, was er zu sehen bekam, wanderte sein Blick von den vorbeihuschenden Schildern zu Ilias. Dieser saß vollkommen ruhig auf dem Fahrersitz.

Doch seine gelassene Miene täuschte. Sein Herzschlag wurde noch schneller. Thanos schalt sich einen verdammten Narren. Das Trommeln auf dem Lenkrad ließ nicht nach. Er hätte wissen müssen, dass etwas nicht stimmte. Ilias war zu unruhig. Noch unruhiger, als er es in letzter Zeit ohnehin gewesen war.

»Wo fahren wir dann hin?« Sein Mund war staubtrocken und seine Kehle schloss sich um einen großen Klumpen. Er kannte die Antwort bereits, auch wenn er inständig hoffte, Ilias wäre nicht so dämlich, wie er es gerade befürchtete. Das Seufzen seines alten Freundes verriet ihm jedoch, dass er ihn tatsächlich verraten hatte.

»Sie können uns helfen.«

Thanos wusste nicht, ob er lachen oder schreien sollte. Helfen? Töten, wohl eher. Sprachlos schüttelte er den Kopf.

»Es sind nicht mehr dieselben Männer, die uns das angetan haben. Sie haben einen Weg gefunden, uns wieder normal zu machen. Uns menschlich zu machen.«

»Wir *sind* Menschen«, brachte Thanos mit rauer Stimme hervor, doch Ilias schüttelte vehement den Kopf. Dunkle Locken fielen ihm in die Augen und er strich sie aus der Stirn.

»Das glaubst du doch selbst nicht. Wir sind Anomalien, Monster, Untiere, wahrgewordene Albträume, wissenschaftlicher Müll, alles Mögliche, aber keine Menschen mehr.«

»Dreh sofort um!«

Ilias schüttelte erneut den Kopf. »Du wirst mir noch dankbar dafür sein, Thanos. Ich wollte zunächst allein gehen, euch später erzählen, dass es funktioniert hat, wenn ich euch selbst als Beweis dienen könnte.«

»Du spinnst.« Thanos' Worte erreichten Ilias gar nicht.

»Dann kam diese Theá zu dir und ich wusste, du hast nicht die Zeit, auf mich zu warten. Nicht, wenn du sie nicht verlieren willst.« Seine Finger trommelten nicht länger auf dem Lenkrad, sie umklammerten es nun fest.

Thanos hörte sein Blut in den Ohren rauschen. Er musste Ilias davon abhalten, den größten Fehler seines Lebens zu begehen. Aber zuerst brauchte er noch einige Antworten.

»Seit wann denkst du über diesen Scheiß nach? Und wie bist du an sie herangetreten? Wieso haben sie dich nicht sofort getötet?«

Ilias' Mundwinkel umspielte ein feines Lächeln. Er holte tief Luft, ehe er sie langsam ausstieß. »Sie sind an mich herangetreten. Verstehst du, Thanos, sie wissen, wo ich bin und hätten mich jederzeit töten können. Aber das taten sie nicht. Weil sie uns helfen wollen. Denkst du, ich hätte nicht auch an ihren Worten gezweifelt?«

Nein. Doch Thanos sprach es nicht laut aus. Ilias hatte mehr verloren als er selbst, als sie zu dem wurden, was sie heute waren. Er hatte nie einen Hehl daraus gemacht, seinen Zustand zu verabscheuen und alles dafür zu tun, sein altes Leben zurückzuerhalten. Dass er dafür allerdings zum Verräter werden würde, hätte Thanos nie für möglich gehalten.

»Seit wann?«, fragte er noch einmal und griff mit der rechten Hand nach dem Türgriff.

»Seit drei Monaten. Die Tür ist zu. Du willst doch nicht mitten in der Fahrt rausspringen?« Als Ilias ihn aus seinen Augenwinkeln heraus ansah, schienen ihm Thanos' Züge das Gegenteil zu vermitteln.

Erneut seufzte Ilias und fuhr sich mit der Hand übers Gesicht. »Ich hatte gehofft, du würdest einsehen, was für eine Chance sich uns hier bietet.«

»Die Chance auf unseren baldigen Tod, sonst bietet sich uns dort nichts. Ilias, komm zur Vernunft!« Thanos' Stimme wurde lauter und er bemühte sich darum, nicht zu schreien. Er sah, wie Ilias die Lippen aufeinanderpresste. Alles Reden war jetzt vergebens, sein Freund hatte sich in den Kopf gesetzt, dass OLYMPUS ihnen helfen würde und nichts, was er jetzt sagte oder tat, würde ihn vom Gegenteil überzeugen. Er hob den Arm, um das Fenster einzuschlagen. Entgegen Ilias' Vermutung wäre er durchaus bereit, bei voller Fahrt aus dem Fenster zu springen. Er würde sich nachher darum kümmern, Ilias' Arsch aus der Patsche zu holen.

»Verdammte …«

Der Schmerz durchfuhr ihn so plötzlich, dass Thanos ihn für einen Moment gar nicht zuordnen konnte. Ein Stechen, ein Brennen, das durch seinen linken Arm zog und sich mit rasender Geschwindigkeit in seinem ganzen Körper ausbreitete.

»Was …?« Er starrte auf die Spritze, die aus seinem Arm herausrag-
te, und zog sie heraus, obwohl er wusste, dass es keinen Unterschied
mehr machen würde. »Was hast du getan?« Er hörte selbst, wie ungläubig er klang. Bis zu diesem Moment hatte er noch geglaubt, sein
Freund würde ihn nicht wirklich verraten und an OLYMPUS ausliefern. Er hatte sich noch nie so in einem Menschen geirrt.

*Wir sind alle allein. Wir werden allein geboren, wir sterben allein.
Wenn wir uns dazwischen zusammentun, ist das nur eine Illusion, der
wir uns hingeben. Wenn du einmal wirklich Hilfe brauchst, wirst du
allein sein und niemand wird kommen, um dich zu retten. Du solltest
deinen Hintern nicht für andere riskieren.*

Nikes Worte kamen ihm unweigerlich wieder in den Sinn. Er hatte
nicht glauben wollen, dass sie recht hatte. Nun war er sich da nicht
mehr so sicher.

»Du wirst mir noch danken, alter Freund«, versprach Ilias, bevor
alles um Thanos herum schwarz wurde.

***

Er spürte, dass er wieder stärker wurde. Kraft bildete sich in seinen
Muskeln. Er war bereit, zuzuschlagen. Aber es war noch nicht an der
Zeit. Wenn er eines gelernt hatte, dann war es, den richtigen Moment
abzuwarten. Solange dieser nicht gekommen war, musste er sich ruhig
verhalten und sie in Sicherheit wiegen.

So schlug sein Herz gleichmäßig und sein Atem ging ruhig, während er im Mondschein vor dem Forschungsgebäude von OLYMPUS
stand und den anfahrenden schwarzen Passat beobachtete. Ihm entging nicht, wie Daniel an seiner Seite auf den Füßen wippte. Aus
den Augenwinkeln sah er das gehässige Grinsen auf dem Gesicht des
jungen Mannes für einen Moment aufflackern, ehe es hinter seiner
einstudierten Miene verschwand. Er wirkte auf Valeriu wie ein Junge,
der einen Käfer vor sich hatte. Auf dem Rücken liegend, hilflos mit
den Beinen strampelnd. Daniel würde jedes Beinchen einzeln herausreißen und sich an dem Schmerz des Tieres weiden.

Eines Tages, dachte Valeriu und atmete tief durch. *Bald.*

Dann wäre Daniel es, der hilflos da lag, während Valeriu ihn Stück für Stück auseinanderriss.

Der Wagen bremste und kam vor ihnen zum Stehen. Als die Tür der Fahrerseite sich öffnete, presste Valeriu die Lippen aufeinander und hob unmerklich das Kinn. Ilias. Was tat er hier? Er gehörte zu jenen, die damals ihre Freiheit behalten hatten. Eine Zeitlang hatte Valeriu geglaubt, sie seien alle gestorben, hingerichtet von ihren Schöpfern. Doch er hatte sich geirrt. Er bemerkte das Zögern im Gesicht des Griechen, die unausgesprochenen Fragen. Der Kerl hatte keine Ahnung, was man mit ihm und den anderen gemacht hatte. Dass man sie in Marionetten verwandelt hatte, die die Befehle ihrer Gebieter willenlos ausführen sollten.

»Er war einer der ersten, die wir erfolgreich operierten«, hörte er Daniel sagen und Ilias' Augen wurden groß, als er ihn betrachtete.

Sie hatten ihn zurückgelassen. Ihn und seine Männer verraten, um ihre eigenen Ärsche zu retten. Die Anspannung in Valerius Kiefer wuchs, als er die Zähne schmerzhaft aufeinanderpresste, um sich keine Blöße zu geben.

»Was ist mit ihm?« Erst als Daniel auf das Auto zuging und in das Fenster der Beifahrerseite blickte, erkannte auch Valeriu, dass Ilias nicht allein gekommen war. Ein Mann saß zusammengesunken auf dem Beifahrersitz.

»Er ... er wollte mir nicht glauben, dass Sie uns helfen können.«

Helfen? Valeriu hätte am liebsten laut gelacht. Was glaubte Ilias eigentlich, was er hier tat? Was sie mit ihm getan hatten?

Daniel klopfte Ilias auf die Schulter und lächelte dieses Verkäuferlächeln. Dieses Lächeln einer falschen Schlange, das jegliche Alarmglocken eines gesunden Menschenverstandes zum Klingeln bringen musste.

Doch Ilias glaubte ihm offensichtlich. Valeriu bemerkte, wie sich seine Schultern entspannten, seine Haltung weniger vorsichtig wurde. Was für ein Narr.

»Bring den Mann in Zimmer drei.« Es war wie ein elektrischer Schlag, der ihm durch den Körper fuhr, als Daniel sich an ihn wandte und ihm einen Befehl erteilte. Bis heute hatte er nicht verstanden, was genau sie mit ihm gemacht hatten, dass sie ihn derart kontrollieren konnten. Oder es zumindest glaubten. Er spürte, wie sich sein Geist widersetzen wollte. Er wollte sich nicht länger von Daniel zu einer Marionette machen lassen und seine Drecksarbeit erledigen. Er wollte dem Dreckskerl nur das Herz aus der Brust reißen und es ihm in sein verdammtes Maul stopfen.

Doch es war noch nicht an der Zeit. Also zwang er sich, zu gehorchen. Er setzte einen Fuß vor den anderen und ging um den Wagen herum zur Beifahrerseite, öffnete die Tür und beugte sich über den leblosen Körper seines alten Kampfgefährten.

Willkommen zurück, Thanos, dachte er, als er den Sicherheitsgurt über dessen Schulter abstreifte und ihn aus dem Wagen hob. Thanos hatte Ilias also nicht geglaubt. Kluger Mann. Natürlich war er klug. Er war auch damals klug genug gewesen, um von OLYMPUS fernzubleiben, als es Probleme gab. Er war nicht da gewesen, als sie Valeriu und dessen Männer wie Vieh eingesperrt hatten. Er war nicht da gewesen, als Valeriu die Todesschreie seiner Kameraden hörte, ehe man ihn holte und auf eine kalte, sterile Pritsche schnallte. Ehe man ihm zu dem machte, was er heute war. Die meiste Zeit gefangen im eigenen Körper, darauf lauernd, dass seine Zeit gekommen war und er sich von seinen Fesseln befreien konnte. Ein für alle Mal.

Als er sich Thanos über die Schulter warf, fragte er sich, ob dieser sich seinen Geist würde bewahren können. Würde er verstehen, was mit ihm geschah? Dass sein Körper Befehle anderer ausführte, ohne dass sein Verstand etwas damit zu tun hatte? Oder würde er der Gnade der alles umhüllenden Dunkelheit erliegen und sein Geist für immer verloren sein?

Ob es schlimmer war, diese Sklaverei zu ertragen, wenn man die Freiheit geschmeckt hatte? Und wie war sie wohl, diese Freiheit? Stets auf der Flucht, stets versteckt vor OLYMPUS, stets die Angst im Nacken, man könnte ihn finden und wieder versklaven. Nein! Wenn Valeriu freikäme, würde es für immer sein. Er würde sich nie wieder verstecken müssen, nie wieder fürchten müssen.

Unsanft warf er seinen alten Kampfgefährten auf den Operationstisch in Zimmer drei und blickte auf ihn herab. Du warst so lange auf der Flucht, alter Freund. Und für was? Am Ende haben sie dich doch gekriegt. Er sollte froh darüber sein. Thanos hatte es verdient, genau, wie die anderen. Dennoch war da ein bitterer Beigeschmack, wenn er daran dachte, dass dies einen weiteren Sieg für Daniel und OLYM-PUS bedeutete. Davon hatten sie in den vergangenen Jahrzehnten eindeutig zu viele gehabt. Es war Zeit, dass sie lernten, wie es war, zu verlieren. Im Staub zu liegen und um Gnade zu winseln. Vielleicht sollte er einfach …

»Gut. Dann warten wir mal, bis er aufwacht.« Daniel riss ihn aus seinen Gedanken, als er um den Tisch herumlief und Thanos betrachtete.

Was sah er, wenn er ihn ansah? Wenn er Valeriu ansah? Einen Menschen? Ein Ding?

»Ich frage mich, wer von euch der Stärkere ist. Vielleicht sollten wir das einmal ausprobieren, wenn er fertig ist. Ich könnte Wetten annehmen und Eintritt verlangen.« Daniel lachte, als habe er einen guten Witz gemacht.

Valeriu war sich nicht sicher, ob es nicht sein Ernst war. Sie waren nicht mehr als wilde Tiere für ihn, wieso sollte er sie nicht wie Hunde aufeinanderhetzen? Er wollte so gern seine Hände nach Daniels Hals ausstrecken und ihm das Genick brechen. Langsam, damit er hören konnte, wie die einzelnen Knochen unter seinen Fingern zerbarsten. Vielleicht war es doch an der Zeit, zu handeln.

Doch bevor er sich seinem Verlangen hingeben konnte, spürte er die Schwere und Müdigkeit, die mit jedem Sonnenaufgang einherging, von ihm Besitz ergreifen.

Kapitel 26

Irgendwann hatte der Schlaf sie übermannt. Nike wusste nicht genau, wann sie eingeschlafen war oder wie lange sie geschlafen hatte, aber sie hatte Durst. Schrecklichen Durst. Der Duft von Blut drang in ihr Bewusstsein, und noch bevor sie die Augen öffnete, griff sie mit der Hand blindlings nach dem Päckchen, das neben ihren Füßen lag.

Süßes, wundervolles Blut, schoss es ihr durch den Kopf, als sie der Duft einhüllte. Sie legte den Kopf in den Nacken und leerte das Päckchen mit gierigen Schlucken.

Die Müdigkeit fiel sofort von ihr ab, auch wenn der Geschmack nicht so gut war wie am Abend zuvor. Sie verzog das Gesicht und öffnete die Augen. Ihr Herzschlag beschleunigte sich mit jedem Atemzug.

»Das werd' ich noch bereuen«, flüsterte sie in die Dunkelheit und starrte missmutig auf das Päckchen, aus dem sie eben getrunken hatte. Schon jetzt spürte sie, wie das Blut durch ihren Körper jagte, fühlte die Energie, die es ihr gab. Zu viel davon, zu schnell.

Mit wackligen Beinen stand sie auf, stützte sich an der Wand ab, um nicht umzufallen und stöhnte, als ihre Muskeln gegen die ungewohnte Schlafposition protestierten, in der sie den Tag verbracht hatte. Nike drückte die Beine durch und streckte sich in dem Versuch, ihre Muskeln zu lockern, ehe sie ihr Zimmer verließ und nach unten in die Küche ging.

»Du siehst scheiße aus.«

»Dir auch guten Abend, Richard«, gähnte sie und warf das leere Plastikpäckchen in den Abfall. Ohne Richard eines weiteren Blickes zu würdigen ging sie an ihm vorbei, zurück in den Flur und dann ins Badezimmer. Sie brauchte eine Dusche.

***

Das Wasser konnte ihr an diesem Abend gar nicht heiß genug sein. Sie presste die Handflächen an die kalten Fliesen und senkte den Kopf, ließ den Wasserstrahl über ihren Nacken, die Schultern und den Rücken gleiten. Wenn sie sich wieder mit Thanos streiten müsste, wollte sie dabei wenigstens körperlich in guter Verfassung sein. Ein Seufzen entfuhr ihr, als die Hitze ihre angespannten Muskeln beruhigte. Sie rollte mit den Schultern und merkte erleichtert, dass die Dusche, gepaart mit ihren eigenen Heilungskräften und dem Blut bereits half. Auch wenn sie auf Letzteres gut und gerne hätte verzichten können. Sie wurde unruhig und lehnte den Kopf in den Nacken. Heiße Wassertropfen fielen auf ihr Gesicht und rannen ihren Rücken entlang. Es hätte sie beruhigen sollen. Tat es aber nicht. Das menschliche Blut, zu stark für ihre Bedürfnisse, ließ sie nicht zur Ruhe kommen. Ihr Herz raste in der Brust. Was sie sich als beruhigenden Einstieg in die Nacht erhofft hatte, entpuppte sich als ein wahres Horrorszenario. Missmutig stellte sie das Wasser ab und trat aus der Dusche. Mit fahrigen Bewegungen trocknete sie sich ab und zog sich wieder an.

Wenn sie schon in dieser Stimmung war, konnte sie auch gleich Thanos gegenübertreten. Vielleicht half ihr der Blutschub wenigstens dabei, ihm gehörig die Meinung zu geigen.

***

»Du musst doch selbst zugeben, dass das nicht normal ist. Er hat sich nicht gemeldet, seit er das Haus verlassen hat. Kein Anruf, kein Lebenszeichen. Nichts. Das ist nicht normal. Und es ist nicht gut.«

»Was ist nicht gut?« Nike lehnte am Türrahmen der Küche und blickte zwischen Richard und Adam hin und her.

Der Vrykólakas nahm einen kräftigen Schluck aus einem der Blutbehälter, also wandte Nike sich an Adam.

»Was ist nicht gut?«, wiederholte sie ihre Frage. Der Arzt schluckte und öffnete mehrmals den Mund, nur um ihn gleich darauf wieder zu schließen, als wisse er nicht, was er sagen sollte. Sein Blick wanderte in der Küche hin und her, nur nie zu ihrem Gesicht. Mit zusammengekniffenen Augen stand Nike im nächsten Moment direkt vor ihm und verschränkte die Arme vor der Brust.

Adam fuhr erschrocken zusammen. »Ich hab dir schon einmal gesagt, du sollst das nicht tun«, meinte er und atmete tief durch.

Nikes Augen verengten sich weiter. Es gefiel ihr nicht, dass ihr keiner ihre einfache Frage beantwortete. Erst da fiel ihr auf, dass etwas anders war. Sie hielt den Kopf schief, lauschte. Eine steile Falte bildete sich auf ihrer Stirn. Hörbar zog sie die Luft ein und die Falte vertiefte sich.

»Wo ist Thanos?« Eiskalte Finger schlossen sich um ihr Herz. Sein Geruch fehlte. Sein Herzschlag war nirgends zu hören. Er war nicht im Haus und sein Geruch so schwach … »Seit wann ist er weg?«

»Seit letzter Nacht«, gab Richard zu und traf Nikes bohrenden Blick, ohne mit der Wimper zu zucken.

»Wohin?« Fester. Der Griff um ihr Herz wurde schmerzhaft. Unbestreitbar. Sie schluckte schwer, versuchte, die Angst zu verscheuchen. Ein Gefühl, das sie geglaubt hatte, erfolgreich besiegt zu haben.

»Ilias und er wollten einem Hinweis auf den Mörder nachgehen. Sie waren sich sicher, den Täter letzte Nacht schnappen zu können.«

Sie fluchte. Laut. Wieder und wieder.

Dieser verdammte Idiot! Wieso hatte er nicht einfach akzeptieren können, dass sie wusste, wer es war oder zumindest wusste, wo man ihn finden konnte. Sie schlug mit der Faust gegen die Küchenwand neben Adams Kopf und der Doc zuckte leicht zusammen.

»OLYMPUS.« Nike zischte das Wort zwischen zusammengepressten Zähnen hervor. »Wenn sie den Mörder finden wollten, mussten sie bei OLYMPUS suchen. Wenn sie das nicht selbst getan haben, hat OLYMPUS sie gesucht.« Ihre Stimme wurde mit jedem Wort lauter. Ihr Herz schlug noch schneller als in der Dusche. Ein Zittern ergriff Besitz von ihrem Körper. Kälte breitete sich von ihrem Herzen in jede Zelle ihres Körpers aus, schnürte ihr die Kehle zu. Sie wandte den Männern den Rücken zu und ging mit schnellen Schritten aus der Küche. Noch immer fluchend. Es dauerte nur einen Moment, ehe sie die hastigen Schritte Adams und Richards hinter sich hörte.

»Was hast du vor?«, fragte Adam sie besorgt und versuchte, sich ihr in den Weg zu stellen. Sie schob ihn zur Seite und ging die Treppe zu ihrem Zimmer hinauf, ohne ihm zu antworten. Sie nahm ihr Handy vom Nachttisch und drückte eine einzige Taste, ehe sie die Treppe wieder heruntergerannt kam. Als Adam sich ihr erneut in den Weg stellte, schüttelte Nike ihren Kopf.

»Lass mich vorbei.«

»Nicht, bevor ich nicht weiß, was du vorhast.«

»Und dann? Willst du mich aufhalten? Das kannst du nicht.« Sie wartete ungeduldig darauf, dass das Tuten durch eine Stimme am anderen Ende der Leitung unterbrochen wurde. Wo war Lena, verdammt noch mal, und wieso ging sie nicht ans Telefon?

»Aber ich.« Richard stellte sich zwischen Nike und Adam und versperrte ihr erfolgreich den Weg zur Haustür.

Nike wollte ihm gerade sagen, wo er sich sein Machogehabe hinstecken konnte, als sie eine Stimme durchs Handy hörte.

»Maya Jansson, hallo?« Nike wusste nicht, ob sie erleichtert war oder nicht.

»Maya, hier ist Nike. Wo ist deine Schwester?«

Stille. Definitiv kein Grund zur Erleichterung, durchfuhr es Nike und ihre Anspannung wuchs.

Richard musste etwas in ihrem Gesicht erkannt haben, was sie nicht rechtzeitig hatte verstecken können, denn sein eigener Ausdruck wurde ungewohnt weich. Besorgt. Wenn es möglich war, beunruhigte Nike das noch mehr.

»Nike, bist du das wirklich? Uns wurde gesagt, du wärst tot!« Ein Schluchzen brach aus Maya hervor und Nike versuchte, Lenas kleine Schwester zu beruhigen. Später war Zeit für Erklärungen. Jetzt brauchte sie Antworten.

»Wo ist Lena? Ich muss sie wirklich dringend sprechen.«

»Sie ... sie ist in der Einrichtung. Sie sind alle noch dort. Keiner ist seit gestern Morgen von der Arbeit gekommen und hier ... hier fahren sie die ganze Zeit durch die Straßen.« Mayas Stimme wurde bei den letzten Worten leiser, als wage sie nicht, zu erzählen, was sie sah. »Nike. Ich glaube, hier ist etwas ganz gewaltig schief gelaufen. Ich kann Lena nicht erreichen. Sie lassen keine Anrufe durch. Die Schule wurde heute abgesagt. Wir sollen alle in den Häusern bleiben und auf weitere Anweisungen warten und …« Ein weiteres Schluchzen unterbrach sie. »Ich hab Angst.« Mayas Tränen waren nicht zu überhören. Sie schniefte, wischte sich die Nase ab.

»Ich komm' und hole dich da raus.« Nike verschwendete keinen Augenblick damit, darüber nachzudenken, was sie gerade gesagt hatte oder was jetzt am besten zu tun wäre. Logik und Strategie waren der Angst gewichen, die sich immer stärker in ihr ausbreitete. OLYMPUS hatte Ilias und Thanos nicht nur gesucht. Sie hatten sie gefunden. Vielleicht, so hoffte sie, bedeuteten diese ganzen Sicherheitsmaßnahmen, dass sie noch zu retten waren. Aber für wie lange?

»Pack zusammen, was du brauchst. Dann warte auf mich und mach niemandem sonst auf, hörst du?«

»Ja.« Maya zog noch einmal die Nase hoch. »Nike? Bitte beeil dich.«

Nike versprach es ihr und legte auf.

Adam presste sich an Richard vorbei und wandte sich an Nike. »Du kannst nicht wirklich dorthin zurückwollen! Die bringen dich um!«

»Sie haben Thanos und Ilias«, erklärte Richard dem Arzt, bevor Nike es tun konnte. »Natürlich wird sie dorthin gehen.«

Adam sah ungläubig von einem zum anderen. Nike und Richard schienen wortlos miteinander zu kommunizieren. Sie wusste, dass er sie nicht alleine gehen lassen würde, hätte jedoch nicht geglaubt, dass er sein Leben für die anderen Vrykólakas riskieren würde. Oder vielleicht hatte sie doch gewusst, dass er es tun würde. Um die Schuld seines Vaters zu bezahlen.

»Du musst das nicht tun«, erklärte sie ihm.

»Ich weiß«, erwiderte Richard. Langsam breitete sich ein Grinsen auf seinem Gesicht aus. »Aber wenn du zu Fuß gehst, brauchst du zu lange und ich bezweifle, dass du weißt, wie man ein Auto knackt.«

Sie hatte keine Zeit zu zögern, also nickte sie stumm. Das Danke, das ihr auf der Zunge lag, sparte sie sich. Richard war schon an der Tür und auf dem Weg nach draußen.

»Was … was …« Adam stand hilflos da.

»Wenn wir bis Sonnenaufgang nicht zurück sind, bring dich in Sicherheit.« Ehe sie darüber nachdenken konnte, legte Nike die Arme um den Hals des Doktors und drückte ihn. »Nur für den Fall … Danke für alles.« Dann war sie schon bei der Tür, zu schnell für die Augen des Menschen.

»Das gefällt mir nicht«, hörte sie ihn noch sagen, ehe sie die Haustür hinter sich ins Schloss zog und Richard folgte, der die Straße in die Stadt hinunterrannte.

Kapitel 27

Alles um ihn herum war falsch. Die Gerüche, die Geräusche, das Licht. Alles. Er erwachte und war sofort bereit, anzugreifen. Doch als er seine Muskeln erwartungsvoll anspannte, musste er erkennen, dass er sich nicht bewegen konnte.

Thanos riss die Augen auf und schnaubte irritiert, als er an den Fesseln zerrte, die seine Hände banden.

»Zerr, so viel du willst, du wirst dich nicht losreißen können. Diese Fesseln wurden extra für Deinesgleichen angefertigt.«

Thanos streckte den Kopf und starrte Daniel an, der hinter ihm stand und selbstzufrieden auf ihn herablächelte.

»Willkommen zu Hause.«

Als Thanos erneut versuchte, sich gegen seine Fesseln zu wehren, lachte Daniel nur und trat um den Operationstisch herum. Thanos ließ den Kopf sinken und schloss für einen Moment die Augen, um sich zu beruhigen. Er musste einen kühlen Kopf bewahren. Ilias hatte sie also tatsächlich zu OLYMPUS gebracht. Dieser verdammte Idiot. Ob er immer noch daran glaubte, dass sie nur sein Bestes wollten?

»Wieso bin ich noch am Leben?«, fragte Thanos schließlich und öffnete die Augen, um Daniels Blick zu begegnen. Anzugträger waren ihm von jeher suspekt gewesen, aber dass einer von ihnen ihn einmal töten würde, hätte er nicht geglaubt.

»Was für eine Frage. Wir haben noch viel mit dir vor, nun, da ihr wieder nach Hause zurückgekehrt seid. Es gibt viele Aufträge, die erledigt werden müssen und ...«

»Ich werde keinen einzigen von ihnen ausführen«, fuhr Thanos ihn an.

Daniels Grinsen wurde breiter. Während er sich räusperte, richtete er seine Krawatte und ließ seinen Blick auf die andere Seite des Raumes gleiten. »Oh doch, das wirst du, Vrykólakas, das wirst du. Genauso wie die anderen. Nicht wahr?«

Die letzten Worte waren nicht an ihn gerichtet und Thanos erkannte zu spät, dass noch eine dritte Person im Raum war. Womit Ilias ihn auch immer betäubt hatte, es wirkte noch immer in ihm nach, seine Sinne waren noch nicht völlig beisammen. Sonst wäre ihm nie entgangen, dass er nicht mit dem derzeitigen Chef von OLYMPUS alleine war.

Er fluchte leise über seine eigene Unaufmerksamkeit, bis er bemerkte, wessen Anwesenheit ihm bisher nicht aufgefallen war. Das war nicht möglich.

»Ich glaube, ihr kennt euch bereits?« Daniels gute Laune floss aus jedem seiner Worte und allein dafür hätte Thanos ihm am liebsten den Hals umgedreht. Doch seine Gedanken verweilten nicht lange bei dem jungen Mann. Nicht, wenn er sich damit auseinandersetzen musste, dass einer seiner alten Kameraden, die er alle für tot gehalten hatte, leibhaftig vor ihm stand und ihn aus kalten grauen Augen musterte.

»Was zum Teufel …« Erneut versuchte Thanos, seine Fesseln abzuschütteln. Was ging hier vor sich? Valeriu war nicht tot, aber Nike musste sich dennoch irren. Der Mann, den Thanos gekannt hatte, mit dem er Seite an Seite gekämpft hatte, konnte unmöglich der Mörder sein, zu dem Nike ihn machen wollte. Valeriu hätte sich nie auf die Seite von OLYMPUS geschlagen. Niemals.

»Valeriu ist unser bester Kämpfer. Ich habe aufgehört zu zählen, wie viele Aufträge er erledigt hat. Und das so effizient und reibungslos.«

Thanos' Augen hafteten noch immer auf Valerius, während Daniel sprach. Er wartete darauf, dass Valeriu dem Mann widersprach, ihn angriff, sich alles als ein Irrtum herausstellte. Doch Valeriu verharrte schweigend in seiner Position an der Wand und starrte Thanos an.

»Was haben Sie mit ihm gemacht?« Thanos hörte selbst, wie rau seine Stimme klang.

»Wir haben ihn verbessert.« Daniel trat erneut näher an den Operationstisch und beugte sich über Thanos' Gesicht. »So, wie wir auch euch verbessern werden. All diese Kraft, diese übermenschliche Stärke, diese Schnelligkeit, diese Unverwundbarkeit.« Er hielt kurz inne. »Verschwendet an einen freien Willen, der sich gegen die stellt, die wissen, was zu tun ist.«

Thanos' Nackenhaare stellten sich auf. Als er in Daniels Augen blickte, liefen ihm kalte Schauer über den Rücken. Verbessern. Das gefiel ihm ganz und gar nicht.

»Sieh zu«, forderte Daniel ihn auf und nickte in Valerius Richtung. »Geh zur Tür«, befahl er dem Mann und Valeriu tat, wie ihm geheißen. »Schlag die Tür ein.«

Valeriu ballte die Hände zu Fäusten und schlug wieder und wieder auf die Tür ein, bis diese sich aus den Angeln löste und mit einem lauten Scheppern auf den Boden im Flur fiel.

»Siehst du? All diese göttliche Kraft endlich in den richtigen Händen. In wenigen Stunden wird es dir auch so ergehen. Es muss doch ermüdend sein. Das Leben. Ihr seid wie alt? Siebzig, achtzig, noch älter? Und noch immer kämpft ihr Tag für Tag um euer Überleben, statt euch einfach hinzulegen und zu sterben. Aber all das ist bald vorbei. Wenn wir mit dir fertig sind, wirst du dir keine Gedanken mehr darüber machen müssen. Du wirst dir gar keine Gedanken mehr machen.« Daniel lachte wieder und sein Lachen klang schlimmer als jedes Todesurteil. »Ich habe es nie für möglich gehalten, dass dein Freund tatsächlich freiwillig zu uns kommt. Ich muss gestehen, das hat es mir beinahe zu einfach gemacht. Aber ich will mich ja nicht beschweren. Immerhin ist es ein sehr günstiger Zeitpunkt, kannst du so doch gleich nach deiner Verbesserung deinen ersten Auftrag annehmen.«

»Ich werde nie …«

»Ja, ja.« Daniel winkte ab und rollte mit den Augen. »Glaub mir, du wirst. Du wirst tun, was ich dir sage und du wirst dich nie dagegen wehren. Du wirst diese kleine Schlampe finden und töten. Langsam. Du wirst ihr Blut trinken, bis kein Tropfen mehr in ihrem Körper ist und sie dabei in Stücke reißen wie das wilde Tier, das du bist.« Aus dem Grinsen auf Daniels Gesicht wurde eine widerliche Fratze.

Thanos fragte sich kurz, was Nike angestellt hatte, um einen solchen Hass in diesem Kerl hervorzurufen. Hatte sie überhaupt etwas getan? Oder war er einfach nur ein Soziopath, der sich ein zufälliges Opfer suchte?

»Ich fürchte fast, sie wird es mir auch zu leicht machen.« Er blickte auf die Uhr an seinem Handgelenk. Golden, groß. Wie viele Menschen für sie wohl hatten sterben müssen? »Ob sie schon auf dem Weg hierher ist?«

Thanos dachte an Nike. Dachte daran, was sie ihm gesagt hatte, als er sie von der Privatklinik abgeholt hatte, in der ihr Vater versucht hatte, sie zu töten. Daran, dass sie ihn einen Narren geschimpft hatte, sie retten zu wollen.

»Sie wird nicht kommen.« Er sagte es leise, mit ruhiger, fester Stimme. Und er genoss es, wie Daniels siegessichere Miene für einen Augenblick schwankte. Thanos war überzeugt davon, dass Nike fliehen würde, sobald sie auch nur ahnte, wo er gerade war. Und er war erleichtert über diesen Gedanken.

»Umso besser.« Daniel fing sich wieder. »Eine Jagd ist doch auch viel interessanter.«

»Ich werde sie nicht finden.« Thanos lachte trocken. Sicher hatten sie die Thées nicht so schlecht ausgebildet, dass sie sich so einfach aufspüren lassen würden. Und Nike war nicht allein, auch wenn sie von OLYMPUS abgeschnitten war. Wenn sie die anderen davon überzeugen konnte, dass ihre Vermutung richtig gewesen war und OLYMPUS Valeriu und die anderen damals nicht getötet hatte, würde sie bei jedem Vrykólakas Hilfe finden. Adam konnte ihr dabei helfen – vielleicht sogar Richard, dachte Thanos und bemühte sich, nicht das Gesicht zu verziehen.

Daniel beugte sich so nah zu ihm herunter, dass Thanos sich in den blassen Augen des Mannes spiegeln konnte.

»Dann wirst du eben beim Versuch, sie zu finden, draufgehen«, zischte er Thanos an, ehe er sich erhob und zur Tür schritt. »Geh in dein Zimmer«, rief er Valeriu noch über die Schulter zu, bevor er sich über die nunmehr schrottreife Tür aus dem Raum begab.

Kapitel 28

Nike saß hinter dem Steuer eines alten Pickup-Trucks und drückte das Gaspedal durch. Doch der Wagen war kein Vergleich zu ihrem Mustang.

»Wenn du so weitermachst, stößt du das Gaspedal durch den kompletten Motorraum«, gab Richard zu bedenken.

Nike warf ihm kurz einen finsteren Blick zu. »Ich kann ein Auto knacken«, äffte sie seine Stimme nach.

»Hey, ich habe uns ein Auto besorgt.« Er breitete die Arme aus und deutete damit auf den Innenraum der Fahrerkabine.

»Ein langsames Auto.« Was hätte sie nicht dafür gegeben, ihren Mustang wieder zu haben. Doch auch wenn es keine Mühe gekostet hätte, auf dem Abschleppplatz der Polizei einzubrechen, um ihren Wagen zurückzuholen, hätte man sie dabei sicherlich gefilmt. Es reichte, OLYMPUS auf den Fersen zu haben, die griechische Polizei musste sich nicht ebenfalls noch dazu gesellen.

»Ich hätte auch einen Sportwagen kurzschließen können, aber darin kann man keine fünf oder sogar sechs Personen transportieren, wie du es vorhast, auf dem Rückweg zu tun.«

»Auf dem Rückweg hätten wir einen Wagen von OLYMPUS klauen können.«

Richard schwieg. Ob aus Trotz oder weil ihm dieser Gedanke nicht gekommen war, wusste Nike nicht, sie hoffte jedoch, es lag an Letzterem. Die Minuten schienen davonzueilen. Ihre Zeit war kostbar. Sobald die Sonne aufgehen würde, waren sie verloren. Sie hatten nur die Stunden der Nacht, um Thanos und Ilias zu befreien und in Sicherheit zu bringen.

Zu spät erkannte sie die Abfahrt nach Lavrios und lenkte den Wagen mit quietschenden Reifen nach rechts. Richard klammerte sich am Armaturenbrett fest, hielt jedoch wohlweislich die Klappe. Nike presste die Lippen aufeinander und bemühte sich, den Wagen unter Kontrolle zu halten. Als er nach einigem Schlingern wieder mit allen vier Reifen ordentlich auf der Fahrbahn lag und geradeaus fuhr, pfiff sie leise. Sie schaltete die Lichter des Pickups aus und legte den zweiten Gang ein, während sie in die Siedlung außerhalb der Stadt einfuhr. Zwar lag ihre Wohnung am Ortsrand, doch wollte sie der Patrouille, von der Maya ihr erzählt hatte, keine unnötige Chance geben, sie zu erwischen. So leise, wie der Wagen es zuließ, rollte sie durch die Straße.

»Eins noch.« Sie wandte sich an Richard und wagte, nun da der Wagen auf offener Straße langsam fuhr, seinen Blick zu halten, während sie sprach. »Du benimmst dich Maya gegenüber, verstanden? Keine dummen Sprüche, keine Tricks, keine Mätzchen. Aber vor allem«, sie erhob ihre Stimme, als Richard schon den Mund öffnete, um etwas zu erwidern, » wirst du die Finger von ihr lassen, ist das klar?«

Nun schnappte Richards Mund zu und er sah sie mit großen Augen an. »Was denkst du denn bitte von mir?«, fragte er schnippisch, doch Nike gab ihm darauf keine Antwort. Sie hielt den Pickup vor ihrem Haus an und zog die Handbremse.

»Keine Mätzchen«, erinnerte sie Richard, als sich auch schon die Haustür öffnete und Maya mit einem großen Rucksack auf dem Rücken heraustrat. Sie warf einen kurzen Blick durch die Fensterscheiben des Pickups, ehe sie die Tür öffnete und sich neben Richard auf die Bank hochzog.

Genauso leise, wie sie in die Stadt gefahren war, setzte Nike nun zum Wenden an und lenkte das Auto wieder zurück auf die Hauptstraße.

»Ist er einer von *ihnen*?«, flüsterte Maya an Richard vorbei zu Nike. Ihre Stimme klang beinahe ehrfürchtig und Nike warf ihr einen kurzen Blick zu, um zu sehen, wie sie Richard mit großen Augen und offenem Mund anstarrte.

Richard wandte seinen Kopf zur Seite und zog die Brauen hoch. Nike schüttelte den Kopf und sah noch aus den Augenwinkeln, wie

Maya die Hand hob und Richard langsam mit dem Zeigefinger an den Arm tippte, als wolle sie sich vergewissern, dass er echt war.

»Ich beiße«, warnte er sie und Nike stieß ihm den Ellbogen in die Rippen.

Maya zog hastig ihre Hand zurück und starrte zu dem Mann an ihrer Seite auf.

»Was? Sie darf mich anstoßen wie ein Experiment und ich darf nichts dazu sagen?«

»Keine Mätzchen.«

»Hast du das auch ihr gesagt?«

Ein leichtes Grollen entrang sich Nikes Kehle und es wurde augenblicklich still im Wagen. Dennoch stieg Nikes Anspannung ins Unermessliche, als sie die Lichter wieder anstellte und sich zurück auf die Hauptstraße begab. Noch zehn Minuten Fahrt, ehe sie die Ausfahrt zu OLYMPUS nehmen würden. Noch zehn Minuten, ehe sie versuchen würden, in eine der modernsten Forschungseinrichtungen der Welt einzudringen. In eine Forschungseinheit, die einer Festung glich.

Ihre Finger schlossen sich fester um das Lenkrad. Sie wusste nicht, ob ihre Anspannung ansteckend war oder ob Richard ähnliche Gedanken quälten wie sie, aber sie spürte, wie sich seine Muskeln neben ihr anspannten. Er machte sich auf einen Kampf bereit. Einen Kampf, der sie beide das Leben kosten konnte. Sie wollte ihm sagen, dass sie ihm dankbar dafür war, dass er mitgekommen war. Das hier war nicht sein Kampf. Aber mit Maya im Wagen sagte sie nichts. Blickte noch nicht einmal zur Seite.

Auf der Straße zur Forschungseinheit war weit und breit niemand zu sehen. Natürlich nicht. Jeder, der hinein wollte, musste durch das streng bewachte Haupttor. Ausweiskontrolle, Durchsuchung des Wagens mit den sensibelsten Geräten – und mit ein paar perfekt abgerichteten Wachhunden.

Nike bog einen Kilometer vor der Einfahrt auf einen Feldweg ab, der in ein kleines Waldstück führte. Hier hielt sie den Wagen an und atmete tief durch.

Erst jetzt wagte sie es, den Kopf zur Seite zu wenden und Maya anzusehen. Ihre blauen Augen wirkten zu groß, die Ringe darunter erschreckend dunkel. Was hatte sie ihr am Telefon nicht gesagt? Wie lange war Lena schon nicht nach Hause gekommen? Wie lange schon wurde in der Siedlung von OLYMPUS patrouilliert?

»Wenn wir in einer Stunde nicht wieder da sind, fahr weg.« Sie lehnte sich über Richard und griff nach Mayas Kinn. »Aóra, winziger Ort direkt bei Afidnes, durch den Ort durch, den Berg hoch, das letzte Haus auf der Anhöhe.«

Maya sprach ihr nach. Drei Mal.

Dann ließ Nike sie los und lehnte sich in den Sitz zurück. »Dort wartet ein Mann, Adam, ein junger Arzt. Sag ihm wer du bist und dass wir es nicht geschafft haben. Und dann fahrt weg. So weit und schnell wie möglich.«

»Aber …« Nikes Blick ließ sie verstummen. Mit bebenden Lippen nickte sie schließlich.

Nike öffnete die Tür auf der Fahrerseite, ehe sie Tränen in Mayas Augen sehen konnte. Sie würde ihr nicht versprechen, dass alles gut werden würde. Sie konnte sie nicht belügen. Richard war direkt hinter ihr und schlug die Tür zu. Maya rutschte auf den Fahrersitz und kurbelte das Fenster nach unten.

»Nike.« Sie flüsterte, doch die Nacht trug ihre Stimme an Nikes Ohr, die sich schon von dem Pickup abgewendet hatte.

Sie neigte den Kopf zur Seite, um Maya zu verstehen zu geben, dass sie sie hörte.

»Pass auf dich auf, ja? Und … und auf Lena.«

Ein knappes Nicken. Mehr konnte sie ihr nicht geben.

»Eine Stunde«, rief Maya ihr nach und ihre Stimme zitterte.

Nike ging mit schwerem Herzen tiefer in den Wald. Als Kind hatte sie beim Spielen einen alten Tunnel entdeckt. Auf ihre Nachfrage hin hatte Iosif ihr erklärt, dass er noch aus der Zeit des Krieges stammte, dass er ein Fluchtweg gewesen war, den heute niemand mehr brauchte. Nike hoffte, dass ihr Vater nicht als Einziger so dachte. Dieser alte Fluchtweg konnte ihr einziger Weg nach drinnen sein.

Gemeinsam mit Richard hob sie die Eisenklappe an, die Iosif damals hatte über den Gang legen lassen, damit Nike nicht beim Spielen stürzen und sich verletzen konnte. Dunkelheit empfing sie darunter.

Nichts als kalte, nackte Schwärze.

»Bereit?«

»So bereit, wie ich es jemals sein werde«, antwortete er und folgte ihr, als Nike in den dunklen Schacht sprang.

Kapitel 29

Nike ging sicheren Schrittes durch die unterirdischen Gänge. Sie erinnerte sich an jeden Weg, jede Gabelung ganz genau. Wie oft war sie hier unten gewesen, hatte die alten Fluchttunnel bis in den letzten Winkel ausgekundschaftet? Sie konnte sich nicht mehr daran erinnern.

Als sie sicher war, dass sie mittlerweile unterhalb der Forschungseinrichtung waren, drehte sie sich zu Richard um und legte den Finger auf den Mund. Von hier an durften sie keine unnötigen Geräusche verursachen, wenn sie sich nicht verraten wollten.

Leise schlichen sie weiter, bis Nike vor einer alten Eisentür stehen blieb. Sie legte ihr Ohr daran und lauschte. Nichts war zu hören. Keine Schritte, kein Herzschlag. Der Flur vor ihnen musste frei sein. Sie drückte die alte, mit Rost verschmutzte Klinke nach unten und zog die Tür auf. Licht fiel in die Dunkelheit, die sie bisher umgeben hatte.

Als sie beide den hell erleuchteten Flur betreten hatten, sah Richard Nike erwartungsvoll an. Die offensichtliche Frage, welche Richtung sie einschlagen sollten, blieb unausgesprochen.

Nike zögerte nur kurz, ehe sie sich nach rechts wandte. Die Operationsräume waren die beste Chance, Thanos und Ilias zu finden. In Gedanken zählte sie die Feuerschutztüren mit, an denen sie vorbeikamen. Eine Handbreit graue Farbe an der Wand zeigte an, wo diese Türen aus der Decke gelassen wurden, um die einzelnen Abschnitte der Einrichtung im Brandfall zu schützen. Ein einziges Mal hatte Nike als Kind einen Feueralarm miterlebt. Es hatte sich angefühlt, als wären sie in einer Festung gefangen, als Tür für Tür sich geschlossen hatte und sie das laute Knacken und Zuschnappen gehört hatte. Sie

hatte es gehasst. Es hatte sie an die Tiere in den winzigen Käfigen erinnert, die sie im Fernsehen gesehen hatte. Schlimmer noch, es hatte
sie an den Schrank erinnert, aus dem heraus sie gesehen hatte, wie
ihre Mutter getötet worden war. Die Schwestern hatten sie beruhigen
müssen, man hatte ihr sogar eine Spritze gegeben, die sie einschlafen
ließ, so stark war ihre Angst geworden. Und doch war da der Gedanke
gewesen, dass ihr *hier* nichts passieren konnte. Nie hatte sie an dieser
Tatsache gezweifelt. OLYMPUS war für sie der sicherste Ort der Welt
gewesen.

Kopfschüttelnd ging sie um die nächste Ecke. Sicherheit war nicht
das, was sie jetzt spürte. Ihre Schritte wurden schneller. Nur noch dieser Gang, dann hatten sie die ersten Operationsräume erreicht.

»Warte.« Richard griff gerade nach ihrem Arm, als sie es selbst
hörte: Schritte, die sich näherten. Leichte, federnde Schritte, kaum
wahrnehmbar, selbst für ihre Ohren. Zu spät, jetzt noch unentdeckt
zu bleiben.

Doch während sich Richard anspannte und die Hände zu Fäusten
ballte, blieb Nike ruhig. Sie kannte diese Schritte, kannte den dazuge-
hörigen Herzschlag.

»Hallo Artemis«, sagte sie, als die blondgelockte Gestalt um die
Ecke bog und stutzte. Artemis war erst vor einem Jahr operiert worden und hatte bisher erst einen Auftrag erfüllt. Wenn Nike der Feind
gewesen wäre, wäre es der letzte Auftrag geblieben. Zu lange zögerte
die blonde Theá, bevor sie sich aus ihrer Schockstarre befreien konnte.
Zum ersten Mal fragte Nike sich, was die junge Finnin dazu veranlasst
hatte, sich zu einer Theá machen zu lassen.

»Du bist tot«, flüsterte Artemis schließlich und sah Nike tatsächlich so an, als habe sie einen Geist vor sich. Ungläubig trat sie einige
Schritte auf sie zu, ehe sie innehielt und hörbar die Luft einzog.

Ich bin anders, dachte Nike, *anders, als ich sein sollte.*

Artemis' Augen wanderten zwischen Nike und Richard hin und
her. »Du bist tot.« Kein Zweifel lag in ihrer Stimme. Entsetzen traf
Nike aus ihren blauen Augen. »Daniel hat uns gesagt, *sie* haben dich
umgebracht.« Kaum merklich zuckte ihr Kinn zur Seite, um auf
Richard zu deuten.

»Daniel lügt. *Er* hat versucht, mich umzubringen. Und Iosif. Wir sind nichts weiter als Spielfiguren für sie, die sie aus dem Weg räumen, sobald sie ihren Wert für sie verloren haben.«

Artemis schüttelte vehement den Kopf und griff nun doch nach der Pistole, die sie an der Seite trug. »Du lügst. Ich weiß nicht, wie du überlebt hast oder was du durchgemacht hast. Ich weiß nicht, was *sie* mit dir gemacht haben, was sie mit deinem Kopf angestellt haben. Aber du lügst. Oder du bist nicht echt. Die echte Nike hätte diesen Vrykólakas getötet, sobald er in ihre Nähe kommt, sie würde nicht neben ihm stehen wie bei einem … *Freund.*« Artemis spie das letzte Wort geradezu aus und richtete die Waffe auf Nike. »Du wirst jetzt mit mir kommen. Ihr beide werdet mit mir kommen. Irgendwas stimmt nicht mit dir, aber das bekommen sie sicher wieder hin.«

»Artemis …« Nike straffte die Schultern und machte einen Schritt auf die andere Theá zu.

»Nein!« Die Waffe zitterte leicht in Artemis' Hand. »Wenn du nicht mitkommst, muss ich dich erschießen. Mir wäre es zwar anders lieber, aber ich tue, was ich tun muss.«

Nike bemerkte, wie ihr Finger sich um den Abzug krümmte, während Artemis einen Schritt rückwärts tat, näher an die Ecke des Flures. Ihre Waffe schwankte von Nike zu Richard, als dieser wieder zu Nike aufschloss.

»Schön langsam, oder ich drücke ab.« Artemis trat einen weiteren Schritt zurück und war wohl bereit, Nike und Richard auf diese Weise zu Daniel zu führen.

Plötzlich machte sich Überraschung auf ihrem Gesicht breit und sie ließ die Waffe fallen. Als ihre Pistole zu Boden fiel, sackte auch Artemis in sich zusammen. Ein Schatten fiel über die am Boden liegende Theá.

»Scheiße.« Richard zog Nike hinter sich und Nike beobachtete, wie sein Blick zur Waffe auf dem Boden glitt. Er würde sie nicht rechtzeitig erreichen, das war ihnen beiden klar.

»Spiel jetzt nicht den verdammten Helden«, zischte Nike ihm zu und trat an ihm vorbei, als der Vrykólakas, der Artemis bewusstlos geschlagen hatte, in den Gang vor ihnen trat.

»Valeriu.« Richard sprach den Namen seines alten Kameraden aus, als Nikes Blick auf dessen Gesicht fiel.

Der Mörder ihrer Mutter stand vor ihr. Nannte man das nun Ironie des Schicksals? War sie ihm damals entkommen, nur um ihm jetzt doch noch zum Opfer zu fallen?

Nur, sie war ihm nicht entkommen. Iosif hatte ihm befohlen, sie nicht zu töten. Aber was waren seine jetzigen Befehle?

»Hier entlang.« Er winkte sie hastig in seine Richtung und kniff die Augen zusammen, als sie ihm nicht folgten. »Wenn ihr es nicht mit einer Horde bis an die Zähne bewaffneter Menschen zu tun bekommen wollt, dann folgt mir.«

Nike war wie versteinert. Sie konnte nur immer wieder in das Gesicht des Vrykólakas starren, der ihr die Mutter genommen hatte. Er hatte sich nicht verändert und doch, irgendetwas war anders, auch wenn sie es nicht benennen konnte.

»Wir haben keinen Grund, dir zu trauen.« Sie erinnerte sich daran, wie Iosif ihr gesagt hatte, dass Valeriu jeden Befehl ausführte, den er ihm gab. Daniel könnte ohne Weiteres befohlen haben, dass er sie zu ihm bringen solle, auch wenn er dabei die eigenen Leute k.o. schlagen musste.

Ihr Hals wurde eng, als Nike beobachtete, wie Valeriu langsam kehrt machte und auf sie zukam. Jeder einzelne seiner Schritte hallte im Gang wider, bis er schließlich vor ihr stehen blieb und auf sie herabsah. Nike fühlte sich wie ein Kaninchen vor der Schlange, unfähig, sich zu bewegen und in Sicherheit zu bringen. Sie starrte in sein Gesicht und zwang sich, ihre Furcht, die sich als wachsender Kloß in ihrer Kehle formte, nicht zu zeigen.

»Wenn du auch nur einen der beiden retten willst, hast du gar keine andere Wahl, als mir zu trauen.«

Seine Augen. Irgendetwas war mit seinen Augen, was Nike nicht benennen konnte. Sein Blick drang durch jede Zelle ihres Körpers und letztendlich konnte sie ein Zittern nicht unterdrücken.

»Was immer wir tun, wir sollten uns schnell entscheiden.« Richard sah sich unruhig um. »Wir werden hier nicht mehr sehr lange allein sein, fürchte ich.«

Er hatte recht. Nike wusste, dass er recht hatte, aber es gefiel ihr einfach nicht, ihrer aller Leben diesem Vrykólakas anzuvertrauen. Er konnte sie jederzeit hintergehen und an Daniel ausliefern. Seine Hilfe macht einfach keinen Sinn.

»Nike«, drängte Richard. Sie spürte seine Unruhe und sie war sich bewusst, dass jeder Moment den sie mit Zögern verbrachte, sie alle in noch größere Gefahr brachte. Doch sie konnte auch nicht zulassen, jetzt einen Fehler zu begehen. Nicht, wenn sie so kurz davor waren, Thanos und Ilias zu befreien.

»Wieso hilfst du uns? Ich weiß, dass du jeden Befehl Iosifs ausgeführt hast. Wir haben keinen Grund daran zu zweifeln, dass du nun *Daniels* Befehle ausführst.«

Etwas flammte in seinen Augen auf. Nike konnte nicht genau sagen, was es war, doch sie sah, wie seine Hände sich zu Fäusten schlossen und sein Herzschlag sich beinahe unmerklich beschleunigte. Er trat einen Schritt auf sie zu und sie musste gegen alle Instinkte ankämpfen, die sie anschrieen, wegzurennen.

»Iosif hat mich zu einer Marionette gemacht, die keinen eigenen Willen mehr hat. Sein Nachfolger tut es ihm gleich. Ich bin nicht mehr als eine Puppe, die ihren Befehlen Folge zu leisten hat.« Ein gefährliches Lächeln formte sich auf seinen Lippen. »Ich nutze jede Chance, die sich mir bietet, ihn wütend zu machen. Selbst, wenn ich dafür euch helfen muss.«

»Der Feind meines Feindes ist mein ...« Richard unterbrach sich selbst, als Valeriu ihn ansah. »Notgedrungener Verbündeter«, schloss er schließlich und zog Nike unmerklich hinter sich, um sie zu schützen.

Sie schüttelte seinen Griff ab und wandte sich an Valeriu. »Rache also. Damit kann ich leben.« Rache konnte sie verstehen. Rache hatte sie selbst jahrelang angetrieben. Sie vielleicht sogar am Leben gehalten. Und nun stand der Mörder ihrer Mutter vor ihr und sie musste erkennen, dass sie ihr Leben verschwendet hatte. Nicht er war der Mörder, den sie so lange gejagt hatte. Nicht wirklich jedenfalls. Ihn dafür zu hassen, dafür zu bestrafen, wäre so gewesen, als würde sie ein Messer hassen, eine Pistole zerstören. Er war nur die Waffe gewesen, die ihr Vater geführt hatte. Nein, ihr wahrer Feind lag in einem bequemen Bett einer Privatklinik und hoffte darauf, dass seine Ärzte zu einem Wunder in der Lage waren. Sie würde sich später mit ihm beschäftigen. Jetzt musste sie Thanos befreien.

»Hier entlang.« Valeriu nickte hinter sich in den Flur und Nike griff nach Richards Arm, um ihm zu bedeuten, dass sie ihm folgen sollten. Sie spürte Richards Unsicherheit, hatte jedoch keine Zeit, ihn davon zu überzeugen, dass Valeriu die Wahrheit sagte. Sie erinnerte sich an ihr Gespräch mit Iosif im Krankenhaus, als er ihr verraten hatte, dass er daran dachte, sie ebenfalls zu einer Marionette, wie Valeriu es nannte, zu machen. Sie dachte an die Angst, die sie ergriffen hatte. Sie erinnerte sich daran, wie sie sediert auf dem Bett gelegen hatte, alles gehört hatte, sich aber nicht hatte bewegen können. So musste es für ihn gewesen sein. Jahrelang. Später würde sie Zeit haben, darüber nachzudenken, was es bedeutete, dass er sich jetzt anscheinend entgegen den Befehlen Daniels bewegen konnte. Später, wenn sie sicher und weit weg von OLYMPUS war.

Sie folgten Valeriu durch die Gänge und mit jedem Schritt fühlte Nike sich mehr an ihre Kindheit in diesen Hallen erinnert. Zwischen den verschiedenen Operationen hatte sie die Forschungseinrichtung nicht verlassen dürfen, so waren die Flure und Zimmer ihr Spielplatz geworden. Ein Labyrinth von Lügen. Das war es jetzt. Sie fragte sich, ob sie alle gewusst hatten, was Iosif getan hatte. Dass er nicht der Retter des kleinen, verängstigten Mädchens gewesen war, sondern der eiskalte Vater, der seine eigene Frau ermordet hatte, um seinen Plan vom perfekten Menschen in die Tat umzusetzen. Hatten sie von Valeriu und den anderen gewusst? Dass er dies vielleicht auch mit ihr vorgehabt hatte? Die Krankenschwestern, die mit ihr gespielt hatten, die ihr Bücher und Buntstifte gegeben hatten, ihr Geschichten erzählt hatten?

Nike wurde schlecht. Sie fühlte die Übelkeit stärker in sich aufsteigen, umso näher sie an die Operationsräume kamen. Die Räume, in denen sie selbst als Kind gelegen hatte, als man sie zu einer Theá gemacht hatte. Als sie zu einer *Monsterjägerin* geworden war.

Unwillkürlich wurden ihre Schritte langsamer.

Du hättest alles getan, was ich von dir verlange. Genauso wie Valeriu alles tut, was man von ihm verlangt. Es wäre so perfekt gewesen.

Die Worte ihres Vaters kamen ihr wieder in den Sinn und sie glaubte, an ihnen zu ersticken. Er hatte sie wieder hierhin bringen wollen. Hatte sie operieren wollen. Hatte ihr ihren Willen nehmen wollen. Sie zu einer willenlosen Puppe machen wollen, damit sie ihm eine neue Menschheit gebar. Das hieß, bevor er krank geworden war und einen anderen Bedarf für sie entwickelt hatte. Nike schüttelte sich, als die Übelkeit sie ohne weitere Vorwarnung übermannte und in die Knie zwang. Sie presste den Handrücken an die Lippen und kämpfte gegen den Würgereiz an.

»Wir müssen weiter«, meinte Valeriu ungerührt, als er sie bemerkte.

Richard ging neben ihr in die Knie und legte ihr die Hand in den Nacken. »Ich glaube, wir wissen beide, wie ungern ich jemandem recht gebe, aber wir müssen wirklich weiter. Wenn du jetzt hier zusammenbrichst, sind wir alle geliefert.« Er zog sie am Arm wieder hoch und stützte sie, während Nike die nächsten Schritte auf wackligen Beinen tat.

Sie fühlte sich so entsetzlich hilflos, war wieder ein kleines Kind, das nichts tun konnte, um seine Mama zu retten.

»Ich fürchte, wenn du jetzt kotzt, schlagen hier irgendwelche Sensoren Alarm. Oder deine Mitstreiterinnen riechen uns«, raunte Richard ihr zu, als sie erneut würgte.

Nike schluckte noch einmal den Brechreiz hinunter und straffte die Schultern.

»Geht schon wieder«, murmelte sie und schob Richards Arm zur Seite. Sie ignorierte den kalten Schweiß, der ihr über den Rücken zu rinnen begann. Sie konnte jetzt nicht aufgeben. Nicht jetzt. Wenn das hier vorbei war, konnte sie sich verkriechen und in Selbstmitleid versinken, doch jetzt musste sie stark sein und weitergehen. Langsam hob sie ihre rechte Hand und fuhr sich über die Tätowierung im Nacken.

Gib mir Kraft, dachte sie und schloss für einen Moment die Augen. Als sie sie wieder öffnete, traf sie Richards skeptischen Blick.

»Wirklich, geht schon wieder!« Sie zwang mehr Sicherheit in ihre Stimme und atmete tief durch. Wenn sie jetzt zusammenbrach, konnte das nicht nur ihr eigenes Todesurteil sein, sondern auch das der anderen. Sie würde Thanos nicht im Stich lassen.

Kapitel 30

Fast wünschte Thanos sich, dass der Tag anbrechen mochte und er die Besinnung verlor. Zumindest wäre er dann nicht mehr allein mit seinen Gedanken gewesen. Er gab es ungern zu, aber der Anzugträger hatte es geschafft, ihn zu beunruhigen. Die Vorstellung, in seinem eigenen Körper gefangen zu sein, war entsetzlich. Er würde lieber sterben, als noch einmal einen einzigen Befehl eines Mitarbeiters von OLYMPUS entgegenzunehmen. Er fürchtete nur, diese Option würde man ihm nicht geben. Gern hätte er daran geglaubt, dass sein Wille zu stark war, um gebrochen zu werden, aber er wusste, was sie mit ihrer Wissenschaft und ihren Forschungen zu erreichen in der Lage waren. Schließlich war er selbst ein strahlendes Beispiel – und dazu ein veraltetes Modell, dachte er mit einem verächtlichen Schnauben.

Ihm wurde schlecht, als er daran dachte, dass womöglich alle Vrykólakas, die damals nicht hatten fliehen können, gar nicht getötet, sondern zu willenlosen Puppen operiert worden waren und nun als seelenlose Kampfmaschinen für Iosif und seinesgleichen fungierten.

OLYMPUS hatte Seuche und Heilmittel erschaffen. Mit den veränderten Vrykólakas konnten sie Angst und Schrecken verbreiten. Verdammt, sie könnten die Welt tatsächlich an Vampire glauben lassen, nur, um die Hilferufe der Verzweifelten mit den Thées zu beantworten. Die Geretteten würden nie erfahren, dass ihre Helden auch gleichzeitig die Verursacher des Übels waren. Es war brillant. Aus militärischer Sicht musste er dies anerkennen. Aus menschlicher Sicht hingegen …

Thanos spannte seine Muskeln an und versuchte, sich aus seinen Fesseln zu befreien. Er würde nicht aufgeben. Er würde sich nicht ergeben. So lange er atmen konnte, würde er kämpfen. Das hatte er schon immer getan. Jetzt war nicht der richtige Zeitpunkt, um daran etwas zu ändern. Lieber würde er kämpfend zugrunde gehen, als ein Sklavendasein zu führen. Nie wieder sollte ein anderer Mensch über ihn bestimmen, ihm Befehle erteilen. Mit einem gequälten Aufschrei ließ er seine Arme sinken. Es hatte keinen Sinn. Die Fesseln waren zu stark. Er konnte sich nicht allein befreien. Das konnte doch nicht sein Ende sein. Nicht so. Nicht … jetzt. Sobald er die Augen schloss, sah er sie vor sich.

»Ich liege hier wie das Lamm auf der Schlachtbank und statt über meine Möglichkeiten zur Gegenwehr nachzudenken, frage ich mich nur, ob sie in Sicherheit ist. Thanos, du bist ein verdammter Idiot.« Er glaubte sogar, sie zu riechen, ihren Herzschlag in der Nähe zu spüren. Dieses rasende Pochen, das sein eigenes Herz schneller schlagen ließ. Er war wirklich ein Idiot. Er schloss die Augen.

»Ein zu groß geratenes Lamm, würde ich sagen und eindeutig noch nicht reif für die Schlachtbank.«

Jetzt glaubte er sogar schon, ihre Stimme zu hören.

»Wenn es dir aber gefällt, hier zu liegen und dein Hirn zu verlieren, können wir auch gerne wieder abhauen.«

Thanos zog die Brauen zusammen und öffnete langsam die Augen.

***

Nike kam es so vor, als wäre sie erneut betäubt worden. Das Gehen fiel ihr genauso schwer wie im Krankenhaus, als Dr. Montgomery ihr geholfen hatte, zu fliehen. Es kostete sie mehr Kraft, als sie für möglich gehalten hatte, die Beine durchzudrücken und einen Fuß vor den anderen zu setzen. Schweigend folgte sie Valeriu, als dieser sie zu den Operationssälen führte. Je näher sie ihnen kamen, desto mehr zog sich ihr Magen zusammen. Aber sie hielt sich aufrecht. Ihre Fingernägel bohrten sich schmerzhaft in ihre Handflächen und ihre Zähne durchbrachen die dünne Haut ihrer Unterlippe, doch sie kümmerte sich nicht darum.

Ich bin stark. Ich bin Nike. Ich bin unbesiegbar.

Sie wiederholte das Mantra und sagte sich selbst, dass mit jedem Wort ihre Stärke zurückkehrte.

Plötzlich hielt Valeriu inne und hob die Hand, ehe sie um die letzte Ecke biegen konnten. Es war nichts zu hören, doch sie warteten noch einen Moment, bis Nike zur Beruhigung tief durchatmete. Ihre Nackenhaare stellten sich auf und eine Gänsehaut bildete sich auf ihren Armen.

»Thanos«, flüsterte sie und jegliche Schwäche, die sie gefühlt hatte, war vergessen. Er war hier, ganz in ihrer Nähe.

Ohne darüber nachzudenken, lief sie an Valeriu vorbei um die Ecke. Sie verließ sich gänzlich auf ihre Instinkte, als sie seinem Geruch folgte. Nach wenigen Schritten glaubte sie, seinen Herzschlag wahrzunehmen und rannte den Flur entlang, bis sie vor einer zerstörten Tür stehen blieb.

Als sie einen Blick in den Operationssaal warf, blieb sie wie angewurzelt stehen. Sie wusste nicht, ob sie lachen oder weinen wollte. Ihre Kehle zog sich zusammen und sie schluckte schwer. Thanos' Anblick hätte sie fast wieder in die Knie gezwungen. Er war am Leben. Gott sei Dank, er war am Leben und noch immer Herr seiner Sinne.

Mit zitternden Händen griff sie nach dem Türrahmen und suchte dort Halt. Sie hörte, wie Richard und Valeriu zu ihr aufschlossen und hinter ihr stehen blieben.

»Ich liege hier wie das Lamm auf der Schlachtbank und statt über meine Möglichkeiten zu kämpfen nachzudenken, frage ich mich nur, ob sie in Sicherheit ist. Thanos, du bist ein verdammter Idiot.«

Sie konnte sich nicht helfen, sie lachte leise auf und war selbst überrascht zu hören, wie erstickt ihre Stimme klang. Aus den Augenwinkeln sah sie, wie Richard den Kopf schüttelte.

»Ein zu groß geratenes Lamm, würde ich sagen und eindeutig noch nicht reif für die Schlachtbank.« Himmel, klang ihre Stimme wirklich so rau? Ihre Finger schlossen sich fester um den Türrahmen.

Er lebte, es ging ihm gut. Sie würden ihn befreien und dann hier rausbringen und dann wäre alles in Ordnung. Sie spürte, wie ihr Tränen in die Augen schossen und blinzelte sie weg. Sie war eine

Kämpferin, keine verdammte Heulsuse. Die Schwäche, die sie heute gezeigt hatte, sollte für den Rest ihres Lebens reichen.

»Wenn es dir aber gefällt, hier zu liegen und dein Hirn zu verlieren, können wir auch gerne wieder abhauen.« Besser. Ihre Stimme klang besser, nicht mehr so atemlos, nicht mehr so verzweifelt. Mehr nach ihr selbst. Sicherer.

Als Thanos die Augen öffnete, lächelte sie ihn schief an.

»Bereit, gerettet zu werden?«, fragte sie und trat über die Tür in den Operationssaal herein. Auf dem Weg zu seinen Fesseln glitten ihre Fingerspitzen über seinen Handrücken. Flüchtig. So, als müsste sie sich vergewissern, dass er es wirklich war. Nike wagte nicht, ihm ins Gesicht zu sehen. Nicht jetzt, wo ihre Gefühle zu nah an der Oberfläche waren. Nicht, wenn sie fürchtete, ein Blick in seine Augen würde die Tränen erneut heraufbeschwören und sie blenden.

»Wir brauchen ...« Sie konnte den Satz nicht beenden, ehe Valeriu ihr schon die Schlüssel hinhielt, die er aus einem Schrank neben der Tür genommen hatte. Nike bemerkte, wie Thanos sich anspannte, als er den Vrykólakas bemerkte.

Sie legte eine Hand auf Thanos' Arm, während sie mit der freien Hand nach dem Schlüssel griff und sich an seinen Fesseln zu schaffen machte. »Er hat uns geholfen.«

»Wieso habe ich Schwierigkeiten damit, das zu glauben?«, knurrte Thanos und nahm ihr den Schlüssel aus der Hand, sobald seine linke Hand frei war. So schnell er konnte, löste er die übrigen Schlösser und war mit einem Satz von der Operationsliege aufgesprungen.

Nike trat einen Schritt zurück und blickte zu Valeriu. »Er hat uns geholfen, weil wir den gleichen Feind haben. Im Moment jedenfalls«, erklärte sie.

Valeriu deutete ein kleines Nicken als Zustimmung an.

»Ich hasse es, mich zu wiederholen, aber wir sollten uns beeilen«, mischte Richard sich ein, bevor Thanos noch etwas erwidern konnte. Er war im Türrahmen stehen geblieben und blickte nun nach beiden Seiten des Flures, um Ausschau zu halten.

Valeriu brauchte keine weitere Aufforderung, um den Raum zu verlassen.

Als Nike ihnen folgen wollte, griff Thanos nach ihrer Hand und hielt sie zurück. »Weshalb bist du hier? Du hättest abhauen sollen«, zischte er.

Sie zuckte leicht zusammen. Sie gab es ungern zu, aber seine Worte trafen sie.

»Um mit Daniel einen Retsina zu trinken. Was glaubst du wohl? Um dich und Ilias hier rauszuholen!«

»Wenn wir Ilias noch retten wollen, müssen wir *jetzt* gehen!« Richard hatte recht.

Nike löste sich von Thanos' Blick und zog ihre Hand aus seiner. Dann drehte sie sich um und ging auf den Flur hinaus. In diesem Moment schrillten die Sirenen los.

Kapitel 31

»Scheiße!« Der gesamte Flur war vom roten Licht der Alarmanlage erhellt.

»An alle Mitarbeiter von OLYMPUS: Das System hat Alarm geschlagen. Die Sicherheitsvorkehrungen werden aktiviert.«

»Scheiße, Scheiße, Scheiße! Raus hier. Jetzt!« Richard scheuchte Nike und Thanos durch den Flur, oder zumindest versuchte er es.

»Die einzelnen Abschnitte der Forschungseinrichtung werden in wenigen Minuten hermetisch abgeriegelt. Dies dient der Sicherheit, um potenzielle Gefahrenstellen auszumerzen.«

»Wo ist Ilias?«, fragte Nike Thanos, der nur den Kopf schüttelte. Hilfe suchend blickten sie zu Valeriu, der mit einem knappen Nicken über Nikes Kopf hinweg die Richtung angab, in der Ilias auf seine Operation wartete.

»Bewahren Sie Ruhe und begeben Sie sich schnellstmöglich zum nächsten Ausgang oder zu dem für Ihren Abschnitt zuständigen Kommunikationsraum.«

»Verdammter Mist«, raunzte Nike und sprintete los, Thanos dicht auf ihren Fersen. Als sie um die nächste Ecke bogen, sahen sie gerade noch, wie zwei Frauen in weißen Kitteln hinter einer sich von der Decke aus schließenden Tür verschwanden.

»Die Mitarbeiter in den Kommunikationsräumen werden gebeten, sich umgehend bei der Sicherheitszentrale zu melden.«

»Jede Operationseinheit ist ein eigener Sicherheitsabschnitt. Wenn die Schleuse sich schließt, kommen wir nicht mehr an deinen Freund heran«, rief Nike Thanos über die Sirenen und die

Lautsprecherdurchsagen zu. Sie würden es nicht schaffen. Selbst mit ihrer übermenschlichen Geschwindigkeit waren sie für die Schleuse zu langsam. Nike zweifelte nicht daran, dass dies von OLYMPUS mit Absicht so eingerichtet worden war. Im Zweifelsfall sollten die Mitarbeiter vor ihnen geschützt werden. Es konnte schließlich gefährlich werden, wenn man versuchte, jemandem den freien Willen zu nehmen.

Dennoch rannte sie weiter, auch, weil sie eine der beiden Frauen erkannt hatte.

»Teilen Sie der Sicherheitszentrale mit, ob sich in Ihrem Abschnitt verletzte Personen aufhalten und geben sie die genaue Zahl der Mitarbeiter an, um vermisste und vielleicht in Lebensgefahr befindliche Personen direkt lokalisieren zu können.«

»Lena«, schrie Nike gegen den Lärm im Flur an, gerade als die Schleuse den Boden erreichte. Thanos war als Erster an der schweren Eisentür und schlug mit beiden Fäusten darauf ein. Nike ließ ihn erst gewähren, legte ihm aber schließlich die Hand auf die Schulter und zog ihn vorsichtig zurück.

»Das hat keinen Sinn«, meinte sie leise und wagte nicht, ihn anzusehen. Sie wollte nicht den Schmerz in seinem Gesicht sehen, wenn er erkannte, dass er seinen besten Freund zurücklassen musste. Sie hoffte, dass ihm überhaupt klar war, dass sie ihn zurücklassen mussten. Von hier aus gab es keinen Weg weiter. Sie konnten nur zurückgehen und durch den geheimen Eingang verschwinden, durch den Richard und sie hereingekommen waren.

»An alle Mitarbeiter von OLYMPUS: Das System hat Alarm geschlagen. Die Sicherheitsvorkehrungen werden aktiviert.«

Nike fluchte leise, als die Lautsprecherdurchsagen wiederholt wurden.

»Nike? Nike, bist das wirklich du?« Lenas verzerrte Stimme drang von der Seite an ihr Ohr und Nike wandte sich suchend um, bis sie einen kleinen Monitor direkt neben der Schleuse erblickte. Sie trat darauf zu und sah in die weiten Augen ihrer Freundin, die sie ungläubig über den Bildschirm ansahen. »Du lebst.«

»Ja, das höre ich in letzter Zeit öfter.«

»Ich dachte … Daniel hat uns erzählt …«

»Ich weiß. Lena, ich hab nicht viel Zeit.«

»Er war es, oder? Daniel? Aber du konntest abhauen. Ich hab dich noch rechtzeitig erreicht? Ich dachte schon, ich hab die Schüsse gehört und dachte …«

»Nein, ich hab's geschafft. Deine Warnung kam rechtzeitig.« Sie zögerte einen Moment, fuhr sich mit der Zunge über die Lippen. »Lena. Danke. Du hast mir das Leben gerettet.«

Lena lächelte, ihr Kinn zitterte leicht. »Nike, ich hab Angst. Wenn Daniel dich umbringen wollte … Maya ist allein zu Hause und ich kann sie nicht erreichen und …«

»Maya geht es gut. Sie ist draußen und wartet auf uns.«

Lena schwieg einen Moment. Sie nickte mehrmals und schloss die Augen. Sie musste etwas hinter sich hören, denn ihr Kopf schnellte zur Seite und sie riss die Augen auf. »Du musst weg. Sie kommen.«

»Lena, du musst mir noch einen Gefallen tun. Ich weiß, ich verlange verdammt viel von dir, aber …«

»Versprich mir, dass du auf Maya aufpasst, und du kannst von mir verlangen, was du willst.«

»Daniel hat heute Abend zwei Männer hierher gebracht …«

»Sie sind Vrykólakas, nicht wahr? Wobei ich davon ausgehe, dass ich in dieser Angelegenheit auch nicht die volle Wahrheit kenne?«

Nike nickte, es war keine Zeit, Lena jetzt alles zu erklären, was sie in den letzten Tagen erfahren hatte.

»Einer von ihnen, Ilias, er ist irgendwo in den vorderen Abschnitten.«

»Hier. Er ist in diesem Abschnitt.«

Nike hörte, wie Thanos die Luft einzog. Sie warf ihm einen kurzen Blick über die Schulter zu. Er lehnte an der gegenüberliegenden Seite des Flures an der Wand und sah aus, als wolle er jeden Moment die Schleusentür niederreißen. Nikes Blick blieb auf Thanos gerichtet, als sie mit Lena sprach.

»Sie dürfen ihn nicht operieren. Du musst das irgendwie verhindern und … pass auf dich auf.«

»Mach ich«, versprach Lena. »Ich hab dich lieb. Und jetzt geh!«

Ihre Stimme war eindringlich, und noch bevor Nike etwas sagen konnte, wurde der Monitor schwarz.

»Ich störe euch wirklich ungern, aber wir müssen jetzt verdammt noch mal hier raus!« Richard stand an der Ecke des Flures und winkte ihnen verzweifelt zu.

Nike blickte zu Thanos, der sich scheinbar mühsam von der Wand abstieß und gemeinsam rannten sie zu Richard. Mit einem letzten Blick auf die Kameras, die ihre Bewegungen an der Schleuse verfolgt hatten, schwor Nike sich, einen Weg zu finden, zurückzukommen. Für Ilias. Und für Lena. Wenn jemand mitbekommen hatte, dass sie mit Nike gesprochen hatte, oder dass Maya verschwunden war, wäre auch sie nicht mehr sicher.

∗∗∗

Valeriu wartete im nächsten Flur auf sie. Hier gab es keine Kameras, die seine Anwesenheit hätten filmen können. Zu viert liefen sie durch die Flure, in Richtung des Fluchtweges. Richard und Thanos waren bereits durch die Tür getreten, als Nike sich noch einmal zu Valeriu umdrehte.

Als sie ansetzte, etwas zu sagen, schüttelte Valeriu kaum merklich den Kopf. »Ich erinnere mich an Unschuldige, die ich getötet habe. Ich kann nichts tun, um sie wiederzubringen. In wenigen Minuten werde ich gar nichts mehr tun können, ohne dass man es mir befiehlt.« Sein Gesicht verzog sich zu einer Grimasse. »Ich habe es nicht für dich oder einen der beiden getan. Ich habe es nur getan, um *ihnen* zu schaden.«

Nike erwiderte seinen Blick einen Moment lang schweigend, dann nickte sie. »Eines Tages werden sie ihre gerechte Strafe erhalten.«

Valeriu schnaubte verächtlich. »Du bist naiv, wenn du daran glaubst.«

»Meine Mutter glaubte daran.«

Nun war es an Valeriu, Nike schweigend zu betrachten. Ohne ein weiteres Wort zu sagen, drehte er sich um und setzte den Weg den Flur entlang fort. Nike wartete nicht länger und folgte Richard und

Thanos durch den dunklen Gang, hinaus in das Waldstück, in dem Maya hoffentlich noch auf sie wartete.

***

Valeriu spürte, wie seine Glieder schwerer wurden. Stück für Stück schwand seine Kraft, sein Wille. Seine Beine bewegten sich automatisch, als zöge jemand an unsichtbaren Fäden und lenkte ihn den Flur entlang. Er blieb an der nächsten Schleuse stehen. Er konnte nicht weiter. Er konnte Daniels Befehl, in sein Zimmer, seine Zelle zurückzukehren, nicht ausführen.

Ein stechender Schmerz fuhr ihm durch den Kopf und er sog hörbar die Luft ein. Es war eine große Anstrengung gewesen, der er sich gerade ausgesetzt hatte. Sie hatte ihn viel gekostet. Wie viel genau, das würde er erst merken, wenn sein Körper wieder zur Geisel OLYMPUS' wurde. Er hatte seine Kraft überschätzt. Er war offensichtlich noch lange nicht so weit, OLYMPUS zu entkommen. Er musste stärker werden, musste Daniels Befehlen länger widerstehen können. Eines Tages würde er ihnen einfach nicht mehr Folge leisten müssen. Der nächste Schmerzensstich zwang ihn in die Knie. Er war gefangen. Wenn er seinen Befehl nicht ausführen konnte, wehrte sich sein eigener Körper gegen ihn. Er hatte nicht die Kraft, sich weiter gegen den Befehl aufzulehnen, doch er konnte die Schleuse nicht passieren. Den Prozessoren in seinem Gehirn war es jedoch egal, ob ihm etwas den Weg versperrte oder nicht. Er hatte einen Befehl erhalten und sollte diesen gefälligst ausführen. Koste es, was es wolle. Wie es aussah, konnte es ihn das Leben kosten.

Dennoch, Valeriu wusste, er würde wieder so handeln, wenn er die Möglichkeit hätte, es ungeschehen zu machen. Er war auf dem Weg in sein Zimmer gewesen, als er sie gesehen hatte. Sie. Die Frau, die er vor beinahe zwanzig Jahren getötet hatte. Sie war die Erste gewesen, bei deren Ermordung er bei Sinnen gewesen war. Er erinnerte sich noch genau an den Ausdruck in ihren Augen. Angst und Stolz hatten in ihr um die Oberhand gekämpft. Sie war stark gewesen. Stärker als Iosif. Iosif tötete für seine Überzeugungen, seine Frau war für ihre *gestorben*.

Er hatte gewusst, dass sie nicht dieselbe sein konnte. Er hatte es gewusst. Seine Augen zeigten ihm das Bild einer Toten, die vor ihm stand. Doch sie atmete, ihr Herz schlug – zu schnell, aber es schlug.

Das Kind, das er geglaubt hatte, getötet zu haben, die großen, braunen, ängstlichen Augen, die ihn jahrelang verfolgt hatten, weil er sich nicht daran erinnern konnte, *wie* er es getötet hatte ... es lebte. Valeriu wusste es besser, als zu glauben, dass sein Wille bereits damals stark genug dazu gewesen wäre, sich gegen Iosifs Befehl zu stellen.

Er hatte sie nicht getötet, weil ihr Vater es nicht gewollt hatte. Er selbst hatte keine Möglichkeit gehabt, sich dagegen zu wehren. Er hätte sie getötet. Hätte ihr das kleine Genick gebrochen, ohne mit der Wimper zu zucken, während seine Seele vor Wut und Scham aufgeschrien hätte.

War es nun Ironie, dass sie heute vor ihm gestanden hatte? Dass sie hier eingedrungen war, um Daniels neues Meisterwerk zu verhindern? Oder war es eine göttliche Fügung? Eine Möglichkeit, etwas wiedergutzumachen, das er nicht hatte verhindern können?

Er hatte vor Langem aufgehört, an Gott zu glauben.

Kapitel 32

Der Motor des Pickups lief bereits, als sie aus der Dunkelheit des Fluchtweges herauskamen.

»Ich hab Sirenen gehört. Ist alles in Ordnung?« Maya hatte das Fenster auf der Fahrerseite heruntergekurbelt und sah von einem zum anderen. Die Frage, die ihr sicher auf der Seele brannte, stellte sie nicht.

»Es ist alles okay«, versicherte Nike ihr und riss die Tür zur Beifahrerseite auf.

»Bist du dir sicher, dass wir sie fahren lassen sollten?«, fragte Richard mit einem skeptischen Blick auf Maya.

Bevor das Mädchen etwas erwidern konnte, schob Nike Richard ins Innere des Wagens. »Ich hab ihr beigebracht, wie man fährt.«

»Sollte mich das in irgendeiner Form beruhigen?«

Nike ignorierte ihn und schob auch Thanos zum Wagen, bevor sie selbst sich dazuquetschte.

»Ich hoffe, ihr seid alle drin.« Maya verlor keine Zeit und gab so viel Gas, wie es der Pickup zuließ.

Im Rückspiegel konnte Nike sehen, dass die Einrichtung taghell erleuchtet war. Sicher ließ Daniel jeden Winkel nach ihnen absuchen. Sie hoffte, dass mit Lena alles in Ordnung war.

»Pass auf die Kurve auf«, raunzte Richard Maya an, die ihm nur einen kurzen Blick zuwarf, ehe sie besagte Kurve mit quietschenden Reifen nahm.

»Für ein furchterregendes Monster ist der Kerl ziemlich ängstlich.«

251

Maya zwinkerte Nike zu, als Richard sich verzweifelt am Armaturenbrett festklammerte.

Nike schüttelte nur den Kopf und starrte in die Nacht hinaus. Hin und wieder gab sie Maya Anweisungen, welche Richtung sie zu fahren hatte, ansonsten herrschte im Wagen Stille. Nike konnte die Stimmung nicht recht deuten. Es hätte so viel zu sagen gegeben, das sich doch keiner auszusprechen wagte. Ja, sie hatten Thanos befreit und auch Maya war vor Daniels Zugriff sicher. Aber. Und da war es, dieses große Aber. Zu welchem Preis? Lena war nach wie vor in der Forschungseinheit ›OLYMPUS‹ eingeschlossen, und wenn man auf den Videoaufnahmen sehen würde, dass sie mit ihr gesprochen hatte, würde sie sicher in großen Schwierigkeiten stecken. Und was hatte Nike sich eigentlich dabei gedacht, ihr zu sagen, sie müsse verhindern, dass Ilias operiert wird? Hatte sie auch nur einen Moment darüber nachgedacht, wie sie das anstellen sollte? Welcher Gefahr sie sich dabei aussetzen würde?

Ja, musste sie zugeben, hatte sie. Und trotzdem hatte sie Lena darum gebeten. Sie wusste, dass sie viel verlangt hatte, aber niemand sollte zu einem Schicksal verdammt sein, wie es Valeriu und wer wusste schon, wie viele andere Vrykólakas, ertragen mussten. Die Stunden im Krankenhaus hatten für Nike gereicht, um ihr den Rest ihres Lebens Albträume zu bereiten. Niemand sollte in einem solchen leben müssen. Ja, sie hatte von Lena viel verlangt, aber Lena war tough und würde sich zu helfen wissen. Sich und Ilias.

Nike massierte sich die Schläfen und schloss für einen Moment die Augen. Irgendwie mussten sie zurück und Lena und Ilias da herausholen und … Valeriu? Die anderen? Konnte man sie überhaupt befreien? Valerius Taten in dieser Nacht hatten gezeigt, dass die Operation nicht unfehlbar gewesen war, sie war nicht perfekt. Er hatte es geschafft, dagegen anzukämpfen. Doch für wie lange? Und war er der Einzige?

Die Gedanken flirrten durch ihren Kopf und sie konnte auf keine ihrer Fragen eine Antwort finden. Fast wünschte sie sich zurück zu einem Tag, bevor sie den Auftrag erhalten hatte, der ihr Leben gänzlich auf den Kopf gestellt hatte. Es war einfacher gewesen, damals.

Aufstehen, essen, trainieren, rausgehen, einen Auftrag erfüllen, heim kommen, essen, duschen, schlafen. Einfacher. Ja. Aber richtig?

Sie kniff die Augen so fest zusammen, dass kleine Lichter vor ihr explodierten. Kein einziger Vrykólakas, den sie in den letzten Jahren gejagt und getötet hatte, hatte es verdient gehabt, zu sterben. Sie waren alle Opfer gewesen. Opfer von OLYMPUS. Opfer von Iosif und Daniel. Und sie hatte dabei geholfen, die Opfer ein für alle Mal zum Schweigen zu bringen.

»Nie wieder«, flüsterte sie. Es war an der Zeit, dass OLYMPUS aufgehalten wurde. OLYMPUS und alle, die für die Einrichtung sprachen, Entscheidungen trafen, waren das wirkliche Monster, das sie aus den Vrykólakas machen wollten. Der Anflug eines schiefen Lächelns breitete sich auf Nikes Lippen aus. War es nicht das gewesen, wofür sie sich als Kind den Operationen unterzogen hatte? Um Monster aufzuhalten?

OLYMPUS würde nicht triumphieren, schwor sie sich und öffnete die Augen. Vor sich erkannte sie bereits die Lichter von Aóra. Sie hatte gar nicht bemerkt, dass sie die Autobahn verlassen hatten. Nur noch wenige Minuten, dann wären sie zuhause.

Zuhause. Nike schüttelte leicht den Kopf. Nein, es war kein Zuhause. Nicht wirklich. Nicht, solange sie sich verstecken mussten. Auch das würde aufhören. Vielleicht nicht jetzt sofort, aber sie würde alles in ihrer Macht Stehende tun, damit es aufhörte.

***

Die Erleichterung war Adam deutlich anzusehen, als er ihnen die Tür öffnete, doch sie schwand allmählich, als er sie einen nach dem anderen ansah.

»Ilias?«

»Wir konnten nicht zu ihm. Der Alarm brach aus.«

Auf Nikes Antwort hin warf Adam Thanos einen kurzen Blick zu, doch dieser schwieg. Der Arzt fing sich rasch wieder und betrachtete die Heimkehrer eingehender. „Und mit euch? Ist alles in Ordnung? Seid ihr verletzt?«

Stummes Kopfschütteln traf ihn.

Adam schnalzte mit der Zunge und deutete auf das Behandlungszimmer. »Ich würde mich trotzdem gern vergewissern.«

Sie schickten Thanos zuerst zu ihm. Richard weigerte sich, sich untersuchen zu lassen und Nike führte Maya in die Küche und drückte ihr ein Glas Wasser in die Hand. Maya nahm es zögernd an und schwenkte es vorsichtig mit beiden Händen. Sie blickte nicht auf, ihre Augen ruhten auf den Wellen, die das Wasser im Glas schlug.

»Wenn mit Lena was nicht in Ordnung wäre, wäre das hier Alkohol, oder?« Sie versuchte ein Grinsen, doch es gelang ihr nicht.

»Ich hab's nicht geschafft. Tut mir leid.«

Maya nickte langsam. »Wenn ich wenigstens wüsste, wie es ihr geht ...«

»Gut.«

Mayas Blick schnellte hoch und sie sah Nike mit großen Augen an.

»Ich hab mit ihr über die Kommunikationsverbindung zwischen zwei Operationsbereichen reden können. Es ging ihr gut, als ich ging. Sie bat mich, auf dich aufzupassen.« Nike wartete darauf, dass Maya protestieren würde, ihr sagen würde, dass sie keinen Babysitter bräuchte, sondern schon ein großes Mädchen war und auf sich allein aufpassen konnte.

Stattdessen blickte sie wieder auf ihr Wasserglas. »Ich bin ein Risiko für euch. Nicht stark genug, nicht schnell genug. Nicht ... gut genug.«

»Richard ist ein größeres Risiko und ihn behalten wir auch.« Nike versuchte, die Stimmung zu lockern, doch Maya lachte nicht. Sie erwiderte Nikes Blick und schluckte schwer.

»Ich meine nur, ich versteh' es schon, wenn du dein Versprechen nicht halten kannst und dass du es nur gegeben hast, um Lena zu beruhigen. Ich bin fast achtzehn, ich komm' schon irgendwie zurecht.«

Fast achtzehn. Nike unterdrückte ein Schnauben. Maya war erst vor einem Monat siebzehn geworden. Nicht, dass es eine Rolle gespielt hätte, wie alt sie war. Maya deutete ihr Schweigen offensichtlich als Zustimmung und Nike bemerkte, wie ihre Schultern leicht nach unten sackten.

»Mach dir um mich keine Sorgen, seht nur zu, dass ihr in Sicherheit kommt.« Sie ging an Nike vorbei Richtung Flur.

Nike sah ihr nach und wartete, bis sie an der Küchentür angekommen war. »Sie werden dich jagen.«

Maya zuckte zusammen und warf ihr über die Schulter einen ängstlichen Blick zu. »Ich schaff das schon«, versicherte sie Nike und straffte die Schultern.

»Sie werden dich jagen, um von dir zu erfahren, was du weißt. Dann werden sie dich als Druckmittel gegen Lena verwenden. Und sobald du achtzehn bist ...«

Sobald sie achtzehn war, würde man sie operieren. Maya hatte auf diesen Tag gewartet, hatte ihm die letzten Monate entgegengefiebert. Nike konnte nur hoffen, dass ihr inzwischen klar war, dass das Leben, welches Maya sich ersehnt hatte, keineswegs so erstrebenswert war, wie sie all die Jahre über geglaubt hatte, seit sie Lena nach Griechenland begleitet hatte.

Maya ließ ihren Blick sinken, sagte jedoch kein Wort. Sie stand einfach im Türrahmen und wusste offensichtlich nicht, was sie tun sollte. In diesem Moment kam sie Nike viel jünger vor, als sie war.

»Hol deine Tasche aus dem Pickup und warte im Wohnzimmer auf uns. Du kannst den Fernseher anschalten.« Sie drehte sich weg und sah aus dem Küchenfenster. Vielleicht wäre es sogar sicherer für Maya, wenn sie sich allein durchboxte. Wenn sie irgendwo im Ausland untertauchen könnte, würde OLYMPUS sie nicht einfach finden können. Wenn Nike auch nur einen Moment geglaubt hätte, dass man Maya in Ruhe lassen würde, wenn sie von der Bildfläche verschwand, sie hätte ihr geraten, zu gehen. Die Gefahr, der sie sich auslieferte, wenn sie mit ihnen zusammen war, war nicht zu unterschätzen, aber allein hätte sie gar keine Chance. OLYMPUS würde nie aufgeben. Daniel musste fürchten, was Maya wusste, und dass sie ihr Wissen an die Öffentlichkeit brachte. Das konnte er nicht riskieren. Sie lauschte auf Mayas Schritte, als diese durch den Flur ging, die Haustür öffnete und sie offen ließ, während sie zum Pickup ging und ihre Tasche holte.

Erst, als Maya wieder im Haus war, die Haustür hinter sich ins Schloss gezogen hatte und es sich auf der Couch im Wohnzimmer bequem gemacht hatte, entspannte Nike sich. Sie würde ihr Versprechen an Lena halten und auf Maya aufpassen. Als sie sich auf die Geräusche im Haus konzentrierte, suchte sie automatisch nach Thanos' Herzschlag. Er war noch immer mit Adam im Behandlungszimmer.

***

»Das sieht alles soweit gut aus. Ich kann zumindest keine Verletzungen ausmachen und deine Reflexe und Reaktionen sind alle in Ordnung.«

Thanos starrte ins Leere, als Adam sich sein Stethoskop um den Hals hängte und seine Untersuchung beendete.

»Aber irgendetwas ist nicht in Ordnung.«

Nein, es war ganz und gar nicht in Ordnung. Ilias, dieser verdammte Idiot, hatte sie direkt in Daniels Falle geführt. Durch die Illusion verführt, er könnte wieder ein normaler Mensch werden. Hoffnung war eine verdammt trügerische Sache. Thanos hatte dies schon lange akzeptiert und war davon überzeugt gewesen, den anderen würde es ebenso gehen. Wieso hatte er nicht gemerkt, was mit Ilias los war? Hätte es nicht wissen sollen, wenn sein bester Freund noch immer glaubte, er würde sein Schicksal ändern können?

Wie lange hatte Ilias mit Daniel in Kontakt gestanden? Vielleicht hatte Thanos die Zeichen übersehen. Ilias war in den letzten Wochen nervöser gewesen, doch Thanos hatte dies allein auf die Suche nach dem Mörder geschoben. Er weigerte sich, zu lange an Valeriu zu denken. An seinen alten Kameraden zu denken, ließ ihn auch an all die anderen denken, um deren Tod sie getrauert hatten. Waren sie alle zu hilflosen Marionetten OLYMPUS' geworden? Der Gedanke wand sich wie eine Eisenkette um sein Herz. Hätten sie sie damals womöglich befreien können? Vielleicht hätten sie sie retten können, wenn sie nur gewusst hätten, dass sie noch am Leben waren. Stattdessen hatte man sie dazu verdammt, ein Leben als Gefangene im eigenen Körper zu führen. Es hätte auch ihn treffen können. Es hätte sie alle treffen können. Es würde Ilias treffen. Vielleicht sogar in diesem Augenblick, als er spürte, wie die Dämmerung anbrach und sein Körper schwerer und müder wurde.

Adam sah ihn noch immer erwartungsvoll an, doch Thanos schwieg. Er schob sich an dem Arzt vorbei und ließ ihn im Behandlungszimmer allein. Ohne darüber nachzudenken, stieg er die Treppe hinauf und ging in sein Schlafzimmer. Seine Lider waren bereits geschlossen, als er die Tür öffnete und der Schlaf übermannte ihn, sobald er aufs Bett fiel.

Kapitel 33

Während Thanos und Richard der Macht des Tages nachgegeben hatten, suchte Adam Nike in der Küche auf, wo sie noch immer am Fenster stand und auf den Ort zu Füßen des Hügels blickte.

»Du solltest auch schlafen gehen. Die Nacht war schließlich alles andere als ruhig.« Adam gähnte, doch Nike schüttelte den Kopf.

»Ich kann nicht schlafen.« Dass es daran lag, dass sie von den Blutkonserven getrunken hatte, verschwieg sie wohlweislich. Sie wollte nicht schlafen. Und sie war sehr froh, dass dieser Teil ihrer erneuten Entwicklung sie noch nicht eingeholt hatte. Sie musste den Tag nicht verschlafen. Noch nicht. Sie musste nachdenken. Darüber, was heute Nacht schief gelaufen war und darüber, was die Zukunft für sie bereithielt. Außerdem traute sie OLYMPUS nicht. Daniel wusste, wer letzte Nacht in die Forschungseinheit eingebrochen war, er würde bald wissen, wo sie sich aufhielten. Es würde nicht lange dauern, bis sie Besuch erhielten. Nike wollte darauf vorbereitet sein, wenn es soweit war und das bedeutete, sie wollte nicht hier sein.

Sie drehte sich zu Adam um und sah, wie dieser sich mit einer Hand übers Gesicht strich.

»Was hast du stattdessen vor?«

»Packen«, erwiderte sie knapp und ging an ihm vorbei.

»Packen«, wiederholte Adam, als brauche er einen Moment, um zu verstehen, was sie meinte. »Natürlich«, sagte er schließlich und Nike hörte seine Schritte hinter sich.

Als sie ins Wohnzimmer zu Maya ging, steuerte Adam zielsicher sein Behandlungszimmer an und Nike hörte, wie er Türen und Schubladen aufzog.

»Hey.« Maya lehnte den Kopf an die Rückenlehne der Couch und schaltete den Fernseher leiser, als sie Nike bemerkte. »Was ist los?«

»Wir müssen weg. Sobald die Nacht anbricht, müssen wir aufbrechen. OLYMPUS kennt dieses Haus und wir können nicht riskieren, dass sie uns finden.«

Maya setzte sich sofort aufrecht hin und drehte ihren Oberkörper in Nikes Richtung. »Wo gehen wir hin?«

»Erst einmal fahren wir zum Hafen, von dort nehmen wir ein Schiff auf eine der Inseln. Wir bleiben in Griechenland. Daniel wird glauben, wir suchen so schnell wie möglich das Weite und setzen uns ins Ausland ab. Er wird nicht vermuten, dass wir in der Nähe bleiben.«

»Okay.« Maya sah sich um. »Was …«

»Was wir tragen können«, beantwortete Nike ihre Frage, ehe Maya sie stellen konnte. Sie würden nicht viel mitnehmen.

»Kann ich helfen?«

»Ja, du kannst schlafen gehen. Es wäre mir lieb, wenn du heute Nacht fahren würdest. Adam hilft mir, alles bis dahin vorzubereiten, wir sollten beide besser nicht hinterm Steuer sitzen. Bevor Thanos und Richard zu sich kommen, können wir ohnehin nicht weg, aber ich möchte keine Zeit verlieren, sobald sie wach werden, will ich im Auto und auf der Straße sein.«

Maya neigte den Kopf zur Seite und musterte Nike, als sähe sie sie zum ersten Mal. »Du hast dich ganz schön verändert, weißt du das?«

Nike runzelte die Stirn. »Was meinst du?«

»Du hast *wir* gesagt. *Wir* können nicht weg, bevor die anderen beiden aufgewacht sind. Das hättest du vorher nie. Da wärst du einfach weg gewesen. Allein.« Maya stand auf und umrundete die Couch. Sie nahm ihre Tasche in die Hand und ging zum Flur. »Ich fand ja schon immer, dass du cool bist, aber so gefällst du mir noch besser. Wo kann ich denn schlafen?«

Nike beschrieb ihr den Weg zu ihrem eigenen Zimmer und schaute Maya verblüfft nach. Sie hätte gern gesagt, dass sie sich irrte, dass sie auch vor ihrer Zeit bei Thanos, Richard und Adam niemanden einfach so zurückgelassen hätte, nur, das konnte sie nicht.

»Ich hab das Nötigste an medizinischer Versorgung zusammengepackt. Ich kümmer mich noch um Thanos' Computer und … ist alles in Ordnung?«

Nike blinzelte ein paar Mal, um ihre Gedanken zu verscheuchen, dann nickte sie Adam zu. »Ja, ja. Alles in Ordnung. Ich pack noch ein paar Klamotten von Thanos und Richard zusammen.«

***

Als es Abend wurde, hatten sie den Pickup mit allem beladen, was sie für so wichtig erachteten, dass sie es nicht zurücklassen wollten. Außerdem hatte Adam an eine Kühlbox für die Blutkonserven und einige belegte Brote für Maya und sich gedacht.

Nike war in Thanos' Zimmer gegangen und hatte sich neben sein Bett auf einen Stuhl gesetzt. Sie nahm die leichten Veränderungen in seiner Atmung und seinem Herzschlag wahr, als er wach wurde. Doch er hielt die Augen geschlossen und tat, als wäre sie gar nicht da.

»Ich weiß, dass du wach bist. Und ich finde es mehr als kindisch, dass du denkst, ich würde das Gegenteil glauben, wenn du nur weiterhin die Augen geschlossen lässt.«

Noch immer reagierte Thanos nicht.

Nikes Augen verengten sich und sie stand von ihrem Stuhl auf und ging zur Tür. »Werd gefälligst erwachsen und komm runter, wir müssen los. Ich hab letzte Nacht nicht meinen Arsch riskiert, um dich zu retten, nur um jetzt zuzusehen, wie OLYMPUS dich doch noch umbringt.« Ihre Fingernägel vergruben sich im Holz des Türrahmens und hinterließen halbmondförmige Spuren. »Es tut mir leid, okay? Ich wünschte auch, dass wir Ilias hätten retten können, glaub mir. Ich musste auch eine Freundin bei OLYMPUS zurücklassen. Sie mag nicht in der gleichen Gefahr schweben wie Ilias, aber sie ist dennoch in Gefahr. Wenn ich könnte, würde ich sofort zurückgehen, sie beide da rausholen und dafür sorgen, dass nie wieder irgendjemand von diesen Irren operiert wird. Aber ich kann es nicht. Es tut mir leid, dass ich offenbar nicht gut genug war, um euch alle da rauszuholen. Also hör auf, dir selbst leid zu tun und dir zu wünschen, du könntest mit Ilias tauschen, denn ich bin mir sicher, genau das tust du gerade.« Nike hielt einen Moment inne, um Luft zu holen, dann schüttelte sie den Kopf. Ihre Schultern sackten leicht nach unten. »Ich werde mich nicht dafür entschuldigen, *dich* gerettet zu haben.«

Nike wollte gerade gehen, als sie sich mit dem Rücken an die Wand gepresst wiederfand. Thanos stand direkt vor ihr, die Hände neben ihrem Kopf gegen die Wand gedrückt. Ein gequälter Ausdruck lag in seinen Augen, der ihr eigenes Herz schwer werden ließ.

»Er hätte mich dich jagen lassen. Sobald er mir meinen Willen genommen und mich zu einer seiner Spielzeugsoldaten gemacht hätte, hätte er mir befohlen, dich zu finden und zu töten.« Thanos presste die Worte mühsam zwischen seinen Zähnen hindurch. Seine Verzweiflung war nicht zu ignorieren. Selbst ohne ihre geschärften Sinne hätte Nike seine angespannten Muskeln bemerkt oder die Art, wie seine Augen sich verfinsterten, während er sprach. Doch nur durch ihre Sinne konnte sie hören, wie sein Herz schneller schlug.

»Ich war davon überzeugt, dich nie wieder zu sehen. Ich war sicher, du würdest deine Sachen packen und zusehen, dass du so weit und schnell wie nur irgend möglich von hier weg kommst.«

Nike presste die Lippen aufeinander. Es klang genau wie das, was Maya zu ihr gesagt hatte. Und es gefiel ihr noch immer nicht.

»Weshalb bist du gekommen?«

»Um deinen Arsch zu retten«, erwiderte sie schroff und versuchte, sich an ihm vorbei zu drücken, doch Thanos hielt ihre Schultern fest und hinderte sie so daran.

»Weshalb?«

Ihr Schweigen, die Art, wie sie erfolglos versuchte, seinen Blick zu meiden, ihr Atem, der stoßweise kam und ihr Herz, das immer schneller schlug, sagten ihm deutlich, was Nike nicht wagte, in Worte zu fassen.

Thanos' Griff wurde sanfter und er strich ihr mit der rechten Hand eine Strähne hinters Ohr. »Ich dachte, ich wäre ein Narr, weil ich dich hatte retten wollen? Was wurde denn daraus, dass wir alle allein sterben und alles davor nur eine Illusion sei?« Seine Stimme war leise, vorsichtig, als fürchte er, ein lautes Geräusch könne sie verschrecken.

Nike schluckte, als sie ihm in die Augen sah. Sie erinnerte sich noch gut daran, wie sie ihm diese Worte an den Kopf geworfen hatte. Ihn einen Dummkopf gescholten hatte, weil er sich für sie in Gefahr begeben hatte.

»Dann bin ich wohl eine genauso große Närrin wie du ein Narr bist«, gab sie schließlich zu. Nur, dass es nicht dumm gewesen war, ihn zu retten. Ganz und gar nicht dumm. Es war das Einzige gewesen, was sie hatte tun können. Sie hätte ihn gar nicht *nicht* retten können. Er hatte recht gehabt, als er zum Krankenhaus gefahren war, um sie dort rauszuholen. Vielleicht hatte sie ein wenig länger gebraucht, um dies zu erkennen, aber sie war nicht zu stolz, das jetzt zuzugeben. Wenn sie die Zeit hätte zurückdrehen können, sie würde ihn wieder retten. Und wieder. Ohne zu zögern.

Thanos neigte seinen Kopf näher zu ihr und hielt ihren Blick gefangen. Sie spürte seinen warmen Atem auf ihrer Haut und hob ihre Hände, legte sie flach auf seine Brust, spürte seinen Herzschlag an ihrer Handfläche.

»Sag es«, flüsterte Thanos, als ihre Lippen sich fast berührten. Als er sprach, strich sein Atem über ihren Mund.

»Du zuerst«, forderte Nike, während sich ihre Finger im Stoff seines Hemdes vergruben, als fürchtete sie, er könne sich von ihr abwenden und sie allein lassen.

Thanos lächelte leicht, dann schloss er die Entfernung zwischen ihren Mündern. »Ich liebe dich«, flüsterte er an ihren Lippen und zog Nike in seine Arme.

Sie schloss die Augen und klammerte sich an ihm fest, versuchte, ihn noch näher an sich zu ziehen. Mit einem kehligen Laut drückte Thanos sie zurück an die Wand und hielt sie dort mit seinem Körper gefangen. Nike schlang die Arme um seinen Hals und fuhr ihm mit den Fingern durchs dunkle Haar.

»Ich liebe dich«, flüsterte sie atemlos. »Ich liebe dich«, wiederholte sie, als wolle sie sichergehen, dass er sie gehört hatte.

Thanos' Antwort bestand darin, sie noch enger an sich zu ziehen.

Seine Lippen glitten von ihrem Mund über ihr Kinn und ihren Hals. Nike hielt sich an ihm fest, während sie den Kopf gegen die Wand lehnte und seufzte, als Thanos in ihren Hals biss und von ihr trank.

»Wir ... haben keine Zeit.« Ihr Verstand schaltete sich ein. »Wir müssen weg, bevor sie kommen und ... Thanos ...« Seine Hand glitt über ihre Seite, am Bund ihrer Hose entlang. »Wir müssen wirklich ...«

Unbeeindruckt von ihrem schwachen Protest knöpfte er ihre Hose auf und strich mit den Fingerspitzen über ihren Bauch. Tiefer, tiefer. Nike schloss die Augen und gab jeden weiteren Protest auf, als seine Finger über ihren Kitzler glitten. Er biss stärker in ihren Hals, während sein Daumen gegen ihr empfindliches Fleisch presste und Nike biss sich auf die Lippen, um ein Stöhnen zu unterdrücken.

Begierig und mehr als willig nahm ihr Körper seine suchenden Finger in sich auf, als er in sie eindrang. Um nicht doch noch vor Lust aufzustöhnen, senkte Nike den Kopf auf Thanos' Schulter. Mit einer schnellen Bewegung hatte er sich so positioniert, dass sie die Beuge zwischen seinem Hals und seinen Schultern mit ihren Lippen berühren konnte. Als Thanos begann, seine Finger in ihr zu bewegen, biss Nike zu und spürte sein Blut über ihre Zunge fließen.

Sie stöhnte und hob ihm ihre Hüften entgegen, als seine Bewegungen schneller, drängender wurden. Zu gern hätte sie ihn zurück ins Zimmer geschoben, die Tür hinter ihnen beiden geschlossen und ihm die Kleider vom Leib gerissen. Doch schon als sie versuchte, sein Hemd zu öffnen, griff Thanos mit seiner freien Hand nach ihren Händen und hielt sie davon ab. Der Protestlaut, der sich ihrer Kehle entrang, endete in einem Keuchen, als Thanos sie näher an ihren Orgasmus trieb, ihr keine Zeit gab, weiter nachzudenken und sie nur noch fühlen konnte. Sie zitterte am ganzen Leib, als sie kam und verbiss sich noch fester an ihm, saugte sein Blut und trank es gierig, bis das Hochgefühl langsam abebbte.

Nike seufzte leise, als Thanos seine Zähne von ihr löste und seine Finger aus ihr glitten. Ihre Hände suchten hinter ihr an der Wand Halt, während sie zu Atem kam.

»Nachdem ihr da oben jetzt endlich fertig seid: Wir müssen los«, rief Richard ihnen die Treppe hinauf zu.

Ohne darüber nachzudenken, griff Nike nach Thanos' Hand und verschränkte ihre Finger in seinen, bevor sie sich gemeinsam auf den Weg nach unten machten.

Kapitel 34

Maya saß hinter dem Steuer und blickte unruhig auf der Straße auf und ab, als sie schließlich in den Pickup einstiegen. »Na endlich! Wie war das noch gleich von wegen wir müssen uns beeilen, damit OLYMPUS nicht zu uns kommt, bevor wir weg sind?«

Nike antwortete ihr nicht sondern legte sich nur den Sicherheitsgurt an, bevor sie Maya sagte, sie solle losfahren.

»Wohin fahren wir eigentlich?«

»Erst einmal nach Rafina. Von da aus nehmen wir eine Fähre nach Tinos.«

»Wie kommst du ausgerechnet auf Tinos?«

Nike zuckte mit den Schultern. Sie hätte gern eine vernünftige Antwort darauf gehabt, doch die Wahrheit sah anders aus. Tinos war ihr spontan in den Sinn gekommen. Sie hoffte, in dem kleinen Ort unentdeckt bleiben zu können, bis sie ihre nächsten Schritte überlegt hatten.

»Tinos«, murmelte Adam und Nike öffnete bereits den Mund, bereit, ihren Plan zu verteidigen, doch als sie sich zu dem Arzt umdrehte, wühlte dieser in einem Stapel Unterlagen, die er mitgenommen hatte, und murmelte dabei vor sich hin. »Wo ist denn … ich hatte es doch extra noch ausgedruckt … Mist. Es stand „extra wichtig" drauf und ich habe es doch hier irgendwo … ah, hier!« Triumphierend hob er eine rote Pappmappe in die Luft. Als er damit herumwedelte, erkannte Nike, dass sich darin einige lose Blätter befanden. Adam hielt die Mappe Thanos entgegen. »Jérome hatte dir die geschickt. Ich habe sie extra noch ausgedruckt, bevor ich den Computer ausgeschaltet habe.

Die Festplatte habe ich zwar dabei, aber ich war mir nicht sicher, wann ich sie wieder irgendwo anschließen kann und deswegen …«

»Oh, ich hab meinen Laptop dabei, wenn das hilft«, bot Maya mit einem kurzen Blick in den Rückspiegel an, ehe sie sich wieder auf die Straße konzentrierte und den Blinker setzte, um abzubiegen.

Adam nickte ihr kurz zu, dann wandte er sich wieder an Thanos. »Jérome schrieb, das wären die Unterlagen, nach denen du gefragt hast. Oder zumindest alles, was er finden konnte, er wollte nicht garantieren, dass sie vollständig sind, meinte aber, das Wichtigste sei dabei. Ich hab ihm noch geschrieben, dass wir weg müssen und nicht sicher sind, wann wir ihn wieder kontaktieren können, nur für den Fall …« Für den Fall, dass es keine weitere Kontaktmöglichkeit geben würde, weil OLYMPUS sie vorher abfangen und töten – oder Schlimmeres – würde. Jeder wusste, was Adam nicht aussprach. Keiner sagte ein Wort.

Thanos nahm die Mappe schweigend entgegen.

»Ich habe erst jetzt wieder daran gedacht, weil Nike Tinos erwähnte, und das auf einem der Dokumente stand. Hat das was mit unserer Flucht dorthin zu tun?«

»Nein.« Mehr sagte Thanos nicht. Er rollte die Mappe zusammen und starrte aus dem Fenster.

Sie alle verfielen in Schweigen. Nur das gelegentliche Klicken des Blinkers war zu vernehmen und Mayas Fluchen, wenn ein Autofahrer vor ihr sich nicht benahm, wie sie es erwartet hatte.

»Diese Ruhe ist ja schrecklich«, beschwerte Maya sich schließlich nach fünfzehn Minuten und drehte das Radio auf. Sie trommelte im Rhythmus der Musik auf dem Lenkrad und wippte gleichzeitig mit dem Kopf.

Nike schmunzelte und fragte sich, wann Maya anfangen würde, lauthals mitzusingen. Ihr Blick fiel auf den Rückspiegel und sie betrachtete Thanos, wie er stur aus dem Fenster sah, die Mappe noch immer fest umklammert. Welche Informationen sich wohl darin befanden? Wenn es auf Tinos eine Gefahr für sie gab, sollten sie es alle wissen. Aber wenn dem so wäre, würde Thanos sie nicht dorthin fahren lassen. Er hatte zwar nicht gewusst, was das Ziel ihrer Flucht war, aber er hatte auch nicht widersprochen.

»Hier sind die Spätnachrichten auf Athens Radio 99,1, mein Name ist Anastasia Nikopolidou. Guten Abend.«

Maya stöhnte und Nike konnte sich ein kleines Lachen nicht verkneifen. Als Maya nach dem Radio tastete, schlug Nike ihr leicht auf die Hand.

»Konzentrier dich aufs Fahren. Du findest jetzt eh keinen Sender ohne Nachrichten.«

»Zu Beginn unserer Nachrichten haben wir leider eine traurige Mitteilung. Der Wissenschaftler Iosif Basdekis ist heute Mittag nach langer Krankheit im Eudoxia-Krankenhaus verstorben. Herr Basdekis war der Leiter von OLYMPUS und Förderer diverser Universitätskliniken. OLYMPUS vergibt unter anderem den alljährlichen Stavropoulos-Preis, benannt nach dem Gründer der Forschungseinrichtung, an vielversprechende Medizinstudenten. Dr. Judy Montgomery, Ärztin des Eudoxia-Krankenhauses teilte zeitgleich zur Meldung seines Todes mit, dass der renommierte Forscher seinen Körper der Wissenschaft vermacht, damit seine mysteriöse Krankheit eingehend erforscht werden kann. Sein letzter Wille, sei es gewesen, dass anderen Patienten geholfen werden kann.«

Den Rest der Nachrichten blendete Nike aus. Sie starrte das Radio an. Rapide abgebaut? Sie erinnerte sich an die Worte der Ärztin zum Abschied. Sie hatte sich um Iosif kümmern wollen. Nike hatte geglaubt, die junge Frau habe sie missverstanden. Nun erkannte sie, dass sie sich geirrt hatte. Dr. Montgomery hatte sich tatsächlich um Iosif gekümmert. Endgültig.

»Woah, ich wusste gar nicht, dass er so schwer krank war«, meinte Maya und Nike spürte, wie das Mädchen ihr einen kurzen Blick zuwarf.

»Er war gut darin, Geheimnisse zu haben.« Und das wichtigste hatte er mit sich in den Tod gerissen. Nike ballte die Hände zu Fäusten. Iosif hatte den Tod verdient, aber mit ihm war auch das Wissen um ihre eigene Identität gestorben. Sie würde nie erfahren, wer ihre Mutter gewesen war, nie ihren eigenen Namen erfahren. Den Namen, den ihre Mutter ihr gegeben hatte. Sie lehnte den Kopf an die kühle Scheibe des Seitenfensters und sah auf die vorbeihuschenden Lichter der anderen Autos.

»Alles okay?« Mayas Stimme war leise.

Nike nickte nur. Ja, es war okay. Es musste okay sein. Sie würde ihn nicht gewinnen lassen. Sie hatte überlebt. Sie hatte ihn überlebt und er würde sie nicht aus dem Grab heraus in die Knie zwingen. Sie war stärker als das. Stärker als er. Als die Musik wieder einsetzte, drehte Nike das Radio lauter und ließ sich von den Bässen beschallen.

***

»Du hast besser gute Nachrichten für mich«, sagte Daniel ins Telefon, sobald er den Hörer abgehoben hatte. Seine Lippen formten sich zu einer dünnen Linie und seine Finger schlossen sich mit jedem Wort, das er hörte, fester um den Hörer. »Versager.« Er knallte den Hörer auf und schlug mit der Faust auf den Tisch.

Leer. Das verdammte Haus war leer gewesen, Wieso hatten diese Idioten auch so lange gebraucht, um Nikes Unterlagen zu durchsuchen? Sobald er sie auf den Überwachungsbändern erkannt hatte, hatte er jemanden zu ihr nach Hause geschickt. Laut den Akten sollte eine Jugendliche dort leben, doch das kleine Vögelchen war ausgeflogen. Er hatte nicht lange darüber nachdenken müssen, wohin sie verschwunden war. Daniel nahm die Ausdrucke in die Hand, die man von Nikes Unterlagen zu ihrem letzten Auftrag gemacht hatte.

Unfähige, überbezahlte Nichtsnutze. Den ganzen verdammten Tag hatten sie gebraucht, um herauszufinden, wo sie den Vrykólakas aufgespürt hatte. Er hätte viel früher handeln sollen. Er hatte geglaubt, sie aus ihrem Versteck locken zu können. Zu spät hatte er erkannt, dass die Zeit für Spielchen vorbei war und jetzt waren sie alle weg. Nike, der Arzt und die Vrykólakas, die ihnen geholfen hatte, alle weg. Daniels Faust traf erneut auf den Tisch, fest genug, um den Computermonitor wackeln zu lassen. Sie hätte überhaupt nicht mehr am Leben sein sollen. Wieso hatte sie nicht ihren Verletzungen erliegen können, wie es von ihr erwartet worden war? Jean hatte ihm versichert, dass er die Theá getroffen hatte. Mindestens ein Mal. Das Silber der Kugel hätte ihr einen langsamen, qualvollen Tod bescheren sollen. Stattdessen war sie einfach so in die Forschungseinheit spaziert und hatte einen der beiden Vrykólakas befreit. Sie war eine schlimmere Plage als ihr Vater, der einfach nicht sterben wollte.

Natürlich war es seine eigene Schuld, sagte Daniel sich. Er hätte Jean nach ihr suchen lassen sollen, bis er die verdammte Göre gefunden und ihm ihren Kopf präsentiert hatte. Stattdessen hatte er dem Wort seines besten Mannes vertraut. Vielleicht war das eine Fehleinschätzung gewesen und Jeans Zeit war einfach vorbei.

Es war der zweite Fehler gewesen, den er begangen hatte. Der erste war gewesen, nach Nikes misslungenem Auftrag nicht eine andere Theá hinter dem Arzt herzuschicken, um diesen auszuschalten. Zwei Fehler. Zwei Fehler zu viel.

»Es wird zu keinen weiteren Fehlern kommen«, flüsterte Daniel und nahm den Hörer seines Telefons wieder in die Hand. Mit der Kante des Hörers drückte er die Schnellwahltaste seiner Sekretärin und sagte ihr, sie solle ihn mit Station 3 verbinden, auf der der zweite Vrykólakas noch darauf wartete, dass man ihn operierte. Daniels Blick glitt zu Valeriu, der in einer Ecke des Büros stand, unempfänglich für das, was um ihn herum geschah. Er konnte es kaum erwarten, den anderen Vrykólakas ebenfalls in den Rängen seiner Armee zu wissen. Auch wenn er den nächsten Schritt noch nicht wagen konnte, war es gut, eine Marionette mehr zu haben. Selbst wenn er sie erst nutzen konnte, sobald all seine Probleme gelöst waren.

»Haben Sie schon die Nachrichten gesehen?«

»Welche Nachrichten?«, fragte Daniel seine Sekretärin mit barscher Stimme. Er hatte keine Zeit für irgendetwas, das diese dumme Gans als wichtig einschätzte.

»Es … es ist Basdekis …« Iosifs Name ließ Daniel doch hellhörig werden. Er schaltete den Fernseher in seinem Büro an und lauschte den Nachrichten, während er darauf wartete, dass seine Sekretärin ihn zu Station 3 durchstellte.

Tot. Der alte Kauz hatte doch noch ins Gras gebissen. Ein Lächeln umspielte Daniels Lippen, als er die blonde Ärztin beobachtete, die Auskunft über den Verbleib seiner Leiche gab. Tot und ein Versuchskaninchen für Studenten … Daniel lehnte sich in seinem Stuhl zurück und grinste breit. Vielleicht wurde der Tag ja doch noch gut.

Eines seiner Probleme hatte sich immerhin schon von selbst gelöst.

Er hörte laute Stimmen vor seiner Tür und runzelte die Stirn, als sie aufgerissen wurde und eine stürmische junge Frau hereinplatzte. Blonde Locken, die wild umherflatterten, waren alles, was er sah, bis sie vor seinem Schreibtisch zum Stehen kam.

»Was zum Teufel hat das zu bedeuten?« Daniel blickte von der Frau zu seiner Sekretärin und wieder zurück.

Seine Sekretärin zuckte mit den Schultern. »Ich habe ihr gesagt, dass Sie nicht gestört werden wollen, aber ...«

»Aber ich verlange Antworten!« Die Blondine fiel der älteren Frau ins Wort. »Und zwar sofort.«

»Welchen Teil von nicht stören verstehen Sie nicht?«, fuhr Daniel seine Sekretärin an.

Diese stemmte die Hände in die Hüften. »Ich stelle mich bestimmt nicht einer von *ihnen* in den Weg. Ich bin doch nicht lebensmüde!«

Daniel musterte die junge Frau, die so aussah, als würde sie jeden Moment über seinen Schreibtisch springen, wenn sie ihre Antworten nicht erhielt.

»Sie sollten mich doch mit Station 3 verbinden.« Damit schickte er seine Sekretärin aus dem Büro, ehe er sich unwirsch an die junge Theá wandte. »Was willst du?«

»Wie gesagt: Antworten. Ich habe Nike gesehen. Und sie war sehr lebendig. Dabei erinnere ich mich noch gut an die Trauerfeier, die wir für sie abgehalten haben. Was hat das zu bedeuten?«

Daniel lachte trocken auf. Dieses dumme Ding erwartete nicht ernsthaft, dass er ihr irgendwelche Antworten geben würde, oder sie ihr gar schuldig war.

»Misch dich nicht in Dinge ein, von denen du nichts verstehst. Du bist zum Kämpfen da, nicht zum Denken.« Er lächelte ihr zu, als sei sie ein kleines Kind, einer Antwort von ihm unwürdig. Sein Lächeln fror ein, als sie nach wie vor stehen blieb. »Und jetzt verschwinde und geh an deine Arbeit.« Als sie den Mund öffnete, um zu protestieren, befahl Daniel Valeriu, sie aus dem Zimmer zu begleiten.

Es kostete den Vrykólakas kaum Anstrengung, die aufgebrachte Frau aus dem Raum zu schieben und die Tür hinter ihr zu schließen.

Gott sei Dank hatte sie sie nicht aus den Angeln gerissen.

»Geh zurück an deinen Platz.« Daniel bereitete es noch immer ein teuflisches Vergnügen, zuzusehen, wie der Vrykólakas seinem Befehl gehorchen musste. Das war Macht. Vielleicht war es an der Zeit, diese auch auf das jüngere Projekt von OLYMPUS auszuweiten.

Er sah versonnen zur Tür, als das Telefon klingelte und seine Sekretärin ihm Station 3 durchstellte.

»Schicken Sie mir die Akte zu der wildgewordenen Furie von eben«, verlangte Daniel noch, ehe er sich mit dem zuständigen Wissenschaftler von Station 3 befasste. »Es geht um die angesetzte Operation für unseren Neuzugang ...«

***

Er saß da so selbstgefällig an seinem Schreibtisch und erteilte Befehle, die andere ins Unglück stürzen sollten. Es wäre der perfekte Moment, um zu ihm zu gehen und ihm das Genick zu brechen. Er konnte die Knochen bersten hören, fühlte die Kraft aus dem Körper schwinden, während er den Kopf festhielt, ihn dann einfach losließ und zusah, wie er mit einem dumpfen Schlag auf dem Schreibtisch landete.

Aber es war ihm nicht möglich. Er hatte seine Kraft aufgebraucht, um seinen Plan zu vereiteln, deswegen war es Valeriu nun nicht möglich, ihn zu töten. Er spürte nicht einmal die Schmerzen, die sein Körper erlitten hatte, als er durch die geschlossenen Schleusen daran gehindert worden war, dem Befehl nachzukommen, in seine Zelle zurückzukehren. Als er wieder zu sich gekommen war, hatte er bereits in Daniels Büro gestanden, so, wie er es jetzt noch tat. Erst seit etwa einer Stunde war er wieder bei Bewusstsein. Wie viel Zeit vergangen war, an die er keine Erinnerung hatte, konnte er nicht sagen.

Er schätzte jedoch, dass es die Nacht danach war. Länger hätte Daniel nicht gewartet, um die anderen jagen zu lassen. Valeriu hätte am liebsten laut gelacht, als er mit angesehen hatte, wie Daniel erfahren hatte, dass sie entkommen waren. Das Mädchen hatte entweder mehr Glück als Verstand oder eine ganze Horde Schutzengel, die über sie wachten. Wie gern hätte er sich vor Daniel gestellt und ihm gesagt, dass er es gewesen war, der ihr und den beiden Vrykólakas in der Nacht zuvor geholfen hatte. Nicht, weil er es ihr auf irgendeine Weise schuldig war oder es das Richtige gewesen war. Nein, einfach nur, weil er gewusst hatte, dass es Daniel rasend machen würde, wenn sein Plan scheiterte.

Es war etwas, das sich kein Chef von OLYMPUS hatte eingestehen können: eine Niederlage. Manchmal fragte Valeriu sich, ob sie sich tatsächlich für die Götter hielten, nach deren Heimat sie ihre Firma benannt hatten.

Auch jetzt thronte Daniel wie ein selbsternannter Gott auf seinem Schreibtischstuhl und erteilte Befehle über das Telefon.

Seine Stimmung hatte sich mit der Nachricht von Iosifs Tod nur wenig gebessert. Eines Tages würde er seinem Vorgänger folgen, dafür würde Valeriu sorgen. Sicher, es würde dauern. Er hatte sich selbst letzte Nacht zu viel zugemutet. Sogar ohne die verschlossenen Schleusen hatte er seine Kraft für Wochen, wenn nicht Monate aufgebraucht, als er den anderen zur Flucht verholfen hatte. Mit dieser zusätzlichen Verzögerung konnte er nur ahnen, wie lange es dauern würde, bevor er das nächste Mal in der Lage war, seinen eigenen Willen durchzusetzen. Monate, wenn er Glück hatte, eher ein Jahr, fürchtete er.

Aber er konnte warten. Was war ein weiteres Jahr nach Jahrzehnten der Sklaverei? Ja, Valeriu hatte das Warten gelernt. Seine Geduld kannte keine Grenzen mehr. Daniel würde sterben. Eines Tages. Durch Valerius Hand. Er würde ihm persönlich das Herz aus der Brust reißen und es mit der bloßen Hand zerquetschen, während sein Leichnam zu Boden fiel. Wann es soweit war, spielte eine äußerst untergeordnete Rolle. Nur dass es passieren würde, war wichtig und dafür würde er sorgen.

Ein Zucken fuhr durch seinen rechten Zeigefinger, als er in Gedanken die Hand zur Faust ballte. Ganz leicht, kaum merklich, bewegte sich sein Zeigefinger Richtung Handfläche. Hätte Daniel sich zu seiner Marionette umgedreht, hätte er vielleicht bemerkt, wie sich Valerius Mundwinkel zaghaft hoben. Aber Daniel suhlte sich in seiner Überheblichkeit und war sich der Gefahr, die er sich selbst herangezogen hatte und die in seinem Rücken wuchs und stärker wurde, nicht bewusst.

Kein Jahr, dachte Valeriu und spürte eine schon lange vergessene Euphorie durch seinen Körper jagen. Nein, es würde kein Jahr mehr dauern, ehe er wieder Herr seines eigenen Körpers war. Er spürte sie schwinden, die Kontrolle, die diese selbst ernannten *Götter* über ihn hatten. Ihre Macht hatte ihren Zenit lange überschritten.

Hochmut kam vor dem Fall, hatte sein Bruder ihn stets gewarnt.

Einmal mehr erkannte Valeriu, dass Dorin recht behalten sollte. OLYMPUS würde Daniel nicht schützen können. Nichts und niemand würde Daniel vor ihm beschützen können. Und dass er es noch nicht wusste, machte den Sieg, der ihm in einigen Monaten oder Wochen bevorstand, für Valeriu nur noch süßer.

Kapitel 35

Die Arme auf der Reling aufgestützt, blickte sie auf die Küste Griechenlands zurück, von der sie sich immer weiter entfernten. Der Hafen von Rafina wurde immer kleiner, die Stadt, die zu grünen Hügeln anwuchs, verschwand immer weiter aus ihrem Blickfeld. Beinahe vier Stunden sollte die Überfahrt nach Tinos dauern. Und sobald sie angekommen waren, würde sie alles in ihrer Macht Stehende tun, um OLYMPUS zu vernichten. Sie würde dafür sorgen, dass sie niemandem mehr schaden konnten. Sie hatten ihre Einrichtung nach dem Heim der alten Götter benannt. Hatten sich auf eine Stufe mit Zeus, Poseidon und den zehn anderen olympischen Göttern des antiken Griechenlands gestellt. Doch sie irrten sich. Sie hatten nichts mit den Göttern von einst gemeinsam. Sie glichen mehr den Titanen, die vor den Göttern existiert hatten und von diesen gestürzt worden waren. Nun, Nike wollte dafür sorgen, dass sie das Schicksal der Titanen teilen würden. Sie würden fallen, ihrer Macht beraubt werden. Ein trockenes Lachen entfuhr ihr. Sie war eindeutig zu lange in der Forschungsanstalt gewesen.

Nike atmete den Duft des Meeres ein und drehte sich mit dem Rücken zur Reling. Adam und Richard hatten sich auf zwei der Stühle an Deck gesetzt. Der Arzt sah übermüdet aus. Nike wusste, dass dies nicht nur dem verpassten Schlaf dieser und der letzten Nacht geschuldet war. Die dunklen Ringe unter Adams Augen spiegelten auch die Bedrohung wider, der er sich seit seiner Flucht vor OLYMPUS ausgesetzt gesehen hatte. Noch immer war er nicht wirklich in Sicherheit. Sie konnten alle noch Opfer von Daniel und seinen kranken Plänen werden. Aber irgendwann würde er sich nicht mehr davor fürchten müssen, dass sich nachts ein Killer ins Haus schlich, um ihn aus dem Weg zu räumen. Ihr fiel ein, dass sie ihn nie gefragt hatte, ob er eine Familie hatte, die auf ihn wartete. Meistens lebten die Familien von Mitarbeitern in der Stadt, die OLYMPUS extra für seine Angestellten hatte aufbauen lassen. Aber dies galt natürlich nicht für Eltern und Geschwister. Hatte Adam sie nie erwähnt, weil er sie nicht in Gefahr bringen wollte?

Neben sich hörte sie Maya seufzen und aus den Augenwinkeln sah sie, wie das Mädchen den Kopf senkte und die Augen fest zusammenkniff, bevor es sich ebenfalls umdrehte und dem Festland den Rücken zuwandte.

Ich hole Lena da raus, dachte Nike, als sie Mayas Profil betrachtete. Und bis ich sie da rausgeholt habe, passe ich auf Maya auf, so gut ich kann.

Die beiden Schwestern hatten erst vor wenigen Jahren ihre Eltern verloren. Nike kannte das Gefühl und ein Teil von ihr hatte Lena und Maya stets darum beneidet, dass sie noch einander hatten, während sie auf sich allein gestellt gewesen war. Aber daher wusste sie auch, wie sehr die beiden sich brauchten. Sie würde Lena von OLYMPUS wegholen und mit Maya wiedervereinen. Bis dahin müsste sie vielleicht noch einige Male deutlich machen, dass Maya Nikes Leben in zu schillernden Farben wahrnahm. Sie sollte gar nicht erst auf den Gedanken kommen, dass irgendetwas, das OLYMPUS tat, gut sein könnte. Nike selbst hatte diese Lüge ihr Leben lang geglaubt und die Bitterkeit darüber, nun die Wahrheit erfahren zu haben, wollte sie Maya ersparen.

Als sie zu Richard blickte, starrte dieser grimmig zu Boden. Seine Hände ballte er immer wieder zu Fäusten. Seit sie Thanos befreit hatten, hatte er kaum ein Wort gesprochen. Nike fragte sich, ob die Rückkehr zu OLYMPUS Erinnerungen in ihm geweckt hatte, die er lieber vergraben hätte. Hin und wieder hob er die rechte Hand an seine Brust und rieb über die Stelle, an der seine Dämonentätowierung war.

Ein Seufzen unterdrückend schüttelte Nike den Kopf. War es Absicht von OLYMPUS gewesen, als sie ihn Thanos und seinen Männern zugeteilt hatten? Hatten sie ihn bestrafen wollen für das, was sein Vater und andere seiner Generation getan hatten? Sie hoffte, dass Thanos und Richard ihre Aggressivität gegeneinander ablegen würden.

»Woran denkst du?«, fragte Thanos leise neben ihr und folgte ihrem Blick. Nike sah, wie er die Brauen zusammenzog und sie fragend musterte.

»Ich denke darüber nach, wie es ist, stets der Außenseiter zu sein. Immer der, der nicht dazugehört, der allein, abseits von den anderen ist.«

»Richard ...«

»Und ich.« Sie lehnte sich an Thanos und ein wenig ihrer Anspannung wich, als er den Arm um sie legte. »Seit dem Tod meiner Mutter war ich genauso. Immer der Außenseiter. Zunächst wollte ich gar nicht dazugehören. Ich wollte anders sein, besonders. Stark und unbesiegbar. Ich fand es toll, einzigartig zu sein, nur von den Ärzten und Krankenschwestern umgeben. Als sie später andere Frauen operierten, wollte ich erst nichts mit ihnen zu tun haben und mit den meisten von ihnen war es auch so. Es gab eine – Pandora – ich konnte sie von Anfang an einfach nicht ausstehen. Aus allem wurde bei uns ein Wettkampf. Sie hat sich demonstrativ nicht den Namen einer alten Göttin gegeben, sondern den der aus Lehm geformten Frau, die die Büchse mit allen Übeln der Welt sowie der Hoffnung bei sich trug. Ich habe nie verstanden, weshalb sie diesen Namen wählte. Versteh mich nicht falsch, für mich war er absolut passend. Die Pandora aus der Mythologie öffnete die Büchse und entließ damit alle Übel über die Welt. Genauso kam es mir vor, als Pandora zu uns kam. Sie war die Verkörperung aller Übel, die über mich kommen konnten. Sie hat ihre Büchse erst ein zweites Mal geöffnet, um auch die Hoffnung zu entlassen, als sie Griechenland endlich verließ. Sie war die Erste, die sie aus Griechenland wegschickten. Süd- und Nordamerika haben sie ihr zugeteilt. Mittlerweile kämpft sie sich nur noch durch die Vereinigten Staaten. Dann folgten andere, die sie auf der ganzen Welt verteilten und ich habe gehofft, wieder allein zu sein.«

»Aber du hast nicht allein gelebt.« Thanos nickte in Mayas Richtung. Nike schloss für einen Moment die Augen und ein leichtes Lächeln huschte über ihr Gesicht. »Lena ließ sich einfach nicht abschütteln, sie hat nichts anderes akzeptiert, als dass ich ihre Freundschaft annehme.« Als sie die Augen öffnete, sah sie Thanos direkt an.

»Ich werde sie da wieder rausholen. Sie und Ilias. Und ich werde euch allen das zurückgeben, was OLYMPUS euch genommen hat: eure Leben. Sie werden nicht länger damit durchkommen.«

Thanos zog sie enger an sich und legte sein Kinn auf ihren Kopf. Nike wusste, dass sie nicht allein gegen OLYMPUS stand, doch sie war sich nicht sicher, wie Thanos reagieren würde, wenn er erfuhr, dass sie nicht nur Lena und Ilias retten wollte.

Auch wenn ihr bewusst war, dass Valeriu ihr bei ihrem nächsten Treffen nicht so hilfsbereit gegenübertreten würde, wie er es dieses Mal getan hatte, sie würde auch ihn dort raus holen. Ihn und alle anderen Vrykólakas, die OLYMPUS zu willenlosen Sklaven gemacht hatte.

Sie vergrub ihr Gesicht an Thanos' Brust und dachte an die Kälte und die Wut, die Valeriu nach außen hin verbarg, die jedoch deutlich in seinen Augen brannte. Sie kannte diese dunkle Wut selbst nur zu gut. Ein Teil von ihr war wütend auf Dr. Montgomery gewesen, als sie von Iosifs Tod erfahren hatte. Auch wenn sie es ungern zugab, sie hatte ihn töten wollen. Sie hätte zumindest die Möglichkeit dazu haben sollen, dachte sie verbittert und klammerte sich an Thanos fest. Sie erkannte in Valeriu ihre eigene Wut und war sich sicher, auch die anderen Vrykólakas würden diese Wut empfinden. Sie würden gnadenlos um sich schlagen, wenn sie dazu die Chance hatten. Doch das hielt Nike nicht davon ab, auch um ihre Freiheit kämpfen zu wollen. Niemand hatte es verdient, so behandelt zu werden. Sie vertraute darauf, dass ihre Wut, wie ihre eigene, nicht an Unschuldigen ausgelebt werden würde. OLYMPUS würde fallen, die Vrykólakas würden ihre Freiheit und ihr Leben zurück erhalten, sie alle würden in Sicherheit sein. Das war das nächste Ziel. Um das, was danach kam, würde sie sich Gedanken machen, wenn es soweit war.

»Ich habe noch etwas für dich«, flüsterte Thanos an ihrem Ohr. Er hielt ihr die rote Mappe entgegen, die Adam ihm gegeben hatte.

Verwirrt nahm sie sie ihm aus der Hand. »Was ist damit?«

»Das ist dein Leben vor OLYMPUS. Deine Geburtsurkunde, die Besitzurkunde von einem Haus auf Tinos, einige Zeitungsartikel über deine Eltern und die Sterbeurkunde deiner Mutter.«

Nike starrte sprachlos auf die rote Mappe in ihren Händen. »Ihr Name …«

»Ihr Name und deiner. Sie sind beide hier drin.«

Ihr Blick schnellte nach oben. Ihr Herz schlug schneller, schlug so entsetzlich schnell, dass sie glaubte, es müsse jeden Moment zerspringen. »Hast du …«

Thanos schüttelte den Kopf. »Ich habe nur Jérômes Mail gelesen, in der er die Dokumente auflistet. Es ist *deine* Vergangenheit.«

Der Blick, mit dem er sie bedachte, ließ ihr Herz noch mehr schmerzen. Tränen schwammen in ihren Augen und sie fragte sich, ob ihm bewusst war, was er ihr mit diesen Dokumenten geschenkt hatte. Sie presste die Mappe an ihre Brust und legte die freie Hand in Thanos' Nacken, um ihn an sich zu ziehen und ihn zu küssen.

»Danke«, flüsterte sie an seinen Lippen, obwohl sie wusste, dass dieses Wort nicht einmal annähernd ausdrückte, was sie empfand.

»Was sollen wir jetzt tun?«

Nike zog sich von Thanos zurück und blickte zu Richard, der die Frage gestellt hatte.

»Also? Was tun wir? OLYMPUS hat einen neuen Chef, Ilias und die anderen Vrykólakas in ihrer Gewalt …«

»Und Lena«, warf Maya ein und schlang die Arme um ihren Bauch.

»Sie werden uns überall suchen. Wir werden uns nicht lange verstecken können.« Adam fuhr sich mit der Hand durchs Haar und unterdrückte ein Gähnen.

Nike drückte die rote Mappe fester an sich und reckte demonstrativ ihr Kinn, während sie von einem zum anderen sah. Als sie die Schultern straffte, rief sie sich ihre Tätowierung in Erinnerung. Dieses eine, kleine Wort, das sie sich hatte in die Haut stechen lassen, weil es sie immer daran erinnern sollte, dass sie stark und unbesiegbar war, dass sie sich von niemandem unterkriegen lassen würde.

Am Horizont tauchten die Berge Tinos' auf. Ihre Reise war beinahe zu Ende. Verstecken? Nein, davon hatte Nike genug.

»Wir werden uns nicht länger verkriechen«, sagte sie mit ruhiger Stimme. »Das Versteckspiel ist zu Ende. Es hat lange genug gedauert. Jetzt wird es Zeit, dass wir kämpfen. Es ist an der Zeit zu siegen.«

Epilog
Paris, Frankreich

Léandre sah auf das blinkende Licht auf dem Bildschirm, das eine eingehende Nachricht signalisierte. Ohne zu zögern klickte er auf die Videobotschaft und wartete darauf, dass die Datei vollständig heruntergeladen war. Als er die Nachricht aufrief, traute er seinen Augen kaum.

»Incroyable! Jérôme, der Arzt hat was geschickt, das musst du sehen …« Léandre wartete, bis sein Bruder zu ihm gekommen war, dann ließ er die Nachricht erneut von Anfang an laufen. Das Gesicht einer dunkelhaarigen jungen Frau erschien auf dem Monitor.

»Mein Name ist Nike. OLYMPUS tötete meine Mutter und machte mich zum Prototypen der Theés, die euch jagen. Sie haben mich glauben lassen, ein Vrykólakas wäre an dem Tod meiner Mutter schuld. Aber das war eine Lüge. Sie haben mich belogen, genauso, wie sie euch belogen haben. Eure Kameraden sind nicht tot. OLYMPUS hat sie nicht umgebracht. Man hat sie zu willenlosen Marionetten gemacht. Eure Kameraden sind diejenigen, die für OLYMPUS die Verbrechen ausführen, derer sie euch beschuldigen. Die Verbrechen, wegen derer sie uns Jagd auf euch machen lassen. Ihr habt keinen Grund, mir zu vertrauen und ich kann euch keinen anderen nennen, als den, dass ich das Gleiche will wie ihr: OLYMPUS aufhalten und für immer vernichten. Ilias ist in ihrer Gewalt und ich weiß nicht, wie viel Zeit ihm bleibt, bevor sie auch ihn verändert haben. Die Männer, die OLYMPUS leiten, halten sich für Götter, die über unser Leben bestimmen können. Sie glauben, Menschen nach ihrem

Willen formen zu können. Aber sie sind selbst nur Menschen. Sie sind fehlbar. Ihr habt das lernen müssen, ich muss es gerade lernen und sie selbst werden es sehr bald erfahren. Ihre Macht schwindet. Tag für Tag werden eure alten Kameraden stärker. Einer von ihnen, Valeriu, hat uns heute Nacht das Leben gerettet. Es ist an der Zeit, zurückzuschlagen. OLYMPUS hat uns unsere Leben gestohlen. Jetzt werden wir sie uns zurückholen. Ich bitte euch, euch bereit zu halten, euch vorzubereiten. Der neue Leiter von OLYMPUS wird alles in seiner Macht Stehende tun, um uns endgültig auszuschalten. *Uns alle.* Wenn ihr glaubt, in den letzten Jahren verfolgt worden zu sein, dann seid gewiss, die nächsten Wochen, Monate, Jahre, werden noch schlimmer. Daniel kann nicht zulassen, dass unser Wissen weitergegeben wird. Die Zeit des Versteckens und der Flucht ist vorbei. Wir müssen kämpfen. Für unser Leben. Für unsere Zukunft. Und wir müssen es jetzt tun.«

Léandre sah von dem Monitor zu Jérôme und wieder zurück. »Und jetzt?«

Ein kleines Lächeln formte sich auf den Lippen seines älteren Bruders, als dieser Léandre zur Seite schob und das Video in eine Nachricht an ihre Kameraden einbettete. »Jetzt kämpfen wir. *Enfin*! Endlich ist es soweit!«

Danke

Ein gutes Buch braucht mehr als einen Autor, der es schreibt. Es braucht zuallererst einmal Menschen, die in diesem Autoren den Funken entfachen, der die Liebe zu Büchern und dem geschriebenen Wort auslöst. Ich war in meiner Familie von klein auf von solchen Funkenentfachern umgeben und bin dafür äußerst dankbar.

Es braucht auch Menschen, die dem Autor zur Seite stehen und ihn durch die Hoch- und vor allem Tiefphasen des Schreibprozesses beistehen. Daher geht ein ganz herzliches Dankeschön und ein ganz fester Knuddler an Susanna und Bianca, dafür, dass ihr die ganze Zeit an Nike geglaubt habt und sie von Anfang an begleitet habt.

Aber auch mit dem Schreibprozess ist es noch lange nicht getan, es muss noch mehr Leute geben, die an die Geschichte und die Figuren glauben, wie eine Agentin, die sich des Romans annimmt und davon überzeugt ist, ihn an einen guten Verlag zu vermitteln. Dafür einmal mehr ein sehr herzliches Dankeschön an dich, Alisha.

Am Ende braucht ein Buch jedoch vor allem eines: Jemanden, der es in die Hand nimmt und liest. So jemanden wie dich. Vielen Dank!